本著为国家社科基金项目
“中国当代西部散文研究”（10XZW0027）的相关成果，
受天水师范学院“文艺学”省级重点学科、“中国现当代文学”校级重点学科的共同资助。

中国西部小说叙事学

ZHONGGUO XIBU XIAOSHUO XUSHIXUE

王贵禄◎著

中国社会科学出版社

图书在版编目(CIP)数据

中国西部小说叙事学/王贵禄著. —北京：中国社会科学出版社，2015.9

ISBN 978-7-5161-6198-2

Ⅰ.①中… Ⅱ.①王… Ⅲ.①西部小说—小说研究—中国—当代 Ⅳ.①I207.42

中国版本图书馆 CIP 数据核字(2015)第 117574 号

出 版 人 赵剑英
责任编辑 郭晓鸿
特约编辑 王冬梅
责任校对 石春梅
责任印制 戴 宽

出 版 中国社会科学出版社
社 址 北京鼓楼西大街甲 158 号
邮 编 100720
网 址 http://www.csspw.cn
发 行 部 010-84083685
门 市 部 010-84029450
经 销 新华书店及其他书店

印 装 北京君升印刷有限公司
版 次 2015 年 9 月第 1 版
印 次 2015 年 9 月第 1 次印刷

开 本 710×1000 1/16
印 张 17.5
插 页 2
字 数 273 千字
定 价 66.00 元

凡购买中国社会科学出版社图书，如有质量问题请与本社营销中心联系调换
电话：010-84083683

目　录

第一章 绪论

“绪论”部分回顾了西部小说的研究历史及其研究现状，指出西部小说研究尚有较大的再研究空间，西部小说研究已到了转型时期，并力图澄清西部小说的概念、命名及其学理根据。在我们看来，所谓西部小说即是以西部独特的文明形态为主要言说对象的虚构性的叙事样式。本章同时追溯了西部小说发生的文化语境，在此基础上，划分出了西部小说的历史分期，我们将西部小说划分为三个历史时段，1942—1976 年为“形成期”，1976—1993 年为“兴盛期”，1993—2010 年为“分化期”，并逐一梳理了西部小说在各个历史时段的表现特征。同时，对本著的命名做了学理性的说明，以及阐述了本著的研究价值、研究内容和研究思路等。

第一节 中国当代西部小说研究三十年

“西部小说”是随 20 世纪 80 年代初“西部文学”的探讨而逐渐形成的一个支概念。20 世纪 80 年代初期至中期，研究者一直致力于“西部文学”理论生成的可能性。《阳关》杂志于 1982 年率先提出“敦煌文艺流派”，随后在甘肃、新疆等地掀起“新边塞诗”的讨论。两年之后，唐祈、孙克恒等著文指出，正在兴起的言说西部的诗歌是一种“新型的地域性文学”。1985 年是理论探讨取得较大成绩的一年，其后的许多话题实际在本年度的讨论中均已涉及，“西部文学”的提法似乎已被多数研究者所默认，《西藏文学》发表了《西藏：西部文学的圣地》，树起了“西部文学”的大旗；《当代文艺思潮》1985 年第 3 期的“西部文学笔谈”，荟萃了其时着力于西部文学研究的众多学者的观点，其中有肖云儒、周涛、谢昌余、周政保、孙克恒等人的文章，同期还刊出了昌耀、余斌、肖云儒等就西部文学答《当代文艺思潮》编辑部的文章，“西部文学”作为一个文艺思潮引起了学术界的普遍关注。与此同时，新疆作协为了呼应理论潮流，还将其主持的刊物《新疆文学》更名为《中国西部文学》。但因为那是一个理论拓荒的年代，研究者还没有明确提出“西部小说”的概念，即使有代表性的论著如肖云儒的《中国西部文学论》，也是对各种文体的混合性研究。伴随着“西部文学”的理论研究，西部小说创作已成气候，张贤亮、王蒙、张承志、路遥、贾平凹等人的西部小说创作在新时期文坛不断引发争鸣，此时段的西部小说成了新时期文学版图中的必要构成。

20 世纪 80 年代中期至 20 世纪 90 年代中期，西部文学研究逐渐形成了交叉式、多元化的态势，而西部小说作为西部文学最重要的构成板块，也升格为研究的焦点。周政保的《小说世界的一角》（新疆人民出版社 1989 年版）是较早以西部小说作为研究对象的著作，该书立足于新疆文坛而辐射整个大西北文学，论及王蒙、张承志、赵光鸣、贾平凹、董立勃、唐栋等作家的创作，并就西部小说尤其是边疆小说的优长及薄弱环节进行了阐述。青海人民出版社于 1992 年出版“中国西部文学论丛”系列丛书，包括余斌的《中国西部文学纵观》、周政保的《高地上的寓言》、管卫中的《西部的象征》和燎原的《西部大荒中的盛典》等，都是将西部小说作为研究的主要对象而展开讨论的，他们以 80 年代以来的创作实践为基础，从题材资源、创作精神、风格形态等层面进行分析，可视为是对 80 年代以来西部文学研讨的学术总结。1993 年有赵学勇等人的《新文学与乡土中国——20 世纪中国乡土文学与西部文学研究》（兰州大学出版社 1993 年版）、畅广元的《神秘黑箱的窥视》（陕西人民教育出版社 1993 年版）等著作问世。正如副标题所示，赵著将西部文学纳入乡土文学的大视野中进行观照，其研究重点为小说，而关于西部小说研究，独立成章的有“人的觉醒与文学的崛起”“流浪者之歌”“理想人格的栖息地”“从乡野牧歌到深沉的反思”“审美感受的别一表现”五章，对西部小说的研究更为学理化；畅著立足于陕西地域文化，对路遥、贾平凹、陈忠实、邹志安、李天芳五位陕西作家的创作历程、心理变动及文学观念等进行了阐释。至 90 年代中期，因为研究者的不断加盟和研究力量的壮大，“西部小说”的概念也渐趋成型。

在 21 世纪前夜，相继问世的西部文学研究的著作有李继凯的《秦地小说与三秦文化》（湖南教育出版社 1997 年版）、马丽华的《雪域文化与西藏文学》（湖南教育出版社 1998 年版）和韩子勇的《西部：偏远省份的文学写作》（百花文艺出版社 1998 年版）等。李著是将小说作为唯一研究对象而展开论述的，将当代陕西作家的创作置于地域文化的视界进行观察，从“文化轨迹”“文化格局”“文化主题”等角度深入分析了地域文化与当代陕西作家的互动性关联。马著专门讨论小说的有“西藏新小说这片风景线”和“建构西藏新小说的青年作家群”两章，但能把握住雪域文化之于西藏作家的深刻影响，分析鞭辟入里，对扎西达娃和马原的分析尤为精到。尽管在书名中未显示“西部小说”的字样，韩著也是一部以西部小说为主要研究对象的著作，分为“物象与视知觉”“叙事与抒情”和“文化的接触和影响”等五章，其微观的艺术分析及其经验钩沉极为出色，而宏观的思想建构和理论提升则略显逊色。韩著是一部在学术界产生过较大影响的著作。

21 世纪以来，西部文学研究（包括西部小说研究）取得了长足进展，可分为两种趋向的研究，一是持续从宏观视野上对西部文学进行深度研究，二是地方性文学研究的兴起。先看宏观研究方面的成果。以南京大学丁帆为中心的研究群体，致力于西部文学“史”的梳理与归纳，其论著《中国西部现代文学史》（人民文学出版社 2004 年版）是西部文学研究的重要收获，它围绕“独特的文明形态与西部文学的美学价值”“全球化与西部文学写作的命运”等命题展开论述，在“史”的宏阔视野下对西部文学（包括小说、诗歌、散文等不同的文体）进行了全方位、立体性的审视和阐述，其学术贡献在于，将西部文学置于一种自成体系的学科研究序列中，以一种文化整体观来统摄西部文学中的众多现象、流派和作家，对西部小说的研究也具有多重开拓意义。李兴阳的《中国当代西部小说史论（1976—2005）》（安徽大学出版社 2006 年版），将新时期以来的西部小说区分为五个板块，即“先锋小说”“流寓小说”“乡土小说”“城市小说”和“历史小说”，丁帆在该著的序言中对它是这样评价的，“作为一部地域文学史的分类史，从小说这一文体来详细地分析西部文学的精神与美学特征，它弥补了我们在《中国西部现代文学史》中无法详尽和完善的遗憾”，可以说是准确的定位。赵学勇的《革命·乡土·地域——中国当代西部小说史论》（山西教育出版社2009年版），将“革命”“乡土”和“地域”作为行文的关键词，而着眼于西部独特的地理人文环境对西部小说的巨大影响，分别从当代西部小说的流变，西部小说在当代文学格局中的地位，西部小说家的审美追求，西部小说与宗教、民俗文化的关系，西部小说与“新都市小说”的比较，“全球化”时代西部小说的选择与走向等方面展开论述，剖析了中国当代西部小说的独特成就，是一部向西部小说纵深进行开掘的著作。西部地方性文学的研究论著在近几年不断问世，励小捷主编的《甘肃文学创作研讨会论文选》（甘肃人民出版社2006年版），收录了专门讨论甘肃小说创作的论文16篇，有作家论文，如马步升的《甘肃长篇小说创作需要处理好的四个关系》、王家达的《甘肃中短篇小说的发展脉络及走向》，有学者论文，如程金城的《长篇小说繁荣中的缺失》、张明廉的《选择与坚守：边缘姿态与边缘冲击》，通过集中讨论，敞亮了甘肃小说创作的现状与缺失，为甘肃作家的努力方向做了理论疏导。刘晓林、赵成孝的《青海新文学史论》（青海人民出版社2007年版），将青海新文学的发生追溯到1928年，其下限为2000年，分为“追逐主流文学话语的文学拓荒”“历史的沉思与人性的审视”和“边缘化的文学写作”等四章，对青海文学做了较为细致的史学描述。丁朝君的《当代宁夏作家论》（宁夏人民出版社2007年版），分为“女作家论”“回族作家论”和“其他名家论”三个板块，分析了新时期以来活跃在文坛上的宁夏作家，因为在小说之外，还涉及诗歌、散文等文体，故在宁夏小说研究方面似乎还未完全展开。专著之外，几篇博士学位论文也值得一提，马为华的《中国西部文学论》（复旦大学博士学位论文，2003年），分为上下两编，上编“西部形象的塑造与西部文学的成立”，探讨了西部文学概念的生成历程，下编“西部文学的地域特征”，讨论了西部文学的空间性、情爱描写、西部人物塑造等，选题虽为新颖，但论证过程稍感简单与仓促；孟绍勇的《革命讲述、乡土叙事与地域书写——中国当代西部小说研究》（兰州大学博士学位论文，2006 年），以西部小说为话题对象，并对其叙事的特殊性展开了深入的研讨，其中“西部小说作家的审美追求”“西部小说与宗教、民俗文化”“西部小说与新都市小说比较研究”等章节立论稳健、论证严密、结论可靠，显示了研究者的思考深度。杨若虹的《中国当代西部散文研究》（苏州大学博士学位论文，2010 年），以西部散文为话题对象，涉及了西部散文与地域民俗文化的关系，西部散文的审美追求与精神特质等问题，是对西部散文研究的某种突破。21 世纪前 10 年中，四川、广西、云南、贵州等省区的研究者的西部文学研究也取得了丰硕的成果，并举办过多次大型学术研讨会，这些举措都强化和发展了西部文学研究的有生力量。

毋庸置疑，20 世纪 80 年代以来西部小说研究已取得了重大进展，例如，西部小说研究从西部文学的综合性研究中逐渐分离了出来，而成为一个独立的研究实体；西部小说独特的题材资源、风格形态和创作精神等文学性问题都有了较为细致的研究；在大量分析叙事文本的基础上，通过横向比照而阐述了西部作家取得的重要文学成就等。就目前的研究成果而言，似乎还有较大的再研究空间，诚如李继凯所言，“西部文学研究整体还相当薄弱，某些初步形成的论点论据都还显得很脆弱。由此也可以说，西部文学研究的空间还很大，很多命题也没有细化和深入，因此西部文学研究也就拥有着‘可持续发展’的未来”①。具体来说，我们认为这些“再研究空间”表现在：（1）西部小说是一个动态的开放性的概念，所谓“动态”即是说西部小说始终处于发展变化之中，随着新的文本的不断涌现，其研究也就必然处于持续状态，况且西部小说概念中的“西部”也是一个颇具争议性的话题，到目前为止，学界还没有取得一致的意见，故西部小说研究就有了开放性与相对性的问题。（2）西部小说创作是以某种文学精神为支点而展开的，从柳青到张贤亮，到路遥、张承志，再到杨争光、雪漠、石舒清，都在秉承与张扬某种文学精神，虽然过去的研究对此也有涉

① 李继凯：《中国西部文学研究三十年》，《文学评论》2008 年第 4 期。

猎，但往往止于对90年代之前文学实践的考察，很少或没有人追究在消费文化语境中，这种文学精神又发生了什么样的嬗变，这便形成了文学精神研究中的一个盲点。(3) 从地域文化的视角研究西部小说是一个比较常见的选题，而且研究成果丰富，问题是，地域文化也是一个动态的概念，新时期以来在现代化、城市化和全球化的演变中，地方性的民间民俗文化的样态日渐衰颓，因此关于地域文化与西部小说的研究命题，其研究的重点应转移到"文化基因"上来，将文化基因作为一个重要切入点，才能更有效地把握"文学与文化"这样互动命题的研究。(4) 小说叙事离不开情节，而情节又是由不同层次的冲突构成的，我们把那些叙事中反复出现的冲突视为冲突模式；如果细作抽样调查，便不难发现，一个作家，或一个流派的作家，或一个时代的作家，或一个地域的作家，都在其叙事中自觉不自觉地展现着某类冲突模式，西部作家当然也概莫能外；冲突模式研究似乎属于一个常识性的研究命题，但遗憾的是，在小说研究的著作中却常常看不到冲突模式的研究，以此观之，冲突模式研究又构成了西部小说研究的一个盲点。(5) 王瑶在为《中国现代文学三十年》作的"序"中提到，中国现代文学史"除尽可能地揭示现代文学发展的历史主流外，同时也注意到展示其发展中的丰富性与多样性，力图真实地写出历史的全貌"①。以王瑶的这段话为基准，我们不禁要问：西部小说在当代文学史叙事中到底呈现了怎样的面貌？西部小说的代表作是否被作为"历史主流"中的文本，抑或作为"丰富性与多样性"的一个环节被描述？文学史家对西部小说的定性与描述，理应反馈西部小说的研究成果。毫无疑问，文学史评价和读者接受呈现着西部小说被认可的程度，也映象着西部小说的价值意义，而关于此类问题的研究，便构成了西部小说的文学史评价和读者接受的研究，但这方面的研究至今还是盲区。

综上所述，中国当代西部小说研究发轫于20世纪80年代初，而成为一个独立的研究实体则是在90年代，三十多年来西部小说研究已取得重大进展，这些研究成果显示，西部小说是百年中国小说史版图中具有特殊的

---

① 钱理群等：《中国现代文学三十年》，北京大学出版社1998年版，第3页。

文化资源、风格形态和美学内涵的一种叙事样式，已具有了“学科”的意义。西部小说的动态性和开放性，以及现实文化语境的不断更替，都表明西部小说研究不可能有终结版，因此我们有必要从“暂时性”上来理解西部小说研究已取得的成果。我们不妨将前30年的西部小说研究看作基础性的研究，而今后的研究不仅是拾遗补阙的问题，不仅是以新的文学理论来重新观察和阐释西部小说的流变问题，而且更有可能向纵深研究推进，向深度化方向拓展，也就是发现与创造再研究的空间。如上文所述，西部作家精神结构的揭秘、西部小说文化基因的探寻、西部小说冲突模式的辨析，以及西部小说的文学史言说和读者接受状况的考察等，都是亟待拓展和充实的再研究空间，而本著的意义也许正在于对这些再研究空间的探寻与掘进。

第二节　中国当代西部小说的发生、时段划分及表现特征

何谓“西部小说”？关于这个问题的澄清是我们展开论述的基本前提。根据西部文学的研究现状，我们可以明显觉察到，由于对“西部”的概念整体上是模糊的，比如西部到底包括哪些省份，西部区域大到何种程度，所以，“西部小说”概念的界定也是模糊的。尽管中央关于“西部大开发”的决策囊括了12个省区市，包括西南（四川、云南、贵州、西藏、重庆）、西北（陕西、甘肃、青海、新疆、宁夏）和内蒙古、广西，且随着这一括定的被扩大（目前已扩大到“10＋2＋2”，即在上述省区市之外，再加上湖南的湘西、湖北的恩施两个土家族苗族自治州），“西部小说”的概念内涵也随之扩大，而在研究者的传统意识中，所谓“西部”则主要指西北五省区。十多年前中央关于“西部大开发”的决策，主要是针对东、西部经济发展的不平衡而提出来的，更着眼于政治和经济的意义，而无论如何，“西部小说”的概念界说在相当程度上受到了政治决策和经济发展的影响。说到底，“西部小说”无非只是一种叙事样式，虽然这个概念包含着一个容易引起歧义的方位词“西部”，却并不意味着小说可以分为东部、中部

或者西部。简单地从地理方位与行政区划，或者从政治的与经济的意义上来界说“西部”，并进而界说西部小说或西部作家则无异于隔靴搔痒、缘木求鱼，这样的研究思路必须得到扭转。

既然西部小说只是一种叙事样式，从文学的视域上来定义何谓西部小说应该是正路，或者说才具有唯一的合法性。西部小说概念的提出，是以大量的文学事实为前提的，即使在1985年前后的西部文学研究者那里，也特别注意从文学实践出发讨论何谓西部文学。当然，“西部小说”的创作实践与“西部”天然地有着内在联系，而这种联系主要表现为“书写西部”，将“西部”文学化。“西部”作为一种空间存在，在文学化之后与地理意义或别的意义上的“西部”相比已发生了本质的衍变，即它转化成了一种文学存在，更准确地说，已转化成了“小说西部”。这样看来，小说西部虽然与地理西部有关联，但已被赋予超越空间真实性的更多的意义，如审美的、想象的、虚构的能指。而这些能指是研究者更应该注重的元素，因为这些元素对定义西部小说更为重要。或许有鉴于此，丁帆在界定西部文学时指出，西部“是一个由自然环境、生产方式以及民族、宗教、文化等因素构成的独特的文明形态的指称，与地理意义上的西部呈内涵上的交叉。它的边界和视域，既不同于地理地貌意义上的西部区划，也不同于以发展速度为尺度所划分的经济欠发达地区”①。显然，丁帆是以“独特的文明形态”为基准来界说文学西部的，而西部独特的文明形态又是由“自然环境”“生产方式”和“民族、宗教、文化等因素”构成，这个界定有效规范了文学西部的边界，即有没有在叙事作品中反映西部“独特的文明形态”才是断定一部作品属不属于“西部文学”的依据。那么，什么样的文明形态才算是西部“独特的文明形态”呢？

西部小说叙事中“西部”自然环境的特殊性，是由自然山川、气候时令、地质地貌构成的，如崇山峻岭、戈壁荒滩、草原牧场、沙尘沙漠、风暴积雪、大河奔涌，如胡杨、沙柳、骆驼刺，如苍鹰在静寂的天空盘旋滑翔、骆驼在烈日下迈着艰难的步履跋涉，如大漠孤烟、长河落日、天苍苍

① 丁帆主编：《中国西部现代文学史》，人民文学出版社2004年版，第2页。

野茫茫、风吹草低见牛羊。西部小说叙事中的“西部”，是一个多民族话语的展演空间，是一个农耕文明与游牧文明相混杂的地带，是一个汉唐文化、陇右文化、敦煌文化、草原文化、雪域文化、大漠文化、绿洲文化相寄生的土壤，是一个伊斯兰教文化、佛教文化、道教文化、基督教文化等宗教文化相融会的场域，因之，西部小说的叙事话语便有了其特殊性，即它总要或隐或显地呈现这样或那样的地域文化元素。沉厚的历史积淀与多元文明的深度撞击，使“西部”在凝重之外难免有一种悲慨的沧桑感，这使西部作家总是能够融入社会的边缘及其底层去捕捉形形色色的人物，于是便形成了西部小说的人物谱系的特殊性，仅以甘肃作家为例，就有王守义创作的流浪汉系列、淘金者系列，张锐创作的盗马贼系列，邵振国创作的麦客系列等。恶劣的生存环境、悠远的历史传承、丰富的文化样态，以及相对封存的人文生态，都在无形中规范着西部人的性格，由此也形成了“西部人”性格的独特性。西部这方水土所养育的西部人的身上，自然弥散着强烈的地域文化气息。这块大地上的所有生命都在艰难挣扎中生长，你只要看看在一片昏黄的无垠的沙海中坚韧生长着的胡杨，就豁然明白，这里的一切都生就了一种顽强的性格。西部人无疑是这个世界的主体，他们为了生存和繁衍，向多舛的命运进行了多少惊心动魄的抵抗，他们对于人生、对于世界所产生的忧患感，远比富庶之地的人要沉重复杂得多，但多舛的命运同时唤起的是西部人对于自身价值的自觉与自信。更由于历史传承与文化塑形，使西部人的历史文化性格还表现为多种相反相成的结构，如深沉的历史感与强烈的现实感、九死不悔的忧患意识与指向未来的时代觉悟、恒定稳健的守常性格与渴望变革的内在激情、侠肝义胆的古道热肠与诙谐幽默的处世机智、淳朴宽厚的人情世态与追踪文明的紧张焦虑，都使西部人的性格处于两极震荡中而发生着裂变甚或蜕变，这才应该是西部人精神存在的文学关注。“西部之美”同样是一个值得探究的问题，从汉代沉雄大气的石雕开始，西部之美的风致在中国艺术史上便日见其宏大，在唐代终于形成了一个高峰，如苍凉豪迈的边塞诗、奇伟壮观的敦煌壁画、激越悲壮的秦王破阵曲、劲健沉雄的大面金刚舞等，均以其阳刚、雄奇、沉郁的风格而为世人瞩目，就是在当代西部小说叙事中，这种崇尚大美、苍凉、浑厚、遒劲、清新的风格诉求也未见式微，实际在杜鹏程、张承志、路遥、红柯、杨志军等众多西部作家的创作中都被承继和发扬光大。

根据上述论证，我们便不难界定西部小说的概念内涵了。简而言之，所谓西部小说，即是以西部独特的文明形态为主要言说对象的叙事样式。西部小说叙事中的“西部”尽管与地理方位、行政区划，或者政治、经济策略有一定关联，而其根本却是“小说”，是“小说”赋予了“西部”以别样的意义，也是在小说的视域中，“西部”才显得如此的多姿多彩与耐人寻味。因是之故，我们便将目光锁定于“小说西部”，也就是更多地聚焦于西北作家的创作，而适当延伸到西藏、内蒙古、川西北，因为在我们看来，这些地区的作家的创作更具有“小说西部”的性质。同理，小说的类别尽管很杂，我们的关注焦点却是西部乡土小说，西部作家多为乡土作家，况且西部乡土小说不仅数量多，而且西部小说的代表作也多为乡土小说，但也要论及其他小说类别，如西部自然小说、西部民族小说，因为它们同样都较为集中地反映了西部“独特的文明形态”。而就“西部小说”本身而言，也不过是历史的产物，包含了特定时期社会文化的综合，迈克·克朗曾指出，“描写地区体验的文学意义以及写地区意义的文学体验均是文化生成和消亡过程中的一部分。它们并不因作者的意图开始或停止，不寄居在文章中，不局限于作品的创作和推广，也不因读者的类型和特性而开始或结束，它们是所有这一切或更多综合作用的结果。它们是历史发展过程中空间被赋予意义的时刻”①。

廓清了西部小说的概念内涵，接下来的问题是我们应该追溯当代西部小说是在何种语境中发生的，因为只有这样，才可能较为准确地划分当代西部小说发展演变的历史时段，并随之观察每个历史时段西部小说的表现特征。一般来说，20 世纪 40 年代前期的文学分为解放区文学、国统区文学和沦陷区文学三个板块，而解放区文学无疑是以延安文学为重镇的。现在看来，延安文学时期是“文学西部”一次大规模的开发。20 世纪初，在以北京、上海和广州为中心的革命运动风起云涌之际，古老的西部却显得

① ［英］迈克·克朗：《文化地理学》，杨淑华、宋慧敏译，南京大学出版社 2003 年版，第 58 页。

异常寂静，新文学的足迹似乎无法抵达西部，只有当工农红军在甘肃会宁会师之后落根延安，当延安成为中国革命的重心，吸引了越来越多的文学青年的到来，西部的文明形态才破天荒地以其特有的方式进入到了新文学的视野之中。40年代延安整风运动的开展，尤其是《在延安文艺座谈会上的讲话》在西部的诞生，西部已注定将为新文学的转型与演变推波助澜，如新秧歌剧运动就是在陕北地区的民间秧歌、民间歌谣、地方小调等的基础上改编而成的，不仅如此，西部人物（这里主要指陕北地区土腔土调的底层人）也登上了历史的舞台，李季的民歌体叙事长诗《王贵与李香香》，同样是利用陕北民歌信天游的形式写成的。在这样的背景下，以柳青为代表的解放区成长起来的作家发出了当代西部小说叙事的先声，其早期的叙事文本如《种谷记》《铜墙铁壁》等，已表现出作家对于西部文明形态的敏感，叙事中也能注意地域文化之于人物行为方式的规范性。因此，我们有理由将1942年看作当代西部小说的逻辑起点。

根据逻辑起点，我们将当代西部小说的衍化大致划分为三个历史时段：1942—1976年为“形成期”，1976—1993年为“兴盛期”，1993年至今为“分化期”。当代西部小说的历史衍化，也是其审美个性从萌动、形成、成熟到分化的演进。而当代西部小说在不同历史时期的所有变化，既与国内整体的文化语境息息相关，也就是其力图与当代文学的大趋势基本保持一致，又始终没有放弃对“本土性”审美能指的探寻、发现和传达，正如研究者所言，“‘抵进本土’和‘呼应主潮’两条红线一直交替贯穿在20世纪的西部现代文学发展历程中”①。

当代西部小说“形成期”的表现特征。以《讲话》精神为主体，并融合“左翼”文艺的理论体系，论证和确立了“文学新方向”，经过1949年初第一次文代会的讨论，“文学新方向”事实上已被制度化，它“把延安文学所代表的文学方向，指定为当代文学的方向，并对这一性质的文学的创作、理论批评、文艺运动的方针政策和展开方式，制订规范性的纲要和具体的细则”②。“文学新方向”在当代文学前17年的叙事话语，主要表征

① 丁帆主编：《中国西部现代文学史》，人民文学出版社2004年版，第8页。

② 洪子诚：《中国当代文学史》，北京大学出版社1999年版，第15页。

为“革命历史图景展示”与“民族国家想象”，中华民族百多年来经历的屈辱史和民众心灵所承受的创伤史，最终凝聚为对旧世界、旧时代的怨愤与控诉，这正是革命历史图景展示的现实基础；而渴望民族国家统一的热切，以及已然成为社会主义国家新主人的欣喜，也转化成了民族国家想象的主观驱动。这样的叙事话语不仅同样适用于西部作家，而且在某种意义上，西部作家甚至成了代表潮流的“中心作家”，杜鹏程的《保卫延安》被史家认定为革命历史图景展示的范式文本，而柳青的《创业史》顺理成章地被认定为民族国家想象的重要代表作。但由此也证实，西部小说的“叙事样式”还处于酝酿、形成时期，其文化个性和地域特征都未能成为柳青们叙事的最大亮点，或者说，他们文本中微弱的地域性声音被淹没在时代主旋律的大合唱之中了，《保卫延安》也好，《创业史》也好，抑或王汶石的小说也好，还都没有传达出西部文明形态的清晰景观。我们将柳青、杜鹏程、王汶石等视为“西部作家”，主要是因为他们在叙事中已经有了展现西部文明形态的冲动和尝试，尽管文本中地域性的声音微弱，但影响深远，没有他们的书写经验作为参照，很难想象后起的西部作家会生发那么明确的言说地域文明形态的意识。柳青们对后辈西部作家产生持续影响的，还是他们的文学精神，他们将文学活动看作与商业利益无关的崇高的“事业”，坚信凭借“先进的世界观”能够正确认识生活和人的生命过程的“本质规律”，他们把生活看作创作的唯一源泉，相信自己能够成为“人类灵魂的工程师”，他们是延安文学精神坚定的追随者和实践者。此即西部作家的精神根脉所系。

当代西部小说“兴盛期”的表现特征。无论如何，新时期是一个万象峥嵘的文学时代，也是一个开放的兼收并蓄的叙事时代。经过漫长的探索与体认，西部作家在“呼应主潮”的同时，有意识地挖掘“本土性”的审美能指，西部小说独立的叙事品格也终于呈现了出来，它以其原创、深刻和多元的审美能指与美学内涵，及其对西部文明形态全方位的动态的观察与描述，而成为新时期文学版图乃至20世纪中国文学版图中一个不可或缺的重要构成。西部小说在这个历史时段的“兴盛”表现在多个方面：(1)作家阵容空前壮大。归纳起来，这个阵容由四种创作力量聚集而成，首先是西部资深作家如柳青、杜鹏程，其次是被流放到西部的作家如王蒙、张贤亮，再次是曾寓居西部的作家如张承志、陆天明，最后是西部本土中青年作家如路遥、扎西达娃，因为他们的共同努力，使空间存在的“西部”演变成了一个蕴蓄着丰富审美能指的文学性的西部。（2）小说流派纷呈。1985年前后席卷当代文坛的文艺思潮，如“伤痕”“反思”和“寻根”，都不失时机地被西部作家所接受，但他们往往能结合自身的西部体验而将其思考的深度沉潜到人性的层面，既显示着荒诞年月里人性的逐渐苏醒，又包含着对于异化人性的深刻批判，如张贤亮、王蒙的“历史创伤记忆”的文本，如文乐然、肖亦农、杨威立、景风的书写“知青”生涯的文本，这类叙事是文学主潮在西部大地上的有力回应；路遥、贾平凹、邵振国、柏原、浩岭等作家显然走的是新乡土小说的路子，他们对“本土性”经验的重视应该说胜于对文学主潮的回应；唐栋、李斌奎、李镜、李本深、王宗仁、毕淑敏等军旅作家为读者展示的是不为人们所熟悉的人物、场景和情节，他们往往将主人公置于边缘情境，从而达成对人性的深度探视；张承志、马原、杨志军、邓九刚、杨争光等作家创作的具有浓郁现代主义意味的小说，或通过文体的并置、错位、变形，或采用象征、隐喻、荒诞等修辞手段，或打乱叙述者的身份、角色、语气，他们的叙事不仅显示了西部小说可能具备的现代主义品格，而且可以说它们也是引领当代文艺思潮的叙事；在扎西达娃、阿来、梅卓、格央等作家创作的神秘主义小说中，人物常常活动在幽森、禁闭、神秘的生存环境中，而某种超自然的力量又是改变人物命运的主导因素，神秘主义倾向的产生极为复杂，但自然效应、文化效应及创作效应则为产生的主要原因；赵光鸣、陆天明、王守义等作家创作的流浪者小说，已经超越了地理意义上的流浪书写，他们赋予了主人公的人生漂泊以形而上的况味，强化了某种中国式移民离乡别祖过程中的精神恍惚与情感苦楚，以及某种寻找生命巢穴的旅途中灵魂游荡与左右为难的现象；张锐、张弛、徐广泽、李彦清等作家创作的硬汉子小说，叙说的是源自苦难的社会底层而绝不向悲剧命运低头的硬汉，他们也是贫瘠、苍凉和沉寂的西部大地的魂魄，体现着西部理想人格的魅力。（3）各自具有美学内涵的文本世界的渐成。所谓文本世界，是指作家对某种书写对象的反复言说和深度叙述，如沈从文之于“湘西”、柳青之于“蛤蟆滩”，文本世界的形成则标志着作家的走向成熟，而在这个历史时段有众多的西部作家建构起了其文本世界，如路遥的“城乡交叉地带”、贾平凹的“商州”、张承志的“北方大陆”、杨志军的“荒原”。（4）代表作层出不穷。这里所谓“代表作”是指那些可以代表这个时段西部作家创作水准的文本，如张贤亮的《绿化树》、路遥的《平凡的世界》、张承志的《金牧场》、贾平凹的《浮躁》、扎西达娃的《西藏，隐秘岁月》、陈忠实的《白鹿原》等，这些文本在当代文坛产生过广泛影响，为西部小说赢得了崇高的文学声誉。（5）文学影响日渐扩大。从新时期初始，西部小说便显示出向外扩张的态势，到1993年其影响终于达到极限，以“陕军东征”为标志，震动了整个中国文坛，我们以1993年为这个历史时段的下限，也是考虑到西部小说影响的限度。当然，还不止这个原因。1993年，陈忠实的《白鹿原》、贾平凹的《废都》、京夫的《八里情仇》、高建群的《最后一个匈奴》、老村的《骚土》和程海的《热爱命运》出版，这6部长篇的热销好像为振兴中国当代文学带来了某种希望，但究其实质，各种媒体炒作都充满了商业化的气息，而且“东征”的命名本身似乎也是出于促销策略而进行的名称“包装”。正所谓盛极而衰，“陕军东征”的遭遇说明，纯粹文学的时代已经衰落，接着到来的将是消费文化的时代。

当代西部小说“分化期”的表现特征。20世纪90年代中国最重要的现象是市场化、城市化和全球化，市场经济全面展开并获得体制上的合法性。社会体制的转型对文学活动造成的直接影响是，作家、文学刊物、出版社等原则上不再依靠国家资助，而是进入了市场，市场化不仅改变了作家的生存方式，而且作品本身被市场选择和干预。消费时代的到来，对西部作家来说无疑面临着种种艰难的抉择，是捍卫精神立场，还是全身心地适应市场？是弘扬西部作家的文学传统，还是以文化市场的需要为导向来写作？是甘于清贫，还是以文学为手段谋求商业利益？任何作家都是现实地存在着的，西部作家所面对的难题也是90年代中国作家所共同面对的难题，但由于微观的文化语境和地域文学传统的不同，西部作家内心所激起的狂澜必然要甚于东、南部作家，他们需要更长的时间来观察和适应时代的巨变，而东、南部作家却易于适应市场经济，如苏童、朱文、何顿、张欣、邱华栋等作家在消费文化语境中反而如鱼得水。消费时代的到来，对西部小说而言，是进入“分化期”的标志，其表现特征为：（1）作家队伍的重组。柳青、杜鹏程、路遥、邹志安等作家先后谢世，使西部小说创作力量削弱；张贤亮的弃文从商并转而投资西部电影城，王蒙的写作不再涉及西部题材，张承志在出版《心灵史》之后转向散文写作，陆天明转向电视剧本写作，也是创作力量的削弱；陈忠实、扎西达娃、王家达、赵光鸣、柏原、张锐、高建群等众多作家再没有推出高质量的作品，即是创作力衰弱的表现。也不是所有西部作家都不能承受消费文化的强力冲击，如贾平凹几十年始终坚守西部并笔耕不辍，21 世纪以来就有三部大作品问世。但总体上看，由于大批西部作家的退出、转向或辍笔，1993 年之后的最初几年，代际作家之间的接力颇有青黄不接之感，这就意味着即将出场的西部小说叙事新的主力军——新生代西部作家，必须靠其智慧力量来化解时代加诸他们身上的矛盾、压力和冲击，他们必须保持内心的平衡，守护文学信念，通过不懈的努力来创造属于自己的叙事样式。（2）“扺进本土”和“呼应主潮”的矛盾显得异常尖锐。这种矛盾多发生在新生代本身，矛盾的不断推进也就表示“分化”的持续存在。90 年代的文学主潮是写作与市场的共谋与合作，而合谋的结果是写作变成了一种符号消费，但如何使文本变成一种能盈利的符号消费品呢？经过市场的运作、操作和炒作，美女作家、美男作家、上半身写作、下半身写作等纷纷出笼，“欲望”“身体”和“消费”等成了小说叙事的关键词，于是，文学的社会意义也随之大为减弱，传统意义上文学的认识性、批判性和教育性等功能遂土崩瓦解。文学主潮对新生代西部作家造成的影响是，一部分人开始放弃西部小说的本体性特征——也就是再现西部“独特的文明形态”，转而书写“城市小说”以迎合正在崛起的市民阶层的欣赏趣味和都市情调，走向了欲望化的书写道路，季栋梁、陈继明、叶舟、史生荣、唐达天等作家都是显例。季栋梁是写城市小说较力的作家，从他有代表性的城市小说如《让生命飞翔起来》《挽男人胳膊的美人》，根本就看不出“西部小说”的任何气象，主人公朱大军、解玉的故事可能发生在中国的任何城市，因此，将季栋梁们也称为“西部作家”就很勉强。但我们没有必要对一个作家做机械的认定，如郭文斌，在完成了《瑜伽》《水随天去》《陪木子李到平凉》等城市小说之后，复归西海固大地，于是就有了《吉祥如意》这类严格意义上的西部小说，所以，我们认为他是一个西部作家，但只论说他的乡土小说而不涉及其城市小说。与季栋梁们相反的是，绝大多数新生代西部作家对文学主潮采取的是拒绝的姿态，其“拒绝”的底气来自他们对西部文学传统的承继，在他们看来，文学活动终究是一种与商业无关的灵魂的事业，他们怀着虔诚之心从事文学活动，将文学的根深深地扎在西部厚土之中，他们与西部父老同声歌哭，却又能站在历史的、审美的、文学的维度观察和书写进行时态的歌哭，开掘出了厚重的西部本土性的文学资源，阿来、雪漠、红柯、董立勃、郭文斌、刘亮程等作家进入21世纪之后显示了其强劲的创作势头，他们真正代表着西部小说的未来。（3）消费时代文学高地的形成。文学高地形成的前提是精神高地，而置身于消费文化语境中的作家要构筑起精神高地谈何容易，他们每天必须面对消费文化之于精神阵地悄然无声的侵蚀与同化，没有足够的定力和防御力是不可想象的。现在想来，90年代展开的“人文精神”的大讨论，正是知识分子痛感人文精神全面失落，并希冀通过“讨论”以唤醒国民重建人文精神的补救之举。而对偏远地区的西部作家来说，他们虽然没有参与到那场旷日持久的讨论中去，但他们已深刻体认到人文精神对他们文学事业的重要性，他们用行动证实了人文精神的导向作用。除了坚守纯粹的文学性之外，他们还寻找和发现了充分的精神资源，我们认为，其精神资源由以下几方面的资源组构而成。首先是西部文学精神传统的鼓舞，如柳青那一代西部作家对他们的样板意义；其次是对中国传统文化精神的汲取，如儒家的参与精神、道家的无为精神、佛家的慈悲精神；再次是民间文化精神的滋养；最后是中西方经典作家文学精神的激励。在人文精神普遍沙化的消费时代，西部作家却拥有和守护着丰富的精神资源，这就为他们走向文学高地奠定了基石。经过西部作家集体性的努力，西部小说终于再次跃居高地，贾平凹的《秦腔》《高兴》，杨志军的《远去的藏獒》，阿来的《尘埃落定》，雪漠的《大漠祭》《猎原》《白虎关》，红柯的《西去的骑手》，董立勃的《白豆》，石舒清的《清水里的刀子》，郭文斌的《吉祥如意》等叙事文本，便是文学高地的象征。

第三节　本著的研究价值、研究内容及研究思路

为什么我们将本著的研究成果命名为“中国西部小说叙事学”？需要说明的是，此命名并非突发奇想的结果，相反，它内蕴着我们双重的学术意向。杨义在提出“中国叙事学”这个重要的学术性概念时，说过这样一番话：“一批学者认真地翻译了英、法、美诸国的一些重要的叙事学著作，令人视野大开；但也出现了一些对我们漫长的叙事文学传统不加深究的学人，大写理论批评或文学史论著作，进行了半是探索性的、半是削足适履的工程。开通风气是非常必要的，除非对民族生存和发展不负责任的妄人，才会在改革开放的今天把自己封闭起来。但是为了使开通的风气不致成为过眼烟云，有必要采取实事求是的态度，深入地研究中国叙事文学的历史和现实，研究其本质特征，并以西方理论作为参照，进行切切实实而又生机勃勃的中国与世界的对话。”① 杨义的这番话对我们的启示在于，其一，我们应该将叙事学作为一种视角，在承认西部小说有其独特的叙事传统的前提下，深入探讨西部小说的历史与现实，而将发现和呈现西部小说的本质特征作为研究的中心环节；其二，西部小说本质特征的发现和呈现，凭借传统的研究方法（如遵循作家浅尝辄止的创作谈进行研究，或从普泛的美学概念出发，进行大而无当的美学叙说）是无法做到的，我们必须借助叙事学的研究方法，同时吸收接受美学、审美批评、社会历史批评的研究方法，多角度、多方位地审视西部小说的叙事形态，对西部小说叙事的基本要素、组合方式及结构形态进行归纳、演绎和分析，只有这样，我们才能找到西部小说与中国乃至世界对话的基础。正是本着这样的观念，我们从西部小说的精神结构、文化基因和冲突形态中探查到了其本质特征，而本著的所有表述，都可看作对西部小说本质特征的阐释。

那么，本著双重的学术意向到底是什么呢？“中国西部小说叙事学”

---

① 杨义：《中国叙事学》，见《杨义文存》第1卷，人民出版社1997年版，第1页。

这个命名有两种解读：第一种解读，可将其看作“中国西部小说”与“叙事学”的组合；第二种解读，可将其看作“中国西部小说叙事”与“学”的组合。第一种解读体现了本著第一个学术意向，即从叙事学视野上对西部小说的叙事要素、组合方式和结构形态进行归纳、演绎和分析，以深入探查其本质特征；第二种解读体现了本著第二个学术意向，即将西部小说叙事看作一个学科，无论如何，西部小说叙事有其相对独立的知识体系，尽管这种知识体系尚不完整更不完善，但本著怀着抛砖引玉的目的，以期引起更多研究者的关注、投入和合作。

研究价值：本著通过对中国当代西部小说尽可能多层次、立体性的深入研究，以重新审视和厘定学术界多有争议的“西部小说”的概念、命名、历史时段划分，及其特有的意义范畴、审美能指、历史内涵、精神高度和叙事特征等诸多重要命题，试图站在某种高度上以体现出研究的历史性、科学性与系统性。基于此，本著注意开掘当代西部小说发生的文化语境，而在百年中国文学史的宏阔视野中观察和归纳西部小说发展、演变的历史必然性，这种对西部小说的“史学”观照，不仅使西部小说研究具有了坚实可靠的时空基点，而且可以深度体察其所拥有的精神资源及其在叙事实践中的丰富表现。本著的展开，无疑有助于推动对西部小说的理性认知与品格提升，并为西部小说的持续繁荣提供理论依据。

西部小说作为西部文学的重要构成部分，体现着西部作家对于自身生存状况和西部文化的深层思考，其叙事既是数千年来西部精神的集中凝聚，同时也镜像着当代中国正在发生的巨大变化。虽然在西部文学的历史上，最古老的文学形式是各民族的史诗，但其对于战争、苦难、不屈精神等的描述，却使得它们与现代意义上的小说有着天然的亲近。因此，比之于西部文学中的诗歌、散文等其他体裁，当代西部小说因为具有灵活多变的形式和结构故事的优势，而更能体现出西部特有的文化品质和精神浓度。这不仅让它们成为当代各种文化类型中最能聚合西部精神的文本形式，而且也获得了比诗歌、散文更大的读者群体。当然还应该看到，无论是当代西部小说所体现的丰富的文学精神，还是作家在小说创作时所进行的种种文体实验，都为当代中国文学提供了一种崭新的艺术尝试和美学表述。所以，对当代西部小说进行深入的研究，无疑可以使我们进入西部文学和西部精神的内核，并进一步把握“文学本土化”所要求的内在超越和美学品质。

西部小说对当代社会强烈的“干预”意识，例如，恶劣环境中对于民族自信心的张扬、灰暗现实生活中对于人性的发掘、虚妄的历史话语中对于底层生活的关注、缺钙的精神世界中对于英雄主义的呼唤等，都使西部小说在当代文坛显得卓尔不群和自成格局。我们从雪漠的《大漠祭》《猎原》《白虎关》，红柯的《西去的骑手》《美丽奴羊》，董立勃的《白豆》《米香》，阿来的《尘埃落定》《空山》，杨志军的《藏獒》《远去的藏獒》，石舒清的《清水里的刀子》，郭文斌的《吉祥如意》等文本看到的，是文学对于社会的一种真诚的责任。尽管我们说当代西部小说还存在着这样或那样的问题，但在“新世纪十年”的今天，当整个社会都在市场化、城市化和全球化的文化语境中似乎迷失自己的时候，西部小说却用它所能达到的高度，为当下人们的道德和精神走向树起了一杆标尺。故此我们说，西部小说不仅是西部文学的未来，而且可能是消费时代中国当代文学的未来。

研究内容：本著的最终研究成果体现为六论，分别是“绪论”“精神结构论”“文化基因论”“冲突模式论”“史评接受论”和“余论”。

“绪论”部分回顾了西部小说的研究历史及其研究现状，指出西部小说研究尚有较大的再研究空间，西部小说研究已经到了向深度开拓的转型时期。澄清了西部小说的概念、命名及其学理根据，在我们看来，所谓西部小说即是以西部独特的文明形态为主要言说对象的叙事样式。追溯了西部小说发生的文化语境，在此基础上，划分出了西部小说的历史分期，我们将西部小说划分为三个历史时段，1942—1976年为“形成期”，1976—1993年为“兴盛期”，1993年至今为“分化期”，并逐一梳理了西部小说在各个历史时段的表现特征。“形成期”的西部小说未能呈现清晰的西部文明形态的景观，但作家已有了表现西部文明形态的冲动，他们的书写经验给予后起的西部作家颇多启发，而其影响主要体现在文学精神层面；“兴盛期”的表现特征为，作家阵容空前壮大，小说流派纷呈，各自具有美学内涵的文本世界的渐成，代表作层出不穷，文学影响日渐扩大，兴盛期西部小说登上了文学体制化时代的叙事高地；“分化期”的表现特征为，作家队伍的重组，“抵进本土”和“呼应主潮”的矛盾显得异常尖锐，消费时代文学高地的形成，分化是消费时代文学演进的必然，但对西部小说来说却是一个形成文体自觉的契机，新生代西部作家成为西部小说叙事的主力军。对最终研究成果的命名做了学理性说明。阐述了本著的研究价值、研究内容和研究思路等。

“精神结构论”旨在揭秘西部作家的文学精神、创作精神和人格精神，及其流变的内在机制。精神高度是西部作家取得辉煌艺术成就的前提，在以往的西部小说研究中，未能形成西部作家精神结构研究的整体性，故我们在本著研究中对西部作家的精神结构做整体观和整体性的描述，力图呈现出西部作家精神结构的整体形象。本章分三节，分别是“重铸民族文学之魂：西部作家的文学精神”“为谁写作：西部作家的底层意识”和“转型时期的文学能指：新生代西部作家的精神结构与历史境遇”。第一节主要对西部小说折射的文学精神进行了归纳，作为寻找民族自信力的艺术表达，西部作家凭借对西部乡土世界的真挚感情和深沉的眷恋，细心体察乡村中人们心灵的美好，他们感到，西部人固然有粗犷、豪爽的性格，但是在贫困与挣扎中也不失温和、细腻和善良。西部作家是站在弱势群体的话语立场上描述西部的，他们无法从心底摆脱作为一个农人后裔的价值观念和审美情趣，他们心中不时弥散开来的是一股浓浓的“乡土情结”，他们为农民之忧而忧，也为农民之乐而乐，他们为亲人、为乡邻、为西部父老而歌哭，这实际上也奠定了他们所从事的文学活动的底色。进入 20 世纪 90 年代之后，西部作家的审美追求中呈现出明显向西部文化资源深处开掘的倾向和努力，而且作家们普遍的一种审美理想，就是在继续张扬西部精神的同时，更大规模地、全方位地描述西部文明的兴衰演变史和对人类命运的终极意义上的思考，史诗性和整体性成为这个时期西部作家的普遍自觉和重要的创作表征。第二节主要讨论西部作家的底层意识及与其叙事之间的联系，底层意识是西部作家贯穿始终的创作意识，因为这种意识的存在，西部作家的创作总是与底层命运的衍变能够形成某些共振，从而在更高的意义上表述底层的真实状况。西部作家的文学人生一直在诠释“为谁写作”的问题，对这个问题的回答成就了他们的厚重与深刻。西部作家的底层意识又超越了具体的时代，他们与底层休戚与共的情感，使其叙事的声音总是能穿透历史的厚壁，给浮沉于社会底层的人群以继续生存的勇气与力量。西部作家的底层表述对21世纪底层写作具有多方面的启发性与示范性。第三节对新生代西部作家的精神结构和历史境遇做了分析，认为新生代西部作家在消费时代仍捍卫着文学的尊严，他们以人道主义和集体主义情怀关切着西部大地上被文化规约着的人，书写着巨变时代西部人的灵魂变迁。他们的创作在强调文学的社会性、现实性与参与性的同时，尽力复现西部特有的文化气韵与人情世态，使西部文学传统得以延伸和拓展。新生代精神结构的别一指向是浪漫主义精神的再度兴起，其潜在意图则是以自然对抗都市文明所导致的人性异化，并对抗世俗生活的平庸与奢靡有着鲜明的时代意义。新生代西部作家的文学活动与生命活动的高度融合，使他们有足够的耐力抵抗文学的商品化所带来的文学性的流失和文学想象力的贫乏。

“文化基因论”重在探寻西部小说的本质规定性，也就是辨别使西部小说成为西部小说的内在要素，地理人文环境、地域文化和民间文化精神的多重影响与深度书写，是使西部小说形成“本土性”叙事特征的主要原因。除了做宏观性的观察与描述之外，很有必要对“地方性文学与文化精神”的关系研究做抽样调查，因此本章择取了两个视点——当代秦地作家和宁夏西海固作家，前者是从历史维度分析文化精神传统对当代秦地作家的影响，后者是从现实维度考察民间文化精神对西海固作家的规范。本章分三节，它们是“在乡土、荒野及牧场之间：西部小说叙事与地理人文环境”“文化的接力：长安文化对当代秦地作家的深层影响”和“从现实走向诗意：西海固作家对地域文化精神的沿承与超越”。第一节剖析了西部小说与西部特殊的地理人文环境之间的渊源关系。中国西部的地理环境，作为西部人世世代代生活的栖息地，构筑了西部人独特的生命寄托和精神寄托，而西部久远的历史演进与社会变迁，亦渐次形成了西部人特有的地域文化心理结构。西部在地理环境上的诸多因素，不但影响着西部人的各种生命活动，更在意识形态文化和无意识文化心理上呈示出来，在西部人认知世界、审美地把握世界的活动中造就了异于其他地域的独特风貌。西部的地域文化环境为西部作家提供了丰厚的创作资源，西部作家亦珍视这历史性存在的地域风情、文化积淀和人文内涵。西部作家对“地方性的基本内容”和“地方性表达”的理解是深刻的，他们对地理环境有着天然的感受力和敏锐的观察力，特别是对西部自然景观、气候、风物、建筑、环境的描述，很大程度上丰富了西部小说的美学表现力，从而构成了西部小说不可或缺的美学特征。区别于其他地域文化小说家的是，西部作家常常把自然世界描写得铺张扬厉极尽奢侈，他们有时甚至把自然景物作为重心和主体，置于人物故事之上，西部作家所描述的雄阔壮观的自然景观中，渗透着多方面的人文内涵。第二节考察长安文化精神对当代秦地作家的深层影响，认为当代秦地作家在现代化语境中对长安文化的阐释与重构，是其文学精神生成的基础，也是其创作的根植与血脉所在，正是在这个意义上，秦地作家的创作才承载了丰厚的文化含量与意义深度。在题材的选择上，秦地作家将眼界一直延伸到了乡土和农民精神状态的深处，而这种乡土叙事动机的产生，在很大程度上却是缘于他们对长安民间文化的怀旧与想象，并携带着对传统乡村现代化转型的深切焦虑。在主题话语的生成上，秦地作家承继了长安士层文化中的悲悯情怀和进取意识，由此培育出了一种深刻关注现实的文学精神，民族国家想象、底层群体生存状态的展示，及狂欢式苦难图景和强力主体行为图景的交替呈现，是这种文学精神的基本历史向度。在叙述的方略上，秦地作家以宏大叙事和传奇演绎为叙述的两极，其渊源正在于长安长期处于权力的中心而在其文化中生成了一种美学规范，即以叙述的宏大与奇观为极致。长安文化的沉雄阔大，造就了当代秦地作家的襟怀与气度，表现在风格形态上，则被具象化为“恢宏气象”和“史诗品格”，秦地文学亦借此在不断更迭的历史命名中得到了身份确证。第三节讨论了民间文化精神与西海固作家的多重联系，西海固是一个“苦甲天下”的地方，但西海固作家的苦难意识已不同于80年代的西部作家，他们对苦难的认知也越来越贴近大地本身，在他们看来，苦难不仅是一种生存的常态，更是一种文学的常态，问题的关键仅仅在于“如何表述苦难”。因为石舒清们对人与自然神话的关系的理解更精神化，所以也就能从容展开自然神话的复杂意蕴，并尝试从哲学高度来诠释苦难、表述苦难和升华苦难，这个过程即苦难的诗意化过程。西海固作家的敏锐之处还在于，他们常常能从大苦之中感受到来自精神深层的大乐，但这种大乐却不是狂欢，不是毫无节制的情感放纵，他们更懂得珍藏，懂得在天长日久之中去慢慢品尝和释放来之不易的大乐，这是苦难诗意化叙事生成的文化心理基础。在消费时代众声喧哗的文学大潮之外，怀抱静穆之心而坚守文学活动的底线，使西海固作家的目光总是能够穿透现代思维模式所导致的概念壁障，也不再受制于乡村与城市、边缘与中心、前现代与后现代等文化板块所形成的惯性，而是尝试以其精神之光来照亮西部人生存的艰难、琐碎与平庸，以及在这些艰难、琐碎与平庸中生成的美感与诗意，从而给人一种生存的勇气与精神的敞亮。西海固作家对地域性民间民俗文化的体验和书写，正好与消费时代通行的所谓“私人化写作”和“身体写作”构成了鲜明的比照，可看作对文学潮流的反正，而体现着丰富的民间文化精神。西海固作家对文学性的坚守，除了对现实主义文学传统的承继与光大之外，还表现为对各自文本世界的苦心经营，无论是文学意象的创构、叙述视角的探索、历史眼光的养成，还是叙事语言在柔韧性、旋律感和新颖度等方面的尝试、打磨或延续，却都能够将自己的生气与理念灌注其中，他们因之也就建构起了独特的文学存在方式及其对社会的发言形态。西海固作家的创作是脱离了商业羁绊的纯粹的文学性创作，是“出世”精神照耀下的“入世”的创作，他们的创作至少显示了攀登经典高度的可能性，他们敢于突破自我、否定自我的勇决，以及打破文学潮流的魄力，都给人们带来了别样的欣慰和期待。

“冲突模式论”力图揭示西部小说中反复呈现的主要冲突形态，并意欲对西部小说的研究由表象进入深层，以求深度把握西部小说运作的内在规律。“冲突模式”是西部小说研究中的一个盲点，尽管以往的研究中或多或少有所涉及，但都未能引起研究者的高度重视，因此在这个环节的研究中我们尽可能凸显原创性。本章分为三节，它们是“西部小说叙事的可能深度：灵与肉的冲突”“西部小说叙事的地域根性：人与自然的冲突”

和“西部小说叙事的母题衍化：传统与现代的冲突”。第一节以西部小说谱系中影响甚大的三个文本为例，详细析解了西部小说叙事在展现灵肉冲突方面的探索、不足与可能。展现灵肉冲突是中西方经典叙事一个常见的母题，虽然西部作家对这个叙事母题做了大量的探索并彰显了叙事实绩，却尚未取得根本性的突破或超越，我们以“灵肉冲突”作为视角，也是为了追踪西部小说关于这个母题在历史维度上的具体呈现，并反思其是否有可能建构某种深度模式。从《创业史》的叙事现实来看，柳青也在力图展示着灵魂的深度，但毕竟受整体文学语境的影响，对于灵魂的复杂性与矛盾性，以及灵肉冲突所造成的深刻的分裂、痛苦和挣扎，却不能有深度地呈现出来，因此当时过境迁，当“合作社运动”成为一种历史，成为历史事件的时候，它就难以给人造成心灵深层的震撼。然而，如果回到历史现场，回到20世纪60年代初那个历史语境中，柳青有如此不同的探索和书写灵魂的热情，也就是李希凡所说的“展开了人物内心世界”，已非常不容易了。在这个意义上，我们没有理由不向柳青致敬，因为他属于当代作家谱系中能够在文本里自觉展示灵魂、解析灵魂、言说灵魂的为数不多的作家。《绿化树》中的主人公章永璘，不像极具号召力的、心怀乌托邦激情的梁生宝，他只是一个自顾不暇的期待获取某种社会身份的平凡人，是一个以“活着”为人生追求的边缘人，是一个处于灵肉冲突状态的知识分子，他无时无刻不经受着饥饿、无名，甚而是死亡的威胁。阅读《绿化树》，使人无不深切感受到一种来自灵魂深层的紧张——这种紧张常常要溢出文本之外，还有那无时不在、无处不在的灵肉冲突，“紧张”与“冲突”因此构成了《绿化树》运思的关键词，而其文学价值也正在于作家对这两个叙事关键词的通透与展开。重读《白鹿原》，我们仍能感受到那扑面而来的乡土文化气象，以及纠结在这种文化气象中的各种冲突，而灵与肉的冲突更是给我们以持久的震惊，那一个个苦难深重的女性犹如那块沉寂而贫瘠的土地上跃动的精魂，她们由于种种原因死于非命，而她们却阴魂不散，以自身历经的苦难诠释着“女性”从蒙昧到觉醒、再到自觉的过程，她们在不知不觉之间将人们带向了一个虽然古老却夹杂着浓厚现代意味的西部文化时空，为我们展开了民族历史中深藏不露的“秘密”。而在那些游荡的精魂中，田小娥、鹿冷氏、白灵等女性的人生遭际，她们不得不经受的灵与肉的双重苦难，实际上代表了那个时代众多女性共同的历史命运，寄寓了作者对中国传统文化的冷峻思考。第二节考察了人与自然的冲突模式，表现自然神话是西部小说叙事由来已久的题材取向，这一取向的发生当然与西部特殊的自然环境相关，自然神话的书写必然要思考和展开的是人与自然的复杂联系，其复杂性主要体现在人与自然始终处于既冲突又和谐的纠结之中，由此形成了西部小说叙事中人与自然的三种冲突形态：自然作为人的对立面而存在，自然的“在场”对人性的更改；放逐“人化的自然”观念，恢复自然的神性与魅性，重估人与自然的主客体关系；从生态视野再审视人与自然的紧张与冲突，追溯人的终极根性，探寻人的更为深远的生命境界。第三节分析了传统与现代的冲突模式，20 世纪的中国始终处于传统与现代的激烈冲突之中，由此形成了百年中国文学书写传统与现代冲突的母题形态，这一母题形态同样在西部小说叙事中有真切的反映，但经历了一个曲折的演变过程，从全力向现代性倾斜，到试图调和传统与现代的矛盾，再到重返民族文化传统，表明西部作家对现代性问题的认识也是一个逐渐深化的过程。

“史评接受论”从文学史评价和读者接受的视角探讨了当代西部小说的命运遭际。文学史评价反映史家对它的认可程度，而读者接受程度则反映着它所产生的社会价值意义。意味深长的是，史评与接受并不是总能达成一致，在西部作家身上这种矛盾甚至有时表现得非常明显，因此，对西部小说从上述两种视角进行研究，其价值不仅是重新反思和透视西部作家的创作问题，而且在更宽泛的意义上说，也是对整个当代文学史叙事者的史学观念、价值立场、评价尺度，以及读者接受机制的反思。在西部小说的研究史上，这个研究领域尚属盲区，所以此领域的努力更具有探索性质。本章选取的文本在西部小说谱系中影响较大并较有代表性，它们问世的时间长，经过了充分的争鸣与研究，是文学史中可以或已经定性的文本。本章共分三节，分别是“《创业史》：当代文学史反复言说与沉浮不定的经典”“‘路遥现象’：再议当代文学的一桩公案”和“《白鹿原》：新历史小说，家族小说，抑或西部小说”。第一节对“柳青《创业史》现象”

进行了考察。在中国当代文学史上，还没有一个作家的文学史地位像柳青一样大起大落，也没有一个文本像《创业史》一样备受推崇和横遭贬黜，当代文学所经历的辉煌与曲折，所承受的荣耀与阵痛，所肩担的责任与悲情，似乎最终都要浓缩为一个作家和一个文本——“柳青《创业史》现象”。这个现象是中国当代文学史上一个异常复杂的现象，其复杂性在于，柳青将“左翼”文学和延安文学的传统顺理成章地带入当代文学中来，他自始至终践行《讲话》的精神要求，创作态度的极端虔诚，使他终至代表了一个时代的文学高度，他又是从社会的最底层观察时代的变迁的，代表着底层群体的愿望诉求和人生期待。由于他身处一个政治话语一统的时代，所以，在政治话语交替中他免不了要经历各种沉浮，文学史在言说他和《创业史》的时候，也潜在地从政治话语进行基本的判断，“文学柳青”总是走不出“政治柳青”的阴影。然而，路遥、陈忠实这些后辈西部作家却能轻易剔除附加于“文学柳青”身上的种种迷障，这不仅是因为共同的文化背景使然，还因为他们对文学的共同追求使其能够跨越时代的沟壑而进行精神的交流。关于“柳青《创业史》现象”的史学评价，不仅折射出50多年来当代文学的文学观念、话语方式和叙事范型的转变，而且也征候出“左翼”文学和延安文学传统的话语流变、现实主义文学的处境日难，以及底层作家可能承受的悲剧性质疑。第二节对路遥及《平凡的世界》现象做了考察。相对于其他西部作家，路遥的文学史境遇可以说更加“不幸”，在21世纪以前一直不能进入文学史。路遥从20世纪80年代初便崛起于文坛，10年的时间创作了数量惊人的叙事文本，但史家却似乎“无法”将其归入任何一种文学流派，路遥写作的边缘性、传统性和底层性，使史家默认和遵循的评价标准及价值立场受到空前的挑战。而《平凡的世界》却又是当代文学中最受读者欢迎的文本之一，是大学生自觉选择的“成长”历程中必读的文本，其影响之大，在百年中国文学史上也是一个奇迹。路遥曾经被史家“集体遗忘”，而读者对《平凡的世界》却有着持续的热情，两者之间形成了一种令人匪夷所思的张力，这种张力的巨大存在，正反映出文学史叙事者必须回答的根本问题：文学史到底要说什么。史家是否坚守了某种可信的尺度，是否其价值立场值得追问，是否其真实反映了当代文学的“丰富性与多样性”，这些问题的存在，当然不是只通过“重写文学史”就可以解决，如果不能清晰回答根本问题，文学史叙事将永远可能重复相同的尴尬。第三节对“陈忠实《白鹿原》现象”进行了考察。《白鹿原》被史家广泛叙事且评价甚高，研究者对它投注的热情也令人惊叹，而关于《白鹿原》的定性却总是恍恍惚惚，有人认为它是“家族小说”，有人认为它是“新历史小说”，还有人说它是“世纪史诗”，并不是说这些定性有什么谬误，而是说它们实际上都从“思潮”的角度对其进行了叙事，从各自的叙事需要对它进行了定性。而我们的主张是，能不能换个视角，将《白鹿原》从“西部小说”的意义上予以定性？这才是一个值得探讨的问题。西部小说数十年来成就巨大，以参与作家之众、作品数量之丰、艺术成就之高、持续时间之久而论，西部小说都更具有言说的必要，早已具备了“思潮”与“流派”的意义，但通观中国当代文学史叙事，却一直未能发现西部小说的存现之地，这个现象或许更需要我们反思。

“余论”部分对西部小说在消费语境中所呈现出的文化意义进行了阐发。本著将西部小说作为研究的窗口，其价值意义不仅表现在整合与深化西部小说研究的既有成果，而且表现在这其实也是对中国当代文学的整体动向与存在问题以独特方式进行的观照。本著在运作中所把握的关键词，如精神结构、文化基因、冲突模式，以及文学接受，都事关转型时期中国当代文学演进乃至中国当代文化建设中无法回避的深刻矛盾与复杂纠葛，事关文化建设如何缓释世界性潮流影响下本土性文学与文化诉求所形成的巨大张力。问题意识与研究视野的择取，也表现出我们对中国文学之当代境遇的深层焦虑、思考及探寻。

研究思路：本著的运作具有“再研究”的性质，故需要在“再”字上下功夫，而“融”“化”和“拓”三个字的展开则是“再研究”思路的具体实施。所谓“融”，就是尽量将以前有关西部小说的研究成果融化到本著的范畴之中，没有深广的阅读积累和谦虚的学习精神，要在这个研究领域有所创新只能是纸上谈兵，但光有积累和学习是不够的，还需要有鉴别和发现的眼光，也就是从那些被一般研究者所忽略的成果、材料中甄别出有价值的东西来。所谓“化”，不外乎两种方式，一是将所需成果和材料融化到本著的研究之中，它和上面提到的“融”是有所区别的，“融”是不做任何改动的就地取材，而“化”是将那些有价值的观点与本著所持观点的合二为一；二是在原研究成果基础上的进一步掘进，以往的研究，因为视角、材料、语境等主客观因素的限制，有些结论在今天看来或许显得不太可靠，或是显得漏洞百出，但其价值意义仍然很大，需要更新和补充，这是化，还有一种情况，是过去的研究只停留在浅层次上，或者是点到为止，或者是材料支撑不够，都需要本著在汲取前人研究成果的前提下，做更深入的研究，这也是化。而所谓“拓”，则是本著研究中的创新，任何研究如果有创新都令人振奋，研究的魅力或许正源于此，但任何创新又都不是空穴来风，没有“融”和“化”的功力，就谈不上“拓”的实现，因此，本著的研究力求稳健，至少要做到有据而发、有理而发，不盲目趋时，也不随意采用“新方法”，但我们绝不故步自封、人云亦云，而是力求创新，即在稳健的基础上务求创新，这样的创新，在我们看来才是可靠的、有价值的。以上所述是本著研究的宏观思路。

本著的研究成果共分五章，在“绪论”和“余论”之外，详细论述了四个在我们看来是西部小说研究至关重要的问题，但这些问题却不可能各自为政，而是环环相扣、相互印证，也就是要呈现其“互文性”，从大的方面来看，“精神结构论”与“文化基因论”互为表里，而“冲突模式论”又离不开“精神结构论”和“文化基因论”的铺垫，“史评接受论”则是前三论基础上的合理展开。从小的方面来看，章节与章节之间也体现着“互文性”的结构原则，比如，我们在“绪论”中没有阐释何谓“西部作家”，而在第一章的第一节和第三节，则对“西部作家”的概念内涵做了界定。再比如说，“绪论”不是各章节内容的简单复述，而是对西部小说及研究的宏观扫描与把握，西部小说发生、发展、演进的总体线索，在具体的章节中将不会再有讨论，故如果没有“绪论”部分的预设，各章所论问题便难以深入展开。每个大问题下，我们又分作一系列小问题，每个小问题关涉一个研究点，例如第二章“文化基因论”，在第一节我们对西部文化的整体做了勾勒，在第二节我们又以秦地作家为视点，探讨了长安文化精神对他们的深层影响，而在第三节，则以西海固文化精神和西海固作家的关系研究为主旨，这种安排是在体现“大问题—小问题—小问题—大问题”之间的链状结构。以上是结构问题。

西部作家阵容壮观，西部小说卷帙浩繁，我们不可能对所有西部作家、西部小说都进行详细的分析，缘此，选择的意义便凸显了出来。我们的择取原则是“突出重点，兼及一般”“整体把关，微观钩沉”。所谓“突出重点，兼及一般”，就是在所有西部作家中突出那些较有成就的作家，而在那些较有成就的作家中要突出主要西部作家，这种“突出”或许会使人想到“三突出原则”，而谁都知道，主要西部作家更有代表性，也更能说明问题，因此，像柳青、张贤亮、张承志、雪漠、阿来、红柯这些作家往往是我们论述的焦点，但也要关注成长中的作家，或者是文学成就虽然不显著但在某些方面较有特色的作家，如了一容、梅卓、漠月等，因为当我们谈起“西部作家”的时候，他们也是必要的构成成员。“整体把关，微观钩沉”是适用于西部小说文本的择取原则，那些引起过广泛争鸣的大作品当然是最先吸引我们的，如《创业史》《绿化树》《白鹿原》，它们也是话题的论述中心，而那些虽然没有引起多少关注但具有鲜明“西部性”的叙事同样是引发我们论述的焦点，如《环湖崩溃》《泥日》《爱神？死神？》。“整体把关”有两个含义，一是对所有西部小说的宏观把握，这往往适合于西部小说共性问题的探讨，如“西部小说应不应该入史、怎样入史”这样的命题；二是按历史分期，对一个时段的西部小说的宏观把握，比如“消费时代的西部小说”一类的命题。“微观钩沉”的意思也有两个，一是文本细读，要读出别人没有读出的东西，但前提是要敢于突破成见，当然，“钩沉”还包括新材料的寻找与发现；二是文本与文论并重，不以论引论，更不空发议论，而是将文论与文本始终结合在一起。

研究的突破往往首先体现在观念的突破上，而观念的突破又往往有赖于对学术前沿和热点问题的关注与思考，我们力图对西部小说研究有所突破，这既是选择本著的良好初衷，也是进行本著的价值所系，所以，近年来学术界所研讨的前沿问题及关注的热点问题，必然会构成本著展开研究的参照维度。底层问题、现代性问题、文化精神问题、文学史书写问题、精神结构问题、“身体”问题、生态问题、消费时代文学的命运问题等，都构成了本著研究的现实维度。当然，这些研究维度的引入与运作，远不是为了学术趋时，而是为了给西部小说研究注入新鲜的血液与活力，从而激活与开掘这个研究领域可能的存在空间；而在更高的意义上说，新的研究维度的引入与运作，也是为了敞亮与描述西部小说在急剧转型的消费时代的命运远景，释放与澄清西部作家所面临的书写焦虑与思想困惑，从而为西部小说创作的全面走向经典化提供坚实可靠的理论依据。同时，我们在研究中还贯彻了一种反思精神，既有对当代文学纷纭而至的思潮与瞬息万变的动向的反思，也有对西部作家作品的反思，反思精神的生成与存在，皆源于我们对当代文学的责任感与使命感。文学从来都不是一个人的事情，更不可能是“私有形态”的事情，它需要所有以之作为事业的人来共同推进，共同在“荒诞”的凡俗人生之外，建构起一种可能的精神家园，因为只有通过这种途径，文学才有可能成为人们最终的诗意栖居之所。故此，在我们的反思中，必然要围绕诸如“文学性”“人文精神”“诗性情怀”这样的命题来展开。“文学性”本来就不是个问题，一个作家倘若从事文学活动就“应该”文学性地书写，但消费文化持久的强力冲击，使很多作家的书写中文学性因素渐趋弱化甚或蜕化，所以也就成了问题，我们有关文学性的反思渗透于20世纪80年代中期以来当代文学思潮的演进中，而不是止于西部小说。“人文精神”从90年代以来讨论得很多，而研究者却在面对具体文本时常常不能将讨论的结果渗透其中，显示了研讨与运用的背离，它对我们来说，确实构成了一种视角，比如《白鹿原》中田小娥形象的塑造，从人文精神的在场与否看，则不难发现作者陈忠实缺少更人道主义的终极关怀意识，反思的结果由此可见。文学活动原本就是凡俗人生的诗意化行为，但是，进入消费时代之后，在欲望化书写和暴力狂欢的展示中，文学应有的诗性也几乎消失殆尽，因此，西部小说叙事中诗性情怀的在场也就特别值得我们珍视，比如，在西海固作家这个环节的论述中，我们尤其对他们苦难诗意化的叙事进行了详细的分析。

第二章　精神结构论

本章旨在揭秘西部作家的文学精神、创作精神和人格精神，及其流变的内在机制。精神高度是西部作家取得艺术成就的前提，在以往的西部小说的研究中，未能形成西部作家精神结构研究的整体性，故我们在本章的研究中对西部作家的精神结构做整体观和整体性的描述，力图呈现出西部作家精神结构的整体形象。

第一节　重铸民族文学之魂:西部作家的文学精神

在进入西部作家文学精神的分析之前，有必要将西部作家队伍的构成做一简单考察，这是因为所谓“西部作家”是一个相对的概念，其内涵充满了变数。从西部作家的来源看，大体可分为三大块：西部本土作家、迁徙或下放到西部的作家，以及到西部做短暂停留的作家。西部本土作家如路遥、陈忠实、扎西达娃、王家达、柏原、贾平凹、红柯、雪漠、董立勃等，他们的显著特点是长期在西部的某地生活，其生活范围几乎未曾离开西部，而且在“西部作家”这一群体中所占比重也最大，当我们谈论“西部作家”这一概念时，所指也主要是这类作家。迁徙或下放到西部的作家如王蒙、张贤亮等，他们在西部生活的时间较长，写过一定数量的西部小说。到西部做短暂停留的作家，是指生活在其他地域的作家到西部观光旅游并有所感发，写过西部题材的作家，他们的作品数量少，不能造成改观西部小说整体面貌的影响，因此，不是本书探讨的重点。

从作品的呈现形态看，涉及什么样的作品可称为“西部小说”的问题。以小说创作而言，显然不是生活在西部或者到过西部的作家所写的小说就是西部小说，我们认为，只有那些指涉西部独特文明形态的小说，才可以称为西部小说。从这个意义上来说，西部作家这一概念的外延就需要重新界定。首先，一些一度被视为“西部作家”的作家，由于其后来笔锋所向已不再是西部的文明形态，所以，本书仅仅是指他们特定时段的西部题材创作。其次，不能把写过一两部指涉西部文明形态作品的作家就视为“西部作家”，我们的关注点是那些指涉西部独特文明形态的作品的连续性特征，也就是说，只有那些比较全面地描述西部独特文明形态的作家才可以被称为“西部作家”，由此看来，到西部做短暂停留的作家就不再是“西部作家”了。换句话说，前者是根据西部小说“质”的规定性来界定西部作家，后者是根据西部小说“量”的规定性来界定西部作家的。最后，作家本人虽然不在西部生活，但他们的小说指向却未曾脱离西部特定的文明形态，他们承继和张扬着西部小说的精神，所以，他们是“西部作家”。比如张承志，自 1972 年离开西部就再也没有在西部有过较长时间的居住，可是他的几乎全部重要的作品都写的是西部的人和事，因此我们没有理由认为他不是一个西部作家。对于“西部作家”这一概念的界限有了比较明确的把握以后，再来分析西部作家的文学精神，无疑会给人一个较为清晰的印象。

明确了西部作家，接下来就需要弄清“文学精神”的概念了，关于这个概念学术界也是众说纷纭。我们认为，所谓文学精神，就是作家在独特的人生体验的基础上，在民族文化心理结构中，在时代精神、历史向度、地域文化和社会文化的共同价值观念的合力中，所形成的对文学功用的深层次的认识和把握；是作家站在一定的话语立场上，以终极关怀为指向，以人类的诗性智慧为驱动力，以文学话语为组织材料，对特定社会进行的评判性的描述；它充分体现着作家的审美理想和审美追求，体现着作家创建个体艺术世界的意识、姿态和信心。本节将着力从文学精神内涵的诸种层面来探析西部作家的精神结构及文本世界。

一　苦难体验中民族自信力的艺术呈现

西部小说的兴盛是在 20 世纪 80 年代，这个时期从事西部小说创作的主要是经历了“文化大革命”的中青年作家。90年代之后，西部作家的构成多元化，一些“文化大革命”之后成长起来的作家也开始步入文坛。80年代从事西部小说创作的中青年作家，其人生体验的大部分内容与新中国成立以后的政治生活密不可分。而在这当中，中年作家的政治身份认同又显出一种迫切性，比如一度被打入右派的王蒙在第四次文代会上，曾以激动的心情呼喊：“我们与党的血肉联系是割不断的！我们属于党！党的形象永远照耀着我们！”[①] 张贤亮也在很多场合指出，他“对社会主义的信仰”是他理性的选择，是“来自对历史的必然性的认识”[②]。新时期之初的许多中年作家之所以有着如此强烈的政治身份的认同愿望，与中国知识分子身份认同的历史以及当时的社会转型和意识形态有着复杂的内在关联。中国知识分子在漫长的封建社会形成了一种“依附人格”，他们由战国时代的“游士”身份大多蜕变为在封建秩序中寻求认同的“士大夫”。进入20世纪，中国知识分子对于“革命”的身份认同，由最初的“个体性决断”，逐步地“思潮化”“组织化”“意识形态化”和最终“国家化”，使得“革命”认同逐步变为知识分子的唯一出路和选择。1949年至“文化大革命”时期，高度一元化的政治文化霸权则以革命是否建立了界限分明的身份结构体系。这一体系通过对“不革命”或“反革命”身份的歧视、改造和打击，有效地树立了“革命者”身份的绝对权威。80年代的西部中年作家，大多在1949年前后青少年时期有过对于“革命”身份的强烈认同，即使他们在后来的“反右”和“文化大革命”运动中遭受严重挫折，对于“革命”身份的认同仍然非常坚定。无疑，当他们“文学知识分子”身份与“革命”身份发生冲突的时候，他们必然减弱、放弃以至于取消对于“知识分子”身份的认同，这样又反过来极大地影响和制约了他们的文学活动。

20世纪80年代的西部青年作家的人生体验则又不同于中年一代，他们“从诞生之日起，就被灌输了某种理想，他们也真诚地信奉这种理想”，他们经历过“文化大革命”，又都饱尝“幻灭”的涩味，因而在步入文坛之初，大多拒绝对“革命”身份的认同，已经“从虔诚走向了不信”，形

---

① 王蒙：《我们的责任》，《文艺报》1979年第11、12年合期。

② 张贤亮：《牧马人的灵与肉》，见《张贤亮选集》，百花文艺出版社1995年版，第205页。

成了“对种种伪理想的拒斥”，“不再盲目地相信什么”[①]。一位研究者在谈到他的人生体验时，曾说过一段很有概括性的话：“‘文化大革命’是一场噩梦，我在那些年月里表演得很充分，过分的充分。和大多数人一样，我的行动全然受‘革命理想’的支配……不管我在‘文革’中做过多少令自己悔恨的事，不管我遭到多少人的误解、攻击、咒骂，我从未怀疑过，我的一切行动出于要当‘革命者’这一动机，我想向人表明，我可以做一个不比别人差的‘革命者’。和许多人一样，忘我地投身于‘革命斗争’，换来的却是欺骗和愚弄，我最终不得不抛弃‘革命理想’。不过，被抛弃的很可能只是理想的外围部分，它们由华丽而空洞的辞藻构成。如果说理想的核心是追求生命的意义，是使每个人享受同等社会权利的愿望，那么理想并未粉碎。就像流亡之后的亚当一样，我可以用嘲笑的口吻谈理想，但我深知，它仍是我内心最神圣的东西。”[②]

“文化大革命”之后成长起来并步入文坛的一代西部作家的人生体验不同于上两辈人，他们虽有过“革命理想”的熏陶，但他们还没来得及将这种“革命理想”付诸行动，就在举国欢呼“文化大革命”终结的喧闹声中忘却了理想主义的烛照。接踵而来的诸如升学、深造和就业这些具有直接现实功利目的的事务又使他们疲于奔命。他们目睹过商品如何以一种不可阻挡的力量改变道德人心的全过程，同时也慢慢体认到西部在商品经济时代所表现出来的难以克制的脆弱和落后。理想主义的光环早已在他们的头顶消失，而现实中西部的发展滞缓，又加重了他们本来就自信不足的心理承受，于是他们不得不踏上一条寻找民族自信力的漫漫之旅。

西部是典型的以农耕游牧文明为积淀的地区，在这里，流传久远的是以儒家文化为主并杂陈佛、道、伊等各派宗教文化的多维文化圈。儒家文化倡导的是一种积极入世为用的思想，以现实的功利目标为行动指南，这种思想造就了西部人注重现实和稳中求进的心理基调。而伊斯兰文化面对酷烈的自然环境和艰难的生存条件所焕发的坚忍、敬畏、苦其心志磨其心

---

① 刘小枫：《当代中国文学的景观转换》，见《这一代人的怕与爱》，生活·读书·新知三联书店1996年版，第141页。

② 徐友渔：《蓦然回首》，河南人民出版社1999年版，第2—3页。

力的人格规范，呼唤着人的血性和刚气，塑造着人的硬朗与旷达，并以此来品悟“苦难”和拒斥“悲悯”。西部恶劣的自然生态和延绵不绝的苍凉孤寂，带给人的精神守候是艰难的，人们也习惯于从佛家文化中汲取养料，并借此以度过苦难，把“来世”的幸福寄托在今生的虔诚和苦修之中。道家文化注重人的修身养性，在天人合一的境界追求中，渐渐养成了西部人对天地自然的一种近乎本能的亲近与和谐。举凡儒、佛、道、伊等多色文化，塑造了西部人特有的地域性格和民族心理，这种地域性格以阳刚入世为主，伴随着隐忍与旷达，使西部人面对政治变迁、制度交替和历史演进，都能表现出少有的宽容与接纳，而在艺术的选择中，特别注重那种具有刚健、遒劲和豪放之气的能够激发人的斗志和张扬人的本质力量的风格类型。

西部小说的泛起与20世纪80年代的文学寻根思潮有关，而这思潮的兴起有着广阔的社会历史背景。“寻根”的提出，是自70年代中期以来持续不断的精神探索达到某一阶段之后的产物，也是中国当代作家有关“文学重建”所采取的一个有意识的步骤。它是通过文学的“手段”以寻找、确立精神支柱和重构价值观念的一部分，是人们面对各种历史的和现实的、精神的和物质的压力以重建精神家园寻求解脱的一种表现方式。70年代后期，中国社会逐渐打开门户，向外界开放。“开放”波及中国社会的各个领域，结果是西方文化的再一次大量涌入，其规模之大比19世纪末20世纪初来势更迅猛。即使一些对民族文化传统和价值观念持批评态度的人，一些主张观念和社会生活全面更新的人，对于民族历史和传统，也会表现出难以释怀的追念，“寻根”问题的提出，不能说与这一思想感情因素无关。中国所进行的以经济建设为中心的“现代化”，旨在改变其落后的“农业国”面貌而走向工业化，而在这个时候，西方早已进入了所谓“后工业化社会”的阶段，西方工业化国家所暴露的种种弊端痼疾，就像是一面镜子，映照出努力推动“现代化”进程的中国人所为之向往的前景中的重重矛盾和问题。所以，在解决贫穷和落后问题的同时，从传统文化寻求克服“现代化”进程中将要衍生的弊端顽症就显得尤为重要。社会结构的分化造成知识分子文化理论的分化冲突，故知识分子必须对民族文化进行重新考察，这可能使一部分知识分子仍固守传统价值理念的知识体系，重点发掘自己对本民族文化的心理感受和自豪感，并相信传统民族文化可以发挥凝聚和整合功能以促进中国社会的现代化。在各种复杂的社会历史背景下，一些作家认识到把“文化”这一由“社会遗传”所形成的思维模式、情感模式、行为模式等内容引入文学创作的范围之内，将是十分有意义的。

西部小说正是在这个特定的历史时期广泛兴起的。在20世纪80年代初短短的几年中，就涌现出了一批描绘西部文明形态卓有成就的作家，这也给多元探索中的中国文坛吹来了一股强劲的西部之风。发展中国家的文学寻根不是一般地回到过去，西方不少学者对此早已有过令人信服的研究，普遍认为它在本质上是一种文化现象，是来自文化劣势的民族的反映。所谓劣势，即主要是经济水平的落后向观念、价值方面的延伸，而处于经济优势的民族对处于劣势地位的民族进行经济扩张的同时，必然伴随着文化的扩张，民族主义思潮就是经济落后的民族在民族文化受到威胁时，所产生的保存或增强它的愿望。而“西部”在这里具有双重的“落后性”，西部之于东南沿海一带的经济发展就如同中国之于西方工业化国家一样。这样，西部小说相应产生了它的双重性：它是向传统的回归，又是新的现代性观念的表达。寻根思潮中的西部小说，把“传统”往往描述为一种符合人性的自然存在，一种协调人与人关系、消除各种紧张、能够丰富人的精神和心灵结构的文化时空，并以之对抗或修复现代破碎的社会和迷失的人的心灵。

20世纪80年代崛起于文坛的西部作家，真诚地相信文学具有改造社会人心的力量。虽然当时的中年作家不免带着浓郁的“政治情结”，有时甚至不自觉地把他们的创作视作其政治活动的一部分，但他们在政治话语许可的范围内，都在凸显西部的人文关怀，讴歌在政治风云阴霾的年代里西部淳朴的民风民俗。王蒙的《在伊犁》系列，张贤亮的《绿化树》等作品都是这样。而当时的青年作家，大多有过刻骨的关于“贫穷”的人生体验，“文化大革命”带给他们的又是“理想的灾难”，所以他们更愿意站在“文化”的平台上来看待西部。面对西部的落后，他们认为，文学要对人的生存和发展有益，因此他们以真诚、严肃的态度对待文学，把创作看作他们生命里谋求西部发展的一项重要使命，于是文学在他们手中就成为关注人生、探讨生命和表现西部人生存状态及前途命运的载体，也是寻找民族自信力的艺术表达。西部作家羞于在西部人如此恶劣的生存条件下，如此艰辛的生存搏斗中把文学当作“好玩”或“有趣”的事情。邵振国曾言，“我视文学事业为一项伟大的事业，堪与人类各门科学并齐的事业……”，“一部真正意义上的文学作品，其本质上绝不是什么非理性的或反理性的，而是经过了心灵的洗礼，以它的理性的光辉照亮人们的灵魂”[①]。另一位西部作家杨镰说：“只有写出有深刻的历史感、鲜明的时代感的作品，只有站在中华民族的发展和进化的角度上来认识新疆、反映新疆，才能称之为新的西域文学。”[②] 他们的作品都体现了其文学精神。

作为寻找民族自信力的艺术表达，西部作家凭借对西部乡土世界的真挚感情和深沉的眷恋，细心体察乡村中人们心灵的美好，他们感到，西部人固然有粗犷、豪爽的性格，但是在贫困与挣扎中也不失温和、细腻和善良。浩岭抒写着陇南两当山区农民的生活，透视那朴实山民的道德与尊严。他的《大地之魂》《蝶儿》《一个乡下少女的情书》等作品，在浓郁的乡土气息中，映照出“乡下人”的美好心灵。王家达的《清凌凌的黄河水》犹如一曲回荡在黄河岸边的古老歌谣，成为一首关于人与自由的深情赞歌，弥散于小说中的就有男女主人公对自由的渴望、对大地的依恋、对黄河古文化酿造的民歌民谣的倾心以及涌动全篇的黄河的意象和精魂。在王家达的这类小说中，黄河和西部土地一样，是有灵性、有情绪的“人”的另一种存在方式。而在杨志军的乡村艺术世界中，传达出这位来自青藏高原作家的一个独特感受：对农耕文明原始形态的眷恋和对现代文明的厌弃。他的《酋长正在复活》创造了一个神灵性兼具的猴头男子形象，这个在现代社会复活了的部落首领，从一片坟骨中诞生，又在一袋烟的工夫长成人，而成为已经消亡的斯罗族的后裔，面对现代文明的种种弊端，他厌恶、嗤之以鼻，以文明人缺乏的野性力量吸引人们对他欣赏膜拜，这时的

① 邵振国：《我的文学自白》，《飞天》1988 年第 4 期。

② 杨镰：《柳暗花明又一村》，《飞天》1984 年第 6 期。

他也就走进了历史。《酋长正在复活》在对古代神话和原始心态仰慕的同时，还对生命的冲动、对生的神秘力量加以崇拜和赞美。这些方面，无疑都昭示了杨志军难能可贵的民族自信。

二　弱势群体话语立场上的终极关怀

20世纪80年代以来，随着中国“现代化”步伐的加快，中国大陆人群开始重新分化和组合。任何国度的现代化，无不是以科学技术和经济实力作为强大后盾，以无情的商业竞争作为主要手段，以城市化的外显形式作为成果表征。中国在努力推进的现代化也不例外。在现代化的进程中，任何不掌握科学技术和拥有经济实力的人群都将失去竞争力而沦落到社会的底层，成为社会的边缘人。中国在现代化的进程中不可避免地要分离出强势群体和弱势群体，而所谓强势群体，就是拥有雄厚的经济实力、掌握着先进的科学技术、能够左右国家或地区经济并毗连政治话语的人群和阶层。从这个意义上来讲，经济落后的西部及广大民众（特别是农民和游牧民）无疑都要归属到弱势群体中去了。

西部作家是站在弱势群体的话语立场上描述西部的。西部作家大多是农民的后代，在青少年时期就参加过艰苦的农业生产劳动，农民的喜怒哀乐无不深深地影响和感染着他们。他们深切体认到农民的勤劳艰辛，也伤感地看到农民的目光短浅和急功近利；他们无时不感受到农民的厚道和诚挚，也悲哀地察觉到农民的愚顽和无知；他们切身体察到农民的善良和淳朴，也无奈地目睹过农民的利欲与自私；他们真切希望农民有好收成过好日子，也痛心地看到农民的容易满足和懈怠涣散。然而，大多数西部作家无法从心底摆脱作为一个农人后裔的价值观念和审美情趣，他们心中不时弥散开来的是一股浓浓的“乡土情结”，他们为农民之忧而忧，也为农民之乐而乐，他们为亲人、为乡邻、为西部父老而歌哭。

这实际上也奠定了他们所从事的文学活动的底色。乡情、乡思、乡恋，在路遥的小说世界中，构成了重要的审美内容。作为一个在陕北黄土高原上长大、熏满着农民气质的作家，这片土地上的一切对他是那么亲切，那么富有诱惑力。他曾说：“我是农民的儿子，对中国农村的状况和农民命运的关注尤为深切。不用说，这是一种带有强烈感情色彩的关注。”① 路遥的“关注”，不是“爱”与“恨”的交织，更不是“怨”与“哀”的诅咒，而是以赤子之心的依恋，把自己融入生于斯长于斯的黄土地。而西部作家中离开乡土迁徙到城市居住的，也不免感到城市文化是一种完全不同于村社文化的异质文化，那是一种与自己本性难以融合的文化，他们心中难免有一种挥之不去的压抑感和孤独感，所以，西部城市作家与海德格尔的思想发生共鸣也就在情理之中了。海德格尔反对都市人到农民的生存世界时，只是“屈尊俯就”式的炫耀或一种虚伪假冒的关心，他强调哲学上的“还乡”，“诗人的天职是还乡，还乡使故土成为亲近本源之处”，“惟有在故乡才可亲近本源”，“接近故乡就是接近万乐之源”②。贾平凹有着从农村到都市的经历，对乡村种种他迷恋和赞美，对都市种种他蔑视和拒斥。他说：“慰藉这个灵魂安宁的，在其漫长的二十年里是门前那重重叠叠的山石和山石上圆圆的明月，这是我那时读得有滋味的两本书，好多人情世态的妙事都是在那儿获得的。山石和明月一直影响我的生活，在我舞笔弄墨、挤在文学这个小道上时，它又在左右我的创作。”③ 他的“商州”系列，浸润着对故土的感情，《鸡窝洼人家》《腊月·正月》《小月前本》《天狗》《火纸》《商州》《浮躁》《远山野情》……都是系念故土的感情流泻。故乡的山山水水、风俗人情，都跃动着商州特异的情趣。他曾真诚地告诉读者，“我喜欢农村，喜欢农村的自然、单纯和朴素，我讨厌城市的杂乱、拥挤和喧嚣”④。这种“乡下人”秉性使他始终以忧虑的眼光注视着都市文明的历史进程，并以此与“商州”进行比照，形成了一种“村社文化”与“都市文明”尖锐冲突的两个相互对立的人生领域和文化环境。张承志多次指出，在他的意识中“从未把自己算做蒙古民族之外的一员”，他将“自由而酷烈的环境与‘人民’的养育”视为“自己在关键的青春期”所得到的“两种无价之宝”⑤。他一次次谈到他所永远铭记着

① 《路遥文集》第2卷，陕西人民出版社1994年版，第376页。

② ［德］海德格尔：《人，诗意地安居》，郜元宝译，上海远东出版社1995年版，第83页。

③ 贾平凹：《山石明月和美中的我》，《钟山》1983年第5期。

④ 贾平凹：《答〈文学家〉问》，《文学家》1986年第1期。

⑤ 张承志：《初逢钢嘎·哈拉》，见《绿风土》，作家出版社1989年版，第103—108页。

的“蒙古族的额吉、哈萨克族的切夏、回族的妈妈”，并且从内心深处发出了动人的呼喊：“我是她们的儿子”，表示“将永远恪守我从第一次拿起笔时就信奉的‘为人民’的原则”①。有论者曾这样判断张承志的弱势群体立场：“他理解人生并不限于个人的经历，而是无数普通人的命运。他透过历史表层轰轰烈烈、风云变幻的政治场面，注视着社会最底层那些普通劳动者的生活命运和精神情感。”② 张贤亮也曾经说：“长期的底层生活，给我印象最深刻的，就是种种来自劳动人民的温情、同情和怜悯，以及劳动者粗犷的原始的内心美。”③

西部社会弱势群体的人生经历、心灵世界在小说创作中是作为艺术本体出现的。西部作家普遍认识到，真正意义上的西部小说绝非作家个人心灵、情绪的抒发，而是作家自身的情感世界与底层民众的心灵完全融合后的艺术结晶，只有这样，才有可能具备西部的神韵与品格。在“西部小说”的研讨会上，一位西部作家深情地说：“走在高原上，我看到赤背的农民挑着嘎吱作响的担子，从很远的地方弄来水在旱塬上种出庄稼，我就对西部充满了信心。”④ 另一位作家说：“我的稔熟而又陌生的西部，我的严酷而又美丽的西部，我知道在你流动的生活之中，在你沸腾的波涛之下，埋藏着许多的母题和无数的子题，几乎在你的每一寸土地上，我都仿佛能够找到一个闪闪发光的动机。”站在最广大的弱势群体的立场上来描述西部，这也为西部作家形成劲健的文学精神创造了有利的条件。

如果西部作家仅仅站在弱势群体的立场上来审视西部，而不是从更高的视点上，不是从一个人文知识分子文化和批判的角度，确切地说，如果没有向人类“终极关怀”的凝望，那么，无论西部作家如何描述对西部的发现、融构，还是别的，都只能沉落到形而下的层面，从而使西部小说最终在文学史上失去独立存在的意义。中国目前大力推进的现代化是不可逆转的历史潮流，也是向人类“终极”彼岸的逼近。现代化过程必然伴随着

① 张承志：《我的桥》，见《绿风土》，作家出版社 1992 年版，第 109—116 页。

② 季红真：《历史的推移与人生的轨迹——读张承志小说集〈老桥〉》，《读书》1984 年第 12 期。

③ 张贤亮：《满纸荒唐言》，见《张贤亮选集》，百花文艺出版社 1995 年版，第 190 页。

④ 《西部作家视野中的西部文学》，《当代文艺思潮》1986 年第 2 期。

诸多的冲突、碰撞、价值重估和新的指认，摆在西部作家面前的迫切问题，不是逃离到传统文化里去、把传统文化仅仅当成作家个体的避难所，而更需要站在“终极关怀”的立场上对传统文化进行深一层的扬弃，澄清被个人欲望和许许多多实际功利目的所掩盖和消解的此在人生的“终极”意义。正因为如此，卢卡契才这样说：“审美的这种存在方式应该被确定为人类自我意识外化的最适当的形式”，“这种自我意识只有在人对世界有比较透彻了解的基础上才可能。它必须基于这样一个事实，外在和内在世界已经受人和人类的前进发展所支配。在人类的自我意识中包含着深刻的美学人道主义”。①

西部作家通过对西部人的感性状态进行直观的审视，以终极关怀为指向对西部现象进行价值判断，发现和张扬其合规律性与合目的性，使美好与丑恶、光明与黑暗、高尚与卑劣等都首先得到澄清，从而建立起对生活、对读者的提升机制，使进入其艺术境界的生活现象得到审美纯化，这样一来，西部小说便具有了以审美方式指向终极关怀的能力。从整体上看，西部小说在不断拓展人的精神空间和现实审美能力，从而使人能够不断占有自己的本质，获得人性的丰满与完善，最终加大“使自己的生命活动本身变成自己的意志和意识对象”② 的可能。

一些西部作家明确表示：“西部未来的文学不仅应该而且可能对中国未来的文学做出特殊的重大的贡献。……这个贡献不一定表现在在这块土地上产生的作家、作品对其他地区而言有多么的出类拔萃，而是以西部独特的地理地貌、民情民俗、历史和现实、自然和人、生和死、理想和幻想、成功和毁灭、痛苦和欢乐，卑污和崇高作了审美化的提供和丰富。”③从终极关怀的高度来审察，西部作家无疑发现了更多的残缺性人生场景。他们目睹过更多的人间苦难：饥饿、荒芜和大自然对人的威逼。他们有与西部广大底层民众相同的对苦难的敏感，而这种感受本身就表明他们对现

① ［匈］卢卡契：《审美特性》（第1卷），中国社会科学出版社1986年版，第324页。

② 马克思：《1844年经济学哲学手稿》，见《马克思恩格斯全集》第42卷，人民出版社1972年版，第96页。

③ 《西部作家视野中的西部文学》，《当代文艺思潮》1986年第2期。

实的正视。在张扬保留于落后的生产活动和生产方式中的人性力量的艺术追求中，20世纪80年代的西部作家往往能够准确把握住时代精神，将西部底层民众的质朴、粗犷、善良和野性的表现，与极“左”政治路线在特殊的历史阶段对人的天性的压抑和人的生存的迫害相联系，从而在更广泛的意义上暗示了集权政治对终极彼岸的“集体性谋杀”。西部作家无论是描述盗马贼、漆客子，还是描述杀人犯、筏子客，都力图勾勒出他们艰难人生极其悲剧命运的社会历史背景。张锐的《盗马贼的故事》在讲述父子两代“盗马贼”的故事中所流溢出的穿越历史时空的沉重叹息，带给我们的人生况味的确是复杂的。

西部作家由最初对西部世界的深情吟咏逐渐过渡到后来冷峻的深度反思，以自觉的文化批判意识面对西部的乡村世界，力求在艺术的传达中揭示出传统文化对西部农民性格的渗透，并展现在贫困和恶劣的生存环境中西部人的人格变异史，从而使作品获得终极关怀的意义。牛正寰的《风雪茫茫》揭露了“把人的尊严变成了交换价值”的丑恶现实，揭示了这种丑恶所赖以存在的背景，因而大大加强了作品的现实主义深度。浩岭的《赵家祠堂》写乡民们被家族祠堂的无形权威束缚住思想和手脚后的愚昧，展示了封建宗族制度给人们造成的久远而沉潜的心理阴影。浩岭还写出了封建文化的劣根性和长期的贫困造就的怪异性格：自私而又固执、倔强而又保守、目光短浅而又心胸狭窄（《一个乡下老人的遗言》）。柏原的《野木匠》《塬上的生灵》《天桥嵷岘》等作品，描述了在陇东严酷恶劣的生存条件下一代代陇东人无休止的艰苦劳作和沉重苦难的人生表象。他的小说虽然不乏对农民委琐、狭隘心理的批判，然而同样令人信服地写出了这种心理特征主要来自贫困孤寂和没有色彩的日常存在。和其他西部作家一样，杨志军也关注村社文化中人们的生存境况，为人们的艰辛与困苦而焦虑，但与其他西部作家不同的是，他将人们在现实中的生存状态抽象变形，以荒诞的艺术形式展现出来，从而加大了终极关怀在西部小说中的呈现力度。他的《罅隙》描述了湟水河畔的石门关山庄，在政治风云肃杀的年代里，人们因饥饿变成了与牲畜无异的生命，石门关人的自尊以及在那个村社文化熏陶下对贞操的重视都被现实的生存欲望淹没了，这也是一个人性、人格横遭践踏的年代。透过这些苦难的人生场景，我们深切地感到作家对“人”之为“人”的尊严的呼吁和对健全人性的召唤。

尽管杨争光的小说描述的不是远古神话中茹毛饮血的时代，但他笔下的村社群落仍然透露出一种“准原始”状态的气息。在杨争光的文学图景中，闭塞、保守、落后、犹疑是整个村社文化的共同特征。在村社文化中，人们互相窥探着对方的隐私，传递着别人的秘密。人们似乎没有所谓的公平与公正的规范，对问题的解决办法通常是一个偶然的电光一闪的念头，或是无所不在的暴力和谋杀。这些方面，都暴露了村社文化背景下人性的严重残缺。而雪漠在《大漠祭》序中说：“我的创作意图就是想平平静静地告诉人们（包括现在活着的和将来出生的），在某个历史时期，有一群西部农民曾这样活着，曾这样很艰辛、很无奈、很坦然地活着。”①雪漠似乎在平静地讲述着处于西部沙漠边缘地带的老顺们如何为了生存而艰苦劳作，如何面对物质生活的困顿、精神生活的匮乏表现出更多的“忍受”与“认命”，但读者透过这种“平静”不难观察到作家对沉重本真人生的“不平静”的思索，和对“生之艰辛，爱之甜蜜，病之痛苦，死之无奈”的终极意义上的叩问。西部作家还在现实的变动中敏于旧的流失与新的诱惑，努力把握生活中流动的因素，描述在文化转型过程中农民肉体的挣扎和心灵的裂变。路遥始终关注传统农耕文化对农民的束缚和农民在告别乡土过程中的痛苦，贾平凹集中描写在商品经济大潮的冲击下产生的社会结构的震荡与人际关系的变化。

但我们不能不指出的是，大多西部作家对“终极关怀”这个须借助哲学资源的高境界的艺术把握还有些力不从心，因而西部小说尚不具备恩格斯所倡导的“较大的思想深度和意识到的历史内容，同莎士比亚剧作的情节的生动性与丰富性的完美的融合”② 的文学品格。对此，我们也许还需要一段时日的等待。

---

① 雪漠：《大漠祭》序，上海文化出版社 2001 年版。

② 恩格斯：《致裴迪南·拉萨尔》，见《马克思恩格斯全集》第 29 卷，人民出版社 1972 年版，第 583 页。

三 自然生态与文明形态的审美描述

西部戈壁的烈日、草原的风暴、大河的奔涌、山川的寂寥、高原的苍凉、瀚海的浩渺和荒林的幽森，带给人们的是无尽的力量感和崇高感。西部久远的历史演进与世事沧桑，又给西部作家一种沉甸甸的历史感和沧桑感。因此，西部作家在创作中普遍追求那种大气而恢宏、苍健而厚重的文体风格，而有意回避那种舒缓精巧的叙事模式。西部小说从 20 世纪 80 年代至今，其审美理想也有一个演变的过程。在新时期之初，西部小说就昭示了以刚健苍凉为基调而旁及多重色彩的审美理想。西部小说特别着眼于具有强者气质、硬汉风骨的人物与自然界雄奇阔大的物象和意境的选择，凸显的是区别于江南水乡弱柳扶风亭台画阁的原始、粗犷、未经人工雕琢的自然本色与西部神韵，以及钢铁般不可摧毁的西部硬汉。这时候的“西部”在叙事中往往是作为作家本质力量的外显载体出现的，西部作家对未来前景的自信与憧憬通过力度感颇强的人物塑造与意境营构而被表达得淋漓尽致。

在荒蛮、苍凉的背景上展开人与自然、文明与愚昧的冲突，无疑在文本中增加了悲剧力度。小说人物往往被置于命运的边缘状态，人物在命运的大幅度起落和摇摆中负重前行。这些人物大多有一种极度的强健和生存的充实，对生存中的艰难、恐怖、邪恶、可疑事物有着理智的偏爱，他们是生活中的硬汉子，其“硬”主要体现在他们敢于去面对任何强敌，心中不存在任何恐惧。张贤亮、路遥、张锐、文乐然等作家的一些小说，诸如《男人的风格》《龙种》《河的子孙》《惊心动魄的一幕》《盲流》《荒漠与人》《盗马贼的故事》中，硬汉子自觉承受生存重压和重建家园的勇毅都得到了个性化的展现。唐栋致力于“冰山”题材的写作，他作品的主人公，以及李斌奎、李本深笔下的大兵形象，大多具有“冰山性格”。张承志的《大坂》以塑造一个痛苦而坚忍的硬汉形象而备受激赏。一个年轻人和一个向导，向刚逼退科学院考察队的冰大坂挑战。这是一次人与大自然之间的搏斗，也是一次对人的生命力量的考验，是“一股野兽般的，想蹂躏这座冰雪大山的冲动。……他想告诉无病呻吟的诗人和冒充高深的学者：这里才是够味儿的战场，才是个能揭露虚伪的、严酷的竞争之地。他的胸中正升起着勇敢，升起着男子汉的气概”[1]。他终于战胜了自然界的一切艰难险阻，战胜了肉体和精神上的一切痛苦，以男子汉的坚毅登上那座曾令无数人闻之色变的神秘的冰大坂。

西部作家还有意选择初民生活的愚拙，在远离尘嚣的原始状态中，寻求着艺术唤醒及其灵魂救赎的道路。藏族作家扎西达娃曾这样谈他的创作体会：“西藏的地域性是其文化的当然构成部分。当你来到那个一切都是大自然的原始状态的地方时，电线杆、纸片，所有和人有关系的东西都看不见，一点关于人的痕迹都没有。在那样一个空间，你会觉得太阳是永恒的，人间远离了，世界仿佛从来就不存在，一切都‘死了’。静寂，静寂到耳膜都嗡嗡作响。于是大自然和人无声地对话。你爬山爬得就要倒下，你没有了一丝力气，无处呼救，你绝望了。这时你看见前边还有一座更高的山，看见了山上宗教的旗帜。在那一刻，一种近乎神圣的感觉便升华，显出巨大的威力。当你描写这样的空间时，你能把自然只作为背景去勾勒吗?”[2] 在《冈底斯的诱惑》中，马原营造了一个神秘色彩底蕴上深沉的孤独氛围和情绪空间。这种孤独，带有人生苦难的惨淡色彩，有一种整体象征的意蕴。作品中，马原开始了对人生苦难的追问，其实人物的孤独又何尝不是一种另类的苦难呢？也只有在这种藏传佛教“神性”的光辉下，才能产生这种隐忍和肩负着沉重苦难的可能性。只是马原在这里的探索还是初步的，没有揭示出苦难的根源与藏传神秘文化的坚忍性，因而也没能指出灵魂救赎的方式和道路。

西部作家在创作中还贯注一种深沉的命运感和沧桑感，前者从纵的命运历程来展现人生，后者从横的心态感受来显示人生。张贤亮明确谈过他的审美追求，“不但要写人，写人的命运，而且要写出命运感”[3]。有人曾这样判断王蒙叙事的沧桑感，“在王蒙的小说中，与那种在历史报应的现象中把握具体的历史联系的历史感同样重要的，是一种沧桑感。这是作家

---

① 张承志：《大坂》，《上海文学》1982年第11期。

② 谭湘：《文学：用心灵去拥抱事业——全国青年文学创作会议拾零》，《文学评论》1987年第3期。

③ 张贤亮：《不可取的经验》，《中篇小说选刊》1983年第4期。

在巨大的历史变动中的心灵感受，他把这种感受分给了他钟爱的各种各样的人物。如果就艺术传达的丰富多样、灵敏准确、迅速新颖而言，王蒙小说的沧桑感，甚至可以说比他的历史感更重要。因为包含着历史报应思想的历史感，在王蒙的小说中，更多地是以思想的本色形态，以一种政治智慧发挥出来的；而沧桑感却更多地存在于人物的情感和感觉之中。前者是偏于历史的、社会的客观认识，后者是偏于现实的、人生的主观感受”①。

进入 20 世纪 90 年代之后，西部作家的审美追求中呈现出明显的向西部文化资源深处开掘的倾向和努力，而且作家们普遍的一种审美理想，就是在继续张扬西部精神的同时，更大规模地、全方位地描述西部文明的兴衰演变史和对人类命运的终极意义上的思考，史诗性和整体性成为这个时期西部作家的普遍自觉和重要的创作表征。西部作家的创作视野在将西部小说推向世界文坛这一雄心的策动下，而变得更为宽广和透彻。西部作家以其强大的创作阵营和丰厚的创作实绩，再一次使西部小说显示出强大的生命力和诱人的发展前景。张承志的《心灵史》、陈忠实的《白鹿原》、扎西达娃的《骚动的香巴拉》、阿来的《尘埃落定》、贾平凹的《怀念狼》、高建群的《最后一个匈奴》、红柯的《西去的骑手》等都堪称 90 年代以来中国文坛上涌现出的重量级作品，都显示了西部叙事的整体上升态势。

陈忠实曾谈到其《白鹿原》的创作，“我在进入 44 岁这一年时很清楚地听到了生命的警钟。我突然强烈地意识到 50 岁这年龄大关的恐惧。如果我只能写写发发如那时的那些中短篇，到死时肯定连一本可以当枕头的书也没有，……恰在此时由《蓝袍先生》的写作而引发的关于这个民族命运的大命题的思考日趋激烈，同时也产生了一种强烈的创作理想，必须充分地利用和珍惜 50 岁前这五六年的黄金般的生命区段，把这个大命题的思考完成，而且必须在艺术上大跨度地超越自己。当我在草拟本上写下《白鹿原》的第一行字的时候，整个心理感觉已经进入我的父辈爷辈老老爷辈生活过的这座古塬的沉重的历史烟云之中了”②。《白鹿原》一经问世，就得到评论家的高度肯定，“《白鹿原》不论在作者个人的创作上或是在当前长

① 曾镇南：《惶惑的精灵——王蒙小说论注》，《文学评论》1983 年第 3 期

② 陈忠实：《我的文学生涯——陈忠实自述》，《小说评论》2003 年第 5 期。

篇小说创作上，都认为是一个峰巅。……他（指陈忠实——笔者注）从当今时代巨变去宏观超越地反顾历史，借用小说中的语言说，从一些单一事件上超脱出来，进入一种对生活和人的规律性思考’。对于历史进程中政治派系‘争鏊子’的争权夺利，亲族间的‘窝里咬’，革命队伍的‘内戕’，给予了痛斥的或针砭的描写。作品的乡土气息格外浓郁。对于乡土气息的描写不是外在的，而是深透在日常生活的细节中”①。而扎西达娃《骚动的香巴拉》则给我们讲述了一个象征着藏民族生命轨迹的梦，作品里的所有的人物也都在追寻着自己各种各样的梦想。达瓦次仁最终获得新生，显示出作者的美好愿望和民族自信。小说的情景时空也随人物的意识流动而发生转换，将过去与现实交织在一起。作为一个充满象征意味的故事，它多角度地反映了藏民族的历史和未来命运。

阿来所属的藏民族是中华大地上最富宗教精神的民族，阿来的精神原乡也深深扎根于有着浓厚宗教色彩的藏文化，“尘埃落定”一语的创生就显示了作家宗教情怀的诗性智慧。阿来曾将创作比作传播佛音，“佛经上有一句话，大意是说，声音去到天上就成了大声音，大声音是为了让更多的众生听见。要让自己的声音变成这样一种大声音，除了有效的借鉴，更重要的始终是，自己通过人生体验获得的历史感与命运感，让滚烫的血液与真实的情感，潜行在字里，在行间”②。《尘埃落定》一方面展示了土司家族必然走向没落的分崩离析；另一方面，营造了为宗教精神所浸染的神秘氛围，向我们展示了生活在特定文化时空中的生命群体的本真状态。在这里，我们不仅能够看到土司的家庭成员及其家奴们真实的政治生活、经济生活和日常生活，而且还看到了弥散于他们生存世界的那种原始神秘。而透过作家那种魔幻般的描述，我们仍可窥察到深隐于文本中的作家对人类命运的关注和对人的生命的终极意义上的叩问。贾平凹的《怀念狼》叙述的是一段企图将人类从日益逼近的生存危机中救赎出来的旅程。关于“人”的思考始终是文学创作史上的一个基本母题，中国当代文学关于人的思考及其艺术表现，总体是从人的客观社会存在到人自身作为生命本体

① 朱寨：《评〈白鹿原〉》，《文艺争鸣》1994 年第 3 期。

② 阿来：《穿行于异质文化之间》，《中国文化报》2001 年 5 月 10 日第 3 版。

存在的发展过程。换言之，就是由他在、客在，到自在、本在，这也是自我、本我从迷失、失落到回归与深化的过程。贾平凹关于人的思考，是从社会政治层面、现实层面到历史、文化层面，到人的生命本体层面，最终归结到人类生存的哲学层面。他通过塑造不同类型、不同层面上的意象，来完成多义性内涵的传达。《怀念狼》是将人类生存的多义性思考，融构在基本意象之中，从而形成了一种复合建构。

高建群对匈奴民族有着深入的研究和理解，曾明确表达过创作《最后一个匈奴》的夙愿，“我的长篇小说除了一个革命的背景，还有一个就是陕北大文化的背景。要对陕北的各种文化现象溯本求源，最后应归结到民族交融——即农耕文化和游牧文化的结合这一点上。而诸次民族交融中，发生于公元二世纪的这次匈奴迁徙是最重要的一次。陕北文化是较少受到儒家思想束缚的。真好，历史网开一面，留下一个陕北。大文化背景造就这活泼的、豪迈的、剽悍的、自命不凡的、不安生的人类之群。这令毛泽东如鱼得水的一块特殊地域，这令李自成振臂一呼、应者云集的一块地域”①。在执着于西部历史与风情的作家中，红柯的作品具有独特的韵味。作者笔下壮美雄阔、富有生命底蕴的荒漠、大泽，豪放强悍意志力非凡的西部硬汉和淳朴多情的西部女子，在带给读者审美愉悦的同时，也促使读者体味和思考西部精神的真谛和人的生命的意义，红柯用他的诗性智慧构建起了一个充满英雄情怀的精神乌托邦，以表达他对生命和人性辉煌的一种企盼。长篇小说《西去的骑手》绝不仅仅是历史事实的简单摹写，在文本中，“史实”所建构的不过是一个淡远的背景，是一个供英雄人物驰骋的平台，作者饱含诗情铸造出的却是一个精神层面上的西部。《西去的骑手》表达了作家对西部血性男儿的一种文学想象和重塑，同时也表达了作家对辉煌生命的渴望和礼赞。

雷·韦勒克在他的《文学理论》中，就创建“个体艺术世界”的重要性作过如是阐述，“小说家们都有一个自己的世界，人们可以从中看出这一世界和经验世界的部分重合，但是从它的自我连贯的可理解性来说，它

① 汤敏：《“长安匈奴”和他的西部情结——著名作家高建群访谈》，《西部人》2003年第1期。

又是一个与经验世界不同的独特世界”[①]。西部作家有着创建个体艺术世界的意识和努力。以创作《桑那高地的太阳》和《泥日》而闻名西部文坛的陆天明曾这样说过：“文学崇尚独特、独到”，“文学崇尚贴近人类”，“文学不是什么‘赶超’，而是创造。你创造一个你，我创造一个我。你创造了一个‘约克纳帕塔法县’，那是你的世界，我呢，得向世人提供我的世界。你在你的时代你的人民你的遭遇里创造了个你，我要在我的时代我的人民我的遭遇里创造个我”[②]。张锐曾因《盗马贼的故事》创造了罗尔布父子的形象，而成为张扬蛮荒地域中“西部汉子”的血性的艺术追求中的一员主将，但是他并没有满足于此，而是继续追寻着“西部汉子”内心世界的运行轨道，探索历史留下的回荡在“西部汉子”心中的回音。张锐和汪玉良的《爱神？死神?》就描述了在筏子客几代人中间不可遏止地展开的痛苦而又极其复杂的冲突，其中就有民族内部由于观念的变化而引发的冲突，从而历史性地展现了筏子客们的命运流程及其他们的内心世界。王守义从河西的淘金文化和永登的“蛮婆子”文化中，找到了自己创作流浪汉小说、淘金系列的独特领域。王家达将黄河上游的粗犷、朴素、奔放的文化底蕴和自己对黄河、对爱情自由的深情赞美相结合，发挥了独特的优势，他是“站在民族文化和民族灵魂的高度把黄河引入自己的一系列作品，并使黄河不独作为自然景观而且作为民族的精灵出现，是王家达创作大幅度上升的秘密，也是他初步接纳现代审美意识的表征”[③]。查舜以宁夏平原为其创作的基点，举凡西部边地的回乡风情、绿洲风光、沙海驼铃、沙枣花开，还有漂流于大河之中的羊皮筏子、塞上乡村流行的“瘸腿斗鸡”游戏，甚至包括有性启蒙意味的花样离奇的“闹新房”仪式等特殊风物，以及充满浓郁地方特色的陕甘方言，都以其别致的风姿走进了作家的审美视野。闻着火坑里的牛粪味长大的青海作家井石，向我们展示了湟水谷地独有的源远流长的传统文化，这就是要了几百年的社火。在《麻尼

① [美] 韦勒克、沃伦：《文学理论》，刘象愚等译，生活·读书·新知三联书店 1984 年版，第 238 页。

② 陆天明：《难说是体会的体会——也来读〈桑那高地的太阳〉》，《中国西部文学》1987 年第 4 期。

③ 雷达：《他乘羊皮筏在生活之河漫游》，《中国西部文学》1987 年第 5 期。

台》中，作家营造了一种极富地方民族特色的文化氛围，大凡人物性格、思想感情、语言特征、思维方式、民风民俗，让读者一眼就可以看出这就是湟水谷地的生活，这就是在湟水谷地生存的生命群体。

商州之于贾平凹是一个符码，也是民族传统的指称，商州同时赋予作家的文本以特殊的语境。贾平凹十分重视传统的文化母本，他深信，“讲述商州的故事或者城市的故事，要对中国的问题作深入的理解，须得从世界的角度来审视和重铸我们的传统，又须得借传统的伸展或转换，来确定自身的价值”，因而，作为这种传统文化母本的寄植地，他认为，“商州，永远在我的心中，我不管将来走到什么地方，我都是从商州来的”[①]。路遥执着于“城乡交叉地带”，他的几乎全部重要的作品都描述的是城乡交叉地带的生死场和文化场。他曾经说，“由于城乡交叉逐渐频繁，相互渗透日趋广泛，加之农村有文化的人越来越多，这中间所发生的生活现象和矛盾冲突，越来越具有重要的社会意义”，只有真实地反映“城乡交叉地带”的这些生活现象和矛盾冲突，他的“艺术作品的生命才会有不死的根”[②]。

西部小说作为中国新时期文坛无法取代的独特存在，与西部作家的文学自信和艰辛努力分不开。他们一直孜孜于自己的文学活动，构筑着各自描述西部自然生态和文明演变的艺术世界。虽然，西部作家在这个注重消费和渲染欲望的年代多少显得有些“不合时宜”，但他们仍然坚持自己的审美观念和审美理想，以这个年代的作家所缺乏的赤子精神，给日渐空虚的人们提供着已经相当陌生的精神乌托邦。而这，也在一定意义上决定了西部小说的坚忍性和历史性。多少年后，当人们回望那已经“消失”到历史烟云中去的“西部”时，也许回荡在人们耳际的仍然是西部作家倔强而生生不息的文学精神。

第二节　为谁写作:西部作家的底层意识

底层意识是西部作家贯穿始终的一种创作意识，因为这种意识的运

① 贾平凹：《〈商州世事〉序》，见《坐佛》，太白文艺出版社 1994 年版，第 127—131 页。

② 路遥：《面对着新的生活》，《中篇小说选刊》1982 年第 5 期。

作，西部作家的创作总是与底层命运的衍变能够达成某些共识，从而在更高的意义上表述了底层的真实存在。西部作家的文学人生一直在诠释“为谁写作”的问题，对这个问题的回答成就了他们的厚重与深刻。整体上看，他们的写作代表了人类尚未泯灭的正义与道义，而他们的所有努力无非是呼吁一种平等、和谐的社会生态的降生。柳青时代的底层是作为美学主体而被表述的，张贤亮笔下的底层在天使与庸众之间游移，路遥、张承志和扎西达娃表述的底层呈现出多向度的特征，而贾平凹以其三十多年的创作提供了底层人生的演变史。西部作家的底层意识又超越了具体的时代，他们与底层休戚与共的情感，使其声音能够穿透历史的厚壁，给浮沉于社会底层的人群以继续生存的勇气与力量。西部作家的底层表述对当下的底层文学的写作具有多方面的启示性。

一 必要的概念梳理：底层、底层文学及底层意识

“底层”一词最早是在葛兰西的《狱中札记》中作为关注对象而出现的，因为身陷狱中，葛兰西不得不用曲笔，“底层”这个似乎只是从经济学范畴定义的概念，在葛氏那里其实是富于政治内涵的“无产阶级”的替代。在“革命”的合法性年代，“底层”又被“无产阶级”或“革命阶级”等概念所置换，逐渐淡出了人们的视野。20 世纪七八十年代，“底层”一词再次浮出历史地表，印度的古哈等六位从事南亚史研究的学者赋予底层以新的能指，其 1982 年推出的《底层研究》（第 1 卷），“确立了一种批判精英主义、强调‘自主的’底层意识的历史观”[①]，他们站在起义农民被遮蔽的价值立场上，来重新阐释那些官方文本关于农民起义的叙事，并从中寻找底层自主知行的证据。古哈等人的研究的确打开了一种崭新的视野，建构了另一种价值体系。进入 90 年代，随着中国大陆现代性转型的深入、消费文化的渐成和市场意识形态的主流化，随着“被甩到社会结构之外”的社群如下岗工人、失地农民等的持续再生产，随着与底层相关的语词，如“分享艰难”“弱势群体”“人文关怀”等的媒体频率加剧，“底层”及

① 赵树凯：《“底层研究”在中国的应用意义》，《东南学术》2008 年第 3 期。

"底层文学"一跃成为20世纪末特别是21世纪以来备受关注的学术话语和文学资源话语。

尽管如此，底层自身却仍然只能作为"沉默的大多数"而存在，他们缺乏应有的话语权，其原生态的声音常常被淹没在精英阶层的叙事之中。这种状况，正如马克思曾论述的复辟时期的法国农民的状况，"他们无法表述自己；他们必须被别人表述"[①]。问题是，谁来表述？谁在最大限度上可能接近底层本真的发声？谁又能真实地表述各类底层的生活形态、利益诉求和政治愿望？这也决定了底层叙事者的叙述方式和话语实践。在福柯看来，话语与权力达成了同构，话语是权力的产物，而权力又是通过话语来实现的，"在每个社会，话语的制造是同时受一定数量的程序的控制、选择、组织和重新分配的。这些程序的作用在于消除话语的力量和危险，控制其偶发事件，避开其沉重而可怕的物质性"[②]。正因为如此，在底层与非底层之间还有这样一种权力关系，即非底层总是把自己的一套话语系统强加给底层，致使底层沦为非底层的话语客体，底层于是成了非底层所塑造的底层。在20世纪中国文学的整体流变中，"主要出现了启蒙话语、革命话语、现代主义话语、后现代话语、女权话语等几种元话语体系。它们在文学话语实践中形成了利奥塔尔所谓的'宏大叙事'或者'元叙述'，已经而且继续在支配着现代中国文学的叙述机制"[③]。显然，由于受这些话语类型的影响，不同时期叙述者的底层意识势必要彰显其内在差异，也因之使底层表述发生或多或少的变异。

我们这样说并不意味着底层不要被表述，相反，底层是一个始终都存在而且是极不容易消失的社会结构体，事实上，中国古代成就突出的作家都非常重视底层表述，而且就文学史上的经典作品而言，大多关涉底层民生，如杜甫和白居易的诗歌。而作为一种命名，"底层文学"则特指20世纪90年代以来一种特殊的文学现象，是由身处社会底层的作者撰写或非底

① 马克思：《路易·波拿巴的雾月十八日》，见《马克思恩格斯选集》第1卷，人民出版社1972年版，第693页。

② Foucault，*The Order of Discourse*，Shapiro M J. Language and Politics，Oxford：Basil Blackwell，1984.

③ 李遇春：《新时期湖北作家的底层叙述与底层意识》，《小说评论》2007年第4期。

层作者再现底层经验的文学表述，是现代性转型中直面底层民生的写作。我们看到，这些底层文学承接的不仅是古代文人离黍之悲的歌吟传统，也不仅是类似于19世纪的法国和俄国的人道主义传统，而更多的是50—70年代社会主义时期的正义与平等的传统。以底层文学的崛起及争议为契机，当代文学的研究理路也经历了由逃离社会历史批评的范式到复归的过程，在这一过程，底层表述一直被看作极具中国色彩的文学经验。现当代文学有关底层表述的积累更是值得珍视与汲取，从鲁迅到沈从文到赵树理再到柳青，皆在底层表述方面有其富于启示性的贡献。

作为当代文学重要构成的西部小说，不可避免地要受到“底层表述”这一中国经验的制约与规范。在西部小说的研究中，考察底层表述的流变无疑是一种有价值的尝试，例如，追溯西部小说是如何表述底层的，底层呈现了怎样的面貌，这种底层表述又有何文学史意义，尽管西部小说中的底层同样不可能是原生态的底层，尽管存在于西部作家采取了修辞策略的言说之中。此外，西部小说作为地域性文学，还受到地域文化的规约，因之，同样是底层表述，也会具有其地域性标识。当然，全面考察西部小说的底层表述，并不是本书的目的。我们写作的初衷，则是从当代文学的史学背景中，将底层表述作为一种视角，研讨西部作家底层意识的演变及其在创作中的具体表现，从而为当前的底层写作提供参照。

一个作家在何种价值立场上看待底层，以何种情感和眼光评价底层人物的生存方式、命运遭际、精神状况等，这往往形成其底层意识。作家的底层意识，实际上是一种高度的文学自觉。这种“自觉”表现在，作家已了然这是为谁而进行的创作，其作品隐含着何类读者，这样的创作到底在呼唤和催生着什么样的社会生态。换句话说，富于底层意识的作家，其创作之根已深植于现实生活中，深植于底层民众中，而在精神层面又超越了底层。在这个意义上说，直面底层，再现底层的生活，这是作家底层意识的基本状态，而最为动人之处，则在于作家以主体身份介入底层的矛盾张力中，为底层遭遇的苦难真诚地呼吁，而同时却能够真实传达底层的利益诉求、人生期待和政治愿望；则在于密切关注底层的文明进程，以提升底层的精神境界为己任。底层表述的生命力和感染力也正源于此。

二 作为美学主体的底层：革命话语主导下的底层表述

20 世纪 50—70 年代的中国文学，是围绕新生的中华人民共和国的合法性论证与新的国家精神的确立而展开的，以革命历史图景的展示和民族国家的再想象为其特征，表现出鲜明的革命指向。也是在这种革命话语主导的语境中，西部作家的第一代（如柳青、杜鹏程、王汶石等）开创了当代西部叙事的先河。他们是在陕甘宁解放区成长起来的作家，就其生活经验、作品取材的区域而言都与东南沿海地区的作家不同，文学地理上的这一转变，“表现了文学观念的从比较重视学识、才情、文人传统，到重视政治意识、社会政治生活经验的倾斜，从较多注意市民、知识分子到重视农民生活的表现的变化”。他们从创作的早期，就将眼光投向底层，以底层表述而登上文坛，底层关注甚至成了他们一生的选择。他们眼中的底层却远不是怨天尤人、自暴自弃及精神迷惘的底层，而是具有阶级主体性和历史能动性的底层，是处于急剧上升时期的底层。也就是说，他们是将底层作为美学主体进行表述的，显示了与启蒙作家不同的姿态。这种底层表述，“会提供关注现代文学中被忽略的领域，创造新的审美情调的可能性”①。

赛义德这样描绘西方对“东方”的认识，“东方学的意义更多地依赖于西方而不是东方，这一意义直接来源于西方的许多表述技巧，正是这些技巧使东方可见、可感，使东方在关于东方的话语中‘存在’。而这些表述依赖的是公共机构、传统、习俗、为了达到某种理解效果而普遍认同的理解代码，而不是一个遥远的、面目不清的东方”②。如果我们将赛义德这段论述中的“西方”替换为“非底层”，而将“东方”替换为“底层”，则现代文学关于底层的认知，“依赖的是公共机构、传统、习俗、为了达到某种理解效果而普遍认同的理解代码”。早期的启蒙者常常将底层编码为愚昧、麻木、冷漠的群体，如鲁迅笔下的乡村文化形态。当然，鲁迅如此表述底层，根于先觉者与整个社会特别是庸众社会的对立图式。参加和领

① 洪子诚：《中国当代文学史》，北京大学出版社 1999 年版，第 31 页。

② 赛义德：《东方学》，王宇根译，生活·读书·新知三联书店 1999 年版，第 29 页。

潮“左联”之后，鲁迅的底层表述发生了重大变化，其对底层的尊重、推崇和焦虑是显而易见的。不能不看到的是，启蒙话语与真实的底层人生其实相当隔膜，启蒙者的底层想象过于悲观和单一，导致了底层对启蒙话语的排拒。

尽管启蒙话语对底层并没有也不可能造成实质性的影响，但作为一种表述底层的方式，却在知识阶层普遍流行，并因为陈陈相因，致使底层的本真面目越来越模糊，也越来越扭曲。研究者对这种趋向同样表示怀疑，“乡土的社会结构，乡土人的精神心态因为不现代而被表现为病态乃至罪大恶极。在这个意义上，‘乡土’在新文学中是一个被‘现代’话语所压抑的表现领域，乡土生活的合法性，其可能尚还‘健康’的生命力被排斥在新文学的话语之外，成了表现领域里的一个空白”①。这里的“乡土”自然主要指的是底层的人生形态，它也是被现代性话语视为“他者”的领域。启蒙话语之后，20世纪30年代革命话语背景下的底层仍然失语和缄默，这种状况直到40年代的解放区文学才有了好转。由于其时《讲话》精神的广泛传播，加之解放区政府利用了行政调动力，底层方有可能以其原生形态进入作家的视野，周立波、丁玲、李季等的创作已显示出崭新的底层气象，他们的创作也为柳青等西部作家的底层叙事做了必要的铺垫和准备，如评论家冯牧所言，“社会主义现实主义”的叙事发展到梁生宝这一人物的出现才告完成。②

《创业史》不像《红旗谱》《青春之歌》等“成长小说”，没有过多地叙述主人公梁生宝的成长经历，而是将主要精力放在了再现这个底层人物的阶级主体性和历史能动性方面，以凸显“新底层”的本质为旨归。但问题是如何凸显？我们知道，传统意义上的农民以血缘关系为纽带，无法摆脱伦理道德的束缚，而将梁三老汉设置为梁生宝的继父，显然切断了梁生宝这个新底层身上的宗法遗留，为其投向心仪的“父亲”——党的怀抱预设了令人信服的逻辑前提。而一旦找到了“党”这个精神之父，梁生宝的

① 孟悦：《〈白毛女〉演变的启示》，见唐小兵编《再解读——大众文艺与意识形态》，牛津大学出版社1993年版，第87页。

② 冯牧：《初读〈创业史〉》，《文艺报》1960年第1期。

人生便焕发出前所未有的激情，表现出对党的无限依恋与臣服。他“只要一听到乡政府叫他，撂下手里正干的活儿，就跑过汤河去了”，“他觉得只有这样做，才活得带劲儿，才活得有味”，他认为，“按照党的指示给群众办事，受苦就是享乐”。梁生宝完全祛除了传统底层的狭隘眼界，头脑被先进的理论武装起来了，因之他胸怀宽广、老成持重、善于思考。他孤身赴郭县买稻种，挫败了富农的进攻；带领 16 个人组成的队伍进终南山割竹，战胜了春荒，显示了互助合作的力量，对扭转蛤蟆滩两条道路的斗争影响深远；而接受白占魁这个二流子进入互助组，更显示了其不同凡响的胸襟与魄力。就这样，在梁生宝的组织和领导下，蛤蟆滩的底层群体一步步走上了社会主义的康庄大道。在柳青的笔下，梁生宝这个底层人物充分显示了其阶级主体性和历史能动性。

然而，关于梁生宝形象的真实性，即使在《创业史》（第 1 部）发表的初期就遭遇质疑。质疑者并不是直接向梁生宝这个人物发难，而是反复言说梁三老汉形象的真实性，这的确是一种富有深意的解构策略：如果梁三老汉形象的真实性能够成立，那么，梁生宝形象的真实性自然就失去了依据。但梁三老汉到底是一个什么样的人物呢？我们看到，梁三老汉强烈的创业心理实际上与同样处于底层社会的高增福、郭振山，以及富农阶层的郭世富、姚世杰，甚至与土改时期被镇压的地主杨大剥皮、吕二细鬼都没有本质的区别，他没有脱离“封建农民”的范畴。这是一个彻底的旧式农民，一个丧失了阶级主体性和历史能动性的底层人物。他的身体充分显示了其底层性和被规训性：满面很深的皱纹，稀疏的八字胡子，忧愁了一辈子的眼神，脖颈上一大块死肉疙瘩。他活像一个 20 世纪 50 年代的闰土，眼神中亦不乏祥林嫂的遗留。是的，梁三老汉是够“真实”，倘若将其生活的时代后退到 20 世纪 20 年代；但在一个改天换地的年代，其所作、所为、所想却暴露出荒诞性和令人憎恶的保守性，他断然不可能昭彰底层的未来和希望。

如果是这样，质疑者为什么还要穷追不舍？反复抬高梁三老汉这一类底层人物的终极目的又在为何？不难看出，质疑者仍在沿袭着 20 年代的启蒙话语，他们认定底层只能像梁三老汉一样狭隘、自私、勤劳、淳朴和容易满足，其人生梦想无非是“做三合头瓦房院的长者”，怎么可能是思想先进、慷慨无私和有能力组织穷哥们儿奔赴共同致富的社会主义道路的带头人呢？正如底层不能理解文化精英夸夸其谈的启蒙话语或现代性话语，高高在上的文化精英也同样不能想象底层会爆发出如此强大的自省力量和改变自身命运的智慧。某种程度上说，《创业史》的出现打破了文化精英的惯性思维，梁生宝的形象也冲决了文化精英关于底层的知识边界，这使他们不能容忍，不能保持沉默。实际上，从 20 世纪 60 年代到 21 世纪初，文化精英或隐或显地否定《创业史》和梁生宝这一底层人物的声音从来都不曾停歇，这反而给我们一种提示：支撑柳青创作的不是精英意识，而是立场坚定的底层意识。但是，这却也注定了柳青文学史地位的沉浮命运。

前文说过，柳青等西部作家是《讲话》后在陕甘宁解放区逐渐成长起来的作家，这个成长经历奠定了他们健康明朗的底层意识。《讲话》提出了文艺的“工农兵方向”，旗帜鲜明地主张走底层路线，主张文艺要为底层民众“喜闻乐见”。毛泽东以党的最高领导人的身份，倡导知识分子要到底层中去锻炼和接受改造，他认为底层更伟大，底层尽管“手是黑的，脚上有牛屎，还是比资产阶级和小资产阶级知识分子都干净”[①]。现在看来，毛泽东所器重的，是淡化了精英意识而以底层审美趣味为追求的作家，毛泽东的底层观深刻影响了解放区作家的创作。柳青就是一个毛泽东文艺路线的坚决的追随者和实践者。与《讲话》提出的知识分子改造相一致，柳青在新中国成立前后多次深入底层，在艰苦的工作岗位自觉地磨炼自己，苦行僧似的进行知识分子改造，最终淡化了精英意识。这是柳青区别于来自国统区作家的一个重要特征，其早期的长篇叙事如《种谷记》和《铜墙铁壁》，就是根据底层工作的观察和体验完成的。柳青经受了来自极端的物质贫乏和持久的心灵寂寞的考验，设法与那些处于社会最底层的农民融为一体，不仅是形象上的，更是情感上的，用他的话来说，“黑夜开完会和众人睡在一盘炕上，不嫌他们的汗臭，反好像一股香味”[②]，正因为

① 毛泽东：《在延安文艺座谈会上的讲话》，见《毛泽东选集》，人民出版社 1966 年版，第 856 页。

② 柳青：《转弯路上》，见《中国当代文学研究资料・柳青专集》，山东大学中文系编，[出版地不详] 1979 年版，第 10 页。

这种情感皈依，他的笔触也就能够沉潜到底层民众的灵魂深处，在时代的大变动中自如地再现其心灵运行的轨迹。

不仅柳青，而且王汶石、杜鹏程等50—70年代的西部作家都是将底层作为美学主体进行表述的。王汶石不同于柳青那样苦心建构史诗般的巨制，他往往从底层人生中截取一个个片段，凭借对底层新生活的热情和社会新事物的敏感，及时发现处于上升时期的底层身上的亮点，并通过铺陈这亮点的时代生活动因，以形成自己的底层表述。如《新结识的伙伴》就叙述了两个在大跃进背景下进行劳动竞赛的底层妇女的故事，作家将主要笔墨倾注于“闯将”张腊月和“好女人”吴淑兰的思想情怀、精神世界的展开，塑造了两个性格迥然不同、精神气质却完全相通的底层新型妇女的形象，在她们的言谈举止中，透露出强烈的时代气息。杜鹏程的短篇主要涉及和平年代的底层建设者形象，如《平常的女人》里的郑大嫂、《年轻的朋友》里的王军、《延安人》里的老黑一家。他善于通过底层平常生活的展开来折射人物的心灵之美，从而凸显底层的美学主体性。从文学史的发展脉络上看，柳青等第一代西部作家的底层表述已作为一种资源而存在，深刻影响了后辈西部作家的创作，他们大多将底层表述作为其叙事的主要表述形态。

三 底层是天使，抑或是庸众：当文化精英遭遇底层体验

20世纪50年代的“反右”，在大陆知识界产生了一批“右派”。几乎是一夜之间，他们从受人尊敬和待遇优厚的知识分子，被下放到贫瘠的乡村或偏远地区接受“改造”，从此像沉默的底层一样失去了话语权。这种社会地位的巨大反差，使他们真正体验了、经历了底层生活，一定程度上说，在这样的非常时期，他们也是底层的构成部分。“文化大革命”结束后，当他们重新拥有失去的社会地位而告别底层的时刻，他们会以什么样的情感和眼光审读曾与他们相濡以沫的底层？他们会以什么样的话语方式表述底层人生？重估新时期初的“伤痕文学”“反思文学”等文学思潮，我们却惊奇地发现，再次踏上“红地毯”的知识分子所描述的则主要是一幅幅知识分子的受难图，而那些为人称赞的文本又大多是知识分子的自我

塑造、自我辩解和自我洗刷。“右派”作家的底层表述不仅与真实的底层令人遗憾地相隔膜，而且显示了其有意疏离底层的倾向，底层在他们的笔下往往是缺乏美学主体性和历史理性的一群。“右派”作家与底层人生的这种貌合神离，既说明了其精英意识的顽固性，也预示着其底层表述的暂时性。然而，作为一种难以释怀的文化记忆，底层体验却在“右派”作家刚刚踏上“红地毯”的那个历史时刻难免要左右他们的创作，尽管底层在这里仅仅是作为“陪衬”而出现的。

张贤亮和王蒙都是从“反右”斗争中遭遇底层体验的西部作家，近20年的底层体验不可能不在他们的创作中留下痕迹，事实上，他们新时期初的创作多涉及底层叙事。虽然他们与其他“右派”作家一样，并没有形成和柳青们相似的与底层同呼吸、共命运的审美情感，但毕竟他们笔下的底层面目尚不狰狞，甚至在某些文本中，底层还变身为“天使”——心地纯良、善解人意，可以毫无怨言地为“落难”的知识分子献身。而随着这些作家的社会地位越来越高，底层便滑向了可怜、可恶或可憎，越来越不讨人喜欢，如张贤亮20世纪80年代后期和90年代初期的创作；或底层从记忆中彻底消失，不再被关注，如王蒙进入90年代以后的创作。底层形象从“天使”到“庸众”的滑落，无疑是由于张贤亮们的底层意识的更替使然。我们不妨再解读张贤亮的作品，以观察其底层意识的演变轨迹。

张贤亮在20世纪70年代末80年代初以引人注目的《邢老汉和狗的故事》《灵与肉》等作品而重返文坛。此时的作者仍身处社会的底层，尽管其时的小说不无悲愤慷慨的情绪，但锋芒内敛、哀而不伤，行文之中不时流溢出的是对底层人物的欣赏、同情和赞美之情。可以说，此阶段张贤亮的底层意识不仅健朗，而且就他而言也是最接近底层真实的时期。《邢老汉和狗的故事》虽以第三人称视角讲述了一个底层人物所经历的并不离奇但也够悲怆的故事，叙述者与主人公的精神共鸣和惺惺相惜实在是一目了然。《灵与肉》着力刻画了一个叫李秀芝的底层女子，尽管她看起来又黑又丑，但性格贤淑、文静而又坚韧，凭借其勤劳和乐观，硬是从“石缝中伸出自己的绿茎”，以朴素且艰苦的方式创造生活，为精神流浪的许灵均建构起了温暖的家园。在这些作品中，底层形象是伟岸的、崇高的，具有神性的气质，而作者对底层人物的情感也是真挚的，代底层立言的迹象格外明显。在《灵与肉》发表四五年之后，张贤亮又陆续推出引起更大争议的《绿化树》和《男人的一半是女人》。短短的几年时间，张贤亮的人生境遇得到极大改善，已完全摆脱了底层的困苦与艰辛。伴随着他精英意识逐渐增强的是，其底层意识也在不知不觉之间发生了变化。征候之一便是，底层人物由前期的主人公身份退居为陪衬性人物，他们的一切活动似乎只是为了突出落难知识分子的存在。如《绿化树》中安排马樱花、海喜喜这些底层人物的活动，无非都是为了完成某种使命——使精神人格遭遇阉割的知识分子章永麟恢复做人的自信。这些作品中的主人公皆为落难知识分子，他们孤独、脆弱而且敏感，故事的演进也主要是根据主人公的情绪变化，在他们丰富而复杂的心理流动中映象底层人物，故底层人物无一幸免都被做了主观化和平面化的处理，呈现为静止的“失语”状态。

因为底层真实的存在被作者有意无意地遮蔽，于是作品的幻想性质便凸显出来。以底层女性与落难知识分子的纠结而论，叙述的重点已不是知识分子被教育、改造和受感化的种种心情，而是着意渲染底层女性对落难知识分子的卫护、怜悯、恩赐和爱抚。受难者身边的此类底层女性，往往可以为心目中的“好男人”牺牲自己的一切而在所不惜。那么，吸引底层女性的到底是什么？倘若从正常的标准衡量的话，落难知识分子既无政治地位，劳动能力又低下，且其囊中也羞涩，这样的人怎么能让终日奔波在生存线上的底层女性动心呢？为了能够给读者一个理由，作者不惜虚构一个个“红袖添香夜读书”的场景，并借底层女性乔安萍之口做了简单的交代，“右派都是好人”，“我挺喜欢有文化的人”。“好人”或“有文化的人”——这样的理由就能使底层女性为之倾情、为之赴汤蹈火？显然，诸如此类的交代于情于理都很勉强，不过是作者对爱情生活充满罗曼蒂克的幻想而已。

如果作者对底层人物的精神活动的遮蔽仅仅以罗曼蒂克的形式出现也就罢了，问题是，作者在神化底层的同时，又时常对底层流露出不屑一顾的神情。以《绿化树》和《男人的一半是女人》而论，主人公都叫章永麟（当然并非同一个人），出现了两个不同的底层女性，一个是马樱花，外号

“美国饭店”；一个是黄香久，在章永麟看来也仅是只“矫健的雌兽”。《绿化树》中的章永麟，在马樱花用食物和爱情养壮了虚弱的身体、滋润了干枯的灵魂之后，考虑的却不是如何与这个苦难的女人合力创造新的生活，不是如何更好地融入底层社会，而是认为马樱花给他的只能是粗糙的、野性的爱情，与他所梦寐以求的“优雅柔情”式的爱情大不相同。恢复体力和自信之后的章永麟，对马樱花通过“美国饭店”的方式来养活自己，从前是感激涕零，而现在却是耿耿于怀且倍感受辱。知识分子的虚荣心与优越感已如饥饿的困兽在他心中撕咬，他决计要走出“这个几乎是沙漠边缘”的地带，远离马樱花，因为章永麟忽然觉得“她和我两人是不相配的”。如果说《绿化树》中的章永麟对于背叛底层女性马樱花还多少带些原罪感的话，到了《男人的一半是女人》，章永麟则干脆以所谓知识分子的“抱负”“人格”之类的豪言壮语当作托词，为其抛弃底层女性黄香久开脱道德责任。

在这些似乎有点老套的“始乱终弃”的故事背后，映照出来的是张贤亮底层意识的复杂性与矛盾性。从根系上看，张贤亮始终以“知识分子”这一社会身份自居，即使身处灾难的深渊，即使为两个稗子面馍馍也不惜露出卑贱相，那黑色囚衣包裹下的仍是死而不僵的精英意识，仍是一种优越感。旷日持久的超负荷的体力劳动改变的只是他的身体，并没有有效触及他的灵魂，也没有使他能够更好、更深刻地理解与认同底层的苦难、欢乐和希望。在他落难的时候，是底层人不止一次地将他救赎，这其实仅仅使他对底层产生了一种感激之情，因此，在某种情况下他也还能够写活底层形象。他真正感兴趣的并不是底层表述，而是借底层经验以传达其精英意识。这样，在张贤亮进入权力阶层后，便时时有底层意识与精英意识的冲撞、消长与更替，这终于导致了底层形象在“天使”与“庸众”之间徘徊，直至完全滑向“庸众”的缘由。当他彻底告别底层经验而全面书写其精英意识时，又在多大程度上可能给读者带来惊喜？像《习惯死亡》和《我的菩提树》，弥散于文字中的无非是知识分子自作多情的痛苦、孤寂和无望，是犹豫彷徨而又自怨自艾的情绪，是知识分子一次次的云雨之欢和心如死灰，曾经的章永麟们极力张扬个人价值的勃勃雄心已消失殆尽、无影无踪。

张贤亮是幸运的，因为他有着丰厚的底层体验，这使他在八九十年代之际成为领潮的作家，他以现代的方式注解了文学“穷而后工”的道理。张贤亮又是不幸的，因为精英意识的执拗与作祟，他最终还是没有将文学之根深植于底层厚土之中，所以，进入20世纪90年代后其创作便泄露出强弩之末的尴尬，尽管张贤亮从不缺少才情与灵气，尽管他一直很勤奋。

四 多元底层：现代性话语裹挟下底层表述的多向度拓展

在张贤亮、王蒙这些“右派”作家黯然抚慰灵魂创伤的同时，一批更年轻的西部作家开始崛起，如路遥、张承志、贾平凹、扎西达娃。他们大多来自社会的底层，从小体验的底层磨砺和苦难经历，不是让他们逃离与背叛，而是将他们的所有哀乐都牢牢地黏附于底层，以至于在他们成名之后多年，虽然有的已进入了权力层，底层仍是他们梦魂牵绕的所在。在他们眼中，底层并不等于苦难，而是有着更深广的内容，这里有希望，有喜悦，有变革，有觉醒，有历史理性，有上流社会难以体味的温情，有支撑民族信念的文化基因，更有着取之不尽用之不竭的创作素材。他们从没有打算远离底层，事实上也是无法离开的，因为在他们准备献身文学的那个时刻，其文学之根已向底层生长和延伸，底层表述与他们的文学事业已息息相关。这代西部作家与柳青一代有很大的相似性，他们亦将底层关注当作他们一生的选择，即使在新时期以来多种思潮的频繁更替中，也不曾动摇他们的底层意识。但新时期文学又是以现代性话语为主流的，呈现为多元话语共存的格局，这不能不影响他们的价值取向。“人”的觉醒与发现、文化寻根与反思、底层神话的崩塌与重构等题旨，都是这代西部作家的底层意识的构成中不同于前辈的地方。他们的底层表述正是在现代性话语的裹挟下所进行的多向度拓展，其努力大大丰富了西部小说底层表述的可能性，具有独特的文学史意义。

路遥从1980年发表中篇《惊心动魄的一幕》步入文坛，到20世纪90年代初完成长篇《平凡的世界》后突然谢世，10年时间里奉献了数量惊人的底层文本。他的文本是巨变时代底层人生的忠实记录，其最动人之处在于深度描述了底层青年改变命运的激情，及其由此而来的不得不时时直面的挫折、抑郁和焦虑。这也是路遥不同于柳青的地方，在柳青那里，上升时期的底层青年虽然也有碰撞，有不如意，但底层在政治上的优势却足以缓解乃至于化解一切挫败，而路遥时代的底层显然已经复归于草根状态，底层青年向前跨出的每一步都意味着沉重与艰难，都意味着孤军奋战的血的代价。但路遥并不忧伤，他以极其细腻的笔法记叙了底层青年遭遇不幸后，其父辈们以宽容和诚挚来接纳他们，安慰他们，使他们重建生活的信心。路遥的底层叙事因此便具有了不可替代性——以底层青年改变命运的历史动机为中心，尽可能全景式地映象底层社会的方方面面，并将眼光辐射于非底层人群。面对孤立无助而又不甘心重蹈先辈命运的底层人，他的笔端常常流溢着充沛的温情与同情，他太理解这些底层人了，对他们的一举一动都感同身受，因之他的底层叙事也就能够抵达同类题材难以企及的真实性与丰厚度，特别是那些对底层人悲剧般的尊严、绝望般的希望和西西弗般的奋斗历程的描述更是具有跨越历史时空的冲击力，感动着几代的底层人。列宁曾言，艺术是属于人民的，“它必须在广大劳动群众的底层有其深厚的根基，它必须为这些群众所了解和爱好。它必须结合这些群众的感情、思想和意志，并提高它们。它必须在群众中唤起艺术家，并使他们得到发展”①。路遥的文学人生无疑对之做出了形象化的诠释。

路遥在极端的贫困状态下度过了青少年时代，这使他对底层及底层中产生的一切美好事物的感受分外强烈，他敏感而自尊的心总是在不经意之间铭记着那些看起来似乎是微不足道而实际内蕴着底层生存智慧的事情。这也就可以理解，他对底层的心灵世界的生动展示，常常能够超越性格层次而进入人生哲学的高度。路遥的底层表述是虔诚的，他对底层是尊重甚至是敬仰的。只有那些生活在底层之中，并且以平等之心看待他们的作家，才能体察到底层这种特有的智慧。在《平凡的世界》中，路遥借孙少平之口表达了对底层的认同与景仰之情，“这黄土地上养育出来的人，尽管穿戴土俗，文化粗浅，但精人能人如同天上的星星一般稠密。在这

① 中国社科院文学研究所文艺理论研究室编：《列宁论文学与艺术》，人民出版社 1983 年版，第 912—913 页。

个世界里，自有另一种复杂，另一种智慧，另一种哲学的深奥，另一种行为的伟大”①。虽然这些底层身上都存在这样或那样的性格及生理缺憾，但并不妨碍作者将他们作为美学主体来表现，也不妨碍作者敞亮这些人物的人格魅力。

路遥底层意识的突出表征，还在于将底层人物置于中国现代化进程的大背景中，但始终能够站在底层的价值立场上，探察底层群体的人生出路与未来前景，再现底层的疾苦和欢乐，反馈他们的愿望与心声。路遥已完全把自己预设为一个“底层作家”。《人生》《月夜静悄悄》涉及了城乡差别对底层所造成的身心伤害，这些作品还较早触及了一系列使底层为之愤慨而又无奈的现象，如分配不公、贫富不均，以及特权思想、等级观念等。《你怎么也想不到》中的郑小芳，大学毕业后为了给贫穷的家乡做贡献，主动放弃了留城的机会，依然回到条件极其艰苦的家乡工作，则又被作者当成了底层的楷模来抒写。《惊心动魄的一幕》中的县委书记马延雄、《不会做诗的人》中的党委书记等，之所以给人造成一种“高山仰止”的效应，其根本原因在于，这些权力人物可以为底层的利益勇于牺牲个人利益的行政伦理受到了作者的高度肯定与推崇。并不夸张地说，路遥是一个将底层意识贯彻得最充分的当代作家，他以底层的喜为喜，以底层的忧为忧，以底层的价值判断为价值判断，从而以几乎零距离的方式表述了底层。不仅如此，他的底层表述还弥散着由传统文化衍化而来的现代情感，以及社会主义实践所生发的乌托邦情感，当这些情感与实际的社会进程的频率产生共振时，便形成了他沉雄凝重的底层基调。路遥的底层表述的确对“底层文学”极富启发性。陈忠实曾言，“路遥的精神世界是由普通劳动者构建的‘平凡的世界’。他在中国当代作家中最能深刻理解这个平凡世界里的人们对中国意味着什么”②，并不是无的放矢的论说。

如果说路遥以现实主义的创作精神，全景式地再现了特定历史时空中的底层人生，那么，张承志则以浪漫主义的创作姿态，着力表现了底层在苦难和不幸面前召唤出的坚强、韧性与豁达，以苍健而悲凉的笔调歌颂着

① 路遥：《平凡的世界》第1卷，华夏出版社1998年版，第397页。

② 陈忠实：《悼路遥》，《小说评论》1993年第1期。

底层。张承志底层表述的独特之处还在于，他虽身处权力阶层，却对精英意识流露出了决绝的否定倾向和对底层的复归态势。这也造成了张承志的一种“身份”紧张，在底层的印象中，他是一个文化精英，尽管他的作品不止一次出现了底层人物，但这些底层人物往往在作者主观化和情绪化的处理下，离真实的底层人生似乎又很遥远，底层对他是敬而远之；而在文化精英看来，他又是一个反精英意识的底层分子，他的英雄情结，他的理想化的追求，他的宗教徒般的狂热，都与固守其成的精英意识格格不人，故不时遭遇文化精英的冷眼与挤兑。我们该如何理解张承志底层表述的这种复杂性？正本清源地看，奠基张承志叙事底色的不是精英意识，而是底层意识。张承志底层意识的形成与其成长经历有关。他曾在偏远的内蒙古乌珠穆沁草原插队 4 年，是底层给这个异乡来的已进入青春期的少年以无私的关爱和奉献，这使他深深地为底层的醇厚、素朴和诚挚所感动，他躁动而漂泊的心从底层那里获得了少有的慰藉和安宁，底层于是成了他永远的精神故乡。这个经历几乎决定了他闯入文坛的那一时刻的基本选择，他曾真诚地说：“我非但不后悔，而且将永远恪守我从第一次拿起笔来时就信奉的‘为人民’的原则。”[①] 那么，张承志又将如何实践其“为人民”的创作理性呢？他走的显然不是柳青、路遥的现实主义路子，也与张贤亮的底层表述形成了反方向运作。他更关注的是底层的心灵世界的变迁与展示，挖掘底层在各种非常态的情境中何以爆发出惊人的耐力与韧性，讴歌着底层的生存哲学。从其成名作《旗手为什么歌唱母亲》到广受争议的《心灵史》，他从两个端点上对讴歌底层进行了链接。但由于张承志深受精英文化的熏陶与濡染，其思维方式和表述方式与底层读者的期待却是判若云泥，这也就不难理解，他的作品为什么不可能在底层产生多大影响了。

张承志对权力社会的反叛与背弃，以及复归底层的态势，实际是其底层意识的另一种表达方式。张承志的很多叙事文本都有一个“蓬头发”的知识分子，他在权力社会饱受心灵的煎熬，他看不惯精英分子的阳奉阴违与忸怩作态，他常常被精英分子捉弄和欺骗，但又无可奈何。于是，他选

① 张承志：《老桥》后记，十月文艺出版社 1984 年版。

择了逃离，以远离那些是非之地，然后形单影只地到底层社会寻求灵魂的栖息地。《黑骏马》《大阪》《北方的河》等叙事的共同核体是“叛逃与复归”，即对权力社会的叛逃和对底层社会的复归。在远离权力社会之后，他便在瞬息之间体验到大自然的粗砺、苍凉与雄浑，无论是高山、大河、草原、沙漠、峡谷，总是能够彰显其崇高的美，大自然的壮美与权力社会的虚伪、庸俗和欺诈形成了鲜明的比照。而且，一旦重回底层社会，这个“蓬头发”就像久别的游子回到了故乡，回到了母亲的怀抱，诉说着他的所有委屈、失败和眼泪，袒露着灵魂中最脆弱的地方。张扬对权力社会的“刚”与坦言对底层社会的“柔”，正体现了张承志的刚柔并济、外刚内柔的表述风格，这也是他底层叙事的过人之处。张承志的种种书写，如对底层人生的颂扬、对权力社会的否定、对自然美景的留恋和对宗教文化的皈依，极易使人产生误读，似乎张承志叙事文本的精神诉求极不稳定，并造成这样的错觉：神圣的姿态与虚无的内核。[①] 但如果联系中国社会 80 年代以来的实际状况，就不难洞悉，张承志其实一直在为底层的前途命运而担忧，他在冥冥之中预感到现代化进程将会使底层变得更加一无所有，曾经拥有的一切美好记忆亦将荡然无存，这种底层焦虑是如此的深刻，竟使他有时不得不以一种过激的方式加以表现。要正确认识张承志的底层表述，后现代主义理论家詹姆逊的一个论断也许最具启示性，“从理论角度看，浪漫主义之新纯属无意：它确实如同肌体躲避打击一样，可以视为一整代人试图保护自己的方式，以此回避世界的总体性的空前的大转变，即世界从此进入中产阶级资本主义贫瘠的物质主义的环境。因此，一切封建世态和政治白日梦，一切宗教事务和中世纪事务的氛围，对旧式等级社会或原始社会的复归，旨在还原旧貌的复归，都应该首先理解成防御机制”[②]。如果我们从“试图保护自己的方式”来理解的话，张承志叙事文本的内核其实是很具体的：捍卫底层的尊严。

---

① 涂险峰：《神圣的姿态与虚无的内核——关于张承志、北村、史铁生、圣·伊曼纽和堂·吉诃德》，《文学评论》2004 年第 1 期。

② ［美］弗雷德里克·詹姆逊：《马克思主义与形式》，李自修译，百花文艺出版社 1995 年版，第 79 页。

在路遥和张承志之外，贾平凹、扎西达娃等作家八九十年代的底层表述同样可圈可点，他们都把各自熟悉的底层生活作为主要创作资源来展开，形成了西部小说底层表述的多元格局。就扎西达娃的底层表述而论，既不同于路遥的现实主义，也不同于张承志的浪漫主义，他怀着强烈的启蒙冲动，通过营构种种如真似幻的宗教文化背景，以魔幻现实主义的方式映象底层人生的悲剧性与荒诞性，故扎西达娃底层表述显得空灵、缥缈而意味深长。

以1985年发表的《西藏，系在皮绳扣上的魂》为标志，扎西达娃的底层表述分为前、后两个时期。扎西达娃的早期叙事，如《朝佛》《没有星光的夜》《归途小夜曲》等，已显示出探索底层命运问题的努力，不过此阶段他还以传统现实主义的创作理路为主，虽然有宗教文化的渗透，其文本意旨却较为明晰。《朝佛》讲述了一个藏东牧女来圣城朝佛，偶遇一个具有现代意识的拉萨姑娘，在她的开导下，牧女才明白佛祖之不可求，底层要得到今生的幸福，全靠自己的双手来创造。从《西藏，系在皮绳扣上的魂》开始，扎西达娃的表述风格趋于形成，他往往从底层的人生诉求入手，在看似一本正经的叙述中夹杂着悲凉的反讽意味。他笔下的主人公经常是一些被宗教文化规约着的底层，他们在信仰中活着，但活得没有自我，活得没有尊严，活得失去了时空感，这些底层为了虚无的信仰可以付出任何代价，甚至付出生命也在所不惜，其最终的结局却让人啼笑皆非，而作者欲泪又止的克制也依稀可辨。《西藏，隐秘岁月》中的次仁吉姆穷其所有供奉着“住在”洞穴中的密宗大师，当她死后，人们才发现她为之付出一生光阴的原来是一副男性骨架而已。“次仁吉姆”这个名字被不同时代的藏女一再重复，作为隐喻的历史穿透力已不言自明，次仁吉姆似乎成了底层女性的活化石。

从扎西达娃的后期创作来看，其精英意识与底层意识是始终缠绕在一起的。他笔下的人物大多是等待“启蒙”和“拯救”的底层，他们愚顽地重蹈着某种宿命，不在意时代的变化，也不相信自己改变命运的可能性。在这些时候，扎西达娃表现更多的是精英意识，是一种居高临下的观照，这样，我们能看到的也只是扎西达娃启蒙话语中的底层，底层本真的生存状态与心理流程在此被过滤掉，或被高度抽象化和寓言化。扎西达娃这种叙事策略的实施，可能在寻求某种更高意义上的“哲学的真实”或“文化的真实”，但毕竟在相当程度上遮蔽了底层，因此也就限制了其底层表述的再拓展空间。尽管如此，我们仍然可以读出扎西达娃深沉的底层意识，弥散于他后期文本中的情感主要是一种“现代性焦虑”，是渴望底层踏上自由之路的紧张，是因为底层的行动滞缓而生发的绝望过后的悲哀。扎西达娃一直在试图“拯救”底层，预设着凭借启蒙话语将他们从宗教的沉溺拉回现实中来，并创造和享受现世的幸福。因是之故，我们在他的文本中根本就读不出辛辣，而是对底层爱极生恨的焦虑、紧张与悲哀。

五　走向“底层文学”：消费时代的底层表述

20世纪90年代中期以来，伴随着从计划经济体制向市场经济体制的大规模转型，当代中国的社会结构发生了深度的裂变，一个突出的现象是地域差距、贫富差距和城乡差距的无限蔓延趋势。在这样一个由消费文化、强权和资本合谋的语境中，社会底层被持续再生产，于是，沉寂已久的革命话语在不知不觉之间复兴起来，其重要表征是“底层文学”的横空出世。底层文学虽然以革命话语为其主要的话语形式，但显然与50—70年代的主流话语有着内在的差异，底层文学的倡导者和实践者并不主张通过阶级对抗和政治革命的激进方式，来改变底层的生存境遇，而是直面客观存在的两极分化和阶层分化，强调复归“革命文学”的人民性传统，呼吁权力社会关注底层的艰难民生，关注底层的精神需求，呼吁通过建构一种平等、和谐的社会秩序，使底层的存在状况得到根本改善，使他们重获失去的政治地位。不难发现，这种趋向体现了“左翼”精神的复活，因此我们可以将底层文学的话语方式看作“后革命话语”或“新左翼话语”。

西部小说从其发端就以底层表述为其标识，我们在此论及西部小说之走向底层文学，无非是说，在中国社会已进入市场意识形态为主导、消费文化为主流的语境，西部小说与方兴未艾的底层文学思潮形成遇合与对接是水到渠成的必然。在这一过程，受强势文学思潮和地域性文学传统的合力影响，此阶段西部作家的底层意识同样可能呈现出某些特别的时代烙印。贾平凹、雪漠、石舒清、董立勃、王新军等作家的创作是这种时代印痕的极好体现。

贾平凹在20世纪70年代末以《山地笔记》引起文坛关注，到2008年推出底层文学的代表性文本《高兴》，在这漫长的三十多年的时间里，在新时期以来的诸多思潮如“反思文学”“改革文学”“寻根文学”的更替中，有几多和贾平凹一起打拼的作家都被高速变幻的时代淘汰出局，而贾平凹却像一棵文学的常青树，虽未能领潮，但也一直是居于前沿的作家。贾平凹的文学人生构成了当代文学一道夺目的景观——贾平凹现象。关于贾平凹现象，文学史家已多有研究，并就其旺盛的创造力提出了种种看法，但在我们看来，他之所以能宝刀不老，主要原因是他始终能坚持底层表述，也就是他始终能站在底层的美学立场上，观察和书写瞬息万变的社会动态与人心沧桑，以及底层人生的命运流变。他的文本几乎是30年来底层人生的编年史，记录着底层在当代中国现代性巨变中的犹疑、欣喜、满足、迷惘、沮丧、抗争等复杂的情感过程，探索着底层日趋边缘化和被迫失语的历史根由。而其风格形态，也经历了从明朗到沉郁，从沉郁到凝重，再从凝重到诙谐的衍化。贾平凹表述风格的演变，与其底层意识的调整有着千丝万缕的关联。

20世纪80年代初期的贾平凹为社会变革带来的底层富裕气象而欣喜不已，其时的底层表述师法沈从文、废名等京派名家的乡土神韵，表现出底层人生的诗化倾向，风格明朗而清新，《商州初录》《小月前本》《腊月·正月》等文本把底层面对触手可及的幸福时的情态已和盘托出。80年代中后期创作的众多中篇，如《天狗》《山城》《远山野情》，贾平凹却表现出了欣喜过后的一丝隐忧，历史的确是进步了，底层是衣食不愁了，但社会的道德水准却在不知不觉之间下降，浮虚之风正在疯狂地生长，这是底层的幸还是不幸？长篇《浮躁》将其喜忧参半的情感推向了高潮，而其风格渐趋沉郁。进入90年代，贾平凹似乎离开了底层言说，连续创作了《废都》《白夜》和《土门》等涉及都市上流社会的长篇，而这些叙事中却出现了一个有趣的现象，即权力人物一个个处于醉生梦死的荒谬状态，不难读出作者对上流社会的厌弃之情，其实这也是他底层意识的另一向度的表述。如果说《废都》和《白夜》的表述风格以沉郁较著，《土门》则一变而为凝重。《土门》引人注目地叙述了一个名曰“仁厚村”的村庄被城市化的惨烈事件，作为一村之长的城义，为了抵抗城市文明对乡土文明的鲸吞，他造楼牌、办药厂、修墓地，可谓殚精竭虑，他极力要保存仁厚村的状貌——因为在他的观念中，仁厚村不仅是一个村庄的名称，更是乡土文明的体现，但他的一切努力都无法挽回仁厚村被城市文明荡涤的历史宿命。在《土门》中，作者的底层意识里弥散着深刻的焦虑，农民告别了土地将何去何从？并没有人给这些失地的农民安排一个更好、更长远的出路，他们想象中的幸福却是越来越模糊，他们已被城市文明抛向了不可知的窘境。从底层表述的意义上看，《土门》是一个标识，它是贾平凹转向底层文学的契机，其所昭示的悲剧性意蕴将在贾平凹21世纪的创作中得以延续和深化。

贾平凹于2005年推出《秦腔》，这个长篇可以看作《土门》的逻辑延伸。《土门》仅仅涉及城市文明对乡村改造的企图和初步的实施，至于在多大程度上可能引起乡民们的心理动荡则还未展开，到了《秦腔》，这成了叙事的重心所在。随着强势资本在清风街的硬性介入，宁静的乡土生活秩序开始崩溃，传统的伦理道德亦被瓦解，清风街似乎在一夜之间已脱胎换骨：贫富差距拉大，土地荒芜，人心不古，恶人横行，淫盗猖獗，前景暗淡。曾经的诗性乡土，呈现出一片凄凉。作者给我们揭开了隐藏在“繁荣”背后的一个个令人心悸的景象，这也是现代性转型中最真实的底层阵痛。它不可能在官方文本中出现，它只能来自作者真切的底层体验，来自作者的良知，来自作者对底层命运的沉重忧患。《秦腔》的特别之处，还在于书写了城市农民工的被生产过程。在现代性浪潮的冲击下，大量的土地被侵占，产生了一批失地农民，他们再也无法在农村立足，只好到城市去寻求生路；与此同时，另一些来自农村的青年则被斑斓的城市幻象所吸引，满怀信心地踏上了“淘金”之路。这些进城的乡下人到底会遭遇怎样的命运，在2008年问世的长篇《高兴》中，贾平凹做了真实而催人泪下的叙述。

《高兴》给我们展现了乡下人进城后的悲惨境遇。刘高兴、五福、杏胡夫妇这群远离乡土的农民工，来到陌生的城市后将以何为生？他们既无资本，又无技术，除了一身力气就再也身无长物了，他们只能靠捡破烂或干笨重的力气活来维持最低微的生活。他们住在贫民窟，吃的是苞谷糁或面糊糊疙瘩汤之类，穿的是捡来的破衣旧鞋。生活上的艰辛咬咬牙也就凑合着过了，使他们备受煎熬的，是他们不得不时时面对城里人的鄙视与防范，不得不忍受韩大宝、门卫、瘦猴、个体户老板及形形色色的市民的盘剥、欺诈与嘲弄，他们的日子黑暗而又漫长，似乎没有尽头。“成为城里人”，这几乎成了刘高兴们一生的追求，然而要实现这个夙愿对他们而言又是何其渺茫。《高兴》展示的实际是消费时代的一幅底层受难图，它使我们不能不思考底层的前途到底在哪里，他们处于自生自灭的状态，他们的生老病死从来无人问津，他们一直挣扎在生存线上，但他们却是真实存在的群体。在更高的意义上，又不能不使我们产生这样的质问：现代性的终极目的何为？这不仅是我们的追问，其实也是贾平凹的追问，他在《高兴》后记中写道：“我为这些离开了土地在城市里的贫困、卑微、寂寞和受到的种种歧视而痛心着哀叹着……想为什么中国会出现打工的这么一个阶层呢，这是国家在改革过程中的无奈之举，权宜之计还是长远的战略政策，这个阶层谁来组织谁来管理，他们能被城市接纳融合吗？进城打工真的就能使农民富裕吗？没有了劳动力的农村又如何建设呢？城市与乡村是逐渐一体化呢，还是更加拉大了人群的贫富差距？”①

在西部作家中，贾平凹的底层意识是独特的。尽管与柳青相比，他缺乏的是柳青那样的大度与融洽；与路遥相比，他缺乏的是路遥那样的真诚与谦卑；与张承志相比，他缺乏的是张承志那样的慷慨与热烈；甚至与张贤亮相比，他缺乏的是张贤亮那样的袒露与感激，与扎西达娃相比，也缺乏扎西达娃那样的焦灼与悲情。但贾平凹自有一种执着，一种从容，一种深度，这使他形成了一种格局。他并没有将自己看作一个底层，他始终将自己看作一个文人——从底层中来然而又离不开底层的文人。在他的眼中，与其说底层是无言的群体，还不如说底层是父母，是兄弟，是姐妹，

① 贾平凹：《高兴》后记，作家出版社2007年版。

是恋人，是伙伴，是同学，是同乡，这样，他的底层表述免不了总有一种亲情或友情的流露，一种对亲人或友人的关注。所以，我们在贾平凹的底层文本中很难读出讽刺、仇恨与怨愤，更多的却是温情、同情与柔情。在很多的时候，贾平凹与柳青、路遥更相接近，但贾平凹却能做到入乎其内又出乎其外，不为底层的是是非非所羁绊。他能保持一种独立的姿态，但不是通常意义上的精英意识（所谓的“精英”对亲人或友人而言毫无意义），这就是与底层同患难、共富贵之外的远景凝视：底层将如何发展？现代性进程给底层带来了什么？底层的最终归宿又在何处？因为被这些问题所困扰，贾平凹的底层表述便有了长久的驱动力，这使他无法停止，无法不时刻思考底层的命运流变，无法不以自己的笔来言说底层，他三十多年来的创作实践已充分证明了这一点。

一个为奥凯西画像的威尔士艺术家曾给奥凯西写信，质疑他为什么把自己的创作和一个“阶级”捆绑在了一起，并劝他作为一个诗人和艺术家不应该隶属任何阶级。《西恩·奥凯西传》的作者大卫·克劳斯，后来替奥凯西做了这样的回应：“对于某些为艺术而艺术的，且有独立经济来源的美学家文学家来说，这样一种超然的艺术观或许是很不错的；但对于奥凯西来说，倘若他不是一个富于正义感的人，凭借自己的经历和信念使自己始终与工人阶级休戚与共的话，他就根本不会成为一位艺术家了。对他来说，不隶属任何阶级的艺术家或不隶属任何阶级的人是根本不存在的；而且，在他看来，艺术家对他的同胞所肩负的责任应当更大于普通人，而这种责任又与他对艺术肩负的责任密切相关，无法仳离。”①

我们在此引用这个故事，是因为大卫·克劳斯的回答也许对说明西部作家的创作与“底层”这个群体的关联是再恰当不过了。西部小说的一个重要传统——底层表述的产生，完全是基于西部作家的底层意识。自柳青以来，底层意识就一直左右着西部作家的创作，他们以富于正义感的声音为底层的境遇而欣喜，而欢呼，而焦虑，而悲痛，而呼吁。他们为谁写作？他们无非是替底层——这个被迫失语的群体言说。与底层休戚与共的

① ［英］大卫·克劳斯：《西恩·奥凯西传》，中国戏剧出版社 1987 年版，第 11 页。

情感，总是使他们的声音能够穿透历史的厚壁而给浮沉于社会底层的人群以勇气与力量，因为这种声音代表了人类尚未泯灭的正义与道义。他们不可能去创作某种“纯艺术”的东西，是因为他们知道，他们所书写的每一个文字都担负着底层的希望与诉求。他们是作家，是因为他们曾经替底层言说，或正在替底层言说，舍弃了底层，他们将宁愿沉默。

第三节　转型时期的文学能指：新生代西部作家的精神结构与历史境遇

新生代西部作家在消费时代仍捍卫着文学的尊严，他们以人道主义和集体主义情怀关切着西部大地上被文化规约着的人，书写着巨变时代西部人的灵魂变迁。他们的创作在强调文学的社会性、现实性与参与性的同时，尽力复现西部特有的文化气韵与人情世态，使西部文学传统得以延伸和拓展。新生代精神结构的别一指向是浪漫主义精神的再度兴起，其潜在意图则是以自然对抗都市文明所导致的人性异化，并对抗世俗生活的平庸与奢靡，有着鲜明的时代意义。新生代西部作家的文学活动与生命活动的高度融合，使他们有足够的耐力抵抗文学的商品化所带来的文学性的流失和文学想象力的贫乏。尽管他们也遭遇写作的困境，但却是缔造文学经典的困境，而当他们走出困境的时刻也是他们缔造经典的时刻，这一天的到来其实并不遥远。新生代西部作家纯粹意义上的文学性书写，实际也真正代表着西部文学乃至于中国当代文学的未来和希望。

一　何谓“新生代西部作家”

何谓“新生代西部作家”？这似乎不成其为问题，而事实上绝不是三言两语可以说清楚的，因为这个词组包含着双重的含混性。首先是“西部作家”这个命名的游移性与不确定性造成的含混，其次是“新生代”概念的不严密性和一定程度的随意性造成的含混，这两者的含混必然造成它们的组合更加含混。但尽管如此，也不是含混到我们无法辨识，如果对其追本溯源并进行必要的规约，应该说清晰呈现其内涵与外延还是非常有可能的，而且这里所谓“清晰呈现”也是本书展开论述的基本前提。关于西部作家的概念我们在第一节做了界定，应该说“西部作家”这个命名中的含混因子已经被揭示出来，接下来我们应该适当进行规约，以使本书所使用的“西部作家”的概念有具体的所指。但凡创作西部文学的作家都是有过深入的西部体验的，虽然这其中也有做短暂停留的作家，而本书所考察的必然是那些长期生活在西部并创作了一定数量的反映西部“独特的文明形态”的作家。这种表述，实际也是从作品的质的规定性和量的规定性，以及作家的身体空间的相对稳定性而言的，相应祛除了各种游移的和不确定的因素。

“新生代”最初是指一批诗人。1985 年第 1 期《现代诗内部交流资料》（由四川省东方文化研究会、整体主义研究学会主办）的《第三代诗会·题记》写道：“随共和国旗帜升起的为第一代，十年铸造了第二代，在大时代的广阔的背景下，诞生了我们——第三代人。”贝岭、孟浪编的《当代中国诗歌七十五首》前言中，称“第三代”为“更年轻的一代”。牛汉在文学刊物《中国》1986 年第 6 期的“编者的话”中，则称其为“新生代”。从此，“新生代”便作为一个文学概念诞生了[①]。归纳起来，所谓“新生代”是指 1960—1970 年出生的一代，如韩东出生于 1961 年、海子出生于 1964 年，但通常将于坚（1954 年出生）也归于新生代诗人群。所以，代际时间只是判断是否属于“新生代”的一个必要条件而非唯一条件，这也是我们必须要注意的。新生代诗人中尽管有些发表作品较早，但真正在文坛造成声势和形成冲击的事件，还是 1986 年 10 月由《诗歌报》和《深圳青年报》联合举办的“中国诗坛 1986 现代诗群体大展”，在其中一百多名被列举的诗人中，新生代诗人占有最大比例，现在回过头来看，这的确是一次新生代的集体出场，标志着新的文学格局的形成，以 1986 年为界碑，新生代在不到 10 年的时间逐渐占据了中国文坛的半壁江山。“新生代”由最初的诗人称谓于后来扩充了内涵，也泛指诗人之外的作家了，这当然不排除韩东等人从诗歌创作转向小说创作的缘故，但更重要的是研究者看

① 洪子诚：《中国当代文学史》，北京大学出版社 1999 年版，第 317 页。

到了“新生代”这一概念潜在的学术价值。然而，新生代作为一个文学概念却常有被取代与混淆的可能，如有人用“晚生代”“后朦胧诗”“后新潮诗”“后崛起”“当代实验诗”“六十年代出生作家群”“‘文革’后一代”“游走的一代”等极为相似的概念来指称这些诗人和作家，此类概念与“新生代”一样，实际都缺乏严格的定义，因此经常被人误读和误用。为了不致引起歧义，我们所用的“新生代”仍指1960—1970年出生的一代，但适当考虑他们在文坛造成影响的时间，并不单纯依据代际时间，以西部作家董立勃为例，他出生于1956年，从20世纪80年代就开始发表一些中短篇，但直到2003年第1期《当代》推出其长篇《白豆》，并于同年出版《烈日》和《清白》才引起广泛关注，因此，我们也将董立勃看作一个新生代作家，类似的还有阿来等。

从上述论证不难看出，所谓“新生代西部作家”，也就是指出生于1960—1970年（或1960年之前几年，但下限为1970年）、大约从20世纪80年代中后期步入文坛并在后来的创作中产生影响的西部作家，他们在西部成长（或在西部有过较长时间的居住、停留），创作了一定数量的反映西部独特文明形态的叙事性作品。按这个界定来考察，则新生代西部作家至少应该包括诸如陕西的红柯、温亚军、方英文、周瑄璞、杜文娟，甘肃的雪漠、马步升、王新军、史生荣、张存学、唐达天，宁夏的石舒清、漠月、火会亮、李方、金瓯、陈继明、郭文斌，青海的风马、龙仁青、梅卓，新疆的董立勃、刘亮程、王刚、徐庄、沈苇、刘岸、傅查新昌，西藏的央珍、扎西班丹，川西北的阿来等。这些作家的创作成绩和影响有大有小，我们是从其共性特征出发进行观照的。当然，除所列举的这些作家之外，在西部地区还有相当大的辛勤笔耕的新生代的沉默群体，本书的所指自然也包括他们。

对“新生代西部作家”这一命名明确之后，我们所面临的另一问题是弄清其文学创作与前辈之间的代际关系，也就是历史分期的问题，因为只有把握住代际关系，才有可能从“史”的高度透视新生代创作的审美新质与价值意义。诚如T. S. 艾略特所言，“诗人，任何艺术的艺术家，谁也不能单独地具有他完全的意义。他的重要性以及我们对他的鉴赏就是鉴赏他和以往诗人以及艺术家的关系"[1]。当我们将新生代西部作家从"西部作家"的整体中凸显出来的时候，并没有割裂他们与其前辈之间的渊源，事实上也是无法割裂的，不管新生代在多大程度上彰显了其创造性与颠覆性。在丁帆主编的《中国西部现代文学史》中，将西部现代文学的发端推溯到 1900 年，其理由是"1900 年前后的西部'地理大发现'和敦煌藏经洞的发现，标志着西部本土文化在 20 世纪初引起了世界和全国的关注，这一'发现本土'和'抵进本土'的文化思潮，实际上孕育和催生了西部现代文学的发端"[2]。并将西部现代文学分为四个时期：1900—1949 年为"萌动期"，1949—1979 年为"新时期代"或"成长期"，1979—1992 年为"繁荣期"，1992 年之后为新的发展期。虽然这个分期有值得商榷的空间，例如，将西部文学与全国文学硬性地趋同，政治文化变迁的参照系数太大，但这个分期毕竟给我们提供了一个较为清晰的西部文学的历史图景，有着重要的参考价值。其实这部史著在描述西部文学的美学风格与传统时，有过精彩的概括，即提出了"三画""四彩"说，[3]"三画"是"风景画""风俗画"和"风情画"，而"四彩"是"自然色彩""神性色彩""流寓色彩"和"悲情色彩"。"三画""四彩"说大致概括了西部文学的美学风格。

关于西部文学的分期问题，与丁帆等人的看法趋近又有所不同的是多年从事西部文学研究的赵学勇。他把西部当代文学的发展历程用"四代三时期"加以概括，他认为，"第一个时期主要是在《讲话》发表之后成长起来的一批作家"，"包括柳青（《种谷记》《铜墙铁壁》《创业史》）、杜鹏程（《保卫延安》）、王汶石（《风雪之夜》《黑凤》）等"，"第二个时期""大致是从'文化大革命'后期开始，贯穿了整个 80 年代"，"这一时期的西部小说作家是由两代人组成的。第一代是在新中国成立初期便参加了工作、开始创作"，"这一代作家的代表是王蒙、张贤亮等，他们的作品《在

---

① ［英］T. S. 艾略特：《传统与个人才能》，卞之琳译，见戴维·洛奇编《二十世纪文学评论》，上海译文出版社 1987 年版，第 130 页。

② 丁帆主编：《中国西部现代文学史》，人民文学出版社 2004 年版，第 9 页。

③ 同上书，第 18—30 页。

伊犁》系列小说、《邢老汉与狗的故事》《灵与肉》《绿化树》等”，“同一时期出现在西部小说界的另一代作家几乎是地地道道的西部人”，“这一代作家的代表有张承志（《黑骏马》《北方的河》）、路遥（《人生》《平凡的世界》）、陈忠实（《白鹿原》）、贾平凹（《鸡洼窝人家》《腊月·正月》《废都》）、扎西达娃（《系在皮绳扣上的魂》《去拉萨的路上》）、邹志安（《哦，小公马》《支书下台唱大戏》）、陆天明（《桑那高地的太阳》《泥日》）、杨争光（《老旦是一棵树》《从两个蛋开始》）等”，“当代西部小说发展的第三个时期大约是从20世纪90年代中期开始的”，“这一时期更年轻的小说家有阿来（《尘埃落定》）、红柯（《西去的骑手》《金色的阿尔泰》）、董立勃（《白豆》《静静的下野地》《米香》）、雪漠（《大漠祭》《猎原》）等”①。可以说这个分期更符合西部文学的历史实际，因为它是从文学事实出发并适当兼顾了政治文化与社会语境的变迁的。按照这个历史分期来看，新生代无疑是西部当代文学的第四代作家，处于西部当代文学的第三个发展时期（20世纪90年代中期至今）。我们拟采用赵学勇的分期观点，在具体分析新生代的精神结构与历史境遇时，将与前三代西部作家的比照中辨析其精神世界的更新所产生的题材转向和美学新变，考察历史赋予他们的机遇与责任，追溯他们所面临的种种困境，以及预测他们最终如何缔造世纪经典等问题。

二　巨变时代的文学精神建构

相对于任何一代西部作家，新生代也许是最独特也最幸运的一代。言其“独特”，是说他们亲自目睹了中国社会的巨大变迁，切身体验了从计划经济到市场经济的价值动荡，这一切都发生在他们的青少年时期，而当中国社会的转型基本完成的时刻，他们大多已步入中年，正值创造力旺盛的时期。言其“幸运”，是说他们可以占有空前丰富的资源——生活的、思想的、文化的和文学的，并将这些资源自由地反馈在文本之中，这在他们的前辈那里是不可想象的。他们在1966年前后出生，却没有“上山下乡”和“劳动锻炼”的痛苦的成长经历，在他们父兄的影响下，他们的童

① 赵学勇、孟绍勇：《西部小说：“概念”、“命名”及历史呈现——当代西部小说与西北地域作家群考察之一》，《兰州大学学报》2005年第2期。

年记忆充满了对“革命”的美感和对“共产主义”的向往，虽然他们的物质生活可能是匮乏的，但由于被崇高的革命情感所鼓舞，他们甚至很欣赏这种体制，这样的童年记忆在他们日后的文学生涯中持续发挥效力，已作为集体无意识沉潜于他们记忆河床的深处。他们接受中学和大学教育的阶段，却是他们记忆中的公有化体制发生大裂变的时代，市场经济的确立无疑激活了人们压抑已久的物质欲望，消费文化像一条暴龙跌跌撞撞地闯进他们简单而宁静的生活，改变着由乡土文化联结的人际关系，而传统的价值观念被很多人弃之如敝履，这足以使他们感到伤心和沮丧。于是，他们决然打破被政治文化框定的视域，并开始对主流文化持一种怀疑的态度，但他们也对潮水般涌来的欧美文化同样持怀疑的态度，因为他们深知欧美文化在西部这片古老的前现代土地上仅仅是海市蜃楼，这种矛盾的心态使他们产生了深切的文化焦虑，并在他们的文学活动中无不表现出来。事实上，当新生代最初的精神偶像——毛泽东及毛泽东所代表的时代崩塌之后，他们在很长时间都处于六神无主的状态，并因此踏上了追寻精神文化家园的漫漫长路。新生代所面临的问题，正如美国理论家布雷德伯里在描述现代主义生成过程中的文化地震与精神重建，“那些文化上灾变性的大动乱，亦即人类创造精神的基本震动，这些震动似乎颠覆了我们最坚实、最主要的信念和设想，把过去时代的广大领域化为一片废墟（我们很有把握地说，这是宏伟的废墟），使整个文明或文化受到怀疑，同时也激励人们进行疯狂的重建工作”①。

随着国内文化消费市场的渐次形成，东南部的新生代作家在创作趋势上呈现为两个极端，一个是由余华、苏童、叶兆言等为代表的高蹈派，他们尝试着花样翻新的现代或后现代语言和叙事技术，以一种几乎拒绝读者阅读的姿态从事着创作；另一个是由韩东、朱文、邱华栋等为代表的媚俗派，他们急不可耐地表现出对消费文化的激赏，以一种最世俗的眼光看待文学活动，并将写作当成现实的生存手段。而新生代西部作家显然走的是别一路线，他们深情注视着西部大地上正在发生的一切，以朴素的人道主

① ［英］布雷德伯里：《现代主义》，胡家峦等译，外语教育出版社1992年版，第3页。

义情怀关切着西部最底层的艰难求生的民众，他们无法以游戏的玩文学的姿态对待在他们看来依然神圣的文学事业，尽管文学在一个消费逻辑主导的社会已近乎沉沦。他们的文字依然沉重，依然充满人间温情与知识分子良知，他们对东南部新生代作家的趋向有着必要的警觉，如雪漠所言，“时下不少‘作家’的作品，多是些无病呻吟的玩意儿，或卖弄一些技巧，或写些莫名其妙的文字，而老百姓的生活和疾苦，却少见触及”，“这个时代非常需要一些人生产些轻松的文艺消费品，但同时，也需要有人写些实在的，甚至沉重的直面人生的作品”。他们把文学看作言说的途径，看作为那些持久沉默的弱势群体言说的途径，并将一个文学知识分子应有的社会责任感渗透其中，虽然在消费时代这种言说也许微不足道，“我只想说话，只想说自己想说和该说的话，只想做也许是命定的也许是穷忙的事”[①]。正因为如此，新生代西部作家才在文学日趋边缘化的历史时刻捍卫了文学的尊严，他们“关注社会现实和历史灾难；重视善的价值，有极强的道德感和道义感，同情弱者和底层人；是一种求真的写作，具有去伪存真的史传意识；是一种为人生的写作，认同现代文学的启蒙精神及‘人的文学’理念；是一种质朴、淳厚的写作，具有清新可喜的诗性意味”[②]。

新生代西部作家在固有价值体系崩溃之后，实际将着眼点回到了人本身，回到了真实存在的西部人本身，而不是停留在虚无缥缈的历史迷雾中去杜撰影子般存在的人，他们以人道主义和消费时代罕见的集体主义精神去审视现代化进程中西部人的文化沧桑和人性变迁，在消费时尚的喧嚣外，构建着一片纯净的文学世界。“他们把根深深地扎在西北黄土地上，写出了这片土地上生长出的生命之歌和独特味道。他们的文学世界中既有对美好生活的诉求和奋斗，也有对人性弱点的揭示，更是着意刻画了市场经济大潮下的众生相”，“他们没有回避历史进程中所遭遇的诸多问题和弊端，而是描述了全球化语境下多重社会形态、文化形态共时存在下的人生境遇和生活情态，写出了现代化进程中西北大地上人的某种生存状态，揭示了这一历史进程对人们心理和观念的冲击，以及伴随着忧伤与希望、痛

① 雪漠：《〈大漠祭〉作者自白》，《飞天》2003年第3期。

② 李建军：《论第三代西北小说家》，《朔方》2004年第4期。

苦与理想所引起的精神的道德的波澜，并给予这种嬗变以人文的关怀”[1]。

王新军的作品着力再现了乡土文化背景下仅存的温暖的人情味，他似乎在有意绕过人性的邪恶和人生的不幸，而是以其特有的乡土伦理和道德力量言说着底层人的幸福与充实，他们的幸福和充实，却来自集体主义时代的利他精神，来自他们在日常生活中对美好情感流程的真实体验。王新军的此类表述，与20世纪30年代沈从文的创作相似，即对乡土生活进行诗化，对乡土人情进行形而上的礼赞，这种姿态在曲折地校正20世纪80年代中后期以来文学多呈现黑暗、邪恶和不幸的克隆式的文风，文学的深度不一定非要呈现这些阴暗的东西，真诚描述那些美好的事物也许能给人以更长时间的美感和回味。而火会亮关注更多的是乡土社会自觉与不自觉的发展，以及乡民们在现实之中的心灵悸动，如《挂匾》《唢呐声声》，其《寻找砚台》更是因涉及亲情与金钱的残酷交锋而赋予作品一种普遍的穿透力。在石舒清的一系列作品中，对金钱腐蚀人性的现实景观进行了富有力度的批判，如《深埋树下》通过父子两代人的价值观念的冲突，谴责了尤素夫的见利忘义和游戏人生的行为；《贺禧》则以村人对暴发户牛蛋态度的微妙变化，凸显了金钱力量与传统道德观念不可避免的冲突，令人震惊的是，最终的结局是乡民由对牛蛋的妒羡到昧了良知去趋奉被金钱包装了的败坏与邪恶。

新生代西部作家在强调文学的社会性、现实性与参与性的同时，尽力复现西部特有的文化气韵和人情世态，这与其前辈有着极深的渊源关系，实际也是西部文学传统的当下反映。作为第一代西部作家的柳青等人，是《讲话》精神的自觉实践者，而《讲话》从中国革命的宏观视野上把文学纳入其中，将文学看作中国革命的一个组成部分，文学提供给人们的不应该是茶余饭后的谈资笑料，而是承担着改造人的观念、塑造人的灵魂的重任，因此柳青这一辈作家总是怀着积极的入世精神和高昂的政治热情，以叙事的形式言说社会主义制度产生的必然性与合法性。例如，在谈到《创业史》的创作经验时，柳青毫不隐晦地说：“我们的文艺工作者要热爱这

① 范玉刚：《苦难的升华与大地的守护——论宁夏文学精神的生成》，《朔方》2007年第12期。

个制度，要描写要歌颂这个制度下的新生活。我写这本书就是写这个制度的新生活，《创业史》就是写这个制度的诞生的。”[①] 柳青一代的成功之处在于，他们的创作能够在西部风情的展示中将政治话语和文学话语有机地结合起来，把生活和写作最大限度地统一起来，用朴素而生动的叙事，刻画他们真正了然的形象。可以说，是柳青他们奠基了西部文学的叙事传统。而第二代西部作家如张贤亮，在“反思文学”和“改革文学”的声浪中崛起，延续了柳青一代的叙事传统，其作品《灵与肉》《绿化树》和《男人的一半是女人》等虽难免带有知识分子的“阉割”情结，但这些作品中弥散着的对西部厚土的真挚情感和审美凝视，其实已跨越了当年的政治话语的疆域，至今仍具有强旺的美学生命力。第三代西部作家如张承志、路遥、贾平凹、陈忠实、扎西达娃等汲取了第一代和第二代西部作家的叙事经验，将“西部”作为一个文化整体来看待，他们往往采取民间视角来俯察西部大地上被文化规约着的人，尽管他们的创作个性殊异，但其共性都是自觉地与西部文化融为一体，他们深刻地关注着西部人，关注社会转型期西部人在生活方式、生产方式、文化心态和价值观念等层面的变迁，他们的创作为新生代西部作家提供了丰富的直接经验。

如果我们从 20 世纪 80 年代中后期中国文学的整体走向来探视，就会对新生代西部作家积极参与社会、参与生活的冲动和努力有新的认知。新时期文学从 1987 年主流意识形态权力话语与先前自由发展的精英文学话语的一次剧烈碰撞而发生了重大转折[②]，新写实主义和新历史主义相继在文坛涌现，它们共同的潜在愿望却都是消解权力话语对文学的干预和控制。新写实主义最基本的核心是还原生活本相，是对现实主义典型论的一种背弃，而新历史主义是对权力话语的进一步消解，新历史主义者对历史的现存性表现出深度的质疑。但我们也不难发现，新写实主义在还原生活本相之际，衍生了先天的世俗性，放弃了作家创作的主体精神，而新历史主义由于过度强调作家的主体性，在疏离现实的同时也疏离了大众。中国现当代文学长期以来都是在左翼文学史观的影响下发展的，而左翼史观以其强

① 柳青：《在陕西省出版局召开的业余作家创作座谈会上的讲话》，《延河》1979 年第 6 期。

② 吴秀明：《中国当代文学史写真》，浙江大学出版社 2003 年版，第 265—268 页。

烈的政治意识和宏大叙事为基本特征，毛泽东的《讲话》将其系统化并最终完型，在革命战争的语境中，左翼史观有着重要的历史意义，而当社会语境发生了更替，这种文学观理当作相应的调整。进入新时期，理论界一直讨论的文学的社会功能问题，归根结底还是要回到左翼文学史观上来，但讨论的结果，是多数理论家对文学到底能不能产生预设的社会影响产生了怀疑。也是在此种背景下，中国文学发生了转折，但新写实主义等思潮其实是文学自卑的表现，这些思潮在反拨和校正左翼史观的瞬间，走向了另一极端，即这些思潮中的作家认为文学根本就不可能产生什么社会影响，文学不过是一种文化消费品或自我表达和书写的方式。

就西部文学而论，柳青一代和张贤亮一代，却都是在左翼史观的烛照下开始创作的，左翼史观一直左右着他们的西部叙事，所以说，左翼史观实际是西部文学的根系所在，具有不可替代的价值意义。因此，我们也就能够理解，为什么新生代西部作家始终难于拒绝宏大叙事，难于把文学当作一种消费文化来对待，这正是文学传统的力量使然。从 20 世纪 80 年代中后期，新生代西部作家始与国内新锐文学思潮分道扬镳，走向了独立发展的道路，并逐渐淡出了文学史家的视野。但新生代也不是全盘接受前辈的经验，而是将柳青们和张贤亮们的政治热情置换为文化热情，将主流意识形态话语置换为民间话语，将乌托邦情怀置换为人道主义情怀。他们深知文学改造社会的力量尽管不能和其他意识形态尤其是政治意识形态相提并论，但也不是完全起不到社会作用，他们的文学责任感并未消失，这也是他们能始终关注现实、关注西部人在现代化进程中灵魂变迁的原因，只不过他们比前辈更加清醒，更加理性。如陈继明所言，“一切有能力思考的人，都应该对社会发言，何况作家”，“关于土地和苦难——谁也不能否认，这两样，是文学的基本母题。生活在西部的作家，距离土地和苦难更贴近，因而写得更多，这不应该受到非议。对于他们来说，这样的情形更是命运，而非策略”[①]。董立勃也表达过类似的文学观，“作为作家，我们是没有能力帮助他们怎么样会好一点，或变成什么样就更好了。作家的本

① 陈继明、漠月：《对真正的文学性的坚决靠近——答〈朔方〉问》，《朔方》2006 年第 1 期。

事就是写出能引起读者共鸣，甚至震撼的作品来”[①]。

新生代西部作家不同于新写实主义等思潮的另一个重要特征是浪漫主义文学精神的再度兴起。在西部文学的发展史上，如果说柳青等人开创了现实主义文学传统，那么，杜鹏程他们则开创了浪漫主义文学传统，杜鹏程的《保卫延安》曾以浪漫主义的诡谲奇异的想象力和雄浑壮美的文学风格而震惊了当年的文坛。杜鹏程之后，浪漫主义传统辈辈相续，在张承志、贾平凹、红柯等更年轻的作家中被发扬光大，甚至有人认为，“在新时期浪漫主义思潮中，最具有浪漫气质、作品的浪漫主义特点最为鲜明的是张承志”[②]。鲁迅在《摩罗诗力说》中对浪漫主义的理解是“立意在反抗，指归在动作”，但浪漫主义的“反抗”主要不是体现在物质层面，而是体现在精神领域，所以，浪漫主义往往是对现实世界的精神超越，并与自由追求和理想主义等因素有着深刻的内在关联。浪漫主义不是市民社会的产物，也与庸俗的中产阶级无关，早期的浪漫主义者诺瓦利斯曾尖锐批判那些忙碌的市民社会的中产阶级只知道幸福地过日子，“他们所做的一切都是为了世俗的生活”，而“伴随着一种增长的文化，需要变得更加形形色色，他们满足需要的手段的价值成比例增长，而道德感滞后于这一切奢侈品的发明，也滞后于一切精细的生活享乐”[③]。由此我们也就能够明白，为什么90年代东南部的作家宁愿被日常化的琐碎叙事所淹没，也不愿打开一个广阔的文学性的想象空间了。

浪漫主义在新生代西部作家中再度兴起有着深层的社会原因。伴随着20世纪90年代现代化进程步伐的加快，宁静的西部山川似乎都染上了浓重的商业气息，人们在疯狂追逐着物质利益，淳朴的乡民也不再那么淳朴，而现代化在带给人们物质享受的同时，也衍生出了平庸与奢靡。于是，“重返自然”的呼声势必在新生代的创作中反映出来。新生代笔下的“自然”当然蕴蓄着更丰富的内涵，如韦勒克所言，“所有浪漫主义诗人都

---

① 董立勃、李海诺：《对话作家董立勃》，《西部》2006年第12期。

② 陈国恩：《浪漫主义与20世纪中国文学》，安徽教育出版社2000年版，第298页。

③ ［德］诺瓦利斯：《革命的标志》，转引自舒绍福《市民社会的失范与浪漫主义的矫正》，《理论与改革》2006年第4期。

把自然当作一个有机整体，把自然看作类似于人而不是原子的组合——一个不脱离审美价值的自然”[①]。新生代的潜在意图则是以自然对抗都市文明所导致的人性异化，对抗世俗生活的平庸与奢靡，有着鲜明的时代意义。在当前商业文化和消费文化鲸吞我们生活空间的时代，重倡浪漫主义文学精神就不单是关涉一种创作方法的问题，作为一种更迫切的指向，它也是寻找失落的文学想象和文学尊严的举措。在红柯的笔下，狼、马、羊这些极具西部草原风情的动物都通晓人性，充满人性，狼有着人类生命的本能冲动（《狼嗥》），马是协助成吉思汗横扫欧亚大陆的亲密伴侣（《金色的阿尔泰》），羊不是牧民们任意宰杀的牲畜，而是具有令人敬畏的神秘力量的伙伴（《美丽奴羊》），鱼儿也与人类的生活无法割舍（《哈纳斯湖》）。在谈到《西去的骑手》这部长篇时，红柯不无感慨地说，“我曾为新疆独特的自然景观所震撼。大戈壁、大沙漠、大草原必然产生生命的大气象，绝域产生大美，而马仲英身上体现的正是大西北的大生命”[②]。

值得注意的是，在红柯这些新生代西部作家天人合一、敬畏生灵的自然观中，浪漫主义还同时表现为一种神秘感。“浪漫主义把自然当作一种语言或是一首和声协奏曲”，“整个宇宙被认为是一个由各种符号、契合、象征组成的体系，这个体系同时又是有生命的并且按照节奏颤动”[③]，因而在浪漫主义文学中常常出现神话的甚至宗教的意象。在梅卓的《太阳部落》《月亮营地》以及许多中短篇小说中，都以营构浓烈且独具民族特色的神秘感而引人入胜，它们刻画了种种未知的神秘世界，那些虚幻而灵异的事物与人物的爱恨情仇交织在一起，虚实相间、亦真亦幻，使作品自始至终笼罩着一层魔幻色彩。对宗教意象的灵活把握是梅卓作品的一个亮点，如《太阳部落》中的太阳石戒指和木刻风马，《月亮营地》中的雪豹。而且梅卓错落有致地运用活佛转世、巫师、梦魇、灵魂游走、心灵感应等极富神秘性的文化符号，轻松自如地突破了神灵世界与现实世界之间的界

① ［美］韦勒克：《文学史上的浪漫主义概念》，张金言译，见韦勒克《批评的概念》，中国美术学院出版社 1999 年版，第 167 页。

② 李健彪：《绝域产生大美——访著名作家红柯》，《回族文学》2006 年第 3 期。

③ ［美］韦勒克：《文学史上的浪漫主义概念》，张金言译，见韦勒克《批评的概念》，中国美术学院出版社 1999 年版，第 175 页。

限，完成了神秘和现实的自由转换。如在《月亮营地》中，尼罗的灵魂出窍，在漂浮中回忆往事，跟踪着儿女们和情人阿格旺的生活，尼罗成为连接过去和现在、荒诞和真实的纽带。韦勒克曾言，“所有伟大的浪漫主义诗人都是神话创造者和象征主义者。他们的实践必须通过他们试图给予世界的一种只有诗人才能领悟的神话解释来理解”①。无疑，韦勒克的论断在新生代西部作家身上得到了形象化的再现与诠释。

三　历史机遇及写作困境

新生代西部作家大多从新时期初期始尝试创作，而新时期文学则又是在“思想解放”运动的背景下展开的，这里所谓“思想解放”主要指知识分子主体精神和身份意识的觉醒。“长期遭受压抑的知识分子的精英意识和‘五四’新文学传统开始逐渐复苏”，“这一传统的意义归纳起来，就是现代知识分子在半个多世纪的长期斗争中形成的一种紧张地批判社会弊病、针砭现实、热忱干预当代生活的战斗态度”②。伴随着知识分子主体精神和身份意识觉醒的是，文学成为那个历史时刻深具影响力的向社会发言的载体，一个类似于“五四”时代的文学神话就诞生在此背景中。这个文学神话及其产生的社会轰动效应，也许是数千年中国文学史上都罕见的现象，而它对新生代西部作家的成长所造成的影响也极为深远。

首先，新生代深受文学神话的感染，视文学为圣洁之物，进而将文学活动看作其生命存在的一种方式，而不是求生或谋取浮名的方式，是一种重要的精神寄托，而不是消遣人生或抚慰心灵空虚的中介，如李方所言，“我想要说的是，即使在这样困顿的现实生活的重压之下，我为什么还要创作还要写小说”，“我认识到文学创作，这是我一生的理想与追求，虽然现实生活不尽人意，但只要在保住了基本生存的前提下，只要还有一口饭吃，有一张安静的桌子，只要还有一口气，那我就要把文学干到底”③。这种将文学

① ［美］韦勒克：《文学史上的浪漫主义概念》，张金言译，见韦勒克《批评的概念》，中国美术学院出版社 1999 年版，第 183 页。

② 陈思和：《中国当代文学史教程》第 2 版，复旦大学出版社 2008 年版，第 189—190 页。

③ 《〈朔方〉青年作家改稿会谈话摘要》，《朔方》1998 年第 4 期。

活动与生命活动自觉的融合，正是西部文学传统在新生代那里能够薪火相传并发扬光大的基础和保证，也是新生代在不远的将来能够缔造文学经典的一个先决条件。其次，第二代和第三代西部作家为新生代的出场酝酿了氛围，第二代如张贤亮，在这个历史时空以其历经苦难之后的慷慨悲歌式的西部叙事冲击着中国文坛，而张承志、路遥、扎西达娃等第三代更是以其峻切而沉郁的西部言说使中国文坛为之侧目，是他们的共同努力使西部文学成为当代文学版图上不可或缺的组成，不难看出，第二代和第三代实际上给新生代确立了范式和高度，为他们的出场廓清了迷雾。最后，解冻之后的中国，是一个东西方文化得以交融的巨大空间，20 世纪后半期以降的各种西方思潮涌入中国大陆，现代主义和后现代主义文学在审美方式、题材择取以及价值判断上的迥异也大大开阔了新生代的文学视野，这不仅使他们能够打破政治价值判断的窠臼，而且也使他们能够将西部文学融入“世界文学”的整体格局，从而使西部文学跨越民族文学的疆界，并最终使新生代拥有了一种开放性的文学心态。阿来曾谈到惠特曼、聂鲁达、马尔克斯和福克纳等西方作家对他产生过深刻的影响，“福克纳的《我弥留之际》，当然不只是这本书，这个作家，教会了我如何描绘与表达苦难”。他从事写作的动机之一，是要消解文化冲突与偏见，“在不同的文化间游走，不同文化相互间的冲突，偏见，歧视，提防，侵犯，都给我更深刻的敏感，以及对沟通与和解的渴望。我想，我所有的作品都包含着这样一种个人努力”①。

如果说新生代在一个缔造文学神话的时期尝试写作的话，那么当他们中的一部分人在 20 世纪 80 年代中后期初登文坛的时刻，却不得不面对一种来自社会转型，即市场经济的发展和消费性社会的出现的压力，这种压力在 90 年代则显得更为强劲，迫使成长中的新生代重新定位和确立自身的生存处境和写作道路。“愈来愈多的人倾向于相信，文学正在消失；或者说，文学退隐了。大部分公众已经从文学周围撤离。作家中心的文化图像成了一种过时的浪漫主义幻觉，一批精神领袖开始忍受形影相吊的煎熬。”② 这

① 吴怀尧、阿来：《文学即宗教》，《延安文学》2009 年第 3 期。

② 南帆：《后革命的转移》，北京大学出版社 2005 年版，第 1 页。

是南帆对80年代中后期以来文学状况的描述。新生代西部作家所看到的是，文学神话在消费语境中竟变得如此的脆弱，如此的被迅速瓦解，文学的“商品化”已成为大势所趋。洪子诚在分析“80年代的文学环境”时指出，文学的商品化，“导致作家对写作目的、性质的不同理解的身份上、价值取向上的分化”，有些作家既想维持在文学神话时期树立的“精神旗帜”的形象，又想在消费性文化的写作中获取巨大利益，这不能不使他们处于“紧张状态中”，然而，“清醒地选择、确立自身的某一‘位置’，又使另一些作家从惶惑、紧张中走出”①。新生代西部作家无疑是“从惶惑、紧张中走出”的一群，尽管这种“走出”的背后是一种普罗米修斯式的牺牲精神，一种悲壮地忍受贫穷、苦难和孤独的心理准备。有研究者认为，“在他们的心目中，‘文学’是一个圣洁的字眼，文学天然地具有社会责任感和人生使命感，容不得半点怀疑和亵渎。他们将自己的生命融入文学，把自己的心血和智慧奉献给文学，他们愿意成为文学的‘殉道者’，而不去关心文学能够给予个人什么样的回报”②。雪漠在谈及他的写作时，所说的一番话很能代表新生代捍卫文学纯洁性的精神指向，“我仿佛从来不曾为当‘作家’而写作。我只是在生活，渴而饮，饥而食。写作亦然。日日读，夜夜写，发表与否关系不大，成不成功很少考虑。需要钱时，就经商弄两个。既没打算凭写作谋金钱，也不指望借文学图高位”③。文学商品化时代的价值选择，使新生代西部作家不仅捍卫了文学的纯洁性，而且使他们保持了创造文学经典的必要定力，使他们在浮华世界的声浪中能够冷静地追求精神的崇高。这也是一种历史机遇，是在文学复归常态后的真挚追求，当国内大多数作家孜孜于利益的获取或发无谓的感慨时，新生代西部作家却渐次触及文学最本质的核体——对崇高精神的把握和对凡俗人生的超越。文学活动是一种精神活动，如果一个作家的精神世界是庸俗的，甚至是粗鄙的，我们又怎么能指望他创造出经典作品来？在读者普遍抱怨国内新生代作家至今拿不出经典作品的时候，他们可曾反思过其中的因由？

---

① 洪子诚：《中国当代文学史》，北京大学出版社1999年版，第236—237页。

② 郎伟：《偏远地区的文学力量》，《朔方》2002年第2期。

③ 雪漠：《〈大漠祭〉作者自白》，《飞天》2003年第3期。

进入21世纪，新生代显然已跃居为西部叙事的话语中坚。随着王蒙进京之后的题材转向和张贤亮在20世纪90年代初期的辍笔经商，第二代的西部叙事其实早已终结。而在第三代中，路遥于90年代的突然谢世，陈忠实在《白鹿原》和扎西达娃在《骚动的香巴拉》之后的长时间沉寂，以及张承志《心灵史》之后的文体转向，都说明第三代的黄金时段已经过去。而正在成长中的第五代与新生代相比也许还要走更长的路，“70年代出生的作家在长篇创作上总是显得相对薄弱，通常都是一些碎片的拼接：无论是文化背景、结构安排，还是情节发展、人物形象，往往都显得较为简单，缺乏必要的严谨和丰实。这些作品既无法达到50年代出生的作家笔下那种气蕴饱满、纵横捭阖的宏大气象；也无法实现60年代出生的作家笔下那种精致幽深、形式之中深含意味的艺术特质”[①]。尽管这是就“70后”作家的整体状况而言的，但对第五代西部作家来讲也无不可。80年代初至今，新生代已有二十多年的创作经验，而他们几乎都步入了中年，且他们的阅历和思想还在不断地丰富和成熟，我们可以断言，今后一二十年新生代仍将延续西部叙事的主导性，因为他们中许多人的叙事空间才刚刚打开，我们所期待的仅仅是他们出大成果、成大境界的时刻的降临。洪治纲曾言，“在未来相当长的一段时间内，60年代出生的作家们依然是支撑中国当代文学发展的主要力量。甚至可以说，作为一个代际意义十分重要的创作群体，他们在整体上所能达到的高度，将会直接影响整个中国当代文学发展的进程”[②]，我们有理由相信这并非虚论。

前文我们反复论述了新生代西部作家在消费语境中坚守了文学精神，付出了艰辛的劳动，并保持了文学的纯洁性，但或许有人会问：新生代有没有可能缔造世纪文学经典？如果有这种可能性，何时才能看到他们的经典？如果没有这种可能性，他们所缺少的又是什么？诸如此类的问题，都指向新生代最终可能达到的高度，当然也不排除对他们文学活动的一定程度的质疑。文学精神的坚守、勤奋的写作和文学纯洁性的保持都是缔造文学经典的要件，这些对新生代西部作家来讲他们都不缺，甚至过人的文学

① 洪治纲：《新时期作家的代际差别与审美选择》，《中国社会科学》2008年第4期。

② 洪治纲：《新生代作家群的创作前景分析》，《文学教育》2008年第12期。

才华和在物欲面前的必要定力他们也不缺，那么，为什么他们至今尚无文学经典问世？到底是什么制约了他们的创作？李建军探讨过此类问题，他坦言指出，“从整体上看，他们的作品虽然不乏新意和诗意，不乏朴实的情感和健康的道德内容，但是，缺乏境界阔大、思想成熟、技术圆练的大作品。更为严重的情况是，他们写到一定程度，一旦被社会认可，就不自觉地在已经形成的模式里进行复制性的写作，写出来的作品给人一种彼此雷同、似曾相识的印象。这几乎是所有那些已经成名的青年作家身上共有的问题”①。他认为导致这一状况出现的原因，与新生代的体验资源、思想能力和洞察力有关。李建军的意见无可非议，但我们认为，思想高度的限制、经典意识的匮乏以及更深入而广泛的阅读的短缺都是掣肘新生代创作臻达经典高度的因素。

恩格斯曾与拉萨尔讨论其悲剧《济金根》，关于理想戏剧的问题（其实也是文学经典问题），提出“较大的思想深度和意识到的历史内容，同莎士比亚剧作的情节的生动性与丰富性的完美的融合”② 的观点。在恩格斯看来，作品的思想深度不是纯粹思辨的产物，而是来自作家对他所反映的“历史内容”的深刻认识和把握。循恩格斯的理路，我们相信，中国社会 30 年来所发生的沧桑巨变中，必然蕴含着亟待挖掘和呈现的历史内容，但新生代西部作家似乎目前还难以穿透历史的迷雾和假象，不能举重若轻地把握历史发展的规律。我们只要检视这些年新生代关注现实的作品，就不难发现，多数作品在题材的开掘上存在彼此复制的现象，例如对金钱腐蚀灵魂的揭露、对乡土伦理的追念、对失去土地的农民的过度同情、对底层民众生存艰难的感慨之类的表述太多，而读者所希冀的却是透过那些刚毅而苦难的脸孔能够升华对存在新的认知，我们认为新生代的认知与普通读者的认知处于同一水平线，没有达到应有的思想高度。鲁迅在对辛亥革命之后的中国现实的观察和反映中，因为是从“揭出病苦，引起疗救的注意”③ 这一

① 李建军：《论第三代西北小说家》，《朔方》2004 年第 4 期。

② 恩格斯：《致裴迪南·拉萨尔》，见《马克思恩格斯全集》第 29 卷，人民出版社 1972 年版，第 583 页。

③ 鲁迅：《我怎么做起小说来》，见《鲁迅全集》第 4 卷，人民文学出版社 1981 年版，第 512 页。

精神旨归出发的，所以他尽管写的可能是过时文人如孔乙己，生存日艰的农民如闰土，无家可归的民工如阿 Q，追求个性解放的时代女性如子君，却都能游刃有余，都能清晰呈现这些人物的性格缺陷和时代强加于他们的悲剧命运，其思想高度远远超越了读者的认知水平。要写出有高度的人物，作家的思想基点就必须更高，必须拉开审美距离，如果与作品人物贴得太近，反而会使作家失去基本的判断，使作品淹没在叙事的平庸和琐碎之中。雪漠在《大漠祭》的前言中说过，“我最喜欢的身份是‘老百姓’。能和天下那么多朴实善良的老百姓为伍，并清醒地健康地活着，是我最大的满足”[①]。他能以平民化的眼光看待弱势群体无疑是令人尊敬的，但以这样的眼光能创造出不朽之作吗？《大漠祭》的构架本来可以渗透多方面的历史内涵，而且雪漠有着扎实深厚的生活体验，按理是能够创造经典的，但因为作者没有拉开审美距离和缺乏透视历史的魄力，最终却使这部作品流于一般化。

不仅雪漠，而且石舒清、漠月、郭文斌等新生代西部作家大多存在类似的情况，也就是因为对农民的过度同情而丧失了作品的客观性，丧失了深刻揭示生活流程中潜在的历史价值的机遇。恩格斯在论及巴尔扎克坚持“客观性”这个现实主义文学的特点时，指出为了真实地再现生活，“巴尔扎克就不得不违反自己的阶级同情和政治偏见而行动；他看到了他心爱的贵族们灭亡的必然性，从而把他们描写成不配有更好命运的人”，“这一切我认为是现实主义的最伟大胜利之一”[②]。新生代的确应该从恩格斯的论述中获得启发。以客观态度表现生活，不仅能使优秀的现实主义作品具有让读者洞悉人生的巨大魅力，而且还会具有近乎历史文献的价值，正因为如此，马克思曾对狄更斯等英国作家给予了高度评价：“现代英国的一批杰出的小说家，他们在自己的卓越的、描写生动的书籍中向世界揭示的政治和社会真理，比一切职业政客、政论家和道德家加在一起所揭示的还要多。他们对资产阶级的各个阶层，从‘最高尚的’食利者和认为从事任何

---

① 雪漠：《〈大漠祭〉作者自白》，《飞天》2003 年第 3 期。

② 恩格斯：《致玛·哈克奈斯》，见《马克思恩格斯选集》第 4 卷，人民出版社 1995 年版，第 684 页。

工作都是庸俗不堪的资本家到小商贩和律师事务所的小职员，都进行了剖析。”[①] 这也是恩格斯所谓“意识到的历史内容”的文学传达，而我们殷切期望的，却是新生代能够在他们的叙事中揭示出更多、更深刻的“政治和社会真理”。

至于文学经典意识，就是作家在创作过程中能够不断增强其创作的雄心、信心和耐心。他们不仅坚信自己选材严、开掘深，而且坚信作品的结构、语言以及形象都是独到的、充满魅力的。他们不仅有透视历史的雄心，也有揭示人类共同命运的雄心。他们不仅对自己体验过的生活能够入乎其内，也能够出乎其外，既能写之又能观之。他们的胸怀是宽广的，有着海纳百川的气概，尽管对某种文化可能非常熟悉，然而他们却能够心平气和地接纳异质文化，为其所用。他们的文学基地可能是具体的、有限的，但他们的作品所呈示的文学世界却是无限的、哲学的。他们有足够的耐心推敲小到一个词语的使用，大到对作品的整体把握。他们有更大的耐心去创造灵感和等待灵感，他们绝不心浮气躁地滥用哪怕是一个词语，他们因为一个细节的真实性也会做实地考察，他们对一个人物会进行千百次的观察和研究。他们能有效控制自己的想象力和审美情感，他们的想象既不会天马行空般地放肆，也不是空穴来风式的妄想，他们尊重生活又超越生活，他们的情感会压缩到极限。经典意识的匮乏的确是新生代亟待解决的问题，一个总体印象是，当他们在某个方面达到一定高度便失去了否定自己的勇气，所以总是在小格局中徘徊，因而故步自封和长期重复。如董立博在《白豆》创造出“下野地”这个文学世界后，就给人感觉他始终也走不出“下野地”所确立的人性符号和主题模式了，而且越写越飘，越写越失去了吸引力。刘亮程自文化散文集《一个人的村庄》获得好评后，经过5年的苦修完成长篇《虚土》，但无非是《一个人的村庄》的延伸和翻版，读者似乎再难找到阅读的新鲜感。我们只要看看鲁迅《呐喊》和《彷徨》中的作品，可谓是不断突破自我、否定自我的序列，在这个序列中我们竟然在任何一个细节上都找不到有相似性的两篇，更不用说重复自己

① 马克思：《英国资产阶级》，见《马克思恩格斯全集》第10卷，人民出版社1962年版，第686页。

了，鲁迅的文学经验对新生代而言应该说是有警示意义的。

文学活动作为一种创造性的活动，其生命和发展维系于不断创新，维系于对传统的不断超越。布鲁姆曾言，“前驱者像洪水一样向我们压来，我们的想象力可能被淹没，但是，新诗人如果完全回避前驱者的淹没，那么他就永远无法获得自己的想象力的生命”[①]。在布鲁姆看来，传统和经典是绕不开的，后人的创作只有寻找如何化解或超越传统的途径，而没有别的捷径。如果我们稍做考察便不难发现，一切重要的作家其实都非常注重对传统文学修养的积累，注重对以往文学大师和经典作品的反复研读。只有经过了反复研读，他们才有可能对经典的高度有确切的认知，也才能对经典的局限心知肚明，从而为自己全新的艺术探索找到方向。马尔克斯多次谈到卡夫卡、海明威、福克纳、康拉德等经典作家对他产生过重大影响，但是，“事实上，我一直尽力使自己不跟别人雷同。我不但没有去模仿我所喜爱的作家，反而尽力去回避他们的影响”[②]。马尔克斯的意思是，尽量在研读文学经典的前提下，吸纳经典的精、气、神，而在具体的创作中却要突破经典的束缚，开拓出自己的文学空间。新生代西部作家目前之所以会陷入写作的困境，我们认为其中的一个原因是阅读的限制而不是体验资源的限制，以体验资源而论，福克纳和卡夫卡很少有过广泛的社会交往，他们的生活范围甚至是很有限的，但他们的作品却能引领世界文学潮流，个中缘由极有可能是他们经过了经典作品的大量研读和最终的另辟蹊径。中国社会 30 年来所发生的巨大变革，与巴尔扎克时代所发生的变革何其相似，新生代为什么不去研读巴尔扎克并进行中国化、本土化的处理？同理，福克纳以有限的生活接近极限内蕴的方式、昆德拉以轻击重的表述模式、海明威刻画硬汉人物的诸多手段、托尔斯泰驾驭多线索齐头并进的叙事技巧、鲁迅寥寥数语勾画人物灵魂的驾轻就熟、沈从文对乡土文化的现代转换……这些都是新生代应该研读并进行转化的，海纳百川故能成其

---

① ［美］布鲁姆：《影响的焦虑》，徐文伯译，生活·读书·新知三联书店 1989 年版，第 169 页。

② ［哥］马尔克斯、门多萨：《番石榴飘香》，林一安译，生活·读书·新知三联书店 1987 年版，第 65 页。

大，要想从既有的格局中走出，除了大量的研读和转化没有别的更好、更简捷的路径。

无论如何，新生代西部作家在消费时代仍捍卫着文学的尊严，在他们的身上，体现了精英文学最后的圣洁与光芒，他们以普罗米修斯式的践行和苦行僧式的写作摧毁了“文学已经消失”的谬论。他们站在人道主义和集体主义的立场关切着西部大地上被文化规约着的人，书写着巨变时代西部人的灵魂变迁。他们的创作在强调文学的社会性、现实性与参与性的同时，尽力复现西部特有的文化气韵与人情世态，使西部文学传统得以延伸和拓展。新生代西部作家精神结构的别一指向是浪漫主义文学精神的再度兴起，而其潜在的意图则是以自然对抗都市文明所导致的人性异化，颠覆世俗生活的平庸与奢靡，有着鲜明的时代意义。新生代西部作家的文学活动与生命活动的高度融合，使他们有足够的耐力抵御文学的商品化所带来的文学性的流失和审美想象力的贫乏。他们的写作“是一种面对大地的写作，是一种向他人开放的写作。在他们身上，也很少看到都市的‘先锋’写作卖弄技巧的花哨和个人化写作渲染欲望体验的俗气，因此，不管他们的写作存在多少问题，他们是担得起人们的赞许和期待的”①。新生代西部作家真正代表着西部文学乃至当代文学的未来和希望，尽管他们目前还面临着一些写作中的困境，但我们坚信，他们总会从这些困境中走出来，而当他们走出这些困境的时刻，也是他们出大成果、成大境界的时刻，这一天的到来终究不会太遥远。

① 李建军：《论第三代西北小说家》，《朔方》2004年第4期。

第三章 文化基因论

本章重在探寻西部小说的本质规定性，也就是辨析使西部小说成为西部小说的内在要素，地理人文环境、地域文化和民间文化精神的多重影响及西部作家对它们的深度表达，是使西部小说形成“本土性”叙事特征的主要原因。除了做宏观性的观察与描述之外，很有必要对“地方性文学与文化精神”的关系研究做抽样调查，因此本章择取了两个视点——当代秦地作家和宁夏西海固作家，前者是从历史维度分析文化精神传统对当代秦地作家的影响，后者是从现实维度考察民间文化精神对西海固作家的规范，从而对“文化基因”获得深入的认知。

第一节 在乡土、荒野及牧场之间:西部小说叙事与地理人文环境

马克思、恩格斯在《德意志意识形态》中，曾就地理环境和人文环境对“人的存在”的意义有经典性的阐述：“任何人类历史的第一个前提无疑是有生命的个人的存在。因此第一个需要确定的具体事实就是这些个人的肉体组织，以及受肉体组织制约的他们与自然界的关系。……任何历史记载都应当从这些自然基础以及它们在历史进程中由于人们的活动而发生的变更出发。”[①] 马克思、恩格斯在这个著名的论断中，强调了人是历史性地在特定的人文环境中生存着的，对人的考察必须从人与“自然界的关系”

① 马克思、恩格斯：《德意志意识形态》，见《马克思恩格斯全集》第3卷，人民出版社1960年版，第23—24页。

(即地理环境),以及自然基础“由于人们的活动而发生的变更”(即人文环境)出发。在此,马克思、恩格斯之“任何历史记载”的范畴,是包括文学活动在内的。而且,马克思、恩格斯的这个论断也正是我们考察地域文化与西部小说关系的理论基点。20世纪中国文学创作中极具魅力、取得重大成就、生命力最为恒久的小说脉流,无疑是各个时期的地域文化小说。西部作家从理论到创作皆秉承前人衣钵,且不断有新的创作观念、艺术范式上的探索,这也给20世纪中国地域文化小说的创作平添了格外沉雄而厚重的篇章。

一 西部的地域文化特征概说

从来没有一个广阔地域像中国西部这样古老而苍凉,寂然而质朴,历史久远却发展滞缓,饱经沧桑而依然肃穆庄严。

中国西部是整个地球的制高点,帕米尔高原矗立于欧亚大陆的中心,向四面八方辐射出多座山脉,像拱起的脊梁,支撑着这块地球上最大的陆地。而在这每一道山的褶皱中,都有生命般奔涌的河流,黄河与长江是其中最著名的两条大河,也是华夏文明的摇篮。在山与河之间,是无垠的黄土地、大草原和大戈壁。就地理条件而言,中国大陆的自然地貌在总体上呈现出“西高东低”的三级阶梯形状,西部处于第一阶梯和第二阶梯,第一阶梯涵盖了青藏高原,第二阶梯则包括内蒙古高原、黄土高原的西北部以及整个新疆维吾尔自治区等广大地区。同中原腹地和沿海地貌相比,这一区域较为显著的特征就是高原和山地众多,且大都处于干旱或半干旱、荒漠或半荒漠的自然状态中,属于典型的“高地”环境。西部有着绵延的待开发的荒原地带,它们以一种几乎是原始的、亘古不变的姿态承受与感应着大自然的暴烈与粗犷,雄奇与酷砺。西部荒原在自然地理上的孤绝与阻隔,造成了西部与外界在经济文化上的隔离状态,同时也形成了西部文化封存的现实。辽阔的中国西部地区,虽位于世界四大文化区的中间,但由于崇山峻岭的封闭、漫天风沙的阻挡、节令气候的恶劣,以及草木土壤的贫瘠,不可能成为政治、经济的中心,同时也难以建构起坚实的、自成体系的文化主体。

西部历来是兵家施展其才华的用武之地,从煌煌汉武到现代军阀,西部留下过数不清的战争遗骸和血腥残迹。西部的确是一块太适合战争的土地，这里人迹罕至，村镇稀少。这里有适合于铁戈金甲的璀璨阳光，有适合于千军万马的莽莽黄沙，有适合于旌旗高展的渺渺苍穹，也有适合于角弓悲鸣的猎猎北风。历史上那些有着雄心壮志的英武豪俊，无不渴望在西部建立其功勋和展现其雄才，盛唐边塞诗人倾其一生所歌咏的一切，都明晰地表现了他们对西部铭心刻骨的文化记忆。那些描述西部的诗篇，诸如“青海长云暗雪山，孤城遥望玉门关”“大漠孤烟直，长河落日圆”“明月出天山，苍茫云海间”“劝君更进一杯酒，西出阳关无故人”“雪净胡天牧马还，月明羌笛戍楼间”“瀚海阑干百丈冰，愁云惨淡万里凝”“四面边声连角起。千障里，长烟落日孤城闭”，都道出了西部独有的场景。西部诗人张子选的诗《西北偏西》曾这样传达西部的苍凉给人的孤独体验：

> 西北偏西/一个我去过的地方/没有高粱没有高粱也没有高粱/羊群啃食石头上的阳光/我和一个牧羊人互相拍了拍肩膀/又拍了拍肩膀/走了很远这才发现自己/还不曾转过头去回望/心里一阵迷惘/天空中飘满了老鹰们的翅膀/提起西北偏西/我时常满面泪光①

西部，同时也是有史以来的主要流放地，曾经的草莽英雄和政治囚徒、强盗流寇和难民歌伎，都出没在这块广袤的大地上。据《汉书·地理志》记载，汉武帝时期曾向甘肃武威以西的地区大量移民，其对象“或以关东下贫，或以抱怨过当，或以悖逆亡道，家属徙焉”，说明当时的移民成分主要为内地的无业游民、刑事犯、政治犯及其家属，西汉以后的历代政府基本上沿袭了这一传统。西部这块大地上曾有过辉煌的古代文明，沟通华夏与世界的丝绸之路，震惊世界的古建筑群，敦煌石窟的艺术瑰宝等，都以其古老与超绝彪炳史册。陕西蓝田和甘肃大地湾等古文化遗址的开掘，更证明了西部文明的源远流长。西部在历史上同样留下过许多开拓者的足迹，周穆王的西行，张骞、班超的出使西域，朱士行、法显、玄奘

---

① 张子选：《西北偏西》，见陈超《20世纪中国探索诗鉴赏》，河北人民出版社1999年版，第744页。

等名僧的西行求学取经，解忧、弘化、文成等汉、唐公主们的分赴乌孙、吐谷浑和吐蕃联姻，以及近代林则徐流放新疆时的垦辟屯田和左宗棠的收复乌鲁木齐，无疑都给中华文明史增添了难以忘怀的孤独者的绝响。

中华民族传统的文化形态更典型地体现在西部。黄土高原和黄河流域是民族历史上最早的农耕区，陕西的长安（今西安）、咸阳又是数代封建帝王的都城所在。传统文化的各种形态在这里形成集结并沉淀下来，最终演变为西部精神文化的基因。关中地区又是富庶的，东踞潼关、南峙秦岭、北枕黄河，物产的丰富与地域的封闭，历史的辉煌与现实的富足，使秦地人在过去与未来的选择中更耽于历史。而甘青宁新蒙藏诸省区则要复杂得多，这里是多民族的集聚地，生活着汉、藏、回、蒙、维吾尔、哈萨克等43个民族，被称为世界人种的博览区。中原农耕文化与西部游牧文化相交融，儒道文化与佛教文化、伊斯兰文化相交汇，使这里的文化呈现出斑驳的多元状态，而缺乏一种占主导地位又根深蒂固的文化形态。这里也是一个边缘地带，自然的荒漠与人为的争斗形成的长期动荡，加之远离中原，使这里的自然地貌与人文精神呈现出被剥夺殆尽后的老迈之态，因此，比起关中地区的自足保守，这里表现更多的则是自卑与闭锁。整个西部，因为深厚的传统文化的积淀、地域的闭塞、信息的阻隔和心态的保守，使这块大地在由农牧业文化向工业文化转型的过程中其步履显得格外沉重。因为上述原因，当沿海地区的人们已经在享受现代工业文明硕果的时候，西部仍在传统的文明形态中步态蹒跚。

中国西部的地理环境，作为西部人世世代代生活的栖息地，构筑了西部人独特的生命寄托和精神寄托，而西部久远的历史演进与社会变迁，亦渐次形成了西部人特有的地域文化心理结构。西部在地理环境上的诸多因素，不但影响着经济和行政的区划，影响着西部人的各种生命活动，更在意识形态文化和无意识文化心理上呈示出来，在西部人认知世界、审美地把握世界的活动中造就了有异于其他地域的独特风貌。而西部辽阔的幅员、恶劣的生态和艰难的生存条件，对人的精神系统又构成一种地老天荒的营养，世世代代在险恶的自然环境和频仍的社会灾害中搏斗，使西部人在多舛的命运中锻造了坚韧的性格。这种性格，有时表现为含蓄内忍，有时表现为达观自信，且都闪射出凝重的忧患意识的光彩，它促使西部人确认自己的社会责任。个人力量在大自然面前显出的微不足道，使群体力量成为维持生存的支柱，使人们互助互爱的需求更为迫切，内向的团队凝聚精神成为传统。与大自然更密切更深刻的直接交流，又使西部人对大自然的各种精神内涵有着更强的领悟和感应能力。大自然对人精神上的直接启悟，又铸就了西部社会心理的纯洁质朴，以至多情重义、古道热肠、伦理重于功利、道德超越历史，成为西部文化心理的一大特色。凡此种种，也养成了西部人浓重的社区意识、地域意识和宗法意识。这种心理意识使西部人的观念文化和自然经济、农耕文化相适应，促成了西部人安分知足、注重经验、依恋权威、重土思家、怕冒风险等观念特质。这种心理意识和观念文化在计划经济的条件下，曾得以充分的张扬，但在当下现代化的经济大潮中则显得相去甚远。西部很多地区的经济活动至今还主要依赖于农业，农民对土地的依附感格外强烈，农耕文化的延续力和生命力更强。西部的地域文化环境为西部作家提供了丰厚的创作资源，西部作家亦珍视这历史性存在的地域风情、文化积淀和人文内涵。诚如西部作家所言："西部未来的文学不仅应该而且可能对中国未来的文学做出特殊的重大的贡献。……这个贡献不一定表现在在这块土地上产生的作家、作品对其他地区而言有多么的出类拔萃，而是以西部独特的地理地貌、民情民俗、历史和现实、自然和人、生和死、理想和幻想、成功和毁灭、痛苦和欢乐、卑污和崇高作了审美化的提供和丰富"①。

美国著名作家、文学批评家加兰曾在世纪之交这样预言美国文学在20世纪的发展前景："日益尖锐起来的城市生活和乡村生活的对比，不久就要在乡土小说反映出来了——这些小说将在地方色彩的基础上，反映出那些悲剧和喜剧，我们的整个国家是它的背景，在国内这些不健全的、但是引起文学极大兴趣的城市，如雨后春笋般地成长起来。"② 加兰100多年前所描述的美国社会景象，很大程度上与中国当今的社会文化景观相似，更

① 文乐然等：《西部作家视野中的西部文学》，《当代文艺思潮》1986年第2期。

② ［美］赫姆林·加兰：《破碎的偶像》，刘保端等译，见王春元、钱中文主编《美国作家论文学》，生活·读书·新知三联书店1984年版，第92页。

与西部小说的发展趋向不谋而合。西部那种业已凝固的精神文化结构终将被城市化进程中衍生且日渐骚动起来的反文化因子所摧毁，而各种人文因素——西部群落、居所、风俗、宗教文化等亦面临着崩溃、裂变的过程。终有一天，由其构成的新的地域文化风景线，将在西部全面展开，西部小说所描述的自然景观和乡村文化景观也将成为人们永恒的记忆。

二 西部作家眼中的自然景观

梁启超在《中国地理大势论》中阐述了南北地理环境的不同而对文学的影响，梁氏所注重的是“气概”和“情怀”的南北之别而形成的创作内容的迥异，对我们把握西部小说的写作趋向是有所提示的：“自唐以前，于诗于文于赋，皆南北为家数，长城饮马，河梁携手，北人之气概也；江南草长，洞庭始波，南人之情怀也。散文之长江大河一泻千里者，北人为优；骈文之镂云刻膳移我情者，南人为优。盖文章根于性灵，其受四周社会影响特甚焉。”[①] 有论者也曾从相当的高度上指出地域文化小说的创作，应该把握住如下要点：“地方文学的地方永久性，从文化内涵的角度来看，一方面间接体现为人文基础的历史性，即进行人文地理开拓，来提供必要的人文资源根基以促进区域文学的形成；另一方面间接体现为民族特征的体系性，即进行民族语言的发展，来提供必要的语言表达符号以推动区域文学的出现。从人文资源根基到语言表达符号，都有着地方性的基本内容，表现为人文性的语言运用所产生的群体影响作用。在这样的意义上，可以说地方文学是一种地方性的区域文学现象，因而从地方文学到区域文学的现象性存在，实质上取决于民族国家在特定环境之中文化发展的地方性表达。”[②] 这个判断的关键论点有两个，就是“地方性的基本内容”和“地方性表达”，而反观西部小说的创作实际，我们也不难发现，西部作家一直致力于这两个方面的实践。

西部作家对“地方性的基本内容”和“地方性表达”的理解是深刻

① 梁启超：《中国地理大势论》，见刘梦溪主编《中国现代学术经典·梁启超卷》，河北教育出版社1996年版，第707页。

② 靳明全：《区域文化与文学》，中国社会科学出版社2003年版，第166—167页。

的，他们对地理环境有着天然的感受力和敏锐的观察力，特别是对西部自然景观、气候、风物、建筑、环境等的描述，很大程度上丰富了西部小说的美学表现力，从而构成了西部小说不可或缺的美学特征。区别于其他地域文化小说作家的是，西部作家常常把自然世界描写得铺张扬厉极尽奢侈，他们有时甚至把自然景物作为重心和主体，置于人物故事之上。在西部作家的心目中，大自然似乎是一个永恒的创作母题：它是一切生命的根，是民族的摇篮，是历史文化的载体，是他们喷涌如柱的艺术之泉。西部作家所描述的雄阔壮观的自然景观中，渗透着多方面的人文内涵。西部小说的全面兴起是在 20 世纪 80 年代，而从国内的形势看，这个时期的中华民族是一个刚从历史的噩梦中醒来并经受着现实创伤剧痛的民族，同时也是一个渴望腾飞的民族。西部戈壁烈日的苍劲、草原风暴的肆虐、大漠呼啸的狂野、高原寂寥的博大、巨川大河的荡涤，无不呈现出力量被压抑但又集聚爆发出冲破挤压的一往无前的自信感，而与我们民族的现实文化心理和潜意识文化心理具有异质同构性，因而能震撼民众的视听，极大地引发我们民族的文化心理共鸣。西部待开发的地理环境，崇高、荒芜、辽远、原始、浩大，远离文明社会，这又给文明社会提供了一个参照系。当我们两相比照来思考现实问题时，现实与历史、文明与蛮荒、人类与自然就渗透交融到一起了。原始而又古朴的西部自然，给身处文明社区的人们带来的是一种沉重的历史感，这种历史感又促使我们民族在推进文明进程的时候不断反观自身，并从中获得迫切需要的西部文化认同。

不妨先阅读一段青海作家杨志军《环湖崩溃》中的文字：

> “嘎啦啦……”一阵巨响从远方传来，冰面上顿时有了立体的褶皱。“开湖了”，我大喊。……身后，严酷的威势赫赫的开湖还在进行，蓬勃向上的充满活力的冰块还在爆起。冰障移动着，沉稳有力所向无敌。观潮山，挺身湖畔而骄傲孤独的观潮山，终于开始颤动了。碎石从山顶峭壁上刷刷落下。从中更新世时期到现在的三百万年间，观潮山从来没有动摇过。即使在十三万年前的那次青海湖由外流湖变为内陆湖的造山运动中，它也安之若素，像个清癯乐观的长者，饱

览了地物地貌可歌可泣的隆起和消逝。可如今，在雄壮的开湖乐潮里，在冰浪和水浪交织的大湖的悲歌中，它似乎就要崩塌了，倒在血色的湖光和冰色的乌有之中。……观潮山没有倒，巍然耸立着，任大冰大浪砸击坚实的身体。大湖被激怒了，将冰块一层一层朝上推去，顿时淤住了观潮山的脖颈。紧接着，又一个冰峰崛起，观潮山没顶了，漫天冰浪盖住了牧人威武的群像。远处，大湖漫荡，如黑云冉冉而来，也送来了高古的创世年代的悲壮旋律。混沌荒风，原始水浪，恢宏的地平线，立定脚跟的观潮山——黑铁色的上帝，无边的地壳板块，和大气层一样厚重的坚不可摧的寂寞，茫茫天穹下，奥博辽远的大荒原——一个神话世界，一个密宗天地。[①]

杨志军的这段文字的确极具西部特色：严酷的威势赫赫的开湖、沉稳有力所向无敌的爆起的冰块、挺身湖畔而骄傲孤独的观潮山、从山顶峭壁上刷刷落下的碎石、冰浪和水浪交织的大湖的悲歌、盖住牧人威武群像的漫天冰浪、高古的创世年代的悲壮旋律、恢宏的地平线、大气层一样厚重的坚不可摧的寂寞、奥博辽远的大荒原、神话世界、密宗天地等意象都只能在西部独特的地理环境中产生。杨志军给读者呈现的是西部的独有之景，西部的独有之文。清代的谢坤在《青草堂诗话》卷五中论及“北方”（注：这里应包括西部），指出北方创作的风格多为“雄豪跌宕”，不仅杨志军，而且我们以下要列举的西部作家的创作都会印证这个观点。

另一位生活在青海湟水谷地的作家井石，在《麻尼台》这部长篇小说中，有一段抒写湟水谷地黑石峡的文字，可以看作对青海省在古代交通地位上的诗性概括：

黑石峡长十几里，南北两山如刀劈而开，《地方志》描述此地“危峰壁立，南北陡峙，奇石突兀，有虎踞狮蹲之势。湟流湍急，回环曲折，蜿蜒如龙蛇之夭娇。九泥东封，一夫当关之险”，是古今兵

① 杨志军：《环湖崩溃》，《当代》1987 年第 1 期。

家必争之地。从西羌到吐谷浑，从吐蕃到角斯罗，无不为争此关隘险地兵刃相见，金戈铁马，引无数英雄竞折腰。缅怀当年，古道西风，送李唐文成公主去吐蕃和亲的大队人马曾浩浩荡荡从黑石峡通过，此峡虽窄险，却沟通了藏汉联姻之唐蕃古道。这里亦是古丝绸南路必经之地，胡汉商贾，披星戴月，叮当的驼铃，在峡谷中回荡不息，幽怨的羌笛，迎送过多少日落月出，响马盗贼，更从峡谷呼啸进出，演义出若许血腥惨烈的故事。①

青年作家红柯，曾认为多年的寓居新疆，使他的人生观念发生改变的不仅是曲卷的头发和沙哑的嗓音，而且特别是有异于中原地区的大漠雄风、马背民族神奇的文化和英雄史诗。新疆风物，正如红柯所言，湖泊与戈壁、玫瑰与戈壁、葡萄园与戈壁、家园与戈壁、青草绿树与戈壁近在咫尺，天堂与地狱相连，没有任何过渡，上帝就这样把它们硬接在一起。严酷的自然环境，艰难的生存条件，恶劣的人文境况，则使得生长在这块土地上的生命必须具有顽强的生命意志和坚忍旷达、硬朗血性的人格风范。大戈壁、大沙漠、大草原在红柯笔下，也引导着产生或幻化出了生命的大气象，印证和体现出了“绝域产生大美”的创作取向。红柯以其饱含的诗情为我们描绘了神话般的大漠：美丽如云的羊群，高大威猛的伊犁马，壮志凌云的雄鹰，清澈高远的天空，莽荡灰蓝的群山，蓝而幽静的湖泊，少而激荡的河流，跟太阳一样越升越高的红鱼，还有旷野长风般自由的人。这些都是新疆真实的风物，然而却是组接或“化合”起来的，是将广阔的新疆最美的东西集于一处，给读者以色彩明丽的新鲜感。红柯在《西去的骑手》中，传达了其对中国最大沙漠的动态体验：

塔克拉玛干不是死亡之海。当最后一名骑手被坦克压碎时，所有的沙子跟马鬃一样刷刷抖起来。沙丘连着沙丘，沙丘越来越高，沙丘奔跑起来，一身的金黄，金光灿烂，直追太阳。太阳往高空里退缩，

① 井石：《麻尼台》，作家出版社 1996 年版，第 238—239 页。

天空更加辽阔。金色的野马群狂叫着逼着群山往后退，昆仑山和天山让出一条通天大道，马群的洪流向西向西一直向西，把群山也裹挟进去了；起自帕米尔高原的群山一下子跃到马背上，很雄壮地起伏着。越来越多的群山跃上马背，越来越多的沙子和牧草跟马鬃一样抖动起来，起自帕米尔高原的群山在高加索被黑海挡住了，不管多么迅猛的马群总会被海水挡住。①

扎西达娃和马原对于雪域高原西藏有着深刻的体验，他们的作品常常通过描述西藏地区的文化环境，以表达那种刻骨的孤独感受和昂扬的生命冲动：

现在很少能听见那首唱得很迟钝、淳朴的秘鲁民歌《山鹰》。我在自己的录音带里保存了下来。每次播放出来，我眼前便看见高原的山谷。乱石缝里窜出的羊群。山脚下被分割成小块的田地。稀疏的庄稼。溪水边的水磨房。石头砌成的低矮的农舍。负重的山民。系在牛颈上的铜铃。寂寞的小旋风。耀眼的阳光。这些景致并非在秘鲁安第斯山脉下的中部高原，而是在西藏南部的帕布乃冈山区。……西藏高原群山绵延，重重叠叠，一路上人烟稀少。走上几天看不到一个人影，更没有村庄。山谷里刮来呼呼的凉风。对着蓝色的天空仰望片刻，就会感到身体在飘忽上升，要离开脚下的大地。烈日烤炙，大地灼烫。在白昼下沉睡的高原山脉，永恒与无极般宁静。②

更多的时候你逆流而上，在黄褐或者青绿的山冈缓慢地踱步。你当然不是陶醉在高地的景色当中，你是冈底斯山的猎人，你是山的儿子……山坡是一直向上的，看上去覆盖雪顶的山巅并不算高，像就在前面不远处。你知道那只是由于这里空气稀薄能见度太好的缘故。你是这山的儿子，你从来不曾到过这山最高处，从来没有人

① 红柯：《西去的骑手》，《收获》2001年第4期。

② 扎西达娃：《西藏，系在皮绳扣上的魂》，《西藏文学》1985年第1期。

> 到过。那块在阳光下白得耀眼的所在远着呢，而且其间充满凶险和神秘，特异的气候和雪崩，还有深不可测的冰川裂缝。你知道这些，这是座神山，这是冈底斯主脉上的一座。在这块地球上最高也是最大的高地上，虽然没有葱茏繁茂的森林草地，却同样生息着更有活力的生物。①

张承志是中国西部大陆完美的描述者。打开他的小说，满眼是“五省六十州”的壮阔风景：黄土高原、瀚海大漠、崇山峻岭、长河巨川、“五千里草原”“八百里流沙”、黄河的“滔天浊浪”、天山的“蓝松白雪”、帕米尔“万仞壁立的高峰”。而最让我们神往的，是作家笔下那大草原的千姿百态和气韵风华，它的寒暑交替，它的昼夜轮回，它的晴雨晨昏。张承志的灵感无不是来自大自然的奇景壮观：大风强劲的运动，苍穹深处星群的飞舞，拨云揽月的奇峰秀峦，岁月流变中的山移水迁，还有黄河浊浪、蔽日风沙、雷霆撼地、彩云狂烧、火焰山、铁石川、白毛风，以及严寒、酷热、雪灾、洪流。那空阔辽远一望无际的大草原，那刀砍斧凿沟壑累累的黄土地，那滴水不存绿色褪尽的西海固，那积雪齐天亘古不融的冰大坂，那热浪如焚生灵涂炭的戈壁滩……正是这西部的大原野和大戈壁，以它们的原始、古拙、粗野、荒凉，以它们的丰盈、慷慨、生生不息、多姿多彩，而成为作家永不厌倦的精神场所。孤独、寂寞、忧郁、自惭、别绪离愁、壮志豪情都化入到长风野火，激流漫滩，幽谷深潭，银汉云霄。很少有人像张承志那样，对大自然的豪迈之概、奔放之情和阳刚之气如此敏感。这里没有名山胜水和锦绣田园，也没有柔波凝蓝和弱柳扶风，有的只是无边的荒野，愤怒的群山，只是千里草原，万里长风，大漠流火，怒雪威寒，骏骨空台，古道阳关。每一幅画面都充溢着纯真的野性，充溢着男子汉气概的强悍情调：粗犷、放达、辽阔、苍凉、恐怖、战栗。当我们追随这位寂寞的“天涯孤客”浪迹四野八荒，所到之处，高山大河以及森林草原，都被他注入了生命的色彩和馨香，处处洋溢着歌韵诗情。

---

① 马原：《冈底斯的诱惑》，《上海文学》1985年第2期。

三 西部人物和风情的集中展示

在西部，高原绵延，漠野茫茫，流沙千里，草原连天，使匍匐于天地之间的人显得格外渺小，西部人尽管比人海茫茫的东南部人更经常地意识到大自然的存在，却难有一种“天人合一”的融洽，人群似乎在天与地的夹缝中生存，极容易生发与外界的疏离感。因而西部作家更关注人类自身，“人”的问题始终是西部小说的生发点和归结。大自然总是给西部人提出各种严峻的生存挑战，人群和大自然仿佛永远处于压迫与抗争、毁灭与重建、挤轧与创造的超常状态之中，这就使得西部小说比其他地域文化小说蕴含更为强烈的生命主体意识。而随着社会变革和现代文明步伐的大力推进，沉厚的古代文化积淀与新文化浪潮在西部这块大地上的冲撞与反差也比其他地域显然要强烈得多。面对西部的异常贫穷和落后以及与东南沿海地区文明上的差异，西部作家怀着深深的“乡愁”关注着故乡故土，在严肃的现实主义悲喜剧中表达着深沉的人道主义主题。西部作家自觉的文学意识促使他们把创作和现实生活紧密地结合起来，冷静地谛视这块大地上的一切，并以批判的眼光正视国民的灵魂和精神状态，尤其是对愚弱的国民心态的批判和愚昧落后的思想文化意识的挞伐，更值得我们重视。有论者曾这样对西部文学做出了深情展望：“西部文学的提出，不是出于迷恋古风世道的怀旧情绪和地方观念，也并非仅为建立一个地区性的文学流派。人们所期待的西部文学，绝不是简单地展现这块地域上的远古残梦和历史陈迹，抑或昭示西部大自然对人的狰狞警告和残酷提醒，而应该是密切观照在这个严峻自然生态环境下个体甚或群体生命的历程，歌颂用坚定的意志和行动战胜苦难战胜命运的震撼人心的壮举。”①

西部作家怀着一种深切而沉稳的文学使命感和历史责任感，密切注视着西部独特文化背景中人的各种生命形态，关切和思考着“在这个严峻自然生态环境下个体甚或群体生命的历程”，创造出了“西部人”的群体画

① 刘枫：《中国西部文学论》序，见肖云儒《中国西部文学论》，青海人民出版社 1989 年版，第 5 页。

像，给当代文学增添了富于个性魅力的、面目各异身份不同的“西部人”。这些“西部人”画像中，以“农民系列”“少数民族人物系列”“漂泊者形象”“硬汉形象”较为突出。一般来说，仅仅把地域文化理解为民歌、民谣、婚丧嫁娶、驱鬼敬神、节庆礼俗等民俗民风的展示是很不够的，从更高的层次上讲，那种根植于民族民间文化中而通过人物所表现出来的精神风貌，那种深具本质和本源意义上的民间精神、气韵、信仰、人情、智慧、话语、历史积淀等形成的作家作品的心灵意象，以及难以抹去的文化印痕，才是地域文化的精髓所在，西部作家紧紧把握住了这一点，所以，西部小说呈现出的面貌也是独特的。

事实上，“硬汉”形象是西部小说最早引起广泛注意的一个系列，从西部小说的人物谱系上讲，最能体现“西部精神”的系列也就是西部硬汉了，那也是人们期待已久的形象。当国内大多数读者渐渐厌倦文坛上滥调的缱绻悱恻的爱情话语而渴望能够给人以力量和心灵震撼的人物形象时，西部硬汉系列就更给人以眼的远视与心的飞翔。广阔而苍凉的西部荒原，因为有了“硬汉”的存在而被赋予某种历史沧桑感，并使西部荒原具有了令人心向往之的地域神韵。那似乎永远奔走或跋涉于西部苍茫大地上的、承受着巨大生存迫压的、沉默而刚毅的行动者，就是西部作家塑造的“硬汉”形象系列。这些形象大多从外形上看就深具男子汉的魅力：常年的阳光曝晒和雨打风吹而变得粗糙黧黑的皮肤，高大健壮的身躯，隆起的发达的肌肉，冷峻的面孔，深邃的眼神，沙哑的嗓音。张承志的小说《黑骏马》开篇所出现的那个孤独而浪漫的骑手是有典型意义的：

辽阔的大草原上，茫茫草海中有一骑踽踽独行。炎炎的烈日烘烤着他，他一连几天在静默中颠簸。大自然蒸腾着浓烈呛人的草味儿，但他已习以为常。他双眉紧锁，肤色黧黑，他在细细地回忆往事，思想亲人，咀嚼艰难的生活。他淡漠地忍受着缺憾、歉疚和内心的创痛，迎着舒缓起伏的草原，一言不发地、默默地走着。一丝难以捕捉的心绪从他胸中漂浮出来，轻盈地、低低地在他的马儿前后盘旋。这是一种莫名的、连他自己也未曾发现的心绪。[1]

西部硬汉形象的出现绝非偶然。以西部的地理环境而言，高山戈壁横绝于前，沙漠草原千里绵延，酷烈艰险的自然生态似乎亘古未变，这不仅使生存其间的每一个人感到格外渺小，而且从文化心理上也产生了更多的封闭意味。作为一种文化补偿，西部人更注重那些能够张扬人的本质力量的、激发人的生命意志的艺术风格，比如豪放激越的秦腔，只有手执铁板高唱大江东去的悲壮才能释放人内心久被郁积的心理能量。从文学形象上看，西部硬汉的存在不仅表明人的“此在”，而且他们的行动性更表明了人对于自然迫压的不屈与抗争。这些在灾难情境和炼狱氛围中生存着的具有孤愤气质的西部硬汉，生发出的沉雄、刚烈、粗犷的艺术风格，激扬起的悲怆、苍凉的悲剧性的美学基调与秦腔具有异质同构性。以人文环境而言，世世代代在险恶的自然环境和频仍的社会灾害中搏斗，使西部人在多舛的命运中锻造了坚韧的性格。这种性格大多表现为含蓄隐忍和达观自信，且无一不闪射凝重的忧患意识的光彩。大自然对人精神上的直接启悟，又铸就了西部社会心理的纯洁质朴，以至多情重义、古道热肠、坦诚率真、伦理重于功利、道德超越历史，成为西部文化心理的一大特色。西部硬汉的形象典型地体现着西部人文化心理的诸多特征。如西部作家所言：“与经济发达地区相比，这里人与人之间的联系和感情的纽带要强得多，坚韧得多。这里还没有由于‘温和化而失掉力量’，失掉艺术所需要的那种气魄。他们的生活更富于色彩，更富于人情味，更富有诗意和激情。”“西部文学的人物不再是光滑无比的石膏胸像，而是用花岗石凿出来的形象，虽不细腻，带着刀斧的凿痕，但却充满了男子汉的气度和力量。”[2] 西部作家有意回避那种缠绵悱恻的“温和化”的叙事，他们往往将人物安置在一个严峻的生存危机之中，以此来把握人物的心理运行。这些来自社会底层的硬汉人物，承受着自然和社会的双重苦难，但他们总是在沉默中能够爆发出惊人的行动力，从而增强了西部人更好地生存下去的勇

① 张承志：《黑骏马》，《十月》1982年第6期。

② 文乐然等：《西部作家视野中的西部文学》，《当代文艺思潮》1986年第2期。

气和决心。“在西部作家的眼中，西部精神从某种意义上讲是西部文化与原始人性相结合所体现出的价值总和。西部精神的价值不仅是作家意识里承袭的烙印，而且更要发掘历史的、现当代的、让人们感受到和目睹到的荒芜与恐怖环境中那些属于人的踪迹。”①

然而，社会生活为西部作家提供更多的是那沉厚的黄土层和原始的农耕方式，是千百年传统的迫压与挣脱迫压的异常痛苦的过程。西部这块大地上首先吸引作家目光的、最有地域文化色彩的景观，那些启悟作家美感的一切最生动曲折的故事和撞击作家心灵的最具魅力的性格，大多来自乡土。西部有成就的作家又多是农裔作家，无论陕西的路遥、贾平凹、陈忠实、杨争光，还是甘肃的柏原、张驰、王家达、浩岭、雪漠，无一不是来自农村乡镇。乡土永远是他们心灵的家园。长大了，读书写作进城，城市文化又使他们形成了新的人生视角。而在城乡文化和文明极大的比照反差中，回望曾经生于斯、长于斯、劳于斯的乡土，亲切得令人心痛又蒙昧得令人痛心，粗砺得令人害怕又质朴得令人感动。乡土迫使他们逃离，乡土又令他们魂牵梦萦。在告别乡土的过程中，“乡愁”——由对乡土的恋情而生发的忧患意识，与“乡怨”——由对乡土的逃离而产生的批判意识构成的乡土情怀，又使他们的眼光笔墨时时离不开乡土。乡土对西部作家而言，是一方真实的土地，是一份沉甸甸的情感，是一种无法拒绝的生活方式和一种永远亲切的泥土气息，因此，西部作家创作的最出色的小说往往是一种褐黄色的乡土形象。

打开西部小说，我们不难看到龟裂的黄土地和熏黑的土窑洞，如路遥、柏原的小说中所描述的；也不难看到八百里秦川的阵阵麦浪，以及黄河两岸飘香的果园，如陈忠实、王家达小说中所描述的；既有走不出的山野，望不到边的黑戈壁，如贾平凹、杨争光和张驰的小说；又有浑浊的河水与坍颓的古城堞，如王家达与张驰的描述。在这样一块大地上，芜杂的劳作日复一日地被重复着，单调的生活却永远枯寂，蒙昧与野性代代循环，无知与麻木辈辈相续。西部作家以深切的乡土情怀审视着西部庸碌的

① 赵学勇等：《新文学与乡土中国》，兰州大学出版社1993年版，第36—37页。

乡民，审视着乡民表现出来的文化行为，并透过那些文化的表象形态，审视着支撑乡民生存信念的传统文化心理。乡土情怀烛照下的西部人文审美观照，构建了西部小说原初的地域文化底蕴。这使得“在整个20世纪中国文学中，现代乡土文学作为一支独特的脉流，最具特色体现着‘本土’精神，而西部则强劲地推助和伸展着这种精神。……如果说中美两国的西部都曾是蛮荒之地，而中国西部更有理由说是古老的。这种古老，更多来自于它的历史文化传统，并使文学有着这种传统的深沉底蕴”①。

贾平凹不仅对地域景观的描绘独到而传神，对人文环境的描写更接近生活的原生形态。在《鸡窝洼的人家》里，贾平凹把我们带进那古朴静谧的“鸡窝洼”生活氛围中：黎明山林的响声，山溪的咕咕声，男人的鼾声，孩子的啼叫和女人的安抚声；古塔山溪，茂林庙宇，纷乱中有规律的山间小径；厚实本分的山里人家，女人手里世代转动的纺车，男人的嘴里祖辈传袭的丈二烟杆，还有不知点了多少年月的煤油灯……贾平凹长于选取富有传奇色彩的人物和故事，来描写商州的风物、人情和古老的生活情调。那深藏历史传说的商山四皓墓，那脊雕五禽六兽俨然庙宇的古老宅邸，那命运多蹇不入时调充满灵气而又染上世间风霜的商州山村女子，传统而又保守顽固的老者。这一切都被作家涂上一层浓厚的商州文化色彩。和沈从文一样，贾平凹的作品中交织着野性与优美，这里有宗族间的钩心斗角，有山野巫婆的跳大神，有对“求儿洞”的崇拜，有对“夜哭郎”符贴的笃信，有嫁女“送路”、招婿养夫、换老婆的陋习，有乡村正月闹社火的热烈情景。这些人文景观，为我们展现着既感陌生而又不无亲切感的汉唐文化遗风。

祁连山下长大的张驰深得西部文化神韵，其作品在美学风格上与敦煌艺术精神一脉相承，内涵中分明飞腾着天马的精灵。敦煌艺术是斑斓多姿的西域文明和灿烂的中华文明凝聚成的瑰宝，具有宏丽繁富的美学基调和神秘的宗教氛围，同时兼具民间色彩。张驰的小说写得汪洋恣肆、瑰玮诡谲，既注重情节的奇巧，又有着人性的深度，既弥漫着神秘的古气，又充

① 赵学勇等：《新文学与乡土中国》，兰州大学出版社1993年版，第36—37页。

盈着生命的激情，而其叙述、取譬、立意、造境又透露出民间意味。张驰的由四个独立的故事联构成篇的《村谚》，熔风情传奇于一炉，集民谚哲思于一体，在对民俗、民情的叙事中融入强烈的主观激情，使作品中那鲜明的色彩、奇诡的线条、壮阔的画面都有了一种跃动的气势，不由使人联想到那些回旋着飞天祥云的敦煌壁画。甘肃作家雪漠的《大漠祭》却是围绕老顺们的普通生活展开的。写老顺们一年的生活（一年又何尝不是百年），文本不仅写到种庄稼、捋黄柴籽、驯猎鹰、捉野兔、打狐狸等日常劳作，而且还写到吃山芋、喧谎儿、偷情、吵架、捉鬼、祭神、发丧等充满地方文化意蕴的事件，真切地呈现了河西走廊地段的民间氛围。

张贤亮经受过多年底层生活的坎坷与磨难，获得了极其宝贵的生存体验与情感体验。他的小说在对西部苦难人生的开掘、对西部各式各样人物的描述上，都显示了他独特的文学视角。在他塑造的一系列人物形象中，既有朴实、憨厚、粗犷、倔强的农民和农村基层干部，也有被极端化的政治风潮和政治文化裹挟到穷乡僻壤、处于逆境中的知识分子。在这些有着不同身份、教养、职业、经历，不同精神风貌和个性特征的人物系列中，农村妇女的形象刻画得最具西部人文内涵。张贤亮曾动情地说："这些艺术形象虽然在现实生活中并没有具体的模特儿，但她们的心灵，的确凝聚了我观察过的百十位老老少少劳动妇女身上散射出来的圣洁的光辉……，在她们的塑像中就拌和有我的泪水。在荒村鸡鸣，我燃亮孤灯披衣而起时，我甚至能听到她们在我土坯房中走动的脚步，闻到她们衣衫上散发出的汗味。从某种意义上来说，她们一个个都是实有其人。"[①] 她们都是动荡年代处于边缘社会的弱势群体，或因出身、成分，或因天灾人祸，使她们生活不幸、遭遇悲惨，如陕北女人（《邢老汉和狗的故事》）、自称"卡门"的女孩（《吉普赛人》）、李秀芝（《灵与肉》）、黄香久（《男人的一半是女人》）、乔安萍（《土牢情话》）等。这些女性大多没有受过良好的教育，言行粗俗，但都心地善良、富于同情心、勤劳质朴。她们有着强旺的生命力，她们如同生长在西部荒凉贫瘠的大地上的野草，抵御着风沙酷寒的侵

① 张贤亮：《满纸荒唐言》，见《张贤亮选集》，百花文艺出版社 1995 年版，第 190 页。

袭，经受着苦难岁月的磨砺。她们也是勇于反叛社会、追求幻想爱情的一群。她们凭着农民式的理智和朴素的直觉，为一个个遭受人格阉割的知识分子奔走、解脱，并将其一生的热情无怨无悔地倾注于生命的瞬间。

陈忠实的《白鹿原》以文化底蕴的丰厚而备受激赏。这部作品不仅大量描述了宗法制农村的生产、生活情况，从农民重农层面反映出农业文化思想观念，而且还从基层知识分子存在浓厚的儒家思想反映出中国社会充斥着农业文化思想的现实。作品从主人公白嘉轩的六娶六丧所造成的困境写起，又以相当的篇幅，描述农民的土地买卖和交换，盖房和拆屋，耕作和收获，定亲和成婚，建祠堂，办学校，观天象，测吉凶，以及入祠堂祭拜祖先和正风俗惩戒孽子。随着情节的逐层展开，前面所描述的读者原以为是无足称道的民间的生老病死、婚丧嫁娶、人际关系、地气民风，后来却发觉其历史渊源极深而且民间基础亦非常稳固，因而是对民生更具有决定意义的事情。在《白鹿原》中，虽然涉及了现代史上一些决定中国命运的大事件，但贯穿全篇主线的，不是重大的政治生活，也不是时代的巨变更替，而是白嘉轩们的生存、劳作、婚姻、繁衍，以及抚养教育子女的生命过程。上述诸事项的描述，赋予《白鹿原》这部作品以深层次的人文内涵。

作为一个多民族的集聚区，西部同样拥有众多出色的少数民族作家，这些作家的人文审美观照中的宗教情怀和游牧民族的潜意识文化心理是不可忽略的重要方面。西部少数民族作家在其叙事中有多方面的宗教文化和游牧生活的展示，因为这些民族场围的存在，形成了西部小说特有的文化底蕴。在西部大部分的少数民族地区，宗教文化曾在民间得以最广泛的传播与深入。这些宗教文化大致可以分为佛教文化圈、伊斯兰文化圈和以儒释道文化为基本内核的汉文化圈这样三种体系。穿越狭长的甘肃走廊直达新疆腹地的“丝绸之路”，不仅是历史上经济贸易的必经之道，更是不同文化与不同文明相互碰撞和交汇的重要连接点。从印度传入中土的佛教，在青藏高原扎根以后形成了独特的藏传佛教文化系统，这一系统又经过甘肃长廊一直延伸到内蒙古高原，成为横贯青藏、内蒙古两大高原的宗教文化核心。从中亚传入新疆的伊斯兰教文化，则经丝绸之路逐步向东南方流播，并最终在黄土高原的北部和西南部形成与新疆遥相呼应的伊斯兰文化圈。与此相对应，以儒释道为主体的中原汉民族的农耕文化体系，沿着黄土高原和青藏高原之间的夹缝，一面向西南翻越日月山和“唐蕃古道”与“雪域文化”相融，一面穿越丝绸之路向西北传播，与伊斯兰文化形成交流。西部地区除佛教、伊斯兰教等大的宗教流派之外，还有一些少数民族特有的原始宗教。信仰宗教的人数所占比重极大，某种宗教可能是一地区甚至为全民所信仰，宗教文化几乎渗透社会生活的各个层面，在少数民族地区，宗教是融合了哲学观念、人生态度、价值判断、思维方式、民俗民情于一体的最主要的文化载体。

游牧民族的草原文化主要不是表现为物质、典章、制度和各种符号所记录的思想成果，而是表现在他们的精神气质方面，也就是在他们的生活、行为、思维方式等方面。游牧民族因为生活环境和原始初民没有多少质的不同，所以他们的精神素质也最接近原始初民。游牧民族的生活特点是“逐水草而居”，其生存空间，多在高山戈壁间和西部寒冷贫瘠之地，例如阴山山脉、贺兰山北部、乌兰察布高原、天山、阿尔泰山、阿尔金山、昆仑山和库鲁克山等天然牧场，这些地方草原连绵，流沙千里，气候变化异常，山崩、泥石流不时泛滥，雪崩、暴风雪频仍不断。游牧民族依据气候的变化，水草的荣枯，或停留，或迁徙，常千里跋涉。由这种身处其间的地理环境和生活习俗所导致的民族性格与以农耕文化为主导的汉民族是不同的，远古以来就逐渐形成的面临生存挑战的危机感，例如自然界凶禽猛兽的袭击，各种自然灾害的破坏，部落之间经常发生的武装冲突，决定了游牧民族必须高扬起初民精神中的活性因素，如冒险、进取、奋争、对抗、勇敢、无畏、进击、劫掠等，不如此，等待游牧民族的可能就只有死亡。游牧民族因为没有太多的安全感，眼前总闪现着凶恶的敌人的影子，这个影子却是模糊的，可能是大自然的缩影，也可能是某个部落的化身。而牧业社会自身又十分松散，基本上是个体作业，只有在战争期间才能看见群体力量。由此，冒险精神、抗争精神和进取精神就构成了游牧民族最重要的文化心理。虽然近代以来游牧民族的生存空间与往日已然不同，而且游牧民族的生活方式也在发生大的变化，由过去的单纯畜牧业经营转向加工业、农业等多种经营，但远古以来形成的文化心理，早已汇入集体无意识的洪流之中。游牧民族的文化心理又与伊斯兰文化所倡导的扬厉刚强、崇武好胜等精神品性不谋而合，因而极易激起游牧民族的心理共鸣。

于是，我们不难发现西部作家更注重“在路上”“在途中”的创作诉求，而且作为创作的主体性内容，往往是对“寻找”和“漂泊”含义的进一步追问。这种倾向实际上与游牧民族的生活方式有一定的内在关联，何况西部曾多次成为世界性民族大迁徙的集散地，更深地接受了伊斯兰文化的影响，由此也形成了西部小说的一种具有文化抒情意味的表达范式。游牧特色和动态生存意识是伊斯兰文化与佛教文化、基督教文化等其他宗教文化不同的标识。在某种意义上说，穆斯林——伊斯兰教信徒的历史，是一部流民史和移民史。尤其是在穆斯林的个体生命中，最高的精神企盼就是迢迢万里的麦加朝圣，那也是具有生存家园和精神家园双重象征意义的朝圣，尽管这种朝圣对于大多数的穆斯林而言是可望而不可即的奢望，然而，永远“在路上”和“在途中”的精神漫游和灵魂寻觅却成了穆斯林民族的一种富于哲学意味的最高生命方式。对这样的生存状态和生命方式的描述，构成了西部小说不可或缺的主题资源和题材形态，例如西部小说中对流放和迁徙、行商和军旅、创世和垦荒、乡土不再和天涯寻梦等的叙写都是如此。

扎西达娃的作品更集中地描述了雪域高原上，宗教文化对人们日常生活的渗透和规范，无论是短篇《西藏，隐秘的岁月》《冥》《西藏，系在皮绳扣上的魂》，还是长篇《骚动的香巴拉》，我们都感受到一种古朴而强烈的宗教情怀，也不难找到那些富于宗教文化意味的话语，如香巴拉（佛教密宗修习者所向往的北方极乐世界，后来便成了“幸福乐园”的代名词，传说它在神秘而遥远的北方，被白雪覆盖，为藏民族世世代代寻觅和追求。这片“净土”是整个藏民族的梦想与希望，也是苦难艰辛的现世生活的安慰。人们为其生、为其死，为其一代代地无休无止地流浪，满怀希望地寻觅、歌颂和叹息）、宁玛（西藏喇嘛教派的一种，意为红色古老，也称红教）、菩萨、达赖、班禅、护法神、转世活佛、三宝佛法僧、密宗大师、喇嘛、僧人、布达拉宫、大昭寺、朝佛、法器、供品、金刚神舞、皈依三宝、受戒加持、生死轮回、亡魂超度、六字真言、佛灯供台、显灵、莲花生大师、报应、偈语、游方、祈祷、灌顶、功德、佛珠、咒经、神示、孽果、先兆、冥想等，这些话语，使扎西达娃的作品显示出藏民族独有的宗教文化风貌。扎西达娃同样注重对藏民族生活习俗的描述，如火塘里熬煮的羊肉、碗边浮着酥油的清茶、热乎乎的茶壶、羊皮口袋里盛着的糌粑、储藏在罐子里的青稞酒、麦秆片子做成的垫子、羊毛做成的各种毡垫、拇指甲盖和食指关节中间隆起的鼻烟、系在脖子上的雪白的哈达、山顶平原上立着的黑色帐篷、燃烧香草松枝做清除污浊的礼仪、迎亲仪式中的嬉笑对骂、绝崖壁峰上的天葬、雅鲁藏布江中平静的水葬……通过这些民族文化场围的描述，作家又为我们营造了一个真实的民间氛围。

扎西达娃的作品大多讲述人物身处一个业已改变的文化环境，但人物的行为仍然沿着传统文化心理的惰性和惯性运行，由此而造成人物与新的文化环境的不相适应性和荒谬性，这些不相适应性和荒谬性同时构成了一个个喜剧故事，虽然不免让人含泪阅读。在《西藏，隐秘的岁月》里，作家着力刻画了一个叫次仁吉姆的人物，这个“次仁吉姆”的名字曾被数代女人重复，作为廓康山庄唯一的、最后村民的次仁吉姆，在一生数不清的寒暑交替中，无数次充填从岩石小洞里取出的空空的茶壶和皮囊袋，供奉着“隐居”其中的高僧。她是西藏宗教与神话、文化与历史相融合的人物，被地域性宗教的习俗规范着终生的经验和行为，命定了她信仰的愚顽和虔诚，乃至于使她抽象为一种巨大的传统文化接力的化身。无论社会历史的推动力如何使廓康山庄在水库奇迹中轰轰烈烈地辉煌过，或是被荒废遗弃，次仁吉姆都无动于衷地重复着命定的自己，继续供奉着隐居的高僧。而当次仁吉姆死后，其留学归来的外孙女解开了外祖母人生归宿的秘密：次仁吉姆终生供奉的“高僧”其实是一副早已变成化石的男性骨架而已。《西藏，系在皮绳扣上的魂》中的两个人物值得注意，一个是手提一串檀香木佛珠、对前途充满信心的、寻找“人间净土”香巴拉的塔贝，另一个是叫琼的，腰间系着打了一个个结的皮绳——用来记下她和塔贝一天又一天的风餐露宿和在寺庙里做过的顶礼膜拜。塔贝在长期的流浪和寻找中渐渐感到茫然，却一如既往地继续他的旅途。琼对这种茫然的行进失去了信心，而沿途所见到的现代生活方式无疑具有更大的诱惑力，琼不愿再跟着塔贝走。当塔贝最后翻越喀隆雪山，到达莲花生的掌纹地带并濒临死亡的时候，他似乎听到了“神”的话语，这令他激动万分，但他听到的其实是在美国洛杉矶举行的第二十三届奥运会开幕式的盛况转播。塔贝的形象代表着在新的文化环境下，那些行为上仍按照藏民族传统的文化心理轨迹运行的人物，这种人物尽管对香巴拉这样的理想国追寻得很苦、很虔诚，但是其结果却只能是近似恶毒的玩笑。扎西达娃在其他作品中给我们提供了不同的人物：《冥》中一对把宗教规范表现在衣食住行和日常生活中的垂垂老矣的夫妻，《古宅》中两个在性欲上相互折磨一生的贵族女主人拉姆曲珍和曾经是奴隶后来当过生产队队长的朗钦，《风马之耀》中那个越狱潜逃为了寻找与他有杀父之仇的“贡觉的麻子索朗仁增”的乌金，《世纪之邀》中那个在真实生活中深感迷失的大学历史讲师桑杰，《泛音》中那个为背景音乐而陷入对人腿骨痴心妄想的小提琴手次巴，《夏天酸溜溜的日子》中那些自卫或逃避生活异化的艰难地保持着纯真人性的西藏现代青年。扎西达娃塑造的这一个个人物形象，大多面对汹涌的异质文化的介入而产生了精神困惑，逐渐迷失了自我，并似乎永远处于追踪“民族性”的路途之中。而阿来在《尘埃落定》中为我们展示了另一番民族场围的风景，对土司社会的原始神话、谚语歌谣、宗教、巫术、医疗、建筑、水葬、音乐、舞蹈、“科巴”和“辖月”称呼以及世袭的行刑人等都娓娓道来，从而赋予土司文化以浓郁的民族特色。《尘埃落定》之所以在淡然的叙述中能给人以心灵的震撼，是因为作者对人物的精神世界进行了深度探索，考察人物的社会历史文化内涵后获取了审美感受。论者曾指出，“《尘埃落定》的获奖代表着20世纪90年代中国长篇小说中那种着力描绘地方风情、民族文化并探索其历史沿革、兴衰更迭的因由的创作倾向”[①]。

西部少数民族女作家的创作同样不可小觑，她们的作品也具有较鲜明的民族性、地域性、历史性等审美特质，体现出较深的民族文化底蕴，充

① 曾镇南：《中国20世纪90年代以来的长篇小说》，《理论与创作》2002年第1期。

满着浓烈的地域民族风情，塑造出了相当数量的人物形象。这些女作家，如雪域高原上的藏族作家益西卓玛、央珍、白玛娜珍、格央，青海的藏族作家梅卓，甘肃回族作家马琴妙，都取得了一定的文学成就。梅卓的长篇小说《太阳部落》以草原部落为叙述背景，将感人的爱情、亲情与血腥的部落冲突相交织，展示了藏民族古老的传统文化与民族心理。另一部长篇小说《月亮营地》，通过描述青年猎人甲桑一家人的命运遭际，以及与部落头人阿·格旺之间的矛盾纠葛，表现了作家对部落兴衰和部落群体命运的思考。部落的人们生活在一个“神灵之光”遍布大地的宗教氛围中，作品表现了他们对神的膜拜，并通过诵读佛经、刻玛尼石、天葬、煨桑等宗教活动的描述，使我们看到了藏民族文化心理的运行过程。梅卓的小说通过刻画藏民族鲜明的民族性格，追述了民族的部落历史，其塑造的人物像索白、嘉措、桑丹卓玛、甲桑、阿·格旺、尼罗、阿吉等，无论是部落英雄，还是草原美人；无论是高高在上的部落头人，还是善良忠厚的普通人，都折射出藏民族特有的文化气息。马琴妙的作品以甘肃回族女性的婚嫁为焦点，反映一些在封建残余观念影响下的悲剧式人物，透视出民族精神发展历程的苦涩和漫长。白玛娜珍的《拉萨红尘》塑造了两个个性突出的人物——世俗的雅玛和脱俗的朗萨，两人在少女时代就是好友，成年后由于经历了完全不同的命运曲折，因而两人最终的人生选择也不相同。一个热爱生活，但几经挫折后仍找不到爱情的归宿，只能在不断的失落中继续寻找。一个却在失意生活中远离红尘，选择了遁世的方式，去寻找心灵的栖息地。在她们一次次的人生失落和起伏中，尽显了拉萨红尘女子的现实和梦想，展示了她们大悲、大爱与大愁的文化心理流程。《拉萨红尘》中的这些人物，“与我们一起呼吸着或清新或污浊的空气，感受着被生活的鞭子抽打的滋味，但是，那些生活在现代城市的藏族青年，却仿佛被已逝去的氛围所笼罩，那些主人公，在现实生活的环境里，如同一个个咒语附身的梦游者”①。

王蒙发表的西部小说总计有百万字之多，约占王蒙创作总量的1/3。

① 吉米平阶：《轻盈与沉重的心灵舞蹈》，《西藏文学》2003年第3期。

其中正面叙述新疆各民族生活的作品二十多篇，如系列小说《淡灰色的眼珠在伊犁》、中篇《杂色》及《歌神》《心的光》《温暖》《鹰谷》《最后的“陶”》《临街的窗》《买买提处长轶事》《队长、书记、野猫和半截筷子的故事》等短制。王蒙写于 20 世纪 80 年代的西部小说中，既有对边疆农村、城镇、雪山、草原等地理环境、自然景观的描述，也有细致入微的对于城乡街景、居民的庭院布局和室内用具摆设等人文景观的观照。如《杂色》中对天山牧场大草原的自然风光和多变天气的体察，《鹰谷》中对天山深处的原始森林景色的融入，《逍遥游》中关于伊犁地区冬天雪景的描绘，皆属于地域性地理环境方面的内容。王蒙的这批小说还准确地表现了新疆极具特色的民俗文化，已涉及对边疆少数民族文化心理的开掘。作家从生产生活方式到饮食居家习惯，从宗教信仰到各种礼仪交际，从伦理婚姻到服饰打扮，甚至到说话、称谓、表情等细节，都有精细的描述。如作家对马尔克和爱弥拉姑娘两家的详尽描写，特别写到那十分诚恳、成龙配套的招待客人的烦琐礼仪。作家还具体描写伊敏老爹如何自制葡萄酒的过程，也不厌其烦地描述阿麦德为客人亲手做拉面的操作程序，描写马尔克如何用口水为别人卷制“莫合烟”的过程，写到阿依穆罕大娘爱用拉长嘴唇表示不高兴、不满意等身体语言、阿麦德跳舞时手举得过高而被人耻笑等细节，都是富于民俗文化意味的。

尤为重要的是，王蒙在这些描述西部的小说中，塑造了一系列不同民族、不同职业、不同性别、不同命运的人物形象。《画家“沙特”诗话》中那位多才多艺而不得其用，性格天真执着，却放浪形骸出尽洋相的名画家撒卜鲁，是身处逆境中的很有个性的文化人形象。而王蒙对少数民族农牧民写得最多，也最成功，如敢爱敢恨、激昂蹈厉的“歌神”艾克兰穆（《歌神》）；机智诙谐、善于斗争的老木匠莱提甫（《队长、书记、野猫和半截筷子的故事》）；聪明热情、热爱艺术、追求自由却命运多舛的阿麦德（《哦，穆罕默德·阿麦德》）；能干又自私、“江契”（战士）加“泡契”（牛皮客）的回族汉子依斯麻尔（《好汉子依斯麻尔》）；精力过人、忠于爱情而时冒傻气的美男子“马尔克傻郎”（《淡灰色的眼珠》）；善良宽厚、自守淡泊、不乏幽默感、有哲人风度的穆敏老爹（《虚掩的土屋小院》）；纯情执着、敢爱敢恨的爱弥拉姑娘（《爱弥拉姑娘的爱情》）；机敏豁达的民兵连长艾尔肯（《边城华彩》）。在塑造这一系列的民族人物形象时，有着长期边疆农村生活体验的王蒙，利用对新疆民族历史文化知识的熟知，更由于精通维吾尔语言文字之便，因此能够深入体察人物的内心世界，准确把握住民族微妙的文化心理和情感变化，从而塑造出一个个血肉丰满、真实可信的民族人物形象。

张承志的《黑骏马》之所以具有恒久的艺术生命力，主要是因为民俗文化的成功描写。作者从那些平凡的民俗物象中撷取素材、开拓主题、构思情节和塑造形象。草原、骏马、牧歌、蒙古包、勒勒车、天葬沟等，这些有形的风俗物象赋予《黑骏马》以浓郁的蒙古风情和鲜明的草原特色。但张承志往往能够化情思为风物，使情思与风物互相渗透、融合一体，故而创造出了逼真、生动、韵味无穷的意境。例如，作者笔下的草原风光，在巴帕和索米娅互吐真情的那一瞬间，草原是多么美好、多么壮观，就像男女主人公此时此刻的心情那样高亢、激越，充满了对美好未来的憧憬和期待；而当主人公遭遇痛苦时的草原黑夜，心情沉重之时的草原黄昏，惆怅之时的广漠，心灰意冷时的天葬沟，心旷神怡时的青青山梁……这一切自然物象又融入了人的情感世界，与主人公的情绪互相衬托。蒙古族是个能歌善舞的民族，粗犷强悍的牧民平时少言寡语，只有在唱起高远悲怆或热烈欢乐的民歌时，他们才会卸下心灵的重负，诉说自己的心事。

《黑骏马》全篇就伴随着这样一首古朴而平淡无奇的蒙古民歌，让读者在歌声和马蹄的伴奏下，在回忆与现实的交替中，跟随男主人公一道，寻找他早已失去但仍深爱着的“披着红霞的，眸子黑黑的姑娘”，寻找这首老歌“内在的真正的灵魂”。请听主人公的心语吟唱：

漂亮善跑的——我的黑骏马哟/拴在那门外——那榆木的车上/善良心好的——我的妹妹哟/嫁到了山外——那遥远的地方/走过了一口——叫做“哈莱”的井哟/那井台上没有——水桶和水槽/路过了两家——当作“艾勒”的帐篷/那人家里没有——我思念的妹妹/

向一个放羊的人打听音讯/他说，听说她运羊粪去了/朝一个牧牛的人询问消息/他说，听说她拾牛粪去了/我举目眺望那茫茫的四野呵/那长满“艾可”的山梁上有她的影子/黑骏马昂首飞奔哟，跑上那山梁/那熟识的绰约身影哟，却不是她。

这首古老的蒙古民歌在文本故事的诠释下，叙说的已不仅仅是一件哥哥找妹妹的事情，它已衍化成了一个孜孜不倦追求人生理想的故事。民歌重述中凝聚着作者的人生体验和生命感悟，使这首平淡的民歌具有了荡气回肠的艺术魅力，它在小说中起到了点化意境和升华主题的作用。张承志利用那些民俗风物背后蕴含的历史和文化意象，从深层沟通了历史和现实的联系，取得了从内部拓展其作品容量的艺术效果。

翻开张承志的所有小说，我们也不难看到“夸父”的影子，看到这样一个形象：他步履匆匆，缄默而刚毅，为自己的人格理想不惧怕任何艰险与困苦。他始终坚持自己的追寻，乐此不疲，百折不回。尽管在不同的作品中，“漂泊者”的环境、遭际大相径庭，但他一往无前的脚步却一直在讲述着曾经存在过、现已被人们遗忘了的英雄梦。张承志的大多数主人公都似乎接续了“夸父”的精神志向，走着一条与“夸父”无异的人生之路。作家更为那些夸父式的“道渴而死”的人物洒下一腔热泪，寄寓了作家对夸父精神的怀念，传达着作家的“夸父情结”。《北方的河》中的“我”，为了摆脱别人操纵的命运而奋起抗争，为了心中对北方的河流、山岳的热爱，立志考人文地理的研究生，并为此忍受了深重的压力，却始终顽强向前。《九座宫殿》中的韩三十八，虽然身处恶劣的环境，自己又拖着残疾的病体，仍然对生活抱有执着的热情，把自己的根硬是扎在了荒瘠的红胶土上。《金牧场》中的七个勇士，跋涉过沼泽、血河、火山，最后只剩下一个人，为到达黄金牧场，他刺瞎了自己的双目，断了左手，仍然执着向前，寻找着信念中的黄金牧场。他们犹如朝圣路上身心憔悴的穆斯林信徒，其精神长旅漫长而无尽，然而却一意孤行、义无反顾地走下去。从张承志笔下行色匆匆却坚忍不拔的漂泊者身上，闪射出对于理想与信念的执着追寻的狂热，将信念的瞬间贯彻一生实践的勇决，为个人心中的精神家园所付出的最大限度的热情，为追求精神的超越不畏艰辛、不惜殒命的炽烈与赤诚，都无不使我们联想到神话中那个悲剧英雄——“夸父”。

综观当代地域文化小说最强劲一支的西部小说，其从形成创作气候之日起就放射出了独特的艺术光芒，给中国当代文坛送来了健康而持久的西部之风，这固然与国内读者文学审美的多样化需求分不开，更与西部作家的创作自觉和艰苦努力有着密切的关系。这种创作自觉主要表现在西部作家对西部地域文化之“地方性的基本内容”和“地方性表达”两个方面的把握上，从而使西部小说具有了浓郁的“地方色彩”，也因而使西部小说在国内文坛具有了不可取代的独特地位。“地方性的基本内容”造就了西部小说“特殊的味”，“地方性表达”形成了西部小说鲜明的“特殊的色”。而“地方性的基本内容”从宏观视野上又可以区分为两部分：对西部自然地理环境的抒写和对西部风俗人情的摹写，尤其是对西部人的文化性格的塑造。“地方性表达”则主要表现在西部小说雄浑苍凉的艺术格调的普遍及其对于西部地方性话语的大量使用上。也许西部小说尚有一些不够完善的地方，但西部小说表现出的对地域文化的执着和坚持，对西部文化资源深处开掘的趋向，在一定意义上可视为中国地域文化小说乃至整个中国当代小说的成功经验。

第二节　文化的接力：长安文化对当代秦地作家的深层影响

19 世纪初的西方，斯达尔夫人的《从文学与社会制度的关系论文学》和泰纳的《〈英国文学史〉序言》的问世，将文学活动与地域文化的联系引向更深入的讨论。在泰纳看来，影响文学活动的地域文化其实主要体现在精神领域，他在一系列著作中都从“种族”“环境”和“时代”解析精神文化，而且他把由其生成的精神现象看作文学创作基本的和最终的力量。刘师培在《南北文学不同论》中，也认定地理人文环境对文学会产生巨大影响，地域文化对作家具有决定性的意义。循泰纳、刘师培等人的理路，本节将研讨长安文化之于当代秦地作家在现代性语境中所播撒的种种影响，并以此探悉秦地作家文化心理结构转型与重构的契机。当代秦地作家在现代化语境中对长安文化的阐释与重构，是其文学精神生成的基础，也是其创作的根植与血脉所在，正是在这个意义上，秦地作家的创作才承载了丰厚的文化含量与意义深度。在题材的选择上，秦地作家将眼界一直延伸到了乡土和农民精神状态的深处，而这种乡土叙事动机的产生，在很大程度上却是缘于他们对长安民间文化的怀旧与想象，并携带着对传统乡村现代化转型的深切焦虑。在主题话语的生成上，秦地作家承继了长安士层文化中的悲悯情怀和进取意识，由此培育出了一种深刻关注现实的文学精神，民族国家想象、底层群体生存状态的展示，以及狂欢式苦难图景和强力主体行为图景的交替呈现，是这种文学精神的基本历史向度。在叙述的方略上，秦地作家以宏大叙事和传奇演绎为叙述的两极，其渊源正在于长安长期处于权力的中心而在其文化中生成了一种美学规范，即以叙述的宏大与奇观为极致。长安文化的沉雄阔大，造就了当代秦地作家的襟怀与气度，表现在风格形态上，则被具象化为“恢宏气象”和“史诗品格”，秦地文学亦借此在不断更迭的历史命名中得到了身份确证。

陈寅恪较早提出过“长安文化区”的概念[①]，他是偏重于从政治地缘进行划分的。“长安文化区”这一概念的提出无疑是极富启示性的，后来有人或从建筑史，或从交流史，或从经济史等角度进行区域文化的划分，也往往视“长安文化”为重要的文化地理。那么，该如何厘定长安文化的基本内涵呢？我们认为，所谓长安文化不仅是一种空间概念，同时也是一种时间概念。以空间范畴而论，长安文化是以地理意义上的长安为中心而形成的文化综合，如有人就把长安文化看作“以都城长安及其周围如周都镐京、秦都咸阳为中心的中国古代文化”[②]，前者陈寅恪将长安文化以“区”论之，亦是一例，都强调了长安文化在地理边界上的延伸性和宽泛性。从时间范畴而言，长安作为周、秦、汉、唐等十余个封建王朝的都城，在漫长的历史演变中其基本文化母体的内涵也在不断地充实和更新。陈寅恪认为，长安文化在唐以前一直处于发展和上升阶段，到唐宋之交的

① 陈寅恪：《唐代政治史述论稿》，上海古籍出版社 1997 年版。

② 赵文润：《西魏北周时的长安文化》，《人文杂志》1993 年第 3 期。

文化革命时刻开始衰落，但其影响却一直延续到现代。因此，在时间范畴上长安文化亦具有延伸性和宽泛性。基于时间和空间双重范畴的考虑，厘定长安文化的基本内涵就不能以一个时期的文化形态为规范，而应该检视所有历史时段所呈示的总体特征。任何一种文化都会在物质和精神两个维度上体现出来，出于命题的需要，关于长安文化的讨论我们更重视从其精神维度上考察。长安文化的起源可以上溯到西周早期，这个时期是长安文化的胚胎孕育期，经过东周的发育，长安文化具备了大致的雏形。周代的长安文化雏形与秦文化合流之后，就形成了长安文化的基本母体。此文化母体在汉、唐这两个封建鼎盛时期，经过各民族间极为广泛的交流和渗透，逐渐演化成以周秦文化为内核，又融合了楚越文化、齐鲁文化及西域边疆文化等不同异质文化的结构，到唐代已达到极盛，终于形成了一种多元并存的综合性的精神文化形态。特别值得关注的是，长安文化兼容了儒家文化的济世思想、道家文化的天人理论、佛家文化的悲悯情怀，这些精神质态与开拓奋进意识、以大为美意识、历史言说意识等结合之后，就形成了长安文化的基本精神核体。尽管长安文化在不同的历史时段可能会表现出不同的图式，但都会标示出其一以贯之的精神核体，并从精神文化的维度上体现出来。而长安文化的精神核体一旦形成，便形成了较强的稳定性，它“具有强大的自我更新能力，能适应千百年时代的变迁，不断将本民族精神与时代精神相调节，将各种营养消化于自己的肌肤中，并且抗衡企图改变民族基本精神的外来影响”①。这些精神核体，不仅在古代作家如司马迁、李白、杜甫等的诗文中有饱满的表现，而且在20世纪的作家，尤其是在秦地作家的创作中亦有真切的释放。历代的文学知识分子，则从自己的精神需求、美学理想和表达愿望出发，对长安文化采取了不同的文本策略，影响均及于题材的选择、主题的提炼、表述的方式、风格的形成和语言的传达等文学的众多层面。而史诗规模的构架、恢宏气象的追求、宏大叙事的营造，以及对厚重底蕴的格外器重，是长安文化精神之于秦地文学生成最为直接的美学规范。

---

① 黄新亚：《长安文化与现代化》，《读书》1986年第12期。

根据长安文化不同的传播和接受方式，大致可将其区分为士层和民间两个文化系统。这两个文化系统，对儒家文化、道家文化、佛家文化及地域性文化等进行了不同的择取与重构，在内容上既有交叉互渗，又在价值判断上迥然有异，但都影响着秦地作家的创作。长安士层文化的源头可追溯到先秦，确切地说，应该是远在孔子校订《诗经》之前。《诗经》中的“雅”和“颂”，无疑是士层文化的见证，“颂”作为祭祀周人祖先的歌功颂德之作，代表了统治阶级的文化正统，“雅”作为官僚贵族之间的应答之作，或抒怀吟咏之作，其寓意之曲折和趣味之高雅当然与市井、草根之作泾渭分明。长安由于在封建社会长期处于政治、文化的中心地位，这种士层文化作为一脉，在精神向度上经过后世文人士大夫的承袭与张扬，遂成为古代中国文学知识分子主要的创作资源之一。与士层文化相对应，长安民间文化的酝酿期也是在先秦，《诗经》中的“秦风”一类典型地体现了其精神底蕴。士层文化较为关注精神界面与制度界面，而民间文化则更倾向于人的心灵世界和风俗道义。长安士层文化曾几度成为古代中国的文化主流，深刻地影响了历代知识分子的人格构成和精神状态。长安民间文化，作为身处社会底层的弱势群体的精神寄托，以乡土文化、神秘文化、侠义文化和秦腔文化为其基本形态，同样深刻影响着中国传统文化的整体风貌。

纵览20世纪秦地作家的文学活动，可以发现，他们虽然不像秦地古代作家那样长时间地引领文学思潮的主流，但因为秉承了长安文化的精神核体，在创作的美学范式上仍别具格调，他们的叙事作品往往底蕴沉厚，于“京派”“海派”等地域文化小说流派之外独标神韵。本书的立意不是要梳理长安文化与历代文学知识分子创作之间的渊源脉络，而是要探查长安文化与当代秦地作家之间的精神联系。当然，关于这个问题可以从多种视角切入，但为了避免停留在浅表层次的现象描述，本书试图从“传统与现代”和“城市与农村”两个维度，以及“题材选择”“主题话语”“风格追求”和“叙述方略”等方面进行剖析。

一 乡土与农民：当代秦地作家的题材选择

如果将长安文化作整体观，我们会发现，它是一种建构在农耕文明积淀基础上的综合形态的文化，这种文化在质态上与唐宋之际在东南沿海地带逐渐兴起的以商业活动为主体的城市文化有着天然的分别，乡土文化的稳定性和持久性造就了长安文化最基本的性格特征，即“农”成了秦地人原初的精神边界与意义范畴。这样，“农”的行为意识、“农”的审美趣味、“农”的精神取向也相应成为秦地作家基本的文化心理结构。冯友兰曾指出：“农的眼界不仅限制着中国哲学的内容，而且更为重要的是，还限制着中国哲学的方法论”，“农所要对付的，例如田地和庄稼，一切都是他们直接领悟的。他们纯朴而天真，珍贵他们如此直接领悟的东西。这就难怪他们的哲学家也一样，以对于事物的直接领悟作为他们哲学的出发点了。”[①] 这种文化心理结构的传承是如此的夯实，以至于有些秦地作家如贾平凹，尽管在城市生活了很久，也无法从根本上有效转型，不能以城市人欣喜的心情看待瞬息万变的城市万象。贾平凹在物质文化繁荣的城市依然对遥远的山地故乡有着深切的凝望，他在这种眼神中有着更多的对长安文化的依恋，而当两种文化，即城市文化与乡土文化发生剧烈的碰撞时，他宁愿复归到乡土文化中去，从中寻找灵魂的栖息地，他说“慰藉这个灵魂安宁的，在其漫长的二十年里是门前那重重叠叠的山石和山石上圆圆的明月。……山石和明月一直影响我的生活，在我舞笔弄墨、挤在文学这个小道上时，它又在左右我的创作”[②]，贾平凹的文化心理的确具有极大的代表性。当代秦地作家大多出身农家，从他们睁眼看世界的第一刻起，触摸到和体验到的就都是“农”的形状、“农”的味道和“农”的颜色，当他们从事创作时，农民、农村和农业生产活动也就必然最先进入他们的审美视野，自然就走进了他们的文学空间，成为他们主要的题材选择。

尽管秦地作家在 20 世纪 90 年代之后，对长安民间文化浸润下的农村和农民不乏冷峻的反思和自觉的文化批判精神，如杨争光笔下的村社，但因为骨子里对这块大地过于挚爱，血脉中流淌着长安文化的余热，终究难以建构起鲁迅一样的对传统文化的反思力度和深度。乡情、乡思、乡恋，在路遥的小说世界中，构成了重要的审美内容。他曾说：“我是农民的儿

① 冯友兰：《中国哲学简史》，北京大学出版社 1985 年版，第 32 页。

② 贾平凹：《山石明月和美中的我》，《钟山》1983 年第 5 期。

子，对中国农村的状况和农民命运的关注尤为深切。不用说，这是一种带有强烈感情色彩的关注。”[①] 路遥的“关注”，不是“爱”与“根”的交织，更不是“怨”与“哀”的诅咒，而是以赤子之心的依恋，把自己融入生于斯长于斯的黄土地。乡土文化的稳定性和持久性又与城市文化的时尚性和短暂性形成了鲜明的比照，也许是出于一种警惕和提防心理，秦地作家于城市文化的体验，更多的是城市文化中的消极与颓废，城市文化对行为主体的人格异化与灵魂腐蚀。这也就不难理解，为什么出现在秦地作家文学空间的“城市”常常与“海派”作家笔下的城市大相径庭。“城市”不仅对秦地作家而言是陌生的，而且即使“城市”出现在他们的文学空间，也往往是喧嚣的、肮脏的、纷乱的，是一个“异化”之地。在《白鹿原》中，我们看到的西安城是一个死尸遍地、臭气熏天、瘟疫横行的地方，绝不是安身立命的好去处。同样，在《废都》中，闯入城市生活的他者如庄之蝶，是不甘沉沦又难以自拔因而苦闷异常的文人，他们已被城市异化，不断咀嚼着失去自我的悲哀。路遥是一个执着于探究城乡交叉地带行为主体精神流变的作家，在《人生》中，主人公高加林尽管有过城市经历和体验，但后来他终于明白，他的精神家园还是在农村。这其实也昭示出秦地作家深层的文化心理结构，即他们离不开“乡土”这个精神家园，在面对“城市”与“农村”的抉择中，他们会毫不犹豫地选择“农村”。

乡土和农民作为秦地作家在题材上的整体性抉择，一方面，由于秦地作家敏锐地发现了长安文化之于乡土叙事所提供的可能的话题资源；另一方面，他们也觉察到了长安文化对秦地人持久的塑捏意义，文化在三秦大地上似乎具有更柔韧而永恒的力量，使一切行走于这片大地上的行为主体不得不将长安文化作为他们行为的原点和支点，并由此而生发出一种强烈的身份认同感。秦地作家对乡土文化有着相当复杂而矛盾的情感，他们深知这种文化在全球化的今天绝不可能是主流，但对这种古老文化的眷恋又使他们在文化的质态上追加了过多的乌托邦式的幻想，也因而在20世纪的“文化寻根”热潮中很快就凝聚成了一个阵营——陕军东征。毋庸置疑的

① 《路遥文集》第2卷，陕西人民出版社1993年版，第376页。

是，秦地作家多多少少有种“文化保守主义”的迹象，这实际上也涉及“五四”以来一直争论的“现代与传统”的话题。“五四”启蒙者曾力主废除传统、全面西化，改革开放之后“西化”之风复燃，而伴随着“西化”滋生的流弊却足以触目惊心，这样，原本就对城市文化和西化现象怀有戒备甚至排拒心理的秦地作家一如既往地挖掘传统，在乡土文化中寻找题材也就成为情理之中的事情了。但终究城市化和现代化是中国社会发展的总趋势，这种趋势不是地域性力量可以逆转的，秦地作家迟早要告别农村而走向城市，长安文化所提供的一切资源也必须经历一个现代化的过程，而未来秦地作家的领航者也必须在传统文化的现代化方面把握住精神实质，才有可能再创文学的世纪经典。

二 悲悯与进取：当代秦地作家的主题话语

如果说当代秦地作家在题材的选择上，更多的是从乡土文化，即长安民间文化着眼的，那么，在主题话语的生成上则同时倚重士层文化系统，具体来说，就是承继了士层文化中的悲悯、济世情怀。“悲悯”是作家之于人类悲剧性存在的一种独特的心灵感受和精神把握，是个体建构在对群体命运的思考和感受基础上的崇高情感，其价值在于对人类苦难和悲痛的担当与救赎，《诗经》“秦风”中的《采薇》《苕之华》《何草不黄》等篇章已透露出浓厚的悲悯情怀，这种传统在司马迁的《史记》中得到了强有力的阐释与补充。有唐一代，抒发悲悯情怀更成为咏史诗的基本母题，那些随历史的风云变幻而产生的悲剧命运及由古今之变所带来的幻灭感，在李白、杜甫等的诗文中都得到了真切的表达。

当代秦地作家承继了司马迁、李白等古代作家的流风余韵，也无不在他们的作品中注入那种悲剧性的人生体验，揭示由于人性的种种邪恶而造成苦难的真相。他们不仅对一切道德高尚、心地善良而命运多舛的人物充满了同情，而且即使面对那些心灵卑琐、行为恶劣的小人也充满了悲悯，写出了他们无奈、寂寞而凄惶的心境。他们看到了所有人所面临的苦难，对人类由于人性缺陷而招致的灾难报以同情和怜悯，并希望通过自己的努力，暴露出真相，目的在于能使人们警醒，并设计了真正走出苦难的社会蓝图与人生图式。[①] 此外，当代秦地作家身处社会的大变迁、文化的大转型之中，他们所坚守的乡土文化正遭遇空前的颠覆，商业文化的枝蔓已延伸到长安文化的末梢，这同时在他们的文化心理深层滋生了一种浓重的忧郁感和彷徨感，也使他们更快地觉察到文化传统的日渐沦丧，以及精神家园的日渐颓败，并因之强化了他们悲天悯人的情怀和精神返乡的决心。以悲悯为主导意识，使当代秦地作家相应远离了肤浅，远离了游戏写作，一种历史的丰厚感和现实的沉重感油然而生。路遥对底层人的创伤、屈辱和苦难的展现的确是刻骨铭心的，他笔下的人物都在进行着痛苦的个体性生存价值的实现，他同时以缱绻之心为其笔下的乡土群体提供了精神尊严，给那些受伤的心灵进行抚慰。

某种意义上说，“悲悯”是中国文学基本的审美情感，屈原之后，但凡有成就的作家似乎都具备这种品质。我们在此所谈论的“悲悯”，则多指长安文化所孕育出的一种艺术精神，它除了悲天悯人的情怀之外，还渗透着大同理念与乌托邦幻想，以及由此而来的现代性焦虑。而现代性焦虑主要表现为鸦片战争以来潜意识支配下一定程度的民族失败感、民族国家主权的危机感和现代化进程中滋生的失望感。但当代秦地作家并非以救世主的姿态出现，也没有着意成为民族寓言的讲述者，他们的本意是要代弱势群体立言，为那些持久的沉默者诉说，以促使人类的大同与和谐早日到来。于是，这种悲悯在秦地作家的笔下更像是一种仪式，一种类似于宗教般的虔诚与倾诉。而且，为了升华这种悲悯情怀，秦地作家又往往将其与另一种重要的精神资源，即进取精神相结合，也因此使这种悲悯超越了同情与怜悯的表象，最终使读者接受其生存的理由和劫后的痛思。

作为长安文化母体的周秦文化，以进取精神著称。我们今天所能看到的《诗经》“颂”当中的《生民》《公刘》《棉》《皇矣》《大明》等诗，就叙述了自周人始祖至武王灭商的全部历史，这也是一部奋斗史和进取史。秦国在东周早期是个地处西部边地的小国，后来秦穆公、秦孝公等历经数代不断地开疆拓土、勇猛精进，终于至秦始皇而统一六国。其后的汉武

① 摩罗：《不灭的火焰》，中国工人出版社 2002 年版，第 256 页。

帝、唐太宗亦以进取精神为垂范，缔造了文明史上的两个泱泱大国。所以，进取精神是长安文化中不可或缺的重要资源。20世纪五六十年代，秦地作家的进取精神集中表现为民族国家想象，其最明显的表征就是对新中国成立前的历史的重新讲述，以及对新中国现实的由衷肯定，前者如杜鹏程的《保卫延安》，后者如柳青的《创业史》。在《保卫延安》中，洋溢着昂扬的进取精神，这种进取精神因与主流意识形态具有高度的一致性，并借此获得了充足的合法性。主人公周大勇的坚强的信仰力量，正来自他对观念中的新中国的憧憬，也来自他对新生活的激情想象。而在《创业史》中，梁生宝和他的互助合作社运动曲折的创业历程，体现了我们这个苦难的民族自力更生、发愤图强的顽强意志，奏响了一曲共和国初期慷慨激越的主旋律。

进入新时期，这种进取精神又在长安民间文化中找到了更广阔的土壤，尤其值得关注的是，当这种进取精神与本土性神秘文化、侠义文化和秦腔文化汇聚之后，便呈现出鲜明的地域风致。从人物谱系来看，首先是秦地作家多倾向于展示硬汉人物的精神世界，这些硬汉人物往往具有超常的行动能力和担当苦难的勇气，他们可以顶着各种逆境和困境，甚至是天灾人祸也要去实现其社会理想，绝不轻言放弃人生信念，如《平凡的世界》中的孙少平和《白鹿原》中的白嘉轩。其次是对底层群体另类生存状态的展示和强力意志的张扬，像高建群的《最后一个匈奴》、贾平凹的《五魁》《白朗》《美穴地》等，阅读此类作品，极易使读者联想到《史记》中的《游侠列传》和《刺客列传》等豪侠故事，这些作品中的人物大多类似于侠客，但不一定有过人的技击能力，他们呼唤着身心的双重自由，也率性而为，是底层社会中用行动言说的群体，他们与三秦苍凉的大地是融为一体的。最后是狂欢式苦难图景的依次展现，“苦难”似乎在秦地小说中是生存的常态，人物在苦难中成长和成熟，正如同基督教徒必经历洗礼，并伴随着秦腔文化激越苍劲的情感宣泄。也正是在苦难图景的喧腾中生命得以升华，信念得以延传，民族向心力得以固化，从而使这种苦难图景的展现具备了大众狂欢的色彩，像《西去的骑手》中主人公马仲英、《关中匪事》中主人公墩子的成长和成熟就是如此。

三　恢宏气象与史诗品格：当代秦地作家的风格追求

所有的作家都是在一定的地域中成长起来的，故其文学风格难免要携带大量的地域文化的信息，从而不能不昭彰出文学风格的地域性。我们在此研讨当代秦地作家的风格形态时，则略去作家的个体风格不论，主要梳理长安文化之于秦地作家的总体美学规范，尤其是现代化语境中当代秦地作家对这种美学范式的承继与融通。长安作为历史悠久的都城，事实上在秦汉之际已培育出都市精神，汉武帝时期由于物质文化和经济实力的不断增长，使处于上升阶段的帝国意气风发，踌躇满志，而其时的社会风气之于文学的直接影响，是造就了闻一多曾总结的“以大为美”的审美趋向，这种审美趋向遂被作为长安文化的一个标志性传统一直延续下来。“以大为美”的审美趋向在汉赋中得到了完美、有力的表达，从《汉书·艺文志》所辑录的一千余篇汉赋来看，或歌颂王朝的威仪，或铺陈帝都的形胜，或渲染游猎的盛大，或夸饰宫殿的奢华，不仅体制大、规模大、立意大，而且弥漫着一种大气、一种豪气和一种霸气。司马相如的《上林赋》《子虚赋》，班固的《西都赋》，扬雄的《甘泉赋》《羽猎赋》，张衡的《西京赋》等都是此类文体的杰作。“以大为美”的审美趋向，在汉大赋中被具体化为雄浑壮阔的气势、奇谲飘逸的话语和疏朗跌宕的文采。汉赋中“以大为美”的审美趋向在唐代则更是演变为“盛唐气象”，成为后世作家毕生追求的理想境界。南北宋之交的叶梦得在《石林诗话》中关于杜诗的评论，就有“气象雄浑”的断语，南宋的严羽在《沧浪诗话》中指出唐、宋诗人之所以有差距，其最大的美学分别就是“气象不同”。而所谓“盛唐气象”，在美学风格上则主要指雄浑和豪放，这种美学风格特别在盛唐的边塞诗中得到了酣畅的展露，它也是一个时代的性格形象，是中国诗歌最为天籁的音调。从长安文化的主导审美趋向来判断，无论是汉代的“以大为美”，还是唐代的“盛唐气象”，我们都可以将其风格形态概括为“恢宏气象”。汉唐之际所形成的恢宏气象作为一种风格形态，早已根植于秦地作家的潜意识之中了，千百年之后，我们仍可以从当代秦地作家的创作中发现它强旺的生命力。

20世纪50年代初期，《保卫延安》一经问世，便以其雄浑壮阔的美学风格震惊了文坛。当时的评论界虽然已经很熟悉茅盾《子夜》所开创的“社会剖析小说”的范式——“大规模地、全景式地反映刚刚逝去不久的、甚至是正在发生中的社会现实，表现各种矛盾斗争中的阶级和人的创造气魄”[①]，但是当他们面对《保卫延安》这个特殊的文本时，仍为其强烈的进取精神和英雄主义基调深受感染。《保卫延安》的确对其时的接受者来讲，是一个既熟悉又陌生的文本。说它“熟悉”是因为它在很多方面都表现得与《子夜》极其相似，如两者均有历史性的巨大内容、宏伟的结构和尽量追求客观的叙述；而说它“陌生”是因为它在文本中有一种特殊的“气象”，这种气象与司马相如的汉大赋如出一辙，都尽显文本的肆意狂欢，事实上其美学效应比《子夜》范式显得更大气、更荡气回肠，以至于评论家一时难以找到恰当的风格术语来概括，只停留在“史诗性”这个话语场进行讨论。那个时代的研究者因为局限于意识形态解读，习惯性地从社会的整体语境进行分析，尚不能联系地域文化进行深入的探察，所以对《保卫延安》所呈现出的地域性风格语焉不详。现在看来，《保卫延安》正体现出长安文化对当代秦地作家的美学影响，即恢宏气象的风格追求。我们在上文谈到的“以大为美”和“盛唐气象”都是一种文本的狂欢式释放，其文本中昭彰的积极的人生态度和昂扬的社会精神，以及豪迈劲健的文学话语，标识出典型的汉唐式狂欢。《保卫延安》是当代语境中汉唐式狂欢的再一次释放，因为它深刻贯注了长安文化的神韵，所以，在“十七年”文学中，我们难能见到同时代的作家在风格形态上能与《保卫延安》相似，尽管那是一个以史诗性文本和革命浪漫主义为规范的时代。

在《保卫延安》发表5年之后，柳青的《创业史》在《延河》杂志开始连载。这部小说在结构上的宏伟壮美，气势上的阔大恢宏，堪称新中国成立以来的小说之最，它也是新文学史上屈指可数的多卷本系列长篇小说之一。《创业史》问世之后，成为文坛上的一个重大事件，当年参与研究的人数之众、研究规格之高就是在今天来看都是罕见的。在《创业史》风

① 钱理群等：《中国现代文学三十年》，北京大学出版社1998年版，第222页。

格形态的认知上，研究者普遍将其看作一部“史诗性”的、“纪念碑式”的作品。关于“史诗性”，洪子诚有过精彩的判断，“‘史诗性’在当代的长篇小说中，主要表现为揭示‘历史本质’的目标，在结构上的宏阔时空跨度与规模，重大历史事实对艺术虚构的加入，以及英雄形象的创造和英雄主义的基调”①。《创业史》的史诗性在生成的维度上与《保卫延安》具有异曲同工之妙，正如冯牧所言，它“是一部深刻而完整地反映了我国广大农民的历史命运和生活道路的作品，是一部真实地记录了我国广大农村在土地改革和消灭封建所有制以后所发生的一场无比深刻、无比尖锐的社会主义革命运动的作品”②。冯牧的确发现了弥散于《创业史》中的是一种历史言说的激情，一种探索“农民的历史命运和生活道路”的历史哲学意识。柳青怀着悲悯而振奋的心情，深刻关注着一个在苦难中长大的农家子弟，如何在乌托邦想象中去艰苦创业，由梁生宝的个人奋斗到人民公社的群体创业，叙述者也是在历史的言说中完成了对新中国的由衷肯定，并确认了新秩序产生的历史必然性。

无论是《创业史》，还是《保卫延安》，作品中那种历史言说的激情都是有目共睹的，其史诗品格也是评论界所公认的。这个现象不能不让我们萌生这样的疑问，为什么秦地作家如此热衷于历史言说？当然，除了柳青、杜鹏程所处时代的整体语境，即那是一个激情燃烧的时代，是一个讲史的时代之外，恐怕还很有必要从长安文化中进行追溯，因为新时期以来的秦地作家同样也热衷于历史言说。历史言说意识是长安文化形成中极为重要的思维方式，它关涉一个群体的社会经验的沉淀和文化身份的确认。前文提及《诗经》“颂”当中的《生民》《公刘》《棉》《皇矣》《大明》等诗，叙述了自周人始祖至武王灭商的全部历史，已注入了浓厚的历史言说意识，由此开了风气之先，这种历史言说意识在随后漫长的岁月里被不断强化和深化，至司马迁更是把这种意识推向了极致。司马迁在《报任安书》中所阐述的“究天人之际，通古今之变，成一家之言”的史学观和文学观，千古而下，深刻影响着秦地作家的创作，故此我们也就不难理解，

① 洪子诚：《中国当代文学史》，北京大学出版社 1999 年版，第 108 页。

② 冯牧：《初读〈创业史〉》，《文艺报》1960 年第 1 期。

史诗品格的追求始终是当代秦地作家一个无法绕开的风格情结。

柳青的《创业史》和杜鹏程的《保卫延安》，以其鲜明的美学风格赢得了人们的敬重，更为重要的是，他们也为当代秦地文学奠定了基本的美学范式，即文学风格形态上的“恢宏气象”和“史诗品格”。新时期以来，特别是进入20世纪90年代，这种美学范式得到了全面的张扬，《平凡的世界》以及《白鹿原》《八里情仇》《浮躁》《废都》《最后一个匈奴》和《热爱命运》这些标志着“陕军东征”创作成果的长篇小说的适时发表，引起了评论界的极大关注，研究者不能不惊叹在中国文学整体滑坡和萎靡的境遇中，在文坛盛行“私人化写作”的整体氛围中，秦地作家却能以刚健、清新的文风独领风骚，人们似乎再次看到了渴望已久的“魏晋风力”。需要注意的是，新时期秦地作家所追求的史诗品格，某种意义上讲，也是一种历史意识的体现，这种历史意识的存在就是要透视历史本质，还原历史真相，所以，此类具有史诗品格的作品不一定要塑造英雄形象和创造英雄主义的基调。以此观之，我们会发现，《白鹿原》《最后一个匈奴》等作品所追求的史诗性，是民族秘史，是民族文化史与人性史、心灵史的融会。而贾平凹的一些中长篇和杨争光的一些中短篇，却是“立足于非史文化意识，主要描绘正史圈外的原生态野史，构成一种审美形态的‘非史之史’”[①]。

当然，生成当代秦地作家“恢宏气象”和“史诗品格”风格形态的元素，除了长篇体式、历史言说之外，其所体现出的积极的现实主义艺术精神、劲健雄浑的文学话语等，也都是不可忽视的重要方面。秦地作家在其创作中表现出的这种美学追求在当代文学史上有着重要意义，如《保卫延安》《创业史》的问世，为一系列“红色经典”的创作开创了范式，而《白鹿原》《平凡的世界》等作品则在新时期多元文学格局中也构成了一种巨大而独特的存在。

四 宏大叙事与传奇演绎：当代秦地作家的叙述方略

我们在前文谈到长安文化之于当代秦地作家的审美规范时，从题材选

---

① 肖云儒：《史诗的追求和史诗的消解——陕西小说历史观追溯》，《小说评论》1994年第5期。

择、主题话语、风格形态等方面进行了剖析，并以“乡土与农民”“悲悯与进取”“恢宏气象与史诗品格”做了简要的概括。但事实上，要将其落实在文本中，就不能不在叙事上下功夫，因为叙事是最大的现实，离开了叙事则一切都无从谈起。而所有的叙事均涉及两个问题，即“讲什么”和“怎么讲”，我们在此重点分析长安文化背景中当代秦地作家“怎么讲”的问题，也就是叙述方略的问题。法国理论家利奥塔在“后现代”研究中提出了“宏大叙事”这一概念，他认为后现代主义的“基本态度”却是“不相信宏大叙事”，利奥塔之所以如此抵触宏大叙事，是因为在他看来，宏大叙事中含有未经批判的形而上学的成分，它赋予了叙事一种霸权[①]。毋庸置疑的是，在利奥塔的观念中多少有种意识形态偏见，他关于“启蒙”和“革命”的质疑，却正反映出极端化的自由主义者在“去中心”之后的迷惘与焦虑。我们的正题当然不是与利奥塔进行商榷，而是企图从利奥塔“不相信”的“宏大叙事”中洞悉一种影响最为深远的叙述范式。我们认为，宏大叙事既是一种叙事观念，又是一种叙事方式，而且还是一种叙事策略，过去的研究者大多忽略了其后两种维度，因此在“宏大叙事”这一术语的使用上也是流弊丛生。本书因为论证的需要，实际上是在三个维度上使用这一术语的。从叙事观念而言，所谓宏大叙事，可以从利奥塔的反向来理解，即是对重大社会历史题材的把握，在主流意识形态主导下以哲学的和历史的眼光透视此类题材的深广度，全景式地钩沉社会内容和历史内容，以复现多层次的社会生活画卷。宏大叙事是建立在作家崇高的使命感和责任感基础上的一种叙事理念，它也是现实主义文学最为重要的叙述范式。宏大叙事的缘起与中国文以载道传统的关系极为密切，中国文学史上的经典之作大多具有宏大叙事的胎记。那么，它对秦地作家有何影响？

作为长安文化精神核体的济世思想和悲悯情怀，本质上走的是重群体和整体的思维路线，加之道家文化中天人理论的渗透，使长安文化倾向于对事物的宏观把握，而这种倾向因为与历史言说意识具有更多的契合点，两者融合之后极容易形成宏大叙事。在古代中国长安几度成为权力中心，

---

① 朱立元、李钧：《二十世纪西方文论选》下卷，高等教育出版社2002年版，第398页。

也同样通过其文化系统培育出了胸怀全局、积极参政的行为主体，而当这些行为主体一旦走上“立言”的道路，宏大叙事必然成为他们的选择。《史记》叙述了从轩辕黄帝到汉武帝数千年间政治、军事、制度、文化、外交以及种种人物的历史轨迹，倘若不采纳宏大叙事的叙述方略从历史的全局宏观把握，司马迁又如何能完成这一浩大的叙述工程？安史之乱后的杜甫，亦以宏大叙事的眼光看待这段历史的悲剧，故能创作出“三吏”“三别”这样的旷世之作。当代秦地作家正是承续了宏大叙事这一传统，故而能够在当代文学的叙事中显示出其创作群体的凝聚力量，也才能将汉唐神韵在当代语境中重新释放。在《白鹿原》中，其情节的时间跨度从辛亥革命、第一次国内革命战争、抗日战争、解放战争，一直到新中国成立，涉及大量的国事与民事，以及耕种、婚丧、教育、人际交往等民生事件，情节不可谓不浩繁。由此观之，作为一种叙述，宏大叙事的情节构成，往往包含具有较大时空跨度的大型化的情节规模。秦地作家因为深受《史记》的影响，强调讲史的格局，常以中心人物组织其情节结构，在情节的运作上也是以事带人，从而强化了文本的故事性。还是在《白鹿原》中，作家出于表明其文化立场的需要，创造了朱先生、黑娃等类型化的人物，这些人物虽然缺少性格的丰富性和生动性，但却能很有效地实现作家的文化指向。福斯特也指出，类型化人物“易于辨认，只要他一上场就会被读者感情的眼睛而不是视觉的眼睛所觉察”①。这些类型化人物的存在，对于营构宏大叙事很有意义，因为它们能与社会群体的价值想象相一致，从而深化读者的价值认同，换句话说，宏大叙事的“互文性”往往体现在社会的整个价值体系和观念体系之中，这也是史诗性作品青睐于宏大叙事的根本原因所在。

在叙事学视野中，叙述主体具有举足轻重的意义，故当我们谈及当代秦地作家的叙事就不能不研究叙述主体，作为小说的叙述主体，是由小说的作者、隐含作者、叙述者构成的特殊关系。小说作者是现实的人，处于文化网络中的人，但他可以超越现实，虚构种种可能的世界，从而建构一

---

① ［英］福斯特：《小说面面观》，转引自王先霈、王又平《文学批评术语词典》，上海文艺出版社1999年版，第201页。

种诗意的人生样态。《白鹿原》的作者陈忠实是生活在长安文化背景中的现实的人，他的人生阅历、知识结构和美学经验，早已框定了他的文学眼界，因此他的创作绝不会等同于张恨水或者张爱玲，对宏大叙事的偏执，是长安文化赋予他的一种地域气质。营构宏大叙事同样离不开叙述者和隐含作者的存在，有意味的是，作为当代秦地作家美学旨趣体现者的叙述者，却是清一色以第三人称全知全能的视角叙述的，他们甚至对限制性叙述都不采纳，但从文学接受的经验判断，采用全知叙事可以立体、交叉地观察被叙述的对象，叙述者可以从一个叙述位置任意移向另一个位置。宏大叙事因为既要反映生活的全景，又要从这种全景揭示历史的本质，故全知全能的叙述成为他们必然采用的一种方式。如在《保卫延安》中，叙述者时而置身于我党我军的领导人之间，时而迂回于国民党高级将领之间，时而在战场，时而又在后方，时而在凝视我军将士的惺惺相惜，时而在观察国民党党棍与军阀之间的尔虞我诈，叙述者的无处不在为读者清晰把握全景提供了便利。而隐含作者的确立，拉开了现实的作者与小说价值体系的距离，替代了作家直接干预作品的主观情绪，承担起了种种读者对作家的非公正性诘难，也使作家的价值观更接近于接受大众，符合大众的情感欲望和价值标准。① 以《创业史》的阅读经验而论，我们总能深刻感觉到一个隐含作者的存在，他凝视着梁生宝的乌托邦行为，凝视着梁三老汉等一系列人物的守旧、自私和固执，并最终对所有的人物进行了价值的和道德的裁判。这个隐含作者实际上也聚合了柳青所有关于真、善、美的价值想象。

当代秦地作家的叙述方略，在宏大叙事之外传奇演绎也非常值得关注。鲁迅曾这样阐释“传奇”，“传奇者流，源盖出于志怪，然施之藻绘，扩其波澜，故所成就乃特异”②。在鲁迅看来，传奇的根本在于叙述奇人怪事，而叙述中也不免夸饰与奇特。传奇演绎在长安文化中根深蒂固，由来已久，前文谈及《诗经》“颂”中的《生民》《公刘》《棉》《皇矣》《大明》等文本，这些叙述周人始祖及后辈艰苦创业的叙事诗，本身就是一部传奇

① ［美］布斯：《小说修辞学》，华明等译，北京大学出版社1987年版，第84页。

② 鲁迅：《中国小说史略》，百花文艺出版社2002年版，第47页。

故事，充满了神话意味，可视为传奇演绎的肇始。传奇演绎在《史记》中却格外引人注目，《史记》虽以“实录”精神著称，但在叙述具体历史人物时却处处可见那些特异性的事件，这些特异性事件是《史记》艺术魅力的必要构成，如在《五帝本纪》中就叙述了舜帝、周人始祖后稷等经历的传奇人生，对其他人物，即使是一些布衣、草根群体的叙述也同样注重其经历、言行的传奇性。传奇演绎的叙述观念，发展到唐传奇可谓登峰造极，鲁迅在《中国小说史略》中曾专列三章，详细考察了传奇叙事的源流。

当代秦地作家不可能无视长安文化中传奇演绎的叙述传统，实际上这种叙述传统从《保卫延安》到《西去的骑手》都体现得非常鲜明。如果稍作分析，就会发现秦地文学中传奇演绎的共性特征，一是无论凸显“纪实性”还是要铺展“虚拟性”，这种传奇演绎都追求非常态的奇特性和实质上的浪漫性；二是这种传奇演绎都表明了其非正史性和非正史意识。这两个叙述特征在本源上均与长安民间文化系统有关，即乡土文化、神秘文化和侠义文化使然。宏大叙事与传奇演绎在当代秦地作家的创作中是作为叙事的两极存在的。《保卫延安》《创业史》《白鹿原》《西去的骑手》《最后一个匈奴》等作品不仅追求宏大叙事，在壮阔的文学视野中多层次地展现生活真实和历史真实，同时以传奇演绎为叙事的另一维度，对一些奇闻逸事进行记录和推衍，尤其是对一些以地域性的风俗习惯、人情人事为依托而具有奇幻色彩的故事进行推衍。如果将《白鹿原》中的传奇演绎全部进行转换或者删除，其艺术性、可读性必然要大打折扣。仅以《白鹿原》的开篇为例，“白嘉轩后来引以为豪壮的是一生里娶过七房女人”，体现了典型的传奇演绎的思维方式，将故事的奇特性置于最醒目的位置，为的是引起阅读者的最大关注，看到这段文字，阅读者会产生极大的新奇感，随之滋生阅读下去的兴趣。实现了这个意图之后，叙述者开始对白嘉轩奇特的婚姻展开演绎就具有了合理性与合法性。当然，在《白鹿原》中，宏大叙事与传奇演绎是经常进行交替、转换的，从而使接受者不断遭遇期待遇挫，也同时不断获得阅读的快感和满足感。

无论从何种意义上说，长安文化都是中国传统文化中重要的构成部分，这种重要性不仅体现在长安文化一定意义上影响着中国传统文化的整体风貌，而且还体现在长安文化所倡导的积极的人生态度一直鼓舞着在历史的暗夜摸索前行的孤独灵魂。在数千年的历史演化中，长安文化的精神核体虽历尽沧桑，仍顽强地存留了下来，成为秦地人认知世界和价值想象的主要标识。长安文化更是在精神维度上给秦地作家提供了丰富的人文资源，借助这种资源的滋养，秦地作家获得了自我表达的内容与形式，获得了自我确认的艺术内涵与文学品格。在不断更迭的时代潮流和历史命名中，面对复杂多变的生活万象与多元文化并存的人文境遇，当代秦地作家仍对置身其中的长安文化有着强烈的认同感与归属感。在这样的背景情态下，长安文化对当代秦地作家的文学创作产生了极为深刻的影响。

总体来看，当代秦地作家的叙事是以长安文化为底蕴的，这既是秦地文学的立足点，也是其叙事艺术展开的坐标。当代秦地作家对长安文化在现代化语境中的阐释与重构，是其文学精神生成的基础，也是其创作的根植与血脉所在，正是在这个意义上，秦地作家的创作才承载了丰厚的文化含量与意义深度。在题材的选择上，当代秦地作家将眼界一直延伸到了乡土和农民精神状态的深处，而这种乡土叙事的产生，在很大程度上却是缘于他们对长安民间文化的怀旧与想象，并携带着对传统乡村现代化转型的深切焦虑。在主题话语的生成上，秦地作家承继了长安士层文化中的悲悯情怀和进取意识，由此培育出了一种关注现实的文学精神，民族国家想象、底层群体生存状态的展示，以及狂欢式苦难图景和强力主体行为图景的交替呈现，是这种文学精神的基本历史向度。在叙述的方略上，秦地作家以宏大叙事和传奇演绎为叙述的两极，其渊源正在于长安长期处于权力的中心而在其文化中生成了一种美学规范，即以叙述的宏大与奇观为极致。长安文化的沉雄阔大，造就了当代秦地作家的襟怀与气度，表现在风格形态上，则被具象化为“恢宏气象”和“史诗品格”，秦地文学亦借此在多元的文化格局中得到了身份确证。虽然当代秦地作家迄今实绩斐然，但似乎尚未发挥以及穷尽艺术探索的可能，尚有推陈出新与极尽完善的余地和空间。例如，如何使长安文化与秦地文学显现交相辉映相得益彰，如何在文化的多元碰撞、融会并存中，强化秦地文学的艺术张力与表现力，使长安文化真正成为秦地文学之根，不仅成为文学寄生的土壤，而且成为文学得以滋润的源泉。各种途径显然是敞开的，其一，需要通过秦地的优秀作家作品对长安文化进行更有力的整合、提炼和阐释，从而提升长安文化的现代精神内蕴，赋予长安文化以丰富的艺术表现形式和意义；其二，需要把长安文化置于多种文化的汇流中，追踪它既成的特性与衍变的命运，在新的文化阐释中获得更多表述与反映的可能性；其三，秦地作家对长安文化的自觉认同和接受也至关重要，这里既有历史传统作用力的因素，也有地域意识与文化倾向的因素，这就使得以长安文化为创作背景的秦地作家，总是能够凸显其鲜明的地域特色，并使长安文化最终成为他们不竭的想象力和创作激情的来源。

第三节　从现实走向诗意:西海固作家对地域文化精神的沿承与超越

张承志在《金牧场》中写下这样一段文字：

> 哀伤悲怆只向这旱渴的蓝空倾诉。当“苏热”被吟唱起来的时候，古老的阿拉伯语不再费解，它只是饱含着今世和现实不能到达的追求。世界和彼岸，憧憬和来世就这样为你打开了大门。西海固，你贫瘠的甘宁青边区，你坚忍苦难的黄土山地，你在杨阿訇为悼念先烈的“苏热”中松弛了，打开了紧锁着的心扉，把一腔感情向这雄浑的大陆倾诉。①

多少年后，我们重读这段文字时，才领悟其中箴语般的预言，那些游走于西海固高地上的作家与诗人，在读解和书写着一代代的苦难生灵，他们似乎阅尽了人世的沧桑苦厄，而将赤子之心毫无保留地融注到生于斯、长于斯的悲怆大地，终于打开了西海固“紧锁着的心扉”，然其倾诉之虔

① 张承志：《金牧场》，时代文艺出版社 2001 年版，第 16—17 页。

诚正如阿訇对于先烈的悼念。

一　“西海固文学”的提出、概念演进及文学史意义

西海固——这个位于宁夏南部山区的地域，平均海拔在2000米以上，由于气候的极端恶劣和水源的严重不足，在20世纪就被联合国教科文组织判定为“不宜人类生存之地”。正是在这块沉寂而又贫瘠的高地上，20世纪80年代以来以《六盘山》杂志为中心，却形成了一个创作群体。以取得的文学成绩为契机，在1997年《朔方》杂志社召开的“振兴宁夏文学”的研讨会上，来自西海固的作家不约而同地喊出了“西海固文学”的口号，但因为缺乏必要的理论阐释，这个提法在当时并没有引起人们太大的注意。同年，《六盘山》杂志刊登了作家南台的《致火会亮的一封信》，基于地理意义而提出了“西海固作家群”的说法，分别谈及固原、西吉、海原等县区的文学创作。经过1997年的酝酿及讨论，“西海固文学”已经在宁夏区内成了不能不被关注的文学冲动。1998年初，《六盘山》杂志正式提出了“西海固文学”的概念，同期杂志还推出了“西海固同题散文专号”。此后，围绕“西海固文学”概念的生成、内涵和界定等问题，由《朔方》和《六盘山》杂志社举办了多次学术研讨会，影响也逐渐扩大，同年6月，《文学报》在头版位置以《“西海固文学”正在崛起》为题进行了报道。1999年由宁夏人民出版社出版的《西海固文学丛书》（分为小说、诗歌、散文三卷），以及在该年度由部分作家出版的个人专辑，与理论的研讨达成呼应之势，显示了“西海固文学”的创作实绩。西海固的文学活动吸引了研究者的目光，而较早参与到讨论中来的也必然是西海固的研究者，他们的参与无疑对推进本地区作家的创作自觉发挥了作用。

但我们也不难发现，“西海固文学”的概念从提出到理论澄清，却是一个渐进与深化的过程，这一过程同样充满了争议。马吉福是较早尝试厘定“何谓西海固文学”的研究者，其在《关于文学的西海固与西海固的文学》（《六盘山》1998年第1期）一文指出，“西海固文学”的基调与特点应该是“传统文化积淀深厚，民族文化色彩鲜明，地域文化背景浓厚”，他是从“文化”（传统的、民族的和地域的）的视角进行观照的。不能不

看到，马吉福的文化观照虽给人颇多启发，但由于是比较笼统的说法，实际并没有触及概念的核体部分。马吉福在后来又做了更贴近文学实践的分析，他在《试论“西海固文学”的形成与发展》(《六盘山》1998年第3、4期合刊）中对概念的内涵也有了较深入的透视。他将“西海固文学”区分为广义的和狭义的两种，广义上的“西海固文学”是指反映西海固生活的文学和西海固文艺工作者所创作的文学作品，而狭义上的“西海固文学”则是指描写西海固生活的文学，这种厘定显然与“西部文学”的概念厘定达成了共识与默契。马吉福之外，钟正平、单永珍、左侧统、张强、张铎等研究者都有一定的理论贡献。钟正平多年密切关注和思考着西海固文学活动的动向，他认为所谓“西海固文学”就是“本土作家创作的描写和展示西海固地区历史的、文化的图景和西海固人生活与命运的文学，是表现西海固人的感情、性格心理、文化气质和审美精神的文学，是记录西海固人民的代言人——本土化知识分子的追求、奋斗、反思和梦想的文学，是富于西海固地域文化特色和人性、人道主义精神关怀的文学”[①]。客观地讲，这个厘定糅合了马吉福等人的研究成果，而突出了“西海固文学”的主体性内涵及现代性特质，但又衍生出了排他性，实际上“本土”之外的作家如张承志，同样对“西海固”多有叙说，只强调“本土性”势必会将他们排除在外，况且，“人性、人道主义精神关怀”等说法，并不能涵盖“西海固文学”所有的精神刻度，故有必要对钟正平的论述进行适当的调整。

在我们看来，“西海固文学”原本就是“西部文学”版图中的一个构成，它没有也不可能脱离“西部文学”这个更大的话语范畴而进行孤立的运作，倘若研究者太拘泥于闭锁性的区域性研究，而看不到与“西部文学”乃至“西部文化”的关联与互动，极有可能故步自封而制约其研究的质量。事实上，“西海固文学”的发生、衍变及走向成熟，都是在“西部文学”的烛照下所促发的区域性的文学自觉。“西海固文学”所表现出来的总体创作趋势，如关注底层民众的生存方式与命运样态、映象传统文化

① 钟正平:《西海固文学及其释义》,《固原师专学报》2000年第1期。

在现代与后现代文化冲击下的衰颓、凸显西海固人甘于清贫与古道热肠等性格特质、始终坚守和张扬现实主义的文学精神等，皆体现了“西部文学”的共性特征。“西海固文学”必然接受了多重影响，如果我们从渊源上稍作追溯，即可发现“西海固文学”与“西部文学”纠结的精神联系，张贤亮和张承志是“西部作家”谱系中成就较大而很有代表性的作家，他们对西海固作家的影响显然更为直接。无可争议的是，在张贤亮80年代崛起之前，就是宁夏文学在当代文学的整体格局中尚处于边缘位置，宁夏作家所发出的声音相当微弱，更不用说西海固作家了。张贤亮在80年代立足于地域文化的西部叙事，因为弥散着个体深刻的生命体验与形而上的哲性思考，而在新时期的“伤痕文学”“反思文学”和“改革文学”等思潮中影响甚大，他甚至一度被人视为领潮的作家。张贤亮的成功极大地带动了宁夏作家的自信心，更为重要的是，新时期文坛开始关注宁夏作家的创作活动了，也是在这个时刻，西海固作家发出了尽管微弱但毕竟是有底气的声音。如果说张贤亮对西海固作家的影响在于树立了文学自信的话，张承志对西海固作家的影响则主要体现在如何对作为文化实体的“西海固”进行观察与表述上，他的足迹曾遍及北方大陆，而对西海固的体验格外深挚，其在文本中多次言及西海固，在他眼中，西海固似乎是永远的精神故乡，是取之不尽用之不竭的题材资源（他后期小说创作的代表作《心灵史》就是以“西海固”作为叙事基地的），加上他富于想象力与穿透力的抒情诗般的表述，都使“西海固”成为一个深具审美意味的文化实体，而这无疑给西海固作家提供了可资借鉴的现实样本。但“西海固文学”的研究中，“西部文学”这个更大的话语范畴却常常被忽视，故此便难于透视构成西海固文学语义场的多种元素，难于历史地辨察西部文学对它的深层影响，难于确认它在当代西部文学史上的意义与地位。

或许“西海固文学”最先吸引我们的是它与“西部文学”达成的同构性。这里所谓“同构性”，即是说两者在构成上的相似性、指称上的趋同性。“西海固文学”和“西部文学”一样都是地域性的文学，都是反映特定地域的历史文化、人文生态和文明方式的文学，这里面只不过有大、小之别。无论从历史、地理，还是文化传承方面而言，西海固都隶属于西部，再者如前文所分析，“西海固文学”在形成中更多地参照和接受了“西部文学”的样态与影响，是西部文学一个必要的构成部分，因此在“西部文学”这个更大的话语范畴中来讨论“西海固文学”便显得更为合理。因为两者的同构性，“西海固文学”为研究“西部文学”现实地提供了一种视野与途径，我们甚至可以从“西海固文学”来推断“西部文学”的发展动向。西海固作家21世纪以来仍然延展着西部作家的创作精神，且取得了不俗的成绩，昭示出令人振奋的创作势头。凡此，都使“西海固文学”在当代西部文学史中占据着重要的地位，并彰显了独特的文学史意义。但“西海固文学”却包括小说、散文、诗歌等多种文体作品，在一篇文章中要论述各种文体作品显然很不现实，因为小说成绩最为突出，故我们只选析那些有代表意义的小说作品；再退一步讲，即使是分析小说作品，如果时间跨度太大，也将难以深入下去，因为西海固作家在20世纪90年代中后期才逐渐成熟起来，故我们的兴趣点也主要在90年代中期以来的小说作品。有意思的是，这个时段正是中国社会的大转型时期，也是中国式消费社会的形成时期，故我们以“消费时代”来指称这个文学时段。为了避免概念的混淆，我们提出了“西海固叙事”的说法，以此来指涉90年代中期以降，西部作家对围绕西海固底层民众的命运遭际与生存样态而展现的历史文化、人文生态和文明方式的虚构性言说的叙事文本。

二 苦难大地的诗意化呈现与西部人生的别一种书写

有研究者认为，“西部作家给人的总体印象是，特别善于表现苍凉粗砺环境中的苦难意识和生命力的顽韧”[①]，此论不虚。绵延的戈壁、浩瀚的沙漠、荒凉的高山及浑浊的河流形成了西部的自然神话，而自然神话导致了西部人不得不承受的漫长的贫困，极易使其衍生出浩大的寂寥感、苍凉感和苦难感；而封建宗法文化的遗留、当代政治文化的冲击和现代性文明进程中的落伍又共同组构了西部的社会神话，社会神话直接造成了西部人“被隔离”的遗弃感。社会神话又因为与自然神话的勾连而将苦难空间化，

① 雷达：《找不到的天堂》，《黄河文学》2006年第6期。

这使西部人总能真切触摸到苦难的巨大存在。没有一个西部作家能无视苦难的“在场”，也没有一个西部作家不在他的书写中表现其对苦难的理解，由此形成了西部作家固执的“苦难意识”。苦难意识对20世纪80年代的西部作家来讲，具体表征为对生存苦难的觉醒与抗争，对苦难根源的质疑与追问和对人的历史命运的内省与自察，从而使西部作家集体再现了某种不可替代的地域叙事风格。80年代西部作家的苦难意识及以此激扬起的现实主义美学追求，“构成了西部文学别具一格的审美色调和独特的艺术风采，其主要呈示形态：首先是在西部文学中崛立起一批于灾难情境和炼狱氛围中生存着的、具有某种孤愤气质的西部‘硬汉子’形象；其次是由‘硬汉子’形象生发出的沉雄、刚烈、粗犷的艺术风格，激发起的悲怆、苍凉的悲剧性美学基调”[①]。

历史是一条生生不息的审美长河，回视20世纪80年代西部作家的苦难意识及其表征，便不难洞察90年代以来西海固叙事对这个文学意识的持续张扬是历史的自然接力，也是一种地域文化精神的必然沿承。西海固是一个以“苦甲天下”而闻名的地方，也许西海固人对苦难的体验相对于西部其他区域的人则更为痛彻，自然神话的背负对西海固人而言显得格外滞重，他们必须面对也许是年复一年的旱情，面对似乎是永远干渴而皲裂的大地，时而心怀绝望地守望遥遥无期的雨雪天气，多少生命在自然神话面前终于焦渴、枯萎，乃至消亡。但自然神话导致的不仅是西海固人极端的物质贫乏，而且还有持久的精神迫压，以及难以平复的心灵创伤。郭文斌的《呼吸》就是这样一个叙说自然神话给西海固人造成灵与肉双重苦难的文本。文中，无边的干旱已经使郭富水失去太多，而现在又在考验他最后的忍耐力，与他相依为命的耕牛大黄几近无水可饮，女儿水水为了给家里省点水而宁愿忍受病痛的折磨也舍不得多喝一点，水的匮乏，使郭富水面对女儿和耕牛时心如刀割，且活得如惊弓之鸟，当他无意中听到川川之父因为花牛死去的号啕声，那种可能失去大黄的恐惧骤然上升，几乎使他窒息，大黄最后为了救跌进水窖的水水而死，让郭富水颇生一种劫后余生的

① 杨经建：《伊斯兰文化与中国西部文学》，《人文杂志》2003年第2期。

悲凉，好像那死去的不是大黄，而是他自己。《呼吸》不动声色地讲述了郭富水这个西海固底层人物在灾难年月里的心理动荡，故事情节并不复杂，叙述语言也干净、透亮，但读来却自有一种荡气回肠的感人力量。那么，这种感人力量是怎么形成的呢？如果细加研读，便不难体会到这种力量来自叙述者逸出文字之外的大慈悲，言其“大”，是说西海固大地上的一切似乎都是叙述者悲悯的对象，因为它们都在这块大地上一起受难、一起遭受惩罚。大慈悲的观照属于一种典范的苦难意识的表现，只不过这种观照更多的是基于人与天地万物的对话关系，而不是基于人与社会的复杂纠葛。

从《呼吸》中我们可觉察到，20 世纪 90 年代之后西海固作家的苦难意识已发生了悄然的变化，他们对苦难的认知也越来越贴近大地本身，在他们看来，苦难不仅是一种生存的常态，更是一种文学的常态，问题的关键也许在于“如何表述苦难”。西海固“本土”作家石舒清指出，就他自己而言，“似乎回到这里才能觉得心安和踏实，再到任何地方都有一种被丢弃感和失踪感”[①]，石舒清的表白也许道出了西海固人共同的感受——故乡就是故乡，与贫富无关。苦难的大地和恶劣的人生境遇所激发出来的往往是西海固人健旺的生命强力，是对这块大地的宗教般的虔诚与眷恋，是浓得化不开的乡情乡思和永难割舍的故园故土之爱，还由于生命的极限体验与共同抵抗苦难的生存需要，使这里的民风民情更为淳厚和质朴。以此观之，他们表面的“认命”也不妨看作精神层面对苦难的超越，这也是地域文化精神的表征。如果说 80 年代西部作家的苦难意识重在映象自然神话施加给人的苦难及其人对自然神话的省察，石舒清们的苦难表述企图转向人的精神层面，转向西海固人面对自然神话抑或是社会神话时都存在的精神震颤与心灵悸动，也就是由描述“外在的”苦难而转向反馈“内在的”苦难，在某种意义上，这是西海固作家对地域文化精神的超越所在，不执着于苦难却能正视苦难。正因为石舒清们对地域文化精神的超越，所以也就能从容展开自然神话的复杂意蕴，并尝试从哲学高度来诠释苦难、表述苦难和升华苦难，这个过程也就是苦难的诗意化过程。郭文斌、石舒清、了

---

① 石舒清：《故乡就像是我的另外一个心脏》，《青春》2007 年第 1 期。

一容等作家的创作都或多或少表现出了这一趋势。

石舒清的《清水里的刀子》可视为苦难诗意化的代表性文本。粗看起来，似乎这个短篇的叙事全然与苦难无关：马子善老人的老伴死了，埋葬老伴之后，马子善老人在坟院对自己的人生流程做了简要回顾，并想象其大限可能将至；回到家中，儿子耶尔古拜和他谈起“搭救亡人的仪式”，商量“四十祀日”那天为“举念”而宰杀家里老牛的事情；其后的叙事是围绕父子俩与老牛相处的最后日子里的喂养、感念与观察而展开的。细读文本，我们却发现“苦难”无处不在，在叙述者将苦难虚化的表述中，我们却时时感受到苦难的“在场”。可以肯定的是，马子善一家在贫困中度日，这从下列细节也不难推知：老伴“苦了一辈子，活的时节没活上个好”（苦难的由来已久），儿子耶尔古拜说“咱们那个牛，也老了，再买个嘛咱们也没钱”（目前的贫困状态），耶尔古拜“把女儿缺了齿的梳子拿来”（贫穷可能还要延续下去）。值得注意的是，文中也不全然不写实相的苦难，如马子善老人“想起一件事来，那就是牛一边拉着犁走一边扬起尾巴拉粪，当时觉得没什么，渐渐就觉得这真是过于残忍了，我们人连一个拉粪的机会都不给它，在它拉粪的时候我们还不放过它，还在役使它”，对人所承受的苦难的虚化与对老牛所承受的苦难的具陈，看似是对人的谴责，实则是以实写虚，象征性地传达了人所承受的深重而无边的苦难。这里的人们活着如是，死后“有着一个罪人的身份”，“罪人的身份”好像只是宗教观念的合理折射，但我们又何尝不能将其理解为是对现实苦难的想象性延伸呢？现实的苦难迫使他们探寻精神上的救赎之路，是宗教信仰伴随他们度过了无涯的苦难岁月，他们在长年累月地诵读《古兰经》和参与种种宗教仪式活动中淡化、忘却，甚或享受着苦难，尽管他们的宗教信仰也许具有极强的世俗性与功利目的，却是他们精神世界的永不干涸的雨水。毋庸置疑，文本最大的背景是宗教文化，这是阅读过程中一般都能注意到的，而究其实质，我们认为，宗教文化被展现得越充分，越表明这块大地上的苦难深重广远，因为这里宗教文化的信仰程度和苦难的深广程度是息息相关的。与文化背景的清晰性相反的，是时间背景的模糊性，虽然文中也有清晰的时间线索，如老牛在“举念”的前三天始停食停饮、“四十祀日”的前一夜，通读全文，我们仍无法断定这个“时间背景”到底是什么，你可以说故事发生在当下、50年前、100年前，或者更久远；你还可以认为文本被默认的时间背景是“当下”，但叙事中没有显示任何与“当下”或“现代”直接相关的语词，文中出现的器物、食物、动物之类，如红纱、铜镫、油馕、牛羊等却表现出浓厚的前现代文化的气息。淡化时间背景或有意使时间背景模糊，实际上是喻指苦难的无始无终，这是我们在解读文本时尤其应该注意的，它与彰显宗教文化一起，构成了一明一暗两种展现苦难的方式，这两种方式皆为苦难诗意化叙事最常见的方式，这是文本提供给我们的体验。

郭文斌21世纪以来的创作被研究者持续关注，其一系列以苦难为底色的叙事文本，如《吉祥如意》《开花的牙》《一片荞地》《大年》《最顶头的一个梨》等，给当代文坛带来了别样的阅读体验。在这些文本中，郭文斌并不具体呈现苦难的生存景观，他甚至在有意回避苦难书写，而将其敏感的艺术笔触深入底层人生的日常生活之中，发现和再现艰难岁月里瞬间的温暖与感动，抒说在社会神话和自然神话的双重夹击下底层人也不失人性的至真至纯，物质文化的极端贫乏终究不能淹没他们精神生活的自满自足，郭文斌几乎是以诗性情怀诉说着苦难大地上产生的大伤痛与大欢喜，从而使其叙事呈现出明显的诗意化倾向。当然，郭文斌的诗意化和石舒清的诗意化也有差异，在淡化时间背景方面二者都是相似的，但郭文斌不像石舒清那样，长于营构宗教文化氛围，他的书写更具世俗性，或者说，他长于从世俗而日常的生存景观中捕捉到那些细碎、短暂而醉人的诗意，如《吉祥如意》中的这个段落，

> 雾渐渐散去。山上的人们一点点清晰起来，就像是一个个鱼浮出水面。六月东瞅瞅，西瞅瞅，心里美得有些不知所措。六月向山下看去，村子像个猫一样卧在那里。一根根炊烟猫胡子一样伸向天空。娘和爹还在睡觉吗？娘和爹多可惜啊，不能看到这些快要把人心撑破了的美。[①]

① 郭文斌：《吉祥如意》，《人民文学》2006年第10期。

李建军认为，郭文斌的苦难诗意化叙事，“不是把苦难置换成恨世者的冷漠和敌意，而是将它升华为一种充满暖意的人生感受。如果说面对这样的生活场景，路遥的小说着力强化的，是陷入考验情境的人们身上的坚强和牺牲精神，那么，郭文斌更感兴趣的，似乎是人物在困难的境遇里仍然会有的欢乐和幸福感”①。也是从精神层面对其苦难诗意化叙事作的定性。郭文斌是从散文创作步入文坛的，散文成绩给他带来过最初的喜悦，长期的散文书写使他养成了一种根深蒂固的思维定式，即使郭文斌后来主要转向了小说创作，散文思维仍自觉不自觉地左右着他的叙事，其结果是，他的小说文本当作散文文本来读也无不可。散文思维的运作，使他更重人物的主观性感受和直觉性领悟的传达，是故他塑造的形象也必然具有意象性、写意性的美学特质，或许正因为如此，段崇轩才将郭文斌的人物谱系看作是“写意式的人物形象”②。但小说书写的散文化在西海固叙事而言，却并不止郭文斌一家，这当然与他们苦难诗意化叙事的整体追求相关，苦难诗意化叙事所重视的是挖掘和镜像精神层面的东西，而散文化书写无疑可以更好地达成这个美学追求。

苦难诗意化叙事或许只能诞生在西海固，游荡于西海固世界的自然神话与社会神话共同造就了西海固底层民众难以背负却又不能不背负的苦难，由于这种苦难的坚实存在而使西海固作家的苦难意识显得如此的与众不同，苦难意识为西海固叙事赋予了某种深沉的底蕴，这倒不是说他们在刻意寻找叙事的深度，而是他们的叙事总是在不经意间已经具备了某种深度，从更深的层面上来看，这也是地域文化精神对西海固作家的某种恩赐。大苦之中必然蕴藏着大乐，恰似淤泥的污浊可能蕴藏着莲花的清洁。西海固作家的敏锐之处在于，他们常常能从大苦之中感受到来自精神深层的大乐，但这种大乐却并不是狂欢，不是毫无节制的情感放纵，他们更懂得珍藏，更懂得在天长日久之中去慢慢品尝和释放来之不易的大乐，这正是苦难诗意化叙事生成的文化心理基础。但人们也必然要问，既然你如此看重苦难诗意化叙事，那么，

---

① 李建军：《混沌的理念与澄明的心境——论郭文斌的短篇小说》，《文艺争鸣》2008年第2期。

② 段崇轩：《重温故乡——郭文斌的小说创作》，《南方文坛》2010年第1期。

这种叙事到底为西部文学带来了什么呢？贺绍俊曾做过这样的判断，西海固作家“更多的是以一种氛围、一种情调来构筑的文学世界，读他们的小说所获得的首先并不是故事，而是一种精神享受。不停留在故事层面，这对于小说创作来说，才是一种更高的境界”[①]。贺绍俊在此虽没有使用“苦难诗意化叙事”这样的术语，但“氛围”“情调”和“精神享受”的营构与获得都是离不开苦难诗意化叙事的，因为这种叙事的运作而使西海固作家达到了“一种更高的境界”。从西部文学的走向看，苦难诗意化叙事的运作显然是对20世纪80年代西部作家苦难意识拓进的结果，而西海固作家集体性苦难诗意化叙事的趋势，实际也给我们呈现了别一种西部人生形态，那些生活在西部偏远地区的苦难中的人们仍不失人性的良善，他们的内心世界是丰富的，他们虽然被“现代化”远远抛在了后边，他们虽然即使在今天还可能沿袭着前现代的生存生活方式，但他们却缘此与天地万物达成了对话的契机，他们在更多的人奔跑的时刻能够停下来反视自身的存在，在更多的人淡忘精神生活的时刻却能够安详地进入精神生活的深层。西海固作家“从丰富的地层中汲取无尽的源泉，在人与事的遭际中书写大地的悲欢离合，人的情感追求和人生苦难，以及他们的默默无语，都会使人感受到这片土地的滚烫”[②]，恰是苦难诗意化叙事之于西部小说的独特贡献。

三　坚守信念的边缘写作与消费时代的文学高地

20世纪90年代以来，随着中国式消费时代的到来，既有的文学秩序发生了深刻的裂变，文学几乎是在一夜之间就被市场化、媒体化和大众化，代表新市民审美趣味和价值理念的文学迅速蔓延开来，并且随着网络文学的兴起，中国现代文学苦心建构的深度模式也土崩瓦解，文学走向了平面化、去中心化、非文学化及祛深度叙事的道路。在文学创作更改路径的同时，文坛内外也形成了一种悖论现象。文坛内非常热闹，各种文学命名活动此起彼伏，长篇小说层出不穷，理论上的争议风起云涌；而文坛外则难免清冷，读者对文学的热情大幅降温，他们对文坛内的热闹往往是冷

① 贺绍俊：《宁夏的意义》，《小说评论》2006年第5期。

② 范玉刚：《苦难的升华与大地的守护——论宁夏文学精神的生成》，《朔方》2007年第9期。

眼旁观、无动于衷，甚至有的读者根本就忘记了文学的存在。这就是90年代以来中国文学的现实图景。明确这个现实图景对解读西海固作家的出场极为必要，因为西海固作家的绝大多数为新生代，他们大多是在90年代步入文坛并成长成熟起来的。但在他们步入文坛的那个时刻，环顾四周却是一片寂然，听不到来自读者的任何声音，而对他们构成最大冲击的或许正是来自文坛内的冷漠，他们的创作活动似乎极难适应瞬息万变的文学潮流，或者从创作的根本意义上讲，他们的生活积淀原本就无法与消费文化对接起来，他们的文学理性也不允许其将文学活动当作牟利的商业活动。而他们必须做出痛苦的抉择，是放弃自己的文学理性以迎头追逐潮流呢，还是坚守纯粹的文学性书写而甘愿被边缘化？是书写泡沫化的文字以获取更大的商业利润呢，还是坚守精神的高地而从事寂寞的写作？是离开生于斯长于斯的贫瘠的黄土地去书写城市生活的万象呢，还是本着自己的一份真感情去传达苦难大地上的人生百态、存在本相、民间疾苦，以及大伤痛和大欢喜？也许此类抉择对业余的创作者来说是容易做出决定的，但对那些以文学为终身事业的人来讲却远非易事，因为这些选择都是两难选择，是需要足够的勇决做出抉择的。但他们大多选择了后者，这就意味着他们选择了寂寞、清贫和无名，也就意味着他们选择了消费时代的边缘写作。当我们探寻这一现象的发生时，不能不说这是他们对地域文化精神的深层沿承，正如前文所分析的，故乡是苦难而贫瘠的，但不能使西海固作家离去，反馈到文学层面也就不难理解，文学是边缘化的，而远不能使他们放弃热爱的文学事业。

需要说明的是，在消费时代本来就无所谓“文学中心”之说，我们在此使用“边缘”二字，无非是强调西海固作家对于文学大潮的拒绝姿态，因为拒绝被同化而置身于大潮之外，故我们称他们的写作为“边缘写作”。那么，我们所说的“文学大潮”到底何指？谁都可以看到，随着文学消费功能的反复强化与放大，审美性渐渐成了消费性的附庸，并且，在文坛不断高涨的商业化、功利化、浮躁化和低俗化潮流的鼓动下，文学可能具有的社会价值也就趋于迷失甚至彻底沦丧。当写作本身蜕变为消费能指，作家的职业便再无神圣可言，问题在于，一个作家能否坚守文学的底线。尽管我们不敢苟同一元化社会时期“作家是人类灵魂的工程师”之说，尽管时代已处于价值的多元化阶段，但我们丝毫不怀疑文学活动是一项灵魂的事业，这就是我们所指的“底线”，底线一旦失守，文学活动将不再是文学活动，将其看作商业活动、投机活动，或别的任何活动都无不可，而不能看作文学活动。在这个意义上，西海固作家的文学活动才如此引人注目。

在众声喧哗的文学大潮之外，怀抱静穆之心而坚守文学活动的底线，使西海固作家的目光总是能够穿透现代思维所导致的概念壁障，也不再受制于乡村与城市、边缘与中心、前现代与后现代等文化板块所形成的惯性，而是以其精神之光来照亮西部人生存的艰难、琐碎与平庸，以及在这些艰难、琐碎与平庸中生成的美感与诗意，从而给人一种生存的勇气与精神的敞亮。了一容的短篇往往扎根于西部底层人生的厚土之中，其叙事充满了心灵负重与生存之艰的苍凉沉郁，而在这种苍凉沉郁之中又能再现底层人内心的高贵，再现底层人胸襟的博大与仁爱的宽厚。《那一片绿地》中失恋的伊斯哈对男女主人公爱情的祝福，折射出的却是高贵的忧伤和优雅的大度；《走进沙沟》中的老妈妈虽然生活窘困，但依然保持着善待他人的美德；《寂静的屋子》中的安梓尽管处于欲望与操守、存在与理想的矛盾状态，但希望也正来自拚搏，来自对绝望的抗争。现代性问题也是西海固作家展开叙事的一个重要支点，关于现代性问题的深入思考也标明了他们直面现实和参与社会的精神动机。随着中国的现代化向纵深推进，西海固这块古老大地上所发生的与现代性相关的一切都进入了他们的视野，但他们并没有回避历史进程中所暴露的诸多弊端与人性弱点，而是映象了全球化语境中多重社会形态与文化形态并存状况下的人生际遇和生活情态，揭示了现代性进程对人们心理、观念和灵魂造成的深层冲击，以及伴随着希望与绝望、理想与失落所引发的精神的、道德的嬗变，且设法赋予这些嬗变以悲悯的人文情怀。火会亮大多表现的是在经济社会大势中底层人的生存样态，并对其精神世界的嬗变进行了相当有深度的质疑与追问。《民间表演》和《端午》言说了在现代商品经济与传统意义上的民间力量的抗衡中，民间力量所持有的道义和善恶观念已不堪一击，权力与金钱正在把人们引向丑恶，它们无情拆毁了乡土人生仅存的一脉温情；《唢呐声声》以“迁坟”之事为中心，通过父子四人迥异的价值观念所引发的冲突，揭示了社会变革不能不使乡土文明与现代文明产生摩擦、碰撞，乃至激烈角逐的现实，令人震惊的是，现代文明给三弟带来了富足，却也掳走了其人性的美好，而“我”则自始至终处于价值判断的两难之中。火会亮的难能可贵之处，不仅在于清醒地书写了商业文化对底层群体的人性的涂改，而且在于冷静地谛视和展示了商业文化与现代官场的合谋，以及底层在官商合谋中被欺骗和被愚弄的无奈与无泪，《挂匾》《枯井》《官司》《花被风吹落》等都是这方面较为出色的文本。

立足于地域的民间民俗文化书写是百年中国文学的一个传统，从鲁迅到沈从文，到赵树理、柳青、汪曾祺、贾平凹、莫言，都在其叙事文本中有真切的民间民俗文化的释放。事实表明，一个具有永恒生命力的文本，无不渗透着富含民族情调和地域色彩的民间风俗书写，这些以现实主义精神为旨归的民间民俗书写是反映社会生活和塑造人物形象的有效途径。我们在此重提这个话题，是为了说明西海固作家对地域性民间民俗文化的体验和书写，正好与消费时代通行的所谓“私人化写作”和“身体写作”构成鲜明的比照，可看作对文学潮流的反正，而体现着丰富的民间文化精神。火仲舫的《花旦》以一支民间秦腔戏班的活动为经，而以民间民俗文化为纬，以一代花旦齐翠花的命运流变为主线来结构文本，在并不很长的叙述中，作者将西海固民间民俗文化如二月二龙抬头、端午节做道场、腊八节吃糊心饭，以及“挂红”“燎干”“捏面灯”“耍社火”“烙花馍馍”等做了生动形象的描绘；不仅如此，作者还尽力复现了那些寄托着人们美好祈愿的民俗事象，如“拜干大”“挎锁锁”“压岁岁”等民俗寄托了长辈对孩童的美好祝愿，“押保状”“敲庙钟”及“祈雨仪式”等事象表明了其改变恶劣生存环境的夙愿，“唱戏纪念”“送埋亡人”等事象却是对往昔岁月的缱绻追念，这其中有些民俗事象是在西部地区常见的，有些则是西海固独有的，正因为如此，《花旦》才具有了超越地域的文学意义。郭文斌的叙事中有大量的节日风俗的展现，使文本在诗意化的氛围中潜藏着某种厚重，虽然其体验大多来自记忆，但因为注入了诗性的情韵和智性的思考而显得别开生面，如端午的插柳枝、采艾草、缝香包、绑花绳、摆供果，春节的贴对联、祭祖、洗尘、贴窗花、点灯笼、守夜、赶庙会，元宵节的点灯、捏灯、祈福、献月神，那些被研究者所重视的文本如《大年》《吉祥如意》等，之所以耐读、耐看与节日风俗的生动展现是分不开的。郭文斌曾经说过："对于西海固，大多数人只抓住了它'尖锐'的一面，'苦'和'烈'的一面，却没有认识到西海固的'寓言'性，没有看到她深藏不露的'微笑'。当然也就不能表达她的博大、神秘、宁静和安详。培育了西海固连同西海固文学的，不是'尖锐'，也不是'苦'和'烈'，而是一种动态的宁静和安详"[①]。节日风俗的展现当然还与郭文斌叙事的"苦难诗意化"企图大有联系，因为这种叙事方式正可以体现出西海固深藏不露的"微笑"和"一种动态的宁静和安详"。

西海固作家对文学性的坚守，除了现实主义文学传统的承继与光大之外，还表现为对各自文本世界的苦心经营，无论是文学意象的创构、叙述视角的探索和历史眼光的养成，还是叙事语言在柔韧性、旋律感和新颖度等方面的尝试、打磨或延续，却都能够将自己的生气与理念灌注其中，这种努力的结果是，他们因之建构起了独特的文学的存在方式及其对社会的发言形态。但这也就注定，写作对西海固作家来说绝不是一件轻松的事，也许可以说是一件痛苦的事，因为每一次这样的写作都是一次自我否定、一次极限挑战。正如石舒清所言："我只是日益觉得，若不辍笔，那么写作将带领我们步入愈来愈深险的困境。人在写作中，几乎也可以说是人在冶炼中。在盐水中淘洗在烈火中焚烧自己是痛苦的，但一个写作者畏难辍笔不正是近乎死亡么？因此痛则痛矣，也还是甘被冶炼。当然欢乐也是有的，正像盐来自于恶浪滔滔的海水那样，零星闪烁的欢乐也来自于无休无止的痛苦"[②]。石舒清的此番感慨绝非空穴来风，其写作历程清楚地显示了一条曲线运动的轨迹，好在他始终心怀"对文学性的坚决靠近"的勇决，敢于否定自我、突破自我。他于20世纪90年代初步入文坛，虽然起初能够以题材资源取胜，但文学风格尚未形成，其感受力和想象力往往被他表述的人生形态所遮蔽或压抑，颇有"思想大于形象"之憾，即使其被研究

---

① 郭文斌：《孔子到底离我们有多远》，宁夏人民出版社2008年版，第171页。

② 石舒清：《创作谈辑录》，《朔方》2003年第1期。

者好评的文本如《招魂》也难出窠臼。石舒清痛苦地认识到了自己的局限，故自90年代中期开始调整自己的创作思路，经过数年的磨砺，逐渐摆脱了禁锢创造力的瓶颈，驱散了遮蔽艺术个性的阴霾，而以自己的文学方式建构起了对社会的发言形态。他尝试走诗意现实主义的创作路子，着力书写西部农民的命运遭际和心灵痛苦，而将其价值判断蕴藏于故事本身，他同时发展了叙事的抒情功能，并以散文化的笔法来加大叙事的写意性，简化故事情节，采用童年视角，而赋予其叙事以形而上的哲思色彩，有代表性的文本如《残片童年》《暗杀》《清水里的刀子》。石舒清的创作历程说明，他并非那种灵气外露的作家，他向文学高地迈出的每一步都饱含不为人知的付出与痛楚，他更像一个辛勤而固执的农民，以不遗余力的艰苦劳作而收获耕耘。

西海固作家大多熟悉和善于把握的叙事文体为短篇小说，很多研究者都注意到了这个问题，有人认为这是西海固叙事的一大缺憾，还有人认为这个现象的发生是西海固作家才力不逮所致，总之是说法很多。我们认为，在纯粹的文学意义上，一个作家采取何种叙事文体并不重要，问题的关键在于，这个作家是否能够适应某种叙事文体，叙事文体本身并无优劣之别，以短篇小说而论，鲁迅除了杂文和散文之外也只写过短篇小说，而毫不影响他取得巨大的文学成就。沈从文的情形与鲁迅相似，而世界文坛的情形何尝不是如此？契诃夫、莫泊桑皆因短篇小说而享有崇高的文学声誉。在文学活动被全面商业化的今天，受商业利润的蛊惑，众多作家对短篇小说创作已不屑一顾，却孜孜于长篇小说书写，我们当然不是说长篇就不能写，写长篇就一定是为了追逐商业利润，但前提是，长篇的容量要足够大，要能将某个历史时段斑驳的社会生活统摄其中，而作家又对生活要有深刻的体验与认知，可见创作长篇的要求是极高的。巴赫金曾从“话语”的视界对长篇小说创作做过极为精彩的论述，他指出，“长篇小说是用艺术方法组织起来的社会性的杂语现象，偶尔还是多语种现象，又是个人独特的多声现象。统一的民族语内部，分解成各种社会方言、各类集团的表达习惯、职业行话、各种文体的语言、各代人各种年龄的语言、各种流派的语言、权威人物的语言、各种团体的语言和一时摩登的语言，一日甚至一时的社会政治语言。每种语言在其历史存在中此时此刻的这种内在分野，就是小说这一体裁必不可少的前提条件；因为小说正是通过社会性杂语现象以及以此为基础的个人独特的多声现象，来驾驭自己所有的题材、自己所描绘和表现的整个实物和文意世界”①。但我们的长篇写手常常将一个中篇甚或短篇容量的东西硬拉成长篇，由于容量不够、体验不深便只好敷衍成章，于是，我们看到的是大量泡沫化的文字，充其量是“个人独特的多声现象”，而很少或不能看到“社会性的杂语现象”，此类虚浮之风的滋长，极大地损坏了文学的声誉，因为如此“为利润写作”的文本，读者在阅读中很容易就能读出叙事内容的空洞、叙事逻辑的混乱以及叙事情感的浮泛。身处这样的文化语境，倒使人深觉西海固作家对短篇小说的情有独钟和勤奋写作反而是对“文学性”的坚决守护，他们正如西海固坚韧生存着的底层，商业利润不能诱惑他们放弃自己熟悉的文体而书写长篇，在漫长清贫的写作生涯中，他们的内心越来越趋于澄明，他们对文学的虔诚及由此生成的定力也越发充盈，故此他们对文学性也就有了更为丰赡的体验，并通过不懈的努力而集体性地逐渐走向了文学的某种高地。

文学是需要定力的，尤其是当一个作家置身消费文化的尘嚣之中。尽管周边漂浮的物象总是干扰着作家的定力，而那些能够撞击读者灵魂的文字却无不是由定力生发出来的，郭文斌从自身经验出发，将文学创作喻为“走钢丝”，恰切地说明了文学定力的意义。“定是一条道路。据说走钢丝的人假如心中稍稍有一丝杂念闪过，便会葬身深渊，他需要一种持久的如如不动的定。带着文字行走的时候，我也觉得自己是在走钢丝。左和右都是死路。唯一的道路即是那个不左不右。因为能够带读者回家的文字，肯定是那个‘不左不右’，因为它是活路。”② 我们前文所述苦难诗意化叙事、边缘写作，以及对文学性的坚守，都是西海固作家“文学定力”的不同表现形态，但文学定力的生成远非易事，没有西海固地域文化精神源源不断的滋养，没有对文学事业宗教般的虔诚和执着，没有淡泊名利的心态与静穆，没有“救渡”世人的慈悲情怀，何谈文学定力？文学从来都不是一个

① ［俄］巴赫金：《长篇小说的话语》，白春仁译，见《巴赫金全集》第3卷，河北教育出版社1998年版，第40—41页。

② 郭文斌：《以笔为渡或者我们的“说”》，《当代文坛》2008年第3期。

人的事情，它要求作家积极的“入世”精神，要求作家与苦难大地上的芸芸众生同声歌哭，但它在本质上则要求作家有深刻的“出世”精神，因为只有跳出芸芸众生的歌哭，才能真正把握他们的希望与绝望、理想与失落、进取与颓废，也才能对他们的命运遭际与人生形态做出历史的、美学的和文学的穿透与书写，而从“入世”到“出世”转折的机缘便是定力，禅宗所谓“定能生慧”与此意旨相通。有了充沛的定力，一个作家才不至于在瞬息万变的文学潮流面前丧失了自己的信念，才不会被世俗的无边的名利所累，才有可能渐入文学的佳境，西部作家中不乏这样的人，如柳青，如路遥。消费文化是一种同化力极强的效应场，在旷日持久的同化运动中，多少作家放弃自己的文学信念而被消费文化所同化，唯其如此，西海固作家在消费文化甚嚣尘上的今天还能坚守其文学信念才显得弥足珍贵，个中缘由无疑是定力护体，是定力帮助他们高筑起了一道防护潮流冲击的堤坝，也因之使他们走向了消费时代的文学高地。我们在文中反复提到“文学高地”，并不是说西海固作家的文学成就代表西部文学抑或当代文学的创作水准，而是指他们已经走向了精神的高地，他们的创作是脱离了商业羁绊的纯粹的文学性创作，是“出世”精神照耀下的“入世”的创作，这样的创作才是我们观念中的创作，尽管到目前他们还尚未创作出足以与经典文本相比肩的作品，但至少他们的创作已显示了攀登经典高度的可能性，他们敢于突破自我、否定自我的勇决，以及打破文学潮流的魄力，都给我们带来了别样的体验和欣慰。在此节的结尾，我们更愿引用布鲁姆在论说西方数百年来的文学经典时的一段话，来表达我们对西海固作家郑重而热切的期待，并以之作为对他们的建议，“文学不仅仅是语言，它还是进行比喻的意志，是对尼采曾定义为‘渴望与众不同’的隐喻的追求，是对流布四方的企望。这多少也意味着与己不同，但我认为主要是要与作家继承的前人作品中的形象和隐喻有所不同：渴望写出伟大的作品就是渴望置身他处，置身于自己的时空之中，获得一种必然与历史传承和影响的焦虑相结合的原创性”①。

---

① ［美］哈罗德·布鲁姆：《西方正典》，江宁康译，译林出版社 2005 年版，第 8 页。

第四章　冲突模式论

本章力图揭示西部小说中反复呈现的主要冲突形态，并意欲对西部小说的研究由表象进入深层，以求深度把握西部小说运作的内在规律。“冲突模式”是西部小说研究中的一个盲点，尽管以往的研究中或多或少有所涉及，但都未能引起研究者的高度重视，因此在这个环节的研究中我们将尽可能凸显原创性。

第一节　西部小说叙事的可能深度:灵与肉的冲突

本节以西部小说谱系中影响甚大的三个文本为例，析解了西部小说叙事在展现灵肉冲突方面的探索、不足与可能。展现灵肉冲突是经典叙事中一个常见的母题，虽然西部作家对这个母题做了大量的探索并彰显了实绩，却尚未取得根本性的突破或超越，我们以“灵肉冲突”作为视角，也是为了追踪西部小说关于这个母题在历史维度上的具体呈现，并反思其是否有可能建构某种深度模式。

一　灵与肉的冲突：一个绕不开的叙事母题

灵与肉（“灵”即灵体、灵魂，“肉”即肉体、身体）的性质与关系问题，历来是哲学与宗教极为关切的问题，相关的论述也颇为驳杂。西方哲学甚至对这个问题的关注远甚于其他，从古希腊哲学家毕达哥拉斯、柏拉图的灵魂不灭论，一直到近代以来的笛卡尔、斯宾诺莎、莱布尼茨的身心平行论（或同一论），几乎所有的哲学家关于这个元命题（因为它是关涉人的本源问题）都有过或深或浅、或多或少的论述。哲学之外，一些影响较大的宗教如佛教、基督教，更是看重灵魂的净化与提升，并主张灵魂转世之说。哲学和宗教之所以反复言及灵与肉的问题，是因为它直接维系人对于自身存在的确认，对人生在世的意义以及某种信仰（或意识形态）方式的洞悉。在通常的意义上，“神”有灵体而无肉体，动物有肉体而无灵体，只有人才既有灵体又有肉体。人的存在的显在标志是肉体存在，但肉体存在只是一种暂时现象，这种暂时性也决定了它容易走向衰老，乃至死亡与腐朽，这是人类永恒的悲哀，却无从更改。肉体的暂时性及因之引发的恐惧和焦虑，使人不免将“持续性存在”的希望寄托在灵体的永在上，由此人便在一种想象的空间塑造了“神”。“神”是超越时空的永在，是灵体存在的最高体现，也是灵体存在的理想状态，但“神”却也是可望而不可即的虚拟性存在。作为人，其灵体永远也不可能成为类似于“神”的存在状态，然而，人却可以不断向“神性”靠近，也就是克服肉体欲望的缠绕而渐达对真理、正义和理想等精神性元素的把握，这种倾向与努力，实际已接近海德格尔存在哲学所谓的“本真存在”。与灵体向“神性”的靠近相悖的是，肉体有可能呈不断下降的趋势，受食、色、性等肌体性需求的诱惑与制约，肉体会形成强大的相对于灵体的建构而言是分离性的反方向力量，逐渐剥蚀甚至全面消除灵体存在，而无灵体寄存的肉体将会放纵种种肌体性欲望，从而将人堕落为一种纯粹的动物性存在。

虽然灵体可能具有某种“神性”，也就是超越于肉体欲望的形而上的精神性释放，但灵体却只能寄存于肉体之内，随着肉体的消亡，灵体亦将不复存在。正因为灵体是寄存于肉体之内的，因此，灵体的精神需要与肉体的本能欲望之间便产生了对立、对峙或对抗，这种冲突是持久的，也是无法避免的。灵体的精神需要是一种向上的力，肉体的本能欲望则是一种向下的力，两种力的角逐形成了第三种力——张力，而张力的存在即是灵体与肉体冲突的具体体现。灵与肉相冲突的后果，不外乎三种情况，一是灵体战胜肉体，使人走向精神性存在，这大多出现在一个理想主义成为主流的年代；二是肉体战胜灵体，使人走向动物性存在，人成为各种肌体欲望或本能欲望的机器，这常常出现在彻底的世俗主义时代；三是灵体与肉体的矛盾趋于协调，灵体的精神需要与肉体的本能欲望之间的张力缓和，人走向本真，走向某种真正的和谐，这当然是理想的人生境界了。但这种人生境界却不是世俗社会中灵体处于沉睡状态的人所能企及的，或者说他们根本就无这种念想，更常见的是灵体与肉体无休止的对抗与冲突。展示这种对抗与冲突，则构成了文学表述中一个绕不开的母题。

母题（motive）是指根源于文化传统的“最基本的情节因素”①，如中国文学中常见的母题就有复仇、离魂、闺怨、幻化等，西方文学中则有老少婚配、错认身份、儿子寻父、忘恩负义等母题。母题的基本特征是某些情节因素可能反复出现，它突破了时代、地域、语言及艺术类型的局限，使某些叙事单元成为永久性的通变，如子女对父亲“忘恩负义”的母题，一变而为莎士比亚的戏剧《李尔王》，再变而为黑泽明的电影《狂》。母题以其特有的构成，显示了文化传统向叙述形式的转化、渗透与凝聚。与上述母题不同的是，灵肉冲突的母题则为中西方文学所共有，但显然中西方文学关于这个母题的表述有着重大的区别。中国传统文化是以儒家文化为核心建构而成的，儒家文化虽然也主张灵体的养成，如它有一整套的用来约束和规范灵体的伦理道德，但儒家文化的入世性与世俗性，使它更关注外在的行为方式，至于人的灵体的深层次的挣扎或修持，似乎还在儒家文化的视野之外。受传统文化的濡染，中国古代作家在处理人物灵肉冲突的时候，经常采取简单化的言说方式，如人物在“神”的暗示或圣人之言的启发下，灵体战胜了肉体之类。西方文学主要受基督教文化的影响，基督教文化中的忏悔、救赎、泛爱等意识无疑大大强化了关于灵体的剖析，因此在展现灵肉冲突方面，西方文学更关注灵体的动态，更长于描述灵体所承受的苦痛。换句话说，就这个母题的表述而言，中国文学的终点，可能正是西方文学的起点。以陀思妥耶夫斯基的《罪与罚》为例，其故事情节并不复杂，说的是一个穷大学生，为了证实自己是“不平凡的人”，杀死了高利贷者及其妹，在良知的谴责和催促下，他投案自首，被发配到西伯利亚，在那里他决心虔信上帝，最终获得了灵魂的解脱与新生。如果是中

① ［美］韦勒克、沃伦：《文学理论》，刘象愚等译，生活·读书·新知三联书店 1984 年版，第 243—244 页。

国作家讲这个故事，一定会写成类似于武侠小说或侦探小说之类“好看”的情节型故事，而陀氏却是以潜于人物灵魂深层的笔触，全方位地呈现了主人公在灵肉冲突中的挣扎、迷惘与绝望，我们看到的是一个在自责与忏悔中经受折磨的灵魂，一个滴血的灵魂，一个期盼被救赎的灵魂。这是陀氏叙事的深度所在，也是西方叙事的一种深度趋势，如莎士比亚、司汤达、福克纳均有惊世的表述。

如果我们将“灵肉冲突”作为一种视角，站在世界文学的制高点上来观察20世纪中国文学，不难发现，其在叙事的深度模式的建构方面，还没有完全突破古代文学的窠臼，还没有充分展示出灵肉之间漫长角逐的张力，也还没有形成以灵魂作为言说对象的传统，致使其叙事不免流于平面化与简单化。当然有例外，如鲁迅的小说集《呐喊》《彷徨》中的众多篇章，以及其散文诗《野草》，均关涉灵肉冲突，并因为“表现的深切”，而造就了与世界文学的对话机制。但鲁迅现象也是个例外，20世纪中国的战时背景及迫于重建家园或经济建设的压力，难免使作家将文学现实化乃至于世俗化，并仅仅满足于“讲故事”，满足于表象的叙事，始终不能沉入下去，不能沉入灵魂的内核，不能直面灵魂而写作，因此也终于不能深度书写灵肉冲突的母题。等而下之者，或一厢情愿地展示观念中的灵体而无视肉体的存在，如“文革文学”，或一意孤行地释放肉体的本能欲望而无意于灵体的言说，如所谓“美女作家”的书写。我们有理由说，在展现“灵肉冲突”这个母题方面，中国文学与西方文学着实显示了较大的差距，并影响了深度模式的建构。西部小说作为20世纪中国文学的一脉，就展现“灵肉冲突”这个母题而言，虽然部分作家也有探索并彰显了实绩，但仍没有取得根本性的突破或超越。本书的写作意图在于，以“灵肉冲突”作为观察的视角，来追踪西部小说关于这个母题在历史维度上的具体呈现，并反思其是否有可能建构某种深度模式。

二 《创业史》：肉体的退场与灵体的走向“神性”

在《创业史》（第1部）问世不久，李希凡就指出，如果《创业史》“不是那样广阔地展开了人物内心世界的描绘”，就“不可能把那还是在社会主义萌芽生活里的新人梁生宝的共产主义风格，描绘得那样深刻感人”[1]。李希凡的确有过人的眼光，他及时发现了《创业史》具备一种特别的叙事品格，那就是站在更广阔的视野上描述人物动态的“内心世界”。与其他农业合作化题材的作品，如《三里湾》《山乡巨变》《艳阳天》相比，《创业史》则更关注人物的精神走向，并试图揭示人物的行为动机是源自某种灵体的符码系统，因为这样，《创业史》便成了同类文本的示范。但问题也在于此，即《创业史》所展现的人物动态的“内心世界”是否沉入了灵魂的内核，是否将一个个经过了灵肉冲突的灵魂展现在了读者面前。这是一个刻度，也是考察《创业史》能否与西方文学对话的前提。

有人曾以“‘人’和‘自我’的失落”[2]来概括“十七年文学”，虽然看起来不无偏颇，但在相当程度上道出了“十七年文学”的症结所在。《创业史》作为“十七年文学”的代表性作品，对“人”和“自我”的观察与书写还是单向度的居多，以“政治文化”作为剖析问题的标准也制约了其厚度，因之，“人”更多地走向了“神性”。我们在此使用神性这个词，当然是为了彰显与市场化背景下的“俗性”相区别，但在更重要的意义上则指，柳青所处的时代是一个纯粹的理想主义的时代，而其理想主义又有着强烈的乌托邦神话的色彩，所以，我们把那种体现乌托邦神话的精神方式与行为方式称为神性的方式。如文中所言，“他（指梁生宝）心中燃烧着熊熊的热火——不是恋爱的热火，而是理想的热火。年轻的庄稼人啊，一旦燃起了这种内心的热火，他们就成为不顾一切的入迷人物。除了他们的理想，他们觉得人类其他的生活简直没有趣味。为了理想，他们忘记吃饭，没有瞌睡，对女性的温存淡漠，失掉吃苦的感觉，和娘老子闹翻，甚至生命本身，也不是那么值得吝惜的了”[3]。这何尝不也是柳青的理想主义？神性的思维方式贯穿于其所有叙事之中，这种叙事必然使焦点聚集于展示灵体的动态，展示主人公梁生宝的神性，如目光远大、克己奉

① 李希凡：《漫谈〈创业史〉的思想和艺术》，《文艺报》1960年第17、18年合期。

② 丁帆、王世沉：《十七年文学：“人”和“自我”的失落》，《唯实》1999年第1期。

③ 柳青：《创业史》第1部，人民文学出版社2005年版，第78页。

公、朝气蓬勃、坚韧能干，并在展示历史场景的过程中，如由土地改革而互助组，由互助组而初级社，由初级社而高级社的集体化道路，来最终完成人物灵体的神性建构。肉体及其本能欲望，因为与灵体及神性建构形成了反向的离心力，而在神性思维方式看来不过是一种低级的、动物性的需求而受到排斥，于是，便出现了肉体“退场”的情形。通观文本，有关肉体的表述寥寥，由肉体衍化而来的语词，如身材、身段、身板、身形、身架等，在使用时通常都回避与“性”相关的，也回避那些让人容易联想起“性”或“性感”的，而选择一些中性的或阳刚的语词，如“宝娃长成十三岁的人了。红脸、浓眉、大眼睛、身派不低，一眼看上去，就知道能出息一个结实的庄稼汉”（p. 9）。但如果是性感的女性，那又该如何表述呢？仍然是神性思维方式，但作者所采用的做法就是将肉体“灵体化”，并通过对肉体的抑和对灵体的扬来完成其表述。

徐改霞是《创业史》（第一部）中极为重要的一个人物，这个女性因为与梁生宝的特殊关系，因为她的青春、靓丽、健康而格外引人注目，但过于渲染这些元素，显然与作者的“神性”思维方式相背离，因此作者采用了曲笔写法。“从县城回家取馍的县中学生，一群一伙，三三两两，在马路上向南走来。他们唱着，谈着，笑着，热烈地争论着，到和改霞相遇的时候，一下子静悄悄的，向她行‘注目礼’了。有些在走过以后，还要扭头看一看。但是改霞目不斜视。她提着竹篮子走着，傲然昂着头，大眼睛平静地望着她面前展开去的渭河平原，给人一种不容轻薄，不容嬉笑的凛然气概。”（p. 87）仅凭旁观者对于改霞的态度、目光、神情来判断，改霞可能貌比罗敷，但行文的高明之处却在于不著一字，改霞的美已给人留下了难忘的印象。对肉体的抑与对灵体的扬，又形成了鲜明的对比，“漂亮对她（指改霞）来说，是一种外在的东西，与她的聪明、智慧、觉悟和能力，丝毫无关。她丝毫不觉得这是自己的所长，丝毫不因人注意而自满；相反，她讨厌人们贪婪的目光”（p. 87）。在叙述者看来，改霞无疑是“漂亮”的，但这种“漂亮”的光辉却是来自其灵体的建构，而非肉体的天然条件使然，这样写来，就将肉体“灵体化”了，这其实也是“十七年文学”的一种趋向。“她也许是汤河上顶俊的女子，也许并不是哩。要不是她参加社会活动，要不是她到县城去当过青年代表，要不是她在黄堡镇一九五一年‘五一’节的万人大会上讲过话，那么，一个在草棚屋里长大的乡村闺女，再漂亮也不可能有这样大的名气和吸引力呀”（p.81）。尽管将肉体“灵体化”是《创业史》一个明显的标识，但柳青毕竟有着扎实的生活体验，他不可能将笔下的人物写成纯粹的精神性存在，他实际不时会自觉地复归生活的本真，书写肉体的存在。如在“第二章”中，当改霞探得秀兰幸福的秘密，并与其交谈之后，待字闺中的她在心灵深处荡起了波澜，当然其中也不乏肉体本能欲望的渗透。“秀兰的幸福对她很有影响。最近，她内心中萦绕着一种对男性的欲念。这并非生理上的原因，而是成天和秀兰在一起，觉得自己精神很空虚。她绝不是渴望着结婚！如果是那样没意思的女人，她不会抗婚三年，终于达到解除婚约的目的。她是觉得她那么需要和秀兰一样，想念着一个男人，而又被一个男人所想念——这个男人给她光荣的感觉，是她心上的温暖和甜蜜！”（p.38）

以梁、徐爱情的复杂性与曲折性而论，可能在“十七年文学”爱情书写中是个特例。言其是个特例，是因为作者并没有将“英雄人物”的爱情也预设得一帆风顺，而是出人意料地展示了其在爱情生活中的不安、困惑与焦虑。换句话说，是作者在有意识地透视灵魂，在自觉地展现灵肉冲突。而集中展现梁生宝灵肉冲突的段落在第八章，在该章的开篇，作者破天荒地使用了“本能”这个语词，“人都有爱美之心，追求美也是人类的本能之一”（p.101）。那么，谁是美的？对谁的爱激发了梁生宝“追求美”的“本能”？无疑是徐改霞，但接下来我们还应该追问：徐改霞给梁生宝造成了什么印象，竟使他这样牵挂？只要顺着叙述看，就不难发现，让梁生宝形成耿耿于怀的肉体经验记忆的，却是来自肉体本能欲望的某种释放。文本以空前“肉体化”的语言叙述道：“改霞白嫩的脸盘，那双扑闪扑闪会说话的大眼睛，总使生宝恋恋难忘。她的俊秀的小手，早先给他坚硬的手掌里，留下了柔软和温热的感觉，总是一再地使他回忆起他们在土地改革运动中在一块的那些日子。”（p.101）这个段落是文本正面叙述肉体经验记忆的文字，但作者却将空间时间化，从而使这种经验记忆成为一种长久的镜像。正因为肉体经验记忆的不时涌动，而使梁生宝倍感不安、困惑与焦虑。

使梁生宝心生不安的是，他担心自己与改霞不般配。他的爱情期待非常现实，与其人生理想恰恰形成了反差，他从不幻想，也从没有过分的奢望。在将自己与改霞的各个层面进行了对比之后，他发现自己与改霞已然“不是”一个类型的人了，当然其对比也夹杂了相当的想象性成分。“人家上了三年级啦，恐怕这阵心大了，眼高了”，这种缺乏沟通的向壁虚构式的对比是可怕的，使他非常自卑和沮丧，不禁滋长了某种绝望。“咱庄稼人，本本分分，托人在什么村里瞅个对象，简简单单结个亲算哩”（p. 101）。但与改霞“触电”的那种肉体经验记忆，是如此的鲜活，如此的骚动，如此的令他神往，他不由得不断产生此类想法，“有时候他想：改霞人样俊，心性也好，他要争取和她成亲”（p. 101）。他这样尽量往好的方向想，并推断与改霞“成亲”的可能性，他从改霞看他的表情与眼神推断，认为自己极有可能成功。而他的困惑同样来自他的观察与推断，他从心底不觉涌出了一阵悲凉：改霞不如土改时期那般爱他了。这并非没有根据，“那天改霞在滤河桥和他说话，不像从前那么热情；脚拨弄着路上的小石头块，心里恐怕有了其他的想法吧？脸上也有些捉摸不定的恍惚神情”。他真心爱着改霞，所以变得极为敏感，能够把“对方一丝一毫的变化，都能感受出来”（p. 101），却因之他也变得极为脆弱。不安和困惑的心理持续延伸，终于演变为焦虑，而焦虑是一种极端的心理现象，如果将其能量不能及时释放，就会吞蚀人的意志，并使进行中的事业荒废。梁生宝明显意识到了问题的严重性，于是，便思量着寻找能将那淤积的能量释放的途径。“生宝希望给什么人，说说他这心内的矛盾，帮助他下个决心。但他给谁说呢？谁能帮助他下这个决心呢？有一回，他想对区委王书记倾吐衷肠，话已经从喉咙眼涌上来了，他的嘴唇和舌头，积极准备发音了，他的具有高度意志力的理智，又把话扣压起来，退回心中去了。”（p. 101）

但梁生宝的“焦虑”不仅是因为爱情之事尚没有落实，而且还因为他的互助组事业才刚刚起步，这里矛盾交织，危机四伏。显然，梁生宝正处在爱情与事业的双重紧张之中，爱情与事业这两者都可能使他心力交瘁，乃至身心俱疲。而他的直觉早就告诉他，他的精力、体力和能力都有限，不可能同时处理好两件费神的事情。这个时刻，一个艰难的抉择摆在了他的面前，那就是事业与爱情到底孰轻孰重。艰难的抉择，无疑成了检验梁生宝灵魂质量的一个重要维度。梁生宝最终选择的是事业，将爱情之事暂时搁下，他认为事业才是他的当务之急。他的逻辑是这样的，改霞与自己曾经共事过，是了解他的，如果改霞真的爱她，一定会支持他的事业，并且等他；如果改霞不是真的爱她，即使他现在将全部精力投入到爱情中来，也不会有好的结果，而互助组那边却一刻也离不开他。经过这样的抉择，他暂时性地获得了一种解脱，但灵与肉的冲突仍以或隐或显的方式在提醒他：问题还没有解决。即使到了第三十章，梁生宝还面临着摆脱不了的灵肉冲突。投考国棉三厂招工的改霞返乡之后，决心向梁生宝摊牌，以挑明他们之间的关系，此时的梁生宝旋即进入了更尖锐的冲突状态：

> 改霞柔媚地把一只闺女的小手，放在生宝穿“雁塔牌”白布衫的袖子上，轻轻地、轻轻地说：
>
> “你还生我的气吗？那一回在黄堡桥头上，你太给人难堪了，我才不是……”
>
> 她的两只长眼毛的大眼睛一闭，做出一种娇嗔的样子。
>
> 好像改霞身体里有一种什么东西，通过她的热情的言词、聪明的表情和那只秀气的手，传到了生宝身体里去了。生宝在这一霎时，似乎想伸开强有力的臂膀，把表示对自己倾心的闺女搂在怀中。改霞等待着，但他没有这样做。
>
> 共产党员的理智，显然在生宝身上克制了人类每每容易放纵感情的弱点。生宝的这个性格，是改霞在土改的时候就熟悉的。现在眨眼就是夏收和插秧的忙季。知更鸟在每一家草棚院的庭树上，花言巧语地敬告：“小伙子小伙子贪睡觉！田禾黄了你知道？”而改霞面对的生宝呢？又不是一般的小伙子。他领导着一个断不了纠纷的常年互助组，白占魁也入组了。他没有权利任性！他是一个企图改造蛤蟆滩社会的人！(pp. 415—416)

文本行文至此，谁都能够体察到，《创业史》在“十七年文学”格局中的“另类”特质了，那就是柳青在自觉展示着“灵肉冲突”，在透视处于灵肉冲突状态的人物的灵魂。对于梁生宝是这样，对于徐改霞也是这样，而徐改霞的存在又构成了梁生宝存在的镜像，梁生宝的所作所为在徐改霞这里都得到了折射，反过来说，梁生宝的存在同样构成了徐改霞存在的镜像。倘若缺少了徐改霞这个形象，梁生宝形象的所谓“灵肉冲突”就成了空穴来风，其心理的动荡也将失去依据，因此极有可能使其变成一个概念化、观念化的人物，从而丧失其应有的文学价值。柳青对此也是心知肚明，他曾在答复《文汇报》编辑的来信中指出，关于如何评价徐改霞这个形象，研究者应在“广阔的历史背景上”，而不能“片面地配合某个时期社会政治的中心任务来分析”[①]。有人讲过一件事，1960 年夏他就徐改霞这个人物，专门采访过参加文代会的柳青，“当我提到有同志认为改霞这个人物太知识分子味。篇幅也占得太多，甚至可以把这个人物删掉时，他笑了笑，没说什么”[②]。这也说明，柳青在预设徐改霞这个形象之时，更是从文学的内在要求出发，而不是为了“配合某个时期社会政治的中心任务”。因为梁、徐二人的存在各以对方为前提，所以，我们不妨这样看：言说徐改霞其实是以另一种方式言说梁生宝。徐改霞的灵肉冲突展示得越充分，越真实可信，则梁生宝的存在就显得越真实、越可信，这也许是人物塑造的辩证法：要将主要人物塑造得丰满，更需要将次要人物也塑造得可信，只有这样，主要人物才会塑造得真正丰满。如果我们稍将眼界放宽，从世界文学的表述来看，就以莎士比亚的《哈姆雷特》为例吧，也不难发现，哈姆雷特形象之所以深刻，除了展示了其处于灵肉冲突状态的心理动荡外，还少不了克劳迪斯、乔特鲁德、波洛涅斯、奥菲莉亚等次要人物的“在场”，因为他们的共同“在场”，哈姆雷特形象才显得这般真实可信。

梁生宝与徐改霞的爱情以失败而告终，对于这个漫长的还没有捅破一层窗户纸的暗恋式的情感历程的描述，应该说为展示灵魂的深度创造了必

---

① 柳青：《怎样评析徐改霞》，《文汇报》1961 年第 10、12 期。

② 阎纲：《四访柳青》，《当代》1979 年第 2 期。

要的条件，从文本的现实来看，柳青也是在力图展示着灵魂的深度。但毕竟受整体文学语境的影响，对于灵魂的复杂性与矛盾性，以及灵肉冲突所造成的深刻的分裂、痛苦和挣扎，却不能有深度地呈现出来。因此，当时过境迁，当“合作社运动”成为一种历史，仅仅成为历史事件的时候，它就再也不能给人造成心灵深层的震撼。然而，如果回到历史现场，回到20世纪60年代初那个历史语境中，柳青有如此不同的探索和书写灵魂的热情，也就是李希凡所说的“展开了人物内心世界”，已经非常不容易了。在这个意义上，我们没有理由不向柳青致敬，因为他属于当代作家谱系中能够在文本里自觉展示灵魂、解析灵魂、言说灵魂的为数不多的作家。

三　《绿化树》：沉重或轻盈的灵魂与饥渴或累赘的肉身

《绿化树》于1984年的适时发表，给新时期文坛造成的极大震荡，使它在不知不觉之间成为横贯20世纪80年代中后期的一个话题热点，其余波大约蔓延到了90年代。二十多年后，在极一时之盛的《绿化树》复归于沉寂乃至死寂之时，在政治的与文化的尘埃落定之时，我们重读张贤亮的这部中篇，可以说是冷静远远大于热情，那些时代赋予这个文本的，也就是超文本的政治的与文化的意蕴，似乎已经剥蚀殆尽。而最后剩下的，不过是张贤亮给我们精心绘制的那些图式，那些有关沉重或轻盈的灵魂与饥渴或累赘的肉身的图式，抑或是灵魂与肉身持续进行的撕扯与冲突的图式，以及我们重读文本之后的一声长叹。在这声长叹之中，有默许，有欣然，也有失望与悲哀。如果说柳青时代是一个造神的时代、偶像的时代的话，那么，张贤亮时代就是一个神性消失的时代、偶像破碎的时代。《绿化树》中的主人公章永璘，再也不像《创业史》中那个极具号召力的、心怀“乌托邦激情”的梁生宝。章永璘只是一个自顾不暇的期待获取某种社会身份的平凡人，是一个以“活着”为人生追求的边缘人，是一个处于灵肉冲突状态的知识分子，他无时无刻不经受着饥饿、无名，至而是死亡的威胁。阅读《绿化树》，读者不能不深切感受到一种来自灵魂深层的紧张——这种紧张常常要溢出文本之外，以及那无时不在、无处不在的灵肉冲突。“紧张”与“冲突”由此构成《绿化树》运思的关键词，而其文学价值也正在于作者对这两个关键词的通透与展开。

有人认为："《灵与肉》、《绿化树》和《男人的一半是女人》是张贤亮自传体伤痕小说的三部曲，描述了灵与肉的激烈较量。在张贤亮自传体小说的语汇里，肉是两种隐喻的复合，它不仅意味着情欲，也意味着食物、金钱和资本主义的生活方式。"① 上述论断不仅指出展现灵肉冲突是张贤亮创作的突出表征，且就展现肉的复杂性而言，还有远远超出食欲的心理渴求。无论如何，在中国现代文学史上，还没有谁像张贤亮那样，以细微而敏锐的笔法来描述一个人求生的紧张，这种紧张感焦灼而又漫长，足以改变任何一个人观察与认知世界的方式，甚至改变其生命意志。而所谓"求生的紧张"，最初给我们留下深刻印象的，无疑是那种浩大的饥饿感。如在文本的第四章，赶车的车把式海喜喜唱着忧伤的民歌，那歌调撩起的也是章永璘忧伤的思绪，但这种思绪是经过"饥饿感"浸泡过了的。"他那对某个人、或并不是对具体人而是对某种想象的思念，引起我被饥饿折磨殆尽的情思抬了头，也试着要思念些什么……这时，我才感到一阵辛酸：人的辛酸，而不是饿兽的辛酸。"② 连"情思"都"被饥饿折磨殆尽"，可见饥饿的威力。而饥饿所改变的当然不仅是"情思"，如文中所言，"饥饿，远远比他手中的鞭子厉害，早已把怜悯与同情从人们心中驱赶得一干二净"。

这里需要澄清的是，《绿化树》不厌其烦倾诉着的、首当其冲的是人的肉体的本能需求，食、色、性则为其最基本的构成，"食"的需求强度当然要比色与性的强烈得多，也持久得多，因为它是维持肌体正常运转的前提条件。中国古话中有温饱思淫欲的说法，意思是在温饱问题还没有解决的情况下，淫欲问题几乎显得无足轻重。从第一章到第八章，在遭遇马樱花之前，文本也主要叙述章永璘在饥饿状态中的行为趋向与思维活动。章永璘似乎永远处于饥饿的紧张状态，这种紧张的漫无边际，使他对"饱"有着极端的渴望，这样，其行为趋向大多表现为极力朝饱的方向努

① 朱大可：《国家修辞和文学记忆——中国文学的创伤记忆及其修复机制》，《文艺理论研究》2007 年第 1 期。

② 张贤亮：《绿化树》，《十月》1984 年第 2 期。

力。但在那个普遍饥荒的年代，欲求一饱又谈何容易。沉浮于劳改农场的章永璘想尽了办法，其所拥有的知识，也只有在这个时候才给他带来了真正的实惠，那就是利用炊事员的视觉误差，从他那里多得“一点”稀饭。除此之外，他还在忙不迭地搜索可以充饥的任何东西，例如从收割过的玉米田里刨出被遗失的玉米棒或玉米粒，从挖掘过的没有畦垅的黄萝卜田里抠出被遗漏的黄萝卜。饥饿仿佛打开了章永璘所有的感觉器官，这些器官无时无刻不处于运作状态，使其能够对外在事物迅速形成立体化的动态感受。文中讲到，刚落户到荒僻的就业农场的章永璘，由于不留神，两个他舍不得吃的稗子面馍馍却被老鼠偷吃了个精光，探得这一消息，他“几乎要晕过去”，他的悔恨与懊恼，骤然间使那种饥饿感升级，“如果这两个稗子面馍馍不丢，即使我不吃它也不觉着什么。而这巨大的损失加深了我的恐惧心理，竟使我觉得非常非常的饿。饥饿会变成一种有重量、有体积的实体，在胃里横冲直闯；还会发出声音，向全身的每一根神经呼喊：要吃！要吃！要吃!”“饥饿会变成一种有重量、有体积的实体”，这是何其入微的感受，何其精彩的描述。这也正是张贤亮的过人之处，他的文学书写中特别精彩的地方，大多与“饥饿”体验有关，有来自肉体方面的，也有来自精神方面的，这些书写还因为灵肉冲突的缠绕而在当代文学中别具一格，为我们打开了一个20世纪中国文学中的陌生领域，我们不妨将其命名为“饥饿美学”。

《绿化树》的景观描述非常引人注目，在西部小说中有着示范性的意义，但展现它们并不是出于情景交融或烘托人物心境的预设，而是为了凸显章永璘的“存在”，成为其存在的一种见证。当然，本书所指的“存在”，更接近克尔凯郭尔意义上的精神存在，其实它们也是灵体的映射。如第六节，在章永璘重获自由之后，叙述者以诗一般的色彩斑斓的语句描述到，“冬天的夕阳在西南方向放射着金色的光辉，黄色的土墙上和七拼八凑的玻璃窗上，都映得光灿灿的。小土房上小小的烟囱，一个个冒出袅娜的轻烟，村子里弥漫着一股苦艾和蒿草的香气。这种与劳改农场迥然不同的、如风俗小说里描述的村居情景，使我莫名地兴奋起来：贫穷也罢，困苦也罢，我毕竟又回到了正常的环境中”。在第九节中有，“这几天天气非常好。高原上的黄土到处泛着柠檬色的辉光。村子四周没有什么树，几株脱了叶的白杨，如银雕一般傲然耸入暖洋洋的天空，把它们瘦伶伶的影子甩在脚下”。这是西部荒村中特有的景象，这里的景物单调而又凝固，但却是那么的真实且富于纵深感。第十三节中自然意象的书写非常具有质感，“洪水从山上下来，冲出一条条深沟，又像是向山坡蜿蜒而上的卵石路。大大小小的卵石在阳光下散发着钢青色的辉光。略微向平原倾斜的荒滩，景物的色调是坚毅的、严峻的。一切都岿然不动，只有一种土色的小蜥蜴，见我过来，或是摇着小尾巴拼命地跑，沿途丢下一连串慌慌张张的小脚印；或是挑战似的扬着头，用小眼睛瞪我”。西部荒野形成了奇观，大自然以其鬼斧神工造就了虽然粗糙但充满了力量感的雕塑群，在这些大雕塑的群落中，小生物的游走毕竟使人意识到了生命的庄严。第十八节有关“北方的雪”的描述可视为情文并茂的上乘文字，“黄土高原的雪绮丽无比。它比南方的雪要显得高贵、雍容、壮阔、恢宏大度；南方的雪使人感到冬天确实来临了，北方的雪却令人想到美丽的春天。雪，才是黄土高原上真正的迎春花。……田野空阔，雪好似打尽了地面上一切多余的东西。丘垅、渠坝、沟沿、高耸的树枝……所有带棱角的地方，都变得异常光洁而圆润，并且长着如天鹅绒般的茸毛，仿佛晴空下的雪原不是寒冷的，而是温暖的，总使我不由得想把自己的脸颊贴在上面”。第二十一节叙述的已是初春消息，叙述者以纵横捭阖之笔，将黄土高原那蓄势待发的春意酣畅地展现了出来，“黄土高原气候特别干燥，半个多月以后，田野上的雪大部分都蒸发了。是蒸发，而不是融化。那背阴的沟坎，那潮湿的坑洼里还留有残雪，乡间的土路上却又扬起了尘土。山脚下，那高高的旋风柱又一根根地巍然挺立起来。在东边，坦荡的、一望无际的黄土，金灿灿地呈现出了一片沉寂的春意。风偶尔在田野上扫过，透明的蜃气像野马似的奔腾，我才体会到庄子《逍遥游》中的‘野马也，尘埃也’的传神”。上述所举之例，其实也给我们发出了这样的疑问：这些景观是怎么观察与体验到的，是什么造就了叙述者惊人的观察力与饱满的想象力。无他，仍然是张贤亮“饥饿美学”的辐射与镜像。

章永璘尽管常常处于饥饿的紧张状态，而当他肚子里多少有点储存，在夜深人静的时刻，他那沉睡的灵魂便开始复苏。逐渐复苏的灵魂对为肉身的本能欲望所控制的行为发出了质疑，接着便是否定与绝望，于是，这个时刻便成为其灵肉冲突最为剧烈的时刻。“白天，我被求生的本能所驱使，我谄媚，我讨好，我妒忌，我要各式各样的小聪明……但在黑夜，白天的种种卑贱和邪恶念头却使自己吃惊，就像朵连格莱看到被灵猫施了魔法的画像，看到了我灵魂被蒙上的灰尘；回忆在我的眼前默默地展开它的画卷，我审视这一天的生活，带着对自己深深的厌恶。我颤栗；我诅咒自己。”章永璘的忏悔无疑是极为真诚的，而真诚的忏悔是改变灵魂的前提。那么，该如何改变？或者，是否真的会有所改变？绝望的章永璘置身于这样的边缘情境，深切体验到了肉身的累赘，他觉得“活着”仅仅是为了延续肉身的存在，而灵魂的存在却是忽隐忽现，这使他回到了最根本的存在问题，那就是对“我”的此在的意义进行追问。“我没有死，那就说明我还活着。而活的目的是什么？难道仅仅是为了活？如果没有比活更高的东西，活着还有什么意义？可是，现在我是一切为了活，为了活着而活着。”萨特在《存在与虚无》中曾指出，生活中经常出现这种情况：个体的人是一个角色而不自知，或个体的人根本就不去成为一个角色。[①] 这就是“自欺”(bad faith)，“自欺”究其实质而言，是自我的超越性与事实性的分离。以萨特的观点分析章永璘的生存境遇，可知他明显处于“自欺”状态，他分明对自我有了否定与超越，但事实上，他又无法选择，或者说是在被动选择，既改变不了自己什么，当然就更无法改变别人什么了，他不得不把这种生存境遇延续下去。这种书写是张贤亮叙事的深度所在，他似乎在不经意之间也能将边缘情境中人物的灵肉冲突展示出来，他能诉说一个人的灵魂，能直面灵魂写作，暂且不管这个灵魂到底意味着什么。

而马樱花的出现，改变了章永璘无限重复的生活轨迹。但也是在遇见马樱花之后，章永璘却面临着另一种灵肉冲突，在这些灵肉冲突的演绎中，章永璘的灵魂渐渐暴露出其真相，经历了一次全面的“祛魅”过程。处于多重危机挤压下的章永璘不仅对未来毫无信心，而且对“我是谁”

---

① ［法］萨特：《存在与虚无》，陈宣良等译，生活·读书·新知三联书店 1987 年版，第 96—99 页。

“我要干什么”这一类关乎生存的基本问题也深感迷惘。恰在这个时候，马樱花闯入了他的生活。马樱花身上带着高原女性特有的性格元素，她既豪爽粗犷又温柔贤淑，由于没有接受过文化教育，她虽然美丽善良，又不可避免地染上了些微鄙俗、放浪的习性。她天资聪颖，善于幻想，并由于幼时爷爷读经书的情景给其留下了深刻的印象，因此对文化产生了某种渴求与崇拜心理，这种心理趋向后来几乎成了章、马爱情的纽带。马樱花之所以要帮助到农场劳动的“瘦鸡猴”似的章永璘，起初不过是出于女人的善良本性，也就是出于对他的怜悯。但在其后的接触中，她很快就发现了章永璘身上所具有的区别于海喜喜的文化气息，这种文化气息轻易就唤醒了潜藏于其心灵深层的“文化情结”，并不由自主地爱上了章永璘。但章、马爱情注定要以悲剧收场，因为它自始至终潜伏着太多的文化差异形成的危机。

章永璘和马樱花之间并没有碰撞出心灵的火花，他们缺少灵魂层面的交流，他们会走到一起，对马樱花而言是一种精神需要，对章永璘而言则是灵与肉的双重需要。马樱花对“挑灯夜读”有着特别的渴求，文中叙述道：“在灯光下，我抱着头读书。她和尔舍唧唧哝哝地在炕上说话。灯光把我头颅的影子投射到她们身上。尔舍好像也受到一种庄重的气氛的感染，嬉笑的声音也是悄悄的。我有时停下来，谛听着她们的笑声，完全能体味到她们给我的亲切的温暖。这间奇妙的小屋，几乎盛不下我们之间的绵绵的温情。它常常使我联想到航行在静静的海面上的一条精致的小船，联想到一个童话。尔舍睡觉以后，她就跪在炕上剪裁我那条‘跟城里人一样’的绒裤。剪子沙沙地在绒毯上剪着。那沙沙声也是奇妙的、轻柔的，像一阵阵温暖的细雨飘洒在绿色的灌木丛里。她缝纫的时候，也不跟我说话。我偶尔侧过头去，她会抬起美丽的眼睛给我一个会意的、娇媚的微笑。那容光焕发的脸，表明了她在这种气氛里得到了一种精神上的享受；她享受着一个女人的权利。后来，我才渐渐感觉到，她把有一个男人在她旁边正正经经地念书，当作由童年时的印象形成的一个憧憬，一个美丽的梦，也是中国妇女的一个古老的传统的幻想。”尽管马樱花在很多时候表现得异常世俗，但她富于幻想的内心仍然向往着某种充满浪漫情调的场景的不断复现，这也就不难理解她何以无怨无悔地帮助章永璘了，因为只有章永璘在那个文化缺失的农场才能给她带来精神上的满足。而对章永璘来说，马樱花代表了一种性别身份，一种女性存在，毕竟他处于青春骚动期，他才25岁，器官上没有什么毛病，一个性感、漂亮、友好的单身女人不可能不对他形成强大的吸引力。除了肉体上的需求之外，在章永璘看来心理上的需求同样重要，“我也能得到作为一个人的心必须要有的东西。这东西是什么？一点温存，一点怜悯，一点同情，一点敬意，一点……那么模糊的爱情”。这些灵与肉的需求在马樱花那里都得到了满足。

但由于成长经验的不同，章、马二人在爱情的理解及爱情的表达上存在着巨大的差异，这些差异可以被解读为文化的差异、性格的差异，而归根结底是知识者与底层之间历史性的差异与隔膜。马樱花的爱情看起来是原始的、本能的、粗糙的，但却是真实的、诚挚的、非功利的，是“就是钢刀把我头砍断，我血身子还陪着你哩”的真爱。而章永璘所期待的是那种略带矫情的缠绵悱恻的爱情，“那种爱情是温柔缱绻的，含蓄隽永的，美妙的情趣带有几分伤感的忧郁，就像一朵带露珠的嫩弱的康乃馨。而她歌声里表达的爱情，却是直率的、明朗的、粗犷的，盛满了浓得化不开的激情。其中的情意有如旷野的风，叫人难以抵挡”，由此造成了反差。反差的再延伸就是质疑，就是对身处其中的爱情的犹豫与否定，“我能娶她作为妻子吗？我爱她不爱她？在万籁俱寂的深夜，我冷静地分析着自己的情感，在那轻柔似水、飘忽如梦的柔情下，原来不过是一种感恩，一种感激之情”。那么，导致章永璘不能真正爱上马樱花的原因是什么，文中是这样交代的，“我感到她完全不习惯我那表达爱情的方式，从而我也认为她不可能理解我的爱情，不可能理解我。我和她在文化素养上的差距是不可能弥补的……总而言之，尽管我心里也暗自感到不安，但我仍然觉得：她和我两人是不相配的”。在此之前，章永璘也一直以为，“我在精神境界上要比他（她）们优越，属于一个较高的层次”。这种优越感阻碍了章永璘获得唾手可得的幸福，从而也就断送了其人生的真正转机。问题的严重性还在于，叙述者在言说章永璘的爱情历程时，竟然对“始乱终弃”的趋向全然没有做出应有的反思，暴露出了张贤亮底层书写的局限性。

要真正读透《绿化树》，应该将其置于20世纪80年代的整体语境，因为只有置于这种文化语境中，《绿化树》的表述方式才能得到真实的“祛魅”。新时期初期的文学是建立在“十七年文学”和“文革文学”基础上的（可能有人会说，这个时期的文学是“五四”以来启蒙文学的回归，但这仅仅表现为一种趋势，从其创作现实来看，更多的是“十七年文学”和“文革文学”的延续），如果说“十七年文学”和“文革文学”贯穿着政治话语的话，那么所谓新时期的“新启蒙文学”也无非是在政治话语之外，糅进了身体话语。而身体话语的兴盛则是以凸显“人”的理念为旗帜的，也就是说，在新启蒙者看来，“人”的存在，不仅是精神意义上的，同时还是身体意义上的，即便是那些社会主义的“新人”，也避免不了其肉体性与欲望性的需求。这些主张无疑更新了“十七年文学”和“文革文学”单调的政治话语，但也埋下了对社会主义新人形象的解构的种子，众多的文学事实说明，因为操作不当，曾经的社会主义新人在不知不觉之间消解为被七情六欲所困的凡人，甚至是小人。作为“新启蒙”思潮中崛起的作家，张贤亮也有这样的认识，“我并不着重去写主人公面对的政治……作家只有面对人本身，也就是面对自己的内心，才能在‘人’这个大题目上和整个人类取得共同性”①。具体到他的创作，身体话语则被具象化为性意识的觉醒与性行为的展示，这是因为，在他看来只有将身体需要与精神需要同时呈现的“人”才是真正意义上的“人”，才是“完整的人”。张贤亮的认识当然是有道理的，但问题由此产生，因为身体话语的畅通还有个度，如果无度展现，就不仅不可能实现人性的释放，而且更有可能塑造出一些极端自我主义的“小写的人”。如《绿化树》中的章永璘，在体力和精力恢复之后成为一个正常人，但随之其“又恢复了过去的记忆，而成为一个‘知识分子’”，一度被遮蔽的知识分子的主体意识也苏醒过来，这种主体意识的表征，就是发现了其与马樱花、海喜喜这些底层人物之间的差距，并以发现这个差距而沾沾自喜，仅止于此，他从未思考过如何消除这种差距，或改变底层严峻的生存现实，况且其所拥有的“知识”也不过是

① 张贤亮：《追求智慧》，中国华侨出版社1998年版，第220页。

用来图利或自我欣赏的东西而已。有人指出，“‘新启蒙主义’文学无意识中暴露了自己的内在逻辑——将因为质朴而显得愚昧的下层民众作为界定自己‘文明’和获取优越感的他者和反面。实际上，‘新启蒙主义’文学也正是在这里走向启蒙的对立面，因为正是像大地母亲一样善良无私的劳动人民代表着‘大写的人’的真正内涵”①。这个论断还是很富于启示性的。

由于章永璘心中并没有一个“大写的人”的存在，加之严酷的生存挤压激发出的求生欲望及其衍生的自私自利，使章永璘变成了一个尽管头脑清醒但也是得过且过的庸碌的无为者，其灵魂却变得阴暗而狰狞。虽然章永璘不止一次地呼吁要“超越自己”，却始终在小我的圈子里打转，起先是为了重拾失落的自信，再者是为了恢复其贵族生活的记忆，最后是为了在马樱花面前释放其优越感，如其所言，“我的心里只有我自己，即使想‘超越自己’也是为了自己。这就是我和她之间最大的差距”。要深入分析章永璘的灵魂变迁，还需要将其与《资本论》联系起来。《资本论》是章永璘研读过的一部书，文中反复言说章永璘阅读《资本论》的情景，但事实上，《资本论》远没有触及章永璘的灵魂，更不用说改造其灵魂了。一定程度上说，《资本论》不过是章永璘用来作秀或装点门面的道具，在马樱花面前他可以显示知识分子的做派，在其他人跟前以表示其“政治上进”，并进而表现其“改造”的持续。按理来讲，研读《资本论》应与思考国家命运相结合，其思考的结果，或是生发出某种忧国忧民之心，或是生发出对社会命运深刻关注的焦虑，而通读全文，章永璘除了复述几个经济学的名词之外，也仅仅表达了其对《资本论》的一般性认识，至于困难时期国家的命运究竟将如何，却从未进入章永璘的视野。有研究者将张贤亮放在“伤痕文学”的范畴来讨论，指出“张贤亮大胆挑战和颠覆了一个对于当时中国人来说还处于遮蔽和蒙昧状态的文学命题。他当时皱着眉头思考哲理问题的创作姿态，还真为作品包装了一道‘严肃’的光晕，唬住了读者。然而，作者‘思考’的‘问题’的确肤浅，他越用心营造就越显示出他的才华仍然不过是停留在‘性’的领域。由于它

① 张宏：《从“大写的人”到“习惯死亡”——由张贤亮作品看“新时期”文学的历史吊诡》，《文艺理论与批评》2005年第3期。

的思考没有根底，没有真正的思想底蕴，因而暴露出他终究还是一个‘问题’作家。”[①]

张贤亮在《绿化树》序言中谈及其写作计划，“我萌生出一个念头：我要写一部书。这‘一部书’将描写一个出身于资产阶级家庭，甚至曾经有过朦胧的资产阶级人道主义和民主主义思想的青年，经过‘苦难的历程’，最终变成了一个马克思主义的信仰者。这‘一部书’，总标题为《唯物论者的启示录》。确切地说，它不是‘一部’，而是在这总标题下的九部‘系列中篇’。现在呈献给读者的这部《绿化树》，就是其中的一部。”如果张贤亮的写作计划能够付诸实践，则《唯物论者的启示录》肯定极为壮观，遗憾的是，在《绿化树》之外，张贤亮也只发表了《初吻》《男人的一半是女人》《我的菩提树》等几种，远没有完成其“夙愿”，且张贤亮已封笔多年，看来其夙愿将永远要被搁置了。从《绿化树》之后的作品来看，张贤亮走向了“理念大于形象”的思维固态，《绿化树》中成功的艺术经验发生了新的蜕变，而其对思想、故事及表述本身的沉醉开始让渡给刻意的想象和意图，于是，《绿化树》所展现的惊人的观察力和想象力也在读者的印象中无异于分崩离析了。《绿化树》中章永璘曾不无悲哀地说，“我虽然自由了，但我觉得我并没有落在某一处实地上，相反，更像是悬浮在四边没有着落的空中”。这也是章永璘对自我灵魂的深刻触摸——若有若无、虚无缥缈而又实实在在，夹杂着不可知的恐惧。而它又何尝不是张贤亮在重获自由与充分的话语权之后的真实感受呢？这不能不让人想起米兰·昆德拉《生命中不能承受之轻》中关于“轻”与“重”的著名质问，因为它正可以概括《绿化树》及张贤亮自身的精神轨迹，“也许最沉重的负担同时也是一种生活最为充实的象征……相反，完全没有负担，人变得比大气还轻，会高高地飞起，离别大地也离别真实的生活。他将变得似真非真，运动自由而毫无意义。那么我们将选择什么呢？沉重还是轻松”[②]。

---

① 程光炜：《“伤痕文学”的历史局限性》，《文艺研究》2005 年第 1 期。

② ［捷］米兰·昆德拉：《生命中不能承受之轻》，安丽娜译，青海人民出版社 1998 年版，第 3 页。

四 《白鹿原》：灵与肉的双重苦难及其隐喻

在《白鹿原》问世不久，研究者就敏锐地指出，“《白鹿原》一书中交织着复杂的政治冲突、经济冲突和党派冲突、家庭矛盾，但作为大动脉贯穿始终的，却是文化冲突所激起的人性冲突——礼教与人性、天理与人欲、灵与肉的冲突。这是全书最见光彩，最惊心动魄的部分”[①]。这个论断虽然时隔多年，今天看来依然富于真知灼见。重读《白鹿原》这个“陕军东征”的代表性文本，我们仍能感受到那扑面而来的乡土文化气象，以及纠结在乡土文化气象中的各种冲突，而灵与肉的冲突更是给我们以持久的震惊。《白鹿原》所叙述的是从清末民初到解放战争结束近50年间的“民间秘史”，它以白鹿原为其文学空间，从“民间”的维度折射出了这个时段所发生的几乎所有重大的政治事件与社会事件，且与之相伴随的是，白鹿原上两代人的灵与肉的持续而剧烈的冲突，因为作者将这些灵肉冲突置于大文化的格局进行观照，故其所叙述的灵肉冲突之丰富、之复杂、之深广在西部小说中深具不可替代性。白鹿原位于相对闭塞的关中腹地，是一个历史较为久远的宗族村落，乡民们长期以来恪守着儒家文化的规训，过着节奏缓慢而自满自足的耕作生活，但现代文明与社会革命还是翻山越岭，不失时宜地降临到这块古老的大地上，从而形成了几种异质文化的对话、碰撞或交锋。与此同时，这里还不断上演着一幕幕灵肉冲突的悲剧，而在这些惨痛乃至于惨烈的人间悲剧中，女性谱系的命运格外令人扼腕，其在灵与肉两个层面表现出来的苦难，构成了一个巨大的隐喻。它既预示传统文化延续至近代已异化为一种僵尸般的存在，也暗示现代性的民族国家进入乡土的时刻，女性必然要承受的代价。而这个隐喻所潜在的意义，正如陈忠实所指出的那样，“所有的悲剧的发生都不是偶然的，都是这个民族从衰败走向复兴复壮的过程中的必然。这是一个生活演变的过程，也是历史演进的过程”[②]。因此，我们有必要从分析女性驳杂的灵肉冲突入手，再解读《白鹿原》这个20世纪90年代以来最具话语多义性的叙事文本。

---

① 雷达：《废墟上的精魂》，《文学评论》1993年第6期。

② 《陈忠实文集》第5卷，太白文艺出版社1996年版，第431页。

打开《白鹿原》，一个个苦难的女性就好比那块沉寂而贫瘠的土地上跃动的精魂，她们由于种种原因死于非命，她们却阴魂不散，以自身历经的苦难诠释着“女性”从蒙昧到觉醒、再到明朗的过程，她们在不知不觉之间将人们带向了一个虽然古老却夹杂着浓厚现代意味的西部文化时空，为我们展开了民族历史中深藏不露的“秘密”。而在这些游荡的精魂中，田小娥、鹿冷氏、白灵等女性的人生遭际，她们不得不经受的灵与肉的双重煎熬，实际上代表了那个时代众多女性共同的历史命运，寄寓了作者对中国传统文化的冷峻而悲凉的思考。田小娥等女性的命运遭际，实际是《白鹿原》所精心营构的一个巨大的隐喻，既隐喻着中国传统文化体系的行将崩溃，也隐喻着一种新的女性意识如传说中的白鹿也终将降临。

田小娥从第九章的正式出场到第二十五章其尸骨被埋在镇妖塔下，在整整十八章的篇幅中始终是一个备受关注的人物，她与黑娃、鹿子霖和白孝文所形成的交叉关系，成为引发白鹿原上众多矛盾的导火线。《白鹿原》对人物的肖像进行描述的并不多，但关于田小娥的出场，文本却以细致入微的笔法，将一个充满了旺盛生命力的身体展示了出来。“小女人正在窗前梳理头发，黑油油的头发从肩头拢到胸前，像一条闪光的黑缎。小女人举着木梳从头顶拢梳的时候，宽宽的衣袖就倒捋到肩胛处，露出粉白雪亮的胳膊。”[①] 田小娥正处在青春妙龄，却嫁给了一个年近 70 岁的武举人做妾，从此踏上了一条不归路，坠入了厄运的渊薮。武举人既让田小娥尝到了最初的“肉”的快感，而又无视她的正常的人性需求，她“久废不用”的身体也沦落成了泡枣的工具，仅仅为武举人采阴补阳。卑微的人生处境和非人的肉体摧残压抑着她原本就富于活力的生命激情，这种遭遇渐渐演变成了一种抗争的动力，并使她对做一个“完整的人”有了渴望，她开始认识到人的价值尊严的可贵，她要实现灵与肉的统一，她要大胆追求异性间的真情愉悦。黑娃的出现使她看到了某种希望，尽管黑娃一无所有，是个身份卑贱的雇工，但黑娃对她的执着、对她的深爱，恰似黑夜中划过的闪电，照亮了她心中的黑暗。她选择了黑娃，她知道这种选择意味着牺牲与

---

① 陈忠实：《白鹿原》，人民文学出版社 1997 年版，第 128 页。

挑战，但她无怨无悔。她所牺牲的不仅是舒适的生活，而且还有一个女人的名节；而她所挑战的是礼俗，因为她的行为跨越了传统道德的底线，所以为人们所不齿，她成了一个伤风败俗的“灾星”。然而，即使在强大的宗法文化和世俗舆论等的多重迫压下，她也没有放弃对于纯真爱情的守护，她对黑娃的爱变得更加纯粹，大大超越了其时风行的功利主义婚恋观的藩篱。倘若改变黑娃命运的“风搅雪”运动没有发生，她很可能在那个破窑洞里将和黑娃平淡而幸福地度过一生，但是，她却很快失去了黑娃的佑护。

黑娃被迫逃离，成了“县上通缉的要犯”。田小娥本来身处社会的最底层，根本就没有能力保全黑娃的性命，但为了救黑娃的命，她还是去哀求鹿子霖，这是她命运发生重大转折的事件，也是她走向堕落的事件，更是她从灵与肉的暂时性和谐走向分裂的事件。因为黑娃的离去，已知的和未知的恐惧纷至沓来，使小娥感觉生活完全丧失了支点，此时此刻，她天真地以为鹿子霖是她唯一可以抓得住的救命稻草，下面这段表白道出了小娥的真实感受：“大呀，你再不搭手帮扶一把，我就没路走了。我一个女人家住在村外烂窑里，缺吃少穿莫要说起，黑间狼叫狐狸哭把我活活都能吓死，呜呜呜……”（p. 252）缺吃少穿，没有朋友，外援匮乏，孤独恐惧，来自内心的与外在的困境都摆在了小娥的眼前，“怎么活下去”一下子变成了一个大问题。对一个好色的乡约来讲，所谓的“交易”则意味着小娥肉体的支出，况且鹿子霖对小娥的姿色垂涎已久。不能不看到，在小娥“豁出去”的那个时刻，虽然有着自我生存焦虑的动力，但她挽救黑娃的急迫心情，表明她对黑娃的爱是真切的，是她纯良心地的自然流露，这个时刻她的灵体是完整的，也是剔透的。她知道自己正在与鹿子霖谈某种交易，而她所能提供的砝码就只有她的身体了，她以为只有通过她的身体才可能使鹿子霖真正为她办事。她永远读不透鹿子霖的邪恶用心——不过把她看作一个泄欲对象，看作报复异己的工具，看作打探黑娃消息的窗口。在小娥与鹿子霖一次又一次的媾合中，她的灵体开始变得支离破碎，她曾经与黑娃的那种生死之恋也渐行渐远，似乎衍化为一个遥远的梦境。支离破碎的灵体不得不让位于日渐高涨的肉体本能欲望，她已沉醉于和鹿子霖近乎乱伦的媾合之中了，这段文字显示的是灵体蜕变之时小娥的“丑陋”：“他（指鹿子霖）已经从头到脚一点不漏地抚遍她全身的每一寸肌肤，开始失控，于是便完全撒缰。小娥急促地扭动着腰身，渴望似的呢喃着叫了一声：‘大呀……’鹿子霖一扬手掀去了被子，发疯似的摇拽搧摆起来：‘大的个亲蛋蛋儿呀，娥儿娃呀，大爱你都爱死了……’鹿子霖享受了那终极的欢乐之后躺下来吸烟，卷烟头上的火光亮出小娥沉醉的眯眼和散乱的乌发，小娥又伸出胳臂箍住他的腰，在他耳根说：‘大呀，我而今只有你一个亲人一个靠守了……’”（p. 257）

从一个纯情的少妇到一个猥琐的荡妇，这种心理上的巨大落差也是可想而知的，但文本却令人遗憾地做了简单化的处理。或许是由于叙事视角的限制，文本没有对小娥灵体骤变的心理动荡进行更有人性力度或精神深度的展现，没有对作为弱者的小娥来审察白鹿原社会及其造成的强烈情感冲击做出应有的交代，因此，便容易形成这样的错觉：小娥原本就是一个荡妇。事实上，从“灵肉冲突”的视角看陈忠实的性叙事，我们发现其短处主要体现在以下几个方面：缺少灵肉冲突的深层次的观照，叙述中缺少“复调”意识的展现，不能将处于“边缘情境”中的女性人物的心理动荡铺展开来，而容易给人造成“猎奇”之感（20 世纪 90 年代初，在“性”这个禁区逐渐解禁之时，很多叙事都或多或少涉及性描写，不止《白鹿原》是这样），其性叙事尽管与情节的推进有一定关联，却难免重复与累赘，尤其在小娥与鹿子霖“媾合”的反复的叙述中就表现得较为突出。

或许是作者意识到了这种叙事的惰性，所以在“田小娥引诱白孝文堕落”这个重要情节的演进中，叙述者展现了小娥的细微复杂的心理过程，特别是凸显了小娥“虽堕落而良知未泯”的灵体状态。白孝文是白嘉轩引以为豪的一个接班人，曾经主持祠堂事务的沉稳、干练和风度胜于老族长白嘉轩，但就是这么一个看好的接班人却在不知不觉之间堕落了，这对白嘉轩的打击是致命的，所以白嘉轩对白孝文的惩戒也是严厉的、不掺假的。“这个儿子丢了他的脸亏了他的心辜负了他对他的期望，他为他丧气败兴的程度远远超过了被土匪打断腰杆的劫难，他用刺刷抽击这个孽种是泄恨是真打而不是在族人面前摆摆架式。”（p. 296）关于白家的这场劫难，真正沉浸在“报复的快感”中的只有鹿子霖，其灵魂的卑劣与龌龊也暴露无遗。小娥在朦胧之中觉察到自己被利用的悲哀，因此对还处于兴奋状态的鹿子霖的脸上撒了一泡尿，以泄愤怒，并果断地与鹿子霖决裂。与此并行不悖的是，小娥堕落的灵魂也呈现出了复活的迹象，文本特别细致地叙述了在孝文被惩戒的过程中，小娥微妙的心理活动。“惩罚孝文的那天后晌，小娥听到村巷里头的锣声和吆喝声，浑身抽筋头皮发麻双腿绵软，在窑洞里坐不住了。她达到了报复的目的却享受不到报复的快活。……她在窑洞里坐不住也立不住，装作扯柴禾走到窑院边沿的麦秸垛跟前，耳朵逮着来自村中的动静，偶尔可以听见人们涌向祠堂路上的一句对话。她现在想到孝文在她窑里炕上的那种慌乱不再觉得好笑，反而意识到他确实是个干不了坏事的好人。她努力回想孝文领着族人把她打得血肉模糊的情景，以期重新燃起仇恨，用这种一报还一报的复仇行为的合理性来稳定心态，其结果却一次又一次地在心里呻吟着：我这是真正地害了一回人啦。”（p.301）但遗憾的是，小娥的灵魂并没有真正地复活，在其与孝文相处的日子里，又引诱孝文吸食上了鸦片，而使孝文变成一个彻底的败家子：先是卖地，后是拆房卖院。时值饥馑之年，在变卖了所有可以变卖的东西之后，讨饭未果的孝文差点被野狗当成了死尸而吞食，这使鹿三遭遇孝文后便下决心要除掉小娥。

小娥到底是以什么样的心态来和孝文相处的，这值得追问，因为它是关涉小娥灵魂的本质性问题。我们看到，在“不要脸了”的孝文无所顾忌地白天来到她的窑洞时，其对话就显示了村妇极为浪荡的一面，她不断激发孝文的欲望——肉体欲望与鸦片欲望，而对未来没有做出任何规划，这与黑娃出走后的表现判若两人。如果说在鹿子霖与小娥预谋将孝文拉下水的时候，小娥尚怀着一种复仇的恶毒，但当孝文已被严厉惩戒，且变为自己唯一的情夫之时，小娥仍不顾孝文死活，任其败家，就有点不可理喻了。而小娥此前给人留下的某种好印象也就灰飞烟灭了。《白鹿原》的这种叙事方式遭到众多研究者的质疑，有人就指出，“我一直在思考，陈忠实为什么要把小娥写得这么妖魅？为什么要把小娥的性欲写得这么放纵？这种历史现实主义的写法是否合理？我现在很难猜测陈忠实写作小娥时的心情，可以判断：他是不存什么敬意的，也看不出有多少同情心，这与曹禺对待‘繁漪’和‘陈白露’是大相径庭的。我以为，这其中就根源于一种‘思想性局限’。受过欧风美雨洗礼的曹禺就有‘人道的情怀’，在现代道德阳光照耀下的农民作家陈忠实自然不可能有这种超越的情怀”[①]。这个判断不能说完全成立，但在笔者看来，它至少提醒我们，小娥形象的塑造有较多想当然的成分混杂其中。

曾经有研究者认为，田小娥无论出现在哪里总是给人带来厄运，这种说法只看到了问题的一面。不可否认，田小娥是一个充满了魅性的欲望中的女人，她曾持续放纵着看起来是无度的肉体欲望，但我们不妨将其看作掩盖她灵体虚无并寻求自我存在的某种表现，因为作为一个社会人，她几乎没有得到过任何人的赏识与认可。她又非常渴望了解自己、塑造自己，憧憬从一个面目不清的自己走向一个有声有色的自己，如白鹿原社会在建立农民协会时，她还做了妇女主任，敢于站在风口浪尖上。她无疑是一个真正的女人，与她有过亲近的所有男人——黑娃、鹿子霖和白孝文，都情不自禁地袒露和表达了迫切的肉体欲望，但他们也在不自觉之中证实其灵体的模糊与脆弱。田小娥如同一个试金石，将男人灵体的重量都掂量出来，而迫使成长中的男性不断否定自我、更新自我、重塑自我，黑娃和孝文就是如此，因为与小娥那段惊世骇俗的情缘，才使他们走上了永远的反叛之路，也使黑娃比兔娃、孝文比孝武要出色得多、有作为得多。试想，如果没有小娥，黑娃可能终身都不敢直面白嘉轩，他可能像他的父亲鹿三那样不过是做一个勤劳而木讷的长工而已，绝不可能成为一个叱咤风云的传奇式的人物；同理，如果没有小娥，孝文也极有可能是白鹿原上的一个族长而已，像他的父亲白嘉轩一样，忙碌而受人尊敬，怎么可能参与到骤变的时代风云当中去呢？因此，当衣锦还乡的孝文在离别白鹿原时，深有感触地说，“谁走不出这原谁一辈子都没出息”（p.504），归根到底，让孝文走出白鹿原的人是小娥。这是我们在再解读田小娥这个人物时，应该重新灌注的认知。为征服小娥的冤魂所修的镇妖塔，是宗法制社会的智者

① 李咏吟：《公民生命自由教育的沉沦——小娥形象的创造与陈忠实的思想局限》，《当代作家评论》2004年第1期。

朱先生精心设计的，融合了所谓的“日月之气”与“白鹿传说”，但细细想来，更像是为宗法制社会所造的一座纪念碑，因为在小娥之后，那些宗法制社会的乡土伦理渐渐地成了过去式，而小娥的叛逆却被变相地流传了下来。

如果说田小娥属于那种外来的“闯入者”而不被白鹿原社会认可的话，那么原本就在白鹿原社会成长起来的冷氏长女，按理是完全适应这种文化语境的，或者说她就是这种文化语境的产物，她的人生比起田小娥来却更加不幸，清楚地诠释了白鹿原宗法社会的罪恶。她嫁给了白鹿原上的望族鹿家的长子兆鹏，而兆鹏是一个接受了新思潮的革命者，对白鹿原宗法社会的传统“父母之命、媒妁之言”的民间婚约仪式是坚决抵制的，他与冷氏长女的婚事完全是由家长一手安排的，他是屈从于父亲的淫威而被迫答应的。这种没有爱情基础的婚姻，断送了鹿冷氏一生的幸福，“她不知道鹿兆鹏和她完婚是阿公三记耳光抽搧的结果，头一耳光是在城里抽的，她那时还没过门自然不知道；第二个耳光是阿公在刘谋儿的牛圈里抽的，兆鹏新婚之夜躲到那里要和长工刘谋儿伙一条被子睡觉，鹿子霖一声不吭就给了一巴掌，那时候她正处于新婚之夜的羞怯和慌乱中，对后来走进洞房的兆鹏的脸色无所猜疑；只有第三巴掌她看见了，阿公在祖宗牌位前抽的，兆鹏再拜了自家祖宗拒绝到祠堂里去接受族长白嘉轩主持的庄严仪式，阿公毫不客气地就抡开了胳膊”（p. 158）。这样，一个疑问便产生了：鹿子霖为什么这么热衷于兆鹏与冷氏长女的婚事呢？原来冷先生是“穷人和富人的共同的救星，高尚的医德赢得了极高的威望”（p. 157），鹿冷两家的联姻可说是门当户对，鹿子霖不愿意放弃这门婚姻，失信于冷先生，“遭受众人耻笑唾骂的必定是鹿子霖自己”。对于冷先生来讲，情况也是一样，如果他悔婚，同样会遭受乡民的鄙夷。乡土伦理如一条无形的绳索，牢牢地捆绑着白鹿原上的每一个乡民，这也是老中国普遍存在的文化现象。辜鸿铭曾经指出，老中国的婚姻实际是一种以社会身份的交换为表征的契约，受政权、族权、神权、夫权的联合支配，体现着宗法制乡村的基本秩序，其特征是专制、集权，而无视当事人合理的人性要求，真可谓入木三分。“婚姻是一种社会婚姻，一种不建立在夫妇之间而介于妇人同夫家之间的契约——在这个契约中，她不仅需要对丈夫本人负责，还要对他的家庭负有责任。通过家庭再到社会——维系社会或公民秩序，实际上最终推及整个国家。”①

在婚姻演绎中往往潜存着更多的灵肉冲突。婚姻包含灵与肉的双重指向，理想的婚姻意味着灵与肉的和谐与融合，而恶劣的婚姻则意味着灵与肉的背离与对峙。婚姻中的“灵”虽然主要指爱情，但也有爱情之外的多种因素的介入，而所谓“肉”则是指两性的结合与相悦。因为传统意义上的婚姻不是以爱情为前提的，所以，必然潜伏着更多的灵肉冲突。鹿兆鹏与冷氏长女的婚姻无疑是一个恶劣的婚姻，在这个危机四伏的事实婚姻中，双方的灵与肉都处于悬浮状态，更由于兆鹏对鹿冷氏的拒绝，使正值妙龄而独守空房的她对“肉的满足”产生了深刻的渴望与焦虑，但受宗法伦理的制约，她只有等待，等待兆鹏的到来，她不可能也没有能力解除这个名存实亡的婚姻。漫长而又绝望的等待，肉体欲望的不断激长，使她对宗法伦理生发了抵触与厌恶情绪，她反而不由自主地妒羡起“坏女人”田小娥的境遇。“她原先看见觉得恶心，现在竟然忌妒起那个婊子来了，她大概和黑娃在那孔破窑里夜夜都在发羊癫疯似的颤抖”（p. 159）。虽然她和兆鹏在新婚之夜有过一次性体验，但由于害羞与匆忙，根本没有给她留下兆鹏的清晰印象，加之兆鹏新婚之后的迅速离开以及长时间的不在场，使她虚拟的性对象常常变换角色。“当晚又梦见和兆鹏羊癫疯似的颤抖起来。颤抖过后，她惊奇地发现那个从她身上扬起的脸不是兆鹏而是兆海。……随后她又梦见和黑娃在一搭颤抖……更糟的是昨夜竟然梦见和阿公鹿子霖在一搭颤抖……种种怪梦整得她心虚气弱，不敢扬起脸看任何成年男人的眼睛，而那些乱七八糟的梦境却越来越频繁地出现。”（pp. 159—160）绝不能说她是一个淫邪的女人，因为无论是她的梦交还是清醒状态时对小娥的妒羡，都体现了一个少妇的正常心理，体现了人性的合理要求。她不得不忍受持久的灵肉煎熬，而这种煎熬的无始无终正昭示出宗法制的罪恶。

当鹿子霖觉得“纸包不住火”的时候（他骗儿媳妇说兆鹏去上海了，

① 辜鸿铭：《中国人的精神》，陕西师范大学出版社 2006 年版，第 178 页。

很快就回来)，也曾找过兆鹏，本欲使其回心转意，却意外地发现他与白灵在一起，自知再也不可能扭转这桩婚姻了。此时的鹿子霖应该明白，这桩婚姻已经失去了任何意义，但为什么他还要一如既往地“骗下去”呢?很显然，这桩失败的婚姻是对白鹿原宗法社会的真正挑战，承认它的失败，即意味着承认宗法社会的失败，因此，不管是鹿子霖也好，还是冷先生也好，都装作一切很正常的样子，没有勇气捅破这层窗户纸，而是在沉默中维持着这桩行将腐朽的婚姻。然而，对鹿冷氏来说，这只能是一场没有结局的苦难，她将要承受来自灵与肉的双重苦难。一个柔弱的女人，如何能永远承受与咀嚼持续的灵肉煎熬?她在彻底的绝望中将虚拟的性爱对象锁定为她的阿公鹿子霖，但如此一来，更强化了她的灵肉冲突，因为她实际上是接受了某种虚拟的“乱伦”，尽管是虚拟的，也足以拷问她原本就很固态的伦理观，终于使其神经趋于崩溃，她变成了一个疯妇。“鹿子霖的儿媳疯了。她变疯的原因村人丝毫也不知晓。秋末初冬的一天晌午，平时很少在村巷里露脸儿的她突然从四合院轻手飘脚到村巷里哈哈大笑不止，立即招引来一帮闲人围观。她哈哈大笑着又戛然停止，瞬间转换出一副羞羞怯怯、神神秘秘的眉眼，窃窃私语：‘俺爸跟我好……我跟俺爸好……你甭跟俺阿婆说噢!’围观的男女大为惊骇，面面相觑，谁听到这样可怕的事，不管心里如何想，脸上都不愿表现出幸灾乐祸神情，一些拘谨的人干脆扭身走开了，有几个女人拉着劝着，禁斥着，不要她胡吣。她却反而瞪大眼睛向人们证明：‘谁胡吣来?你去问俺爸，看他跟谁好?你们甭下看我!他娃子不上我的炕，他爸可是抢着上哩!’仁义的村人们没有被这个天大的笑话所逗笑，而是惊叹不已。白孝武要去镇上正好走到跟前，听到一句就竖起眉毛，断然斥责几个女人：‘还不赶紧把她拉回家!还听她胡吣乱吣?’几个女人得了指令，便下势死劲拉扯。那女人两臂一抡，把三四个拉她的女人全都甩开，撒腿端直朝镇子上跑去，一边跑着一边叫着：‘我到保障所寻俺爸去呀……我想俺爸了呀……’这个女人发疯的事便在村子里哗然传播。”(p. 521)

这个段落所显示的信息是多重的：鹿冷氏是一个恪守妇道的女人——她“平时很少在村巷里露脸儿”，从文中不难得知她勤于家务，如果其婚姻是正常的，她必然是一个相夫教子的好媳妇；长期的性压抑和对“肉”的渴望扭曲了她的性格，虽然她本质上是个很温柔、沉静的女人，却由于绝望而表现出了某种狂放——“她哈哈大笑着又戛然停止，瞬间转换出一副羞羞怯怯、神神秘秘的眉眼，窃窃私语”；她极端渴望兆鹏的到来，并期盼与其灵肉结合——“他娃子不上我的炕，他爸可是抢着上哩”，是正话反说；虽然她处于人生的死寂状态，但从内心来讲她却有着非常强旺的自尊心——“谁胡呔来？你去问俺爸，看他跟谁好？你们甭下看我！”可知在少女时代，她也是幸福的，深得父母的宠爱；她非常爱惜她“身边的男人”，祈愿与其达成两性结合这样最基本的人性需求，即使这个男人不过是一个虚幻的符号——“我到保障所寻俺爸去呀……我想俺爸了呀……”但鹿冷氏的发疯，根本就不能赢得“仁义的村人们”的同情，更没有唤醒愚顽的村人们反思宗法制社会的罪恶。她的发疯，只能招致杀身之祸，而给她痛下毒手的不是别人，正是曾经百般疼爱她的父亲冷先生。被强行灌下父亲开的最后一帖药，鹿冷氏哑了，她不再疯狂。“三天两天不进一口饭食，只是爬到水缸前用瓢舀凉水喝，随后日渐消瘦，形同一桩骷髅，冬至交九那天夜里死在炕上。左邻右舍的女人们在给死者脱净衣服换穿寿衣的时候，闻到一股恶臭，发现她的下身糜烂不堪，脓血浸流……”（p. 532）在“存天理，灭人欲”的宗法制社会，鹿冷氏所承受的苦难正如万千女性所承受的苦难一样，漫长而没有尽头，那种轻妙的乡土神话也在叙述者冷峻的言说中灰飞烟灭，唯其如此，才显示出文本对非人性的传统文化的穿透。

相对于田小娥和白灵，鹿冷氏的出场并不多，其心理流变与灵肉冲突只在第十章和第二十八章有所交代，但给读者却能造成一种力透纸背的冲击力，个中缘由是鹿冷氏的婚姻命运更具有广泛的代表性。鹿冷氏原本是一个善良而美丽的女子，遵从父母之命嫁到鹿家，却注定了独守空房的宿命。在寂寞与无奈中，她仍然期待和渴望做一个好媳妇，然而这段有名无实的婚姻渐渐断送了她的初衷，使她陷入无始无终的悖论之中。一方面，她接受了礼教观念，认为女人要有贞节，要正派做人；另一方面，她作为一个正常的女人，也希望得到性的满足，这原本都是人性的合理欲求，但在白鹿原社会却成了思淫欲和不道德的行为。于是，灵与肉的双重苦难便汇聚成了一条毒蛇，在腐蚀和撕咬着她脆弱而无助的灵魂，其情其状如何以堪。由于公公鹿子霖的酒后失态错捏她的胸脯，而再度唤醒她压抑已久的性意识，复活的性意识犹如奔腾的野马使她难以自已，但被鹿子霖以太极推手般的劲力压制下去，她又回到了梦里，在梦里达成她无法满足的愿望，以至于连她自己都觉得可耻而羞于见人，终于导致了她人格的分裂乃至精神的分裂，患上了一种淫疯病。但她给人造成的直观印象，是一个因为思淫而致疯癫的坏女人和疯女人，即使那些和她一样处于灵肉分裂状态的女人也不在意她忍受的内心痛苦，没有人理解她，更没有人同情她，甚至连亲人的同情都得不到。作为公公的鹿子霖想的是，儿媳妇的疯话是否引起了人们的怀疑，作为父亲的冷先生想的是如何让女儿停止说疯话，根本不关心她发疯的真正原因，不仅没有想过如何才能挽救她的生命，反而痛下杀手。所谓仁义白鹿村的“仁义”可见一斑，文本以一个顺从传统婚姻的良家女子发疯致死的故事，深刻揭示和批判了宗法制社会的罪恶，以及人性的残缺与冷漠。尤为可悲的是，她的死并没有唤起村民应有的思考，他们还在惊人的麻木中继续生存，这也预示着鹿冷氏的悲剧将会不断上演。

第二节　西部小说叙事的地域根性:人与自然的冲突

表现自然神话是西部小说叙事由来已久的题材取向，这一取向的发生当然与西部特殊的自然环境相关，自然神话的书写必然要思考和展开的是人与自然的复杂联系，其复杂性主要体现在人与自然始终处于既冲突又和谐的纠结之中，缘于此，便形成了西部小说叙事中人与自然的三种冲突形态：自然作为人的对立面而存在，自然的“在场”对人性的更改；放逐“人化的自然”观念，恢复自然的神性与魅性，重估人与自然的主客体关系；从生态视野再度审视人与自然的紧张与冲突，追溯人的终极根性，探寻人的更为深远的生命境界。

一 双向运动的复调：自然的“在场”与人性的嬗变

马克思在《1844年经济学哲学手稿》中指出：“在实践上，人的普遍性正表现在把整个自然界——首先作为人的直接的生活资料，其次作为人的生活活动的材料、对象和工具——变成人的无机的身体。自然界，就它本身不是人的身体而言，是人的无机的身体。人靠自然界生活。这就是说，自然界是人为了不致死亡而必须与之不断交往的、人的身体。所谓人的肉体生活和精神生活同自然界相联系，也就等于说自然界同自身相联系，因为人是自然界的一部分。”① 马克思在这个经典的论述中，关于“人与自然”的关系提出了几个命题：（1）人的肉体生活和精神生活都与自然界相联系；（2）人是自然界的一部分，不可能凌驾于自然界之上；（3）人必须与自然界不断交往，也只有在不断的交往中才能延续生命。马克思特别强调了自然对人的先在性与制约性，一切自然条件如地质条件、地理条件、气候条件等都先于人类而存在，并深刻影响和制约着人类的基本活动。

文学活动属于人的精神生活的范畴，同样受制于自然界，具体来讲，西部独特的自然环境造就了西部人特有的生存状态与人文情感，而置身于西部环境中的西部作家，当然不可能不在其创作中把这种特殊性加以反映，这又规范和制约了西部作家的文化心理和行为准则。如研究者所言，“没有哪块地方像这里一样，自然的参与、自然的色彩对历史文化发展进程的影响和制约如此直截了当地突现在历史生活的表象和深层”②。西部几乎汇聚了中国大陆所有恶劣的地质地貌与气候条件，大自然对西部人表现得格外吝啬而残忍，资源匮乏，天灾不断，似乎到处是一片酷烈、险恶、蛮荒，到处是草原的荒凉沙化、大漠的死寂无边、冰川雪山的阴冷森寒、黄土高原的干枯贫瘠，从而给人与自然的关系也涂上了一层浓重的魅性色彩。大自然的无时无处不“在场”，对西部人而言，更多的时候只是作为一种强制性的压迫的力量而存在的，因此，虽然西部人更经常地意识到大

① 马克思：《1844年经济学哲学手稿》，见《马克思恩格斯全集》第42卷，人民出版社1979年版，第95页。

② 韩子勇：《西部：偏远省份的文学写作》，百花文艺出版社1998年版，第66—67页。

自然的存在，却难有一种“天人合一”的和谐。正是在自然的伟大与人的渺小的巨大反差中，西部人对大自然形成了那种既敬畏又亲和，既谦卑又力图在自然面前证实人的本质力量的矛盾的情感结构。在人与自然的复杂的双向运动中，“人的问题”便被凸显出来，人必须在与自然的对话中发现人，发现自己，并且只有在与自然不断的对话中，西部人才能更好地完成其对自我的追问与确认，而关于这些活动的书写便构成了西部叙事中考察人性变迁的主要参照系之一。有人指出：“本初形态的西部自然为现代人的朦胧灵魂的栖息和对于生命本相的追问保留了可贵的空间，同时也为文学提供了‘美’的生成的资源和环境。”[①] 正是基于这种人与自然既冲突又和谐的复调，使西部小说叙事显示了自然书写的复杂性，也使它能够跨越历史的、社会的、美学的羁绊，而跃居八九十年代文学的某种高地。

杨志军于20世纪80年代末推出的长篇力作《海昨天退去》，就是展现西部人与酷烈的西部自然以及异化的现代社会之间冲突的一部有着强烈悲剧色彩的叙事。主人公华老岳是一位极富传奇性的铁汉人物，作为西部军人，他敢于挑战禁区，率领部下向青藏高原的生命绝地进发，他们的任务是穿越西部的五大山系，建成一条通往内地的输油管线。但在唐古拉山之战中，华老岳和他的部下们便遭遇重创，严重的缺氧、冰冷的温度、骤变的天气使他们的身体发生了重大改变，一个个眼睛出血，毛发脱尽，有人喷血而亡，有人变得痴呆。大自然在肆无忌惮地向这群西部人施加着淫威，人与自然的冲突达到了骇人的地步。大自然不仅通过残暴的力量在考验着人的身体机能所能承受的极限，而且像高高在上的神，在冷酷地观察着这些经历着悲剧的人们的心理负载能力，终于有十多个士兵，因忍受不了无边的悲剧的威胁，用刀片割断了自己的喉咙，悲哀地将生命留在了唐古拉山。也是在大自然的极度暴虐中，人的意志的力量才显得如此动人。华老岳凭借惊人的意志力量，凭借交织着决绝、智慧和近乎残忍的意志力量，率领战士们奋战在唐古拉山的山顶上，硬是一点一点地凿开了冰层冻土，以血的惨重代价打通了五大山系。在这场漫长的与大自然的战役中，

① 丁帆主编：《中国西部现代文学史》，人民文学出版社2004年版，第23页。

西部军人表现出的奉献精神以及牺牲精神，表现出的那些艰辛、忠贞、韧性和无私，可谓惊天地、泣鬼神，使大自然的所有淫威、暴虐和凶残都相形见绌，人的本质力量像一轮不可阻挡的旭日冉冉升腾。而作为最高指挥官的华老岳，不仅像士兵们一样地流血、负伤、受冻、挨饿，而且还处处表现出泰山崩于前而不变色的冷静以鼓舞士气。看到士兵们一个个倒下去，他的心在流血，每死一个战士，他都要在自己的手臂上狠狠割上一刀，他是以这种自残的方式表达对士兵们的痛惜和悼念。但华老岳所要面对的，不仅仅是大自然的残酷，还有来自“文明社会”的迫害与背叛，经历了与大自然的殊死搏斗之后，回到“文明社会”的华老岳却失去了曾经拥有的一切，包括家庭的温暖、妻子的爱情、爱子的亲昵、社会的认可和男人的尊严，华老岳被这个时代是彻底抛弃了。在当代文学史上，像《海昨天退去》这样将人与自然的冲突与搏杀书写得如此惊心动魄的还的确不多见，其文学史意义尤其体现在，将自然的“在场”以角色的身份进行了叙写。回荡在这个叙事文本中的，始终是海明威《老人与海》式的苍凉而悲壮的旋律，是杰克·伦敦《荒野的呼唤》式的高亢而沉雄的音符，它的问世，给80年代渐趋弱化的文坛送来了气贯长虹的浩荡长风。

20世纪80年代的西部军旅作家，如李本深、唐栋、李镜、李斌奎等也致力于传达人与自然冲突的主题形态，同样备受文坛关注。他们在这个阶段推出了一批反映西部边陲哨卡生活的作品，这些叙事着重从人与自然的对立、冲突中彰显人性的探索。尽管它们起步于“十七年”主流文学的传统，如不时显现出英雄主义、理想主义的模式化的痕迹，但因为着眼点在于表述“英雄也是人”的命题，故它们往往将视野投放于西部自然给人造成的复杂感受，诸如因为大自然的迫压而形成的某种苦难、孤独或崇高的审美体验。在主人公同大自然持续不断的搏斗和对“苦难”的勇敢的担当中，我们不难体会到某种崇高的“精神存在”的况味，诚如黑格尔所言，“自然的联系似乎是一种外在的东西。但是我们不得不把它看作是‘精神’所从而表演的场地，它也就是一种主要的、而且必要的基础”[1]。

---

① ［德］黑格尔：《历史哲学》，王造时译，上海书店出版社1999年版，第85页。

因此，军旅作家们对西部的冰山、大漠、高原等自然景观的书写就显得意义重大，它们不仅构成了人物活动的特殊背景，而且对于叙事的人性观照与诗意化的审美把握也有着不可替代的价值意义。边防的独特的地理环境与军人的特殊使命，使主人公的一切活动似乎都处于大自然的包围之中，无论是在巍巍昆仑的群山之巅，还是在人迹罕至的戈壁荒滩，大自然总是使人感到生命的艰辛与苦难，以及人的渺小与孤独。在人与自然的持续冲突中，冰山大漠成了主人公发现和塑造自我的最好的机缘，似乎以其严酷性和强制性，持续强化着人的坚忍的意志和进取的品格。

唐栋的《归》对自然环境的恶劣与生存条件的艰难的书写给读者留下了极深的印象，主人公“他”驻守在雪山哨卡，每年有长达八个月的大雪封山期，在这个时间段里，他与外界失去了一切联系，经受着一种令人难以想象的苦难，既有来自身体机能的，如严重的缺氧、高山病、维生素缺乏症，也有来自心理感受的，如与世隔绝的孤独、简单重复的生活节奏，以及随时都面临生命危险的巡逻、放哨，这种苦难情境成为检验人的精神力量的前提和绝对标准。《雪神》所讲述的，是被困于风雪大坂中的刘亚洲和战友们如何战胜严寒和饥饿终于自救的故事，情节跌宕起伏，但大自然的变脸以及作恶是推动情节进展的主要线索，而刘亚洲们在与大自然的搏击中，充分显示了“人”的韧性与顽强。李本深的叙事往往关涉大漠，他笔下那万里的平沙、狂飙的雷电、奔突的黄羊，还有那默默地顽强生长着的骆驼草、白茨丛，都成为人的本质力量的象征性存在，那也是由自然景观生发而来的诗情哲思，重于对生命之美的发现，《沉醉的大漠》《吼狮》《沙漠蜃楼》都是这一类文本。李镜的叙事主要是对沙漠地带的书写，但与李本深不同的是，他在讲述人与自然的冲突之外，还传达着人与自然的深层的精神交流与和谐，在《我们这样告别》《无言的戈壁》《那一仗留下个守墓人》等的叙事中，主人公都与深邃、旷远的大自然相伴，感受着来自生命深处的寂寞与孤独，这却是生命的本原意义上的寂寞与孤独，源于大自然给人的一种形而上的启示，但这种启示只有那些宁静而朴素的心灵经过与大自然的长相厮守才能获得。

在邵振国、冯苓植、柏原和王家达这些西部乡土作家那里，人与自然的紧张和冲突更是生存的常态，对这种生存状态的高度关注一度形成了他们的叙事母题。主人公的痛苦或快乐、追求或期待都维系于大自然，这里的大自然却不是冷冰冰的客观存在物，而是作为人物主要的对立面而出现的，直接参与到人物的命运演变中来了。柏原的《天桥崾岘》，从表象上看讲述的是三代女人“被换”的婚姻悲剧，是男权文化对女性人性的压制，更深刻的原因却是人与自然的冲突。因为贫穷，生命中的所有尊严都消失殆尽，人的全部努力只是为了活着，只是为了延续生命，所谓换与被换也不过是延续生命的常见的方式。为什么会如此贫穷？不是乡民们不勤劳，也不是他们不节俭，根本原因是黄土地的贫瘠与严酷，这里十年九旱，自然资源匮乏，大自然在以无声的方式惩罚着黄土地上的每一个生灵，无始无终。张驰的《甲光》《童子魂》《汗血马》讲述的是大自然神秘而邪恶的力量，以及人抗争而无果的悲剧。《甲光》中的大自然，以瘟疫遍地、猛兽出洞、赤霞千里、战马撕咬等异常现象暗示着种种战争命定的趋势，又漠然旁观，无意去挽救悲剧的出场，而人性之恶便成了作家拷问的对象。《汗血马》中的大自然更是惊险奇特，置身于这种大自然的人也处在无限循环的怪圈之中，为了生存，人必须向自然发起挑战，人难免又都败在严寒、干旱、瘟疫等自然的惩罚面前，大自然给人造成了一幕幕悲剧，它的力量神秘而邪恶。冯苓植的笔触有时驰骋于茫茫的蒙古大草原，他笔下的骆驼、马、牛、羊、沙柳、沙蒿、骆驼刺、芨芨草、野兔、狐狸、老鼠、蜥蜴构成了腾格里沙漠或阿拉善草原的生命元素，但作家不厌其烦地书写这些大自然的生命元素却是为了彰显人性之善或人性之恶。

二 “绝域产生大美”：心灵的震颤根于对大自然的深层解读

大自然乃是一个既有丰富活力又有严整秩序和自身规则的运动着的生命整体，人作为自然的一个构成部分，是存在于自然的整体生命链当中的，“我们连同我们的肉、血和头脑都是属于自然界和存在于自然界之中的”[①]。大自然的生生不息与人类的关系如此紧密，决定了人不能从自然当

① 《马克思恩格斯选集》第2卷，人民出版社1995年版，第384页。

中独立出来而存在，更由于大自然将人类也涵养其中，人与自然万物实际都具有同构性与同质性。原始宗教神学把自然看作人的同类自有其道理，它们以拟人化的方式来解读自然，认为“万物皆有灵”，其导致的结果是将自然巫魅化与人格化，“自然原来是一种模糊而神秘的东西，充满了各种藏身于树中水下的神明和精灵”①。原始宗教和神学对人类的童年影响深远，故远古时期的人对自然皆心存敬畏，并虔诚地从大自然的运行中领悟“人的存在”的真知，如伏羲创立的先天八卦，就是对自然万象的概括却无不适应于人事。从自然出发并回到人本身，使古代的诗人不断获得心灵的高度和谐，如李白的《独坐敬亭山》传达的就是人与自然深层的精神交流与情感体验。但当历史进入近现代，人类却试图通过各种手段对大自然加以“祛魅”，大自然与人类走向了形神分离的道路，几乎在一夜之间大自然变成了人化的自然，大自然与人类的关系也从“主体—客体”而蜕变为“客体—主体”，这其实是人与自然走向分离与冲突的开始。在这种观念的主导下，人类俨然感觉是大自然的主人，不再敬畏大自然，不再顺应大自然而生活，也不屑于再怀着谦卑之心从大自然的运行中感悟什么了，自然之神死了，人的欲望活了，这是人类的幸抑或不幸？而作为作家，却离不开对大自然的美学观照，但想从静默的大自然获得有质量的审美感知，就必须将已经“祛魅”的大自然恢复本原的魅性色彩与人格化力量，唤回人在大自然面前的心灵的震颤，这就是“复魅”。海德格尔曾言：“自然在场于人类劳作和民族命运中，在日月星辰和诸神中，但也在岩石、植物和动物中，也在河流和气候中。自然之无所不在‘令人惊叹’。”② 海德格尔所描述的“在场”的自然，即作家眼中的自然，它既无所不在，更可能激起作家的某种“惊叹”，因为在作家与大自然相遇的那个瞬间，大自然已经被复魅，恢复了失落的“神性”。

在20世纪的中国文学中，对自然的神性与魅性的双重观照，形成了别具一格的自然文化叙事，这种叙事既是对人与自然冲突的主题形态的延伸

① ［法］塞尔日·莫斯科维奇：《还自然之魅——对生态运动的思考》，庄晨燕等译，生活·读书·新知三联书店2005年版，第92页。

② ［德］海德格尔：《荷尔德林诗的阐释》，孙周兴译，商务印书馆2000年版，第60页。

或颠覆，也是对人的自然属性的回归，显示着别样的现代性追求。自然文化是一种富于生命力的世界性的文化思潮，其渊源极深，如中国的道家文化，古希腊的犬儒哲学、斯多阿学派，法国启蒙运动中卢梭的哲学与文学，德国19世纪末期尼采的哲学和20世纪初期海德格尔的哲学等，都属于自然文化的范畴。自然文化对文学的深层渗透，使20世纪的中国文学成就了与世界文学对话的一种可能性。从鲁迅的“狂人”到沈从文的“野人”，再到莫言的“土匪”和张承志的“回民”，无不张扬着尼采所谓“酒神”式的生命强力。从创造社作家的欲望言说到新时期女性作家对内在情感的细腻的倾诉，又回荡着卢梭式的对自然生命感悟的声音。周作人更是在美文中尽情挥洒道家清静无为的韵味，林语堂在晚期的创作一如周作人，追踪道家文化的意蕴。回视新时期西部小说，无论张贤亮、张承志、杨志军、王家达，也无论扎西达娃、杨争光、雪漠、红柯，尽管都有凸显人与自然冲突的一面，但他们更有复归自然的趋势，而这一趋势的发生，基于西部作家对大自然的深层解读，其典范的美学特征，用一句话来讲，即“绝域产生大美”。

> 我走遍了这片大陆的北方。我今天和今后仍要在这片大陆的北方奔走。我的双眼已被它的风沙尘土打得浑浊，但我的双眼也已经能锐利地看见本质。辽阔又壮丽的景画使我目不暇接，此伏彼起的各种歌声源源地流来，滋润着我的心底。我总是感动不已，我又感到难言。一股巨大的无形的亲近强烈地吸引着我，使我一天天和同样巨大但有形的环境分离。为什么呢？我不知道。我只知道前方的贫瘠中闪烁着高贵，枯焦的黄土中埋藏着瑰宝。①

张承志《金牧场》中的这段文字，真实道出了其对西部自然的深刻感受，在他看来，西部自然却在“贫瘠中闪烁着高贵，枯焦的黄土中埋藏着瑰宝”。张承志对北方大陆的钟爱，使他能够从常见的自然景

① 张承志：《金牧场》，时代文艺出版社2001年版，第73页。

观中升华出令人流连忘返的意象，如广袤的草原，一望无际的大漠，奔腾不羁的烈马，碧血染就的晚霞，以及雪岭冰峰、黄土梁峁、河流戈壁、静夜荒滩、春阳残月、寒风雪路，但这些自然意象却都能与人的情绪或命运融为一体，从而生成摄人心魄的艺术魅力。他笔下的自然更像一个场域，一头连接着俗世，一头连接着神性，却无不弥散着神性的启示与召唤的力量，大自然在尽情展示着神性与魅性。他眼中的自然真切而又神秘，浩大而又具象，他充满了对自然的虔诚与谦卑，他甚至能够从大自然最轻微的声响中也听辨出某种灵魂的启示。“每当我们背上行装，走向田野和山林，涉过河流登上峭峰的时候，莽莽苍苍天涯无际的大陆会沉寂下来。在那一派静默中有一个声音在徘徊低巡，那就是我们的大陆在向我们送来它的启示。其实秘密就在这里，正是因为这种神交般的启示，我们才激情在胸，壮怀不已；我们才酷爱自然和荒野，才感觉到自己的年轻。”①

张承志自然书写的独特之处还在于，他的灵感大多来自大自然那些狰狞而严酷的形象，如那刀砍斧凿沟壑累累的枯焦的黄土地、那滴水不存绿色褪尽的西海固、那积雪齐天亘古不融的冰大坂、那生灵涂炭热浪如焚的戈壁滩，也是在自然的直接参与下，他不断完成了人生蜕变的仪式，从《黑骏马》到《北方的河》《黄泥小屋》《大坂》《金牧场》《心灵史》，都是这样。他的叙事文本清晰地记录着其“在路上”的情感变迁与心路历程，那让人望而生畏的大自然不仅是他放飞心灵、释放情感的场所与对象，更重要的是，大自然以其自在自为的方式影响或改变了这个不顾一切闯入它腹地的人，并使其达成了人生境界的某种飞跃。《北方的河》中的那个年轻大学生，不顾女记者的劝阻而扑进黄河，虽然有点个人英雄主义的意味，或者说有点“征服”的欲望，但当他跳进黄河的时刻，却发生了变化，成为自然与人之间确立“父子”关系的仪式化行动，正如文中所说，“我感谢你，北方的河，他说道，你用你粗放的水土把我哺育成人，你在不觉之间把勇敢和深沉、粗野和温柔、传统和文明同时注入我的血液。你

---

① 张承志：《金牧场》，时代文艺出版社 2001 年版，第 35 页。

用你刚强的浪头剥着我昔日的躯壳，在你的世界里我一定将会变成一个真正的男子汉和战士”①。大自然以其独特的神性与魅性，反而无言地“征服”了那个桀骜不驯的欲征服者，并使他那颗满怀着理想、激情和追求的心获得了宁静和谐的生命启示。

红柯的西部书写同样尽情展示着自然的神性与魅性，在他的笔下，自然不再是无生命的存在，而是可以不断给人以理性启悟的精神实体。前文我们说过，在人类的童年时期，原始宗教神学按照人心中本初的自然观念来塑造自然神祇，这既是人在自然面前自感无力的表现，也是人类一直以来从未放弃过的对“自身存在”这一终极命题在精神层面的阐释与解答，而在那些荒僻空旷的地带无疑保留了更多的原始遗风。生活在西部荒原上的人们，不管是仰望空寂无限的苍穹渺渺，还是追溯浩荡悠长的历史长河，都不能不被个体的卑微脆弱和人生的短暂无常而震惊，在神奇伟大的自然面前，对动植物的崇拜正好可以满足人源自生命本性的精神需求。在新疆边地生活多年的红柯，潜意识中可能接受了这种带有原始气象的自然崇拜的观念，他曾经透露过这种心理动机的产生，“初到新疆，辽阔的荒野和雄奇的群山以万钧之势一下子压倒了我，我告诫自己：这里不是人张狂的地方。在这里，人是渺小的，而且能让你强烈地感觉到自己的渺小与无助”②。阅读红柯的小说叙事，总能使我们感觉到作家对大自然的复杂感受，其中“敬畏”与“谦卑”是常见的两种情感样态。在红柯所描述的自然世界里，似乎大自然的所有生命都被赋予了灵性，它们已经超越了物性而成为人的精神价值的必要的构成，一只羊、一匹马、一棵树，甚至于一块看似平凡的石头，都拥有神秘的使人敬畏的力量。试看他笔下奇异的风，“风在阿尔泰荒原坚硬无比，到福海边就软了。女人们在荒原上怀儿子娃娃，到福海边怀丫头，风吹过的地方长草原森林庄稼，也长出沙漠和戈壁，风带来了一切”③。既然连风都具有了神性，那么动物有没有神性呢？《美丽奴羊》中的那个屠夫，曾经屠羊无数，但当他面对一只美丽的奴羊时，从羊的神态中却体会到的是

① 张承志：《北方的河》，《十月》1984年第1期。

② 红柯：《敬畏苍天》，上海人民出版社2002年版，第9页。

③ 红柯：《水羊》，《芳草》1998年第8期。

一种无法言传而又实实在在的神性，他慢慢地蹲下去，几乎跪倒在地，所谓人的尊严在神性面前被迅速瓦解。屠夫望着比他“还高”的奴羊，谦卑而平静地告诉大家，“那是只神羊，杀不了的”。

红柯对西部大地上人的生命活动尤为关注，他以悲悯的眼光打量着人的艰难而又倔强的生命活动，往往通过展现那种近乎原始、近乎蛮荒的自然意象来升华生命，让生命酣畅并且飞扬，从而实现人的生命的某种超越。一方面是严酷的自然环境，另一方面是人的不屈的生命活动，在两者的比照中，更加凸显了西部自然的魅性色彩。这里有绵延的永不融化的雪山，有神秘的黑魆魆的大森林，有阔大的躁动着野物的荒原，也有茫茫的看不到边界的戈壁，当人置身于这种粗犷峥嵘，并且充满凶险与玄机的自然环境中，必然会激活与养成那种进取搏击的性格气质，故红柯的叙事也经常关涉主人公与自然之间的那些超乎想象的对抗与冲突，而在这些对抗与冲突中，给人印象更深的是人的进取、阳刚、强悍的生命意识。《雪鸟》讲的是那条狂野、森寒的奎屯河，不管在什么季节，河水永远是那么冰冷，那么刺人肌骨，甚至女人蹚进这样的河水就会丧失生育功能，它曾带走了无数破冰人的生命，可是破冰人硬是驯服了这条河流。《打羔》中写到，在沙尘暴来临之时，天和地就像一道黑墙粘在了一起，并且远方不断传来野兽的嗥叫声，可“她”还是在飞沙走石与野兽的威胁中带着一匹小马回到了家。人的顽强与大自然的凶险在这里取得了一种对立中的平衡，人的主体价值在与自然的对抗过程中得到了张扬。在这个意义上，红柯几乎又与杨志军的自然叙事如出一辙。

红柯的叙事讲述更多的则是自然的神性与魅性的统一，作品人物在敬畏自然中生活着，而自然的神秘力量又是一种超越性价值的化身，人物对自然的真诚膜拜，使他们恢复了自然的感觉，也更加靠近自然本相，并在自然镜像中看到了自身真正的生命力量。红柯也是从人的内在生命力与大自然的同构关系中，将人的生命本质与自然的原始状态融为一体，从而也就实现了自然哲学与生命哲学的统一。如《树桩》中的那个男人，《莫合烟》中的父亲，都是一种自然化的人，自然性已渗透到了人物的身心内外，而人物身上的社会性与价值观念已大为淡化，人性消融在自然性之中了。正因为人物与自然的高度融合，所以，红柯叙事中的人物大多没有名字，只是自然场景中的一种角色，或者是一个男人，一个女人，一个儿子，一个父亲，如此而已，就像那些没有名字的高山、荒原、河流或森林，人不过是自然景观的必要构成。从金色的阿尔泰到神秘的哈那斯湖，从手指间的大河到黄金草原，红柯总是不厌其烦地给人们展示着雄奇苍凉的西部自然，他深情的目光总是能够发现西部自然的绝俗、绝地之美，这是一种对大自然的深层次的解读，来自心灵深层的震颤。如其所言，“我曾为新疆独特的自然景观所震撼。大戈壁、大沙漠、大草原必然产生生命的大气象，绝域产生大美”①。

三　寻根的路还在继续：西部生态文学的崛起

早在19世纪中叶，恩格斯就以一个哲学家的远见，告诫人与自然的过分冲突可能导致人的根本性失败，“我们不要过分陶醉于我们对自然界的胜利，对于每一次这样的胜利，自然界都报复了我们。每一次胜利，在第一步都确实取得了我们预期的结果，但是在第二步和第三步却有了完全不同的、出乎预料的影响，常常把第一个结果重新消除”②。但伴随着20世纪科学技术突飞猛进的是，人的物质欲望开始极度膨胀，使人与自然的冲突达到了剧烈的程度，其后果已不堪设想。“我们生存于一个无法逃避有毒废弃物、酸雨和各种导致内分泌紊乱的有害化学物质的世界，那些物质影响了性激素的正常机能，正在使雄性的鱼和鸟变性。城市的空气混合着二氧化氮、二氧化硫、苯、二氧化碳等许多污染物。在高效率的农业经济背后，是地表土的天然功能已被彻底破坏，谷物的生长完全要依赖化肥。用死家禽制成的饲料喂养牲畜，造成了导致中枢神经系统崩溃的疯牛病，而后又传播给人类。环境已经完全变了，我们必须再次提出那个老问题：我们究竟从哪里开始走错了路?”③ 生态文学专家贝特的这段话，清楚地传

① 李健彪：《绝域产生大美——访著名作家红柯》，《回族文学》2006年第3期。

② 恩格斯：《自然辩证法》，于光远等译，人民出版社1984年版，第15页。

③ Jonathan Bate. *The Song of the Earth*, Harvard University Press, 2000, Cambridge, p. 24.

达了世界范围内生态文学的崛起及其研究的必然性、重要性和紧迫性。生态文学及其研究的繁荣，不过是人类为了防止生态灾难蔓延的迫切需要而在文学领域里的一种回应。生态文学家和生态文学研究者与传统意义上的作家和研究者表现出不同的价值取向，他们试图探讨的核心问题往往直逼人类根本的生存境况，诸如人与自然究竟应该是一种怎样的关系？人到底应该如何对待自然？人应该做些什么，或改变些什么，才有可能消除生态危机，也才能够使包括人在内的所有生命持续生存？

提出生态文学的背景问题之后，我们必然要问，什么样的文学才算是生态文学？尽管国内外的研究者对这个元命题多有探讨，但迄今为止还没有一种学界公认的概念界定。有人将生态文学看作“自然书写”（Nature Writing），如内华达大学的学者斯科特·斯洛维克、印第安大学的学者默非等人的一系列著作都采用的是这一观点；有人也看作“环境文学”（Environmental Literature），如由弗莱德里克·威奇主编的《环境文学教学：材料，方法和文献资源》就采用的是这种观点；还有人根据“生态文学”（Ecoliterature 或 Ecological Literature），进一步创造了“生态诗”（Ecopoetry）、“生态小说”（Ecofiction）、“生态批评”（Ecocriticism）等。国内学者王诺对生态文学有多年研究，在回顾和分析国内外关于“生态文学”元命题探讨的基础上，提出了一个更具学理性的定义，他认为，所谓生态文学是“以生态整体主义为思想基础、以生态系统整体利益为最高价值的考察和表现自然与人之关系和探寻生态危机之社会根源的文学。生态责任、文明批判、生态思想和生态预警是其突出特点”[①]。从这个界定可以发现，生态文学重于发掘人与自然之间紧张、对立与冲突关系的深层原因，也就是发掘造成人类征服与掠夺自然的思想、文化、经济、科技、生活方式及社会发展模式等的社会根源。按照这样的定义来重新审读西部叙事，不难看出，有一批传达了生态意识形态的小说，如贾平凹的《怀念狼》，叶广芩的《老虎大福》《山鬼木客》《黑鱼千岁》，雪漠的《猎原》《狼祸》，京夫的《鹿鸣》，杨志军的《藏獒》《远去的藏獒》，王新军

① 王诺：《欧美生态文学》，北京大学出版社 2003 年版，第 11 页。

的《牧羊老人》《大草滩》，孙正连的《泥淖》《洪峰》，杜光辉的《哦，我的可可西里》，郭雪波的《母狼》《银狐》等，这些生态小说的适时问世，在21世纪文坛产生了持续的冲击，已形成了一道蔚为壮观的生态文学景观。

西部生态文学的崛起有着多方面的原因。首先，如前文所言，西部的苍凉、辽阔和浩大，使西部作家更经常地意识到大自然的存在，这几乎成为他们深层的心理积淀，是地域性地理条件使然；其次，西部作家常常对大自然包含着神性与魅性的双重体验，也许对“大自然的报复”他们的体会更多，也更深，这是他们创作生态文学的生活积淀。除此之外，我们还可以从更宽阔的视野上，追溯西部生态文学崛起的社会、文学传统等原因。据考察，西部地区的生态环境极为脆弱，在21世纪初已显示了其严重的生态危机的种种迹象，诸如“黄河断流，长江变浑而且时常泛滥成灾，塔里木河、黑河、疏勒河、石羊河等内陆河严重萎缩，罗布泊干涸，森林锐减，草原退化，水土流失，沙漠扩大，荒漠化愈演愈烈，频发的沙尘暴甚至刮到了美国的西海岸，动植物种群日益减少，西部城市大气污染高居全国之首，水体污染日益严重”[①]。这些生态危机的出现与蔓延，不能不引起西部作家的关注与忧思，所以，当世界范围内生态文学成为主流话语的时刻，最有可能引发西部作家的迅速回应，从而在某种意义上，使西部文学与世界前沿性文学思潮形成了深度的契合与共振，并使西部文学再次跃居当代文学的某种高地。

大多数西部作家其实也是乡土作家，从柳青到路遥、陈忠实、贾平凹，再到雪漠、红柯、石舒清，他们更多的是乡土言说，也更擅长乡土言说，对于城市文明，他们保持着几乎是天然的心理距离，或者说他们根本不可能像东南沿海地区的作家那样，怀着一种审美的、欣喜的态度观察和书写城市，而乡土文学本身就是一种自然文学，这种文学传统深刻影响了西部作家的美学选择，故当文学思潮发生转向的时刻，西部作家也更容易从文学传统中汲取养料而形成新的文学话语。另外，西部也是宗教文化覆

① 吴晓军等：《西北生态启示录》，甘肃人民出版社2001年版，第3页。

盖较大的地区，如佛教、伊斯兰教、道教、基督教，以及各类原始宗教，这些宗教文化渗透到了西部人的所有活动之中，而这些宗教大多又包含着深切的生态关怀，仅以伊斯兰教为例，就有禁食规定、对水资源的虔诚等，表现出强烈的生态色彩。既然富于生态关怀的宗教文化深度规范着西部人的衣食住行，西部作家从宗教文化中获取相应的生态话语资源也就成了顺理成章的事情。从上述论证可以看出，西部生态文学的崛起有着复杂而深刻的社会、历史和文学的原因，但无论如何，这种叙事仍然没有僭越“人与自然的冲突”的主题形态，也可以说是这个主题形态的持续深化。

雪漠的《猎原》是一部充满了生态寓言性质的叙事。很久以来，生存于猎原上的人、羊、牛、狼、骆驼、狐狸、猎鹰等，都是生态链中的构体，人与自然、自然与动物、人与动物、人与人、动物与动物，共同形成了一个既冲突又和谐的生态环境。滚爬于大漠地带的农牧民，为了生存，不得不发展畜牧业。然而，过量的放牧却使有限的草场不堪重负，终于导致了植被沙化、水位下降和风沙频仍，生态系统遭到了严重破坏。在这个人与动物共存的世界里，羊吃草，却破坏了植被，狼专门吃食草动物，老鼠损害庄稼，狐狸却吃老鼠，各种动物的存在都有其合理性与必然性，如果人为地加以破坏这个既成的生态链，必然会导致难以估量的生态灾难。《猎原》所讲述的令人惊心动魄的生态灾难似乎近在咫尺，十多个放学归来的儿童命丧沙尘暴，狼群向人施威，千百只羊一起涌到井台上去抢水，满地的老鼠举着前爪向人作揖。几百只羊为了抢主人的一股尿水，竟潮水般地涌来抢夺。更令人不可想象的是，一头被狼咬死的牛，还没来得及剥皮取肉，就被渴极了的羊吞食了，一只剥了皮的小狼扔到羊群中，同样被羊咂血吃光了。而狼的报复，则更加血腥与残忍，一夜之间，躺了一地的羊尸。使人感到震惊的，还有猪肚井的牧人之间为争夺那眼濒临枯竭的井而发生的械斗，先是在南沟与北沟的牧人之间，后又发展为窝里斗，我得不到，让你也别想得到，当炒面拐棍和炭毛子，一个为护井跳进了井中，一个被人推到了井中，才终止了这场争斗。最终他们只好填了井，离开猎原。比起《大漠祭》的那种近于原生态的写法，《猎原》明显吸收了某些现代叙事的技巧，如结构上将村社生存与沙漠生存两条线索交替展现，如象征与意象手法的运用，以神麝象征一种久远的草原精神，以羊眼变狼眼，羊吃羊、羊吃牛等意象，都暗喻生态链条失衡后人们心理扭曲的可怕。

杜光辉的《哦，我的可可西里》讲述了一支解放军的测绘分队，在20世纪70年代初进入可可西里无人地带执行测绘任务，他们在那里和野生动物、和大自然、和人性中的善恶发生了悲怆、凄婉和鲜为人知的故事。故事一直延续到21世纪的今天，那些当年的军人在可可西里的问题上仍延续着生命和鲜血、友情和利益的剧烈冲突。作家杜光辉曾作为这支进入可可西里的解放军部队的一员，耳濡目染甚至亲身经历了可可西里无人地带的生态巨变，加上他本人在青藏高原多年的汽车兵生活，为他创作这部小说提供了别人难以企及的素材优势，因之他能向我们真实地展示那苍凉美丽却又危机四伏的可可西里。作品包括上部《侵入》和下部《毁灭》，但始终围绕着“人与野生动物该如何相处”这样的问题而展开，这好像是个形而上的问题，然而作品通过具体生动的形象和画面却告诉我们，这也是个形而下的问题，因为野生动物与人的生命活动是如此的贴近。上部《侵入》中，石技术员就这样问：“人类可以把西西里无人区的野生动物全部猎杀，不敢想象要是地球上的其他动物全部被人类猎杀了，只剩下人类自己，那么人类还去猎杀什么？人类会不会猎杀自己？”[①] 下部《毁灭》中“我”提到，“有一位环境保护者说，当人类把地球上所有的动物都吃光之后，人类还吃什么？人类还去吃自己不成？”作品写到，在人首次进入可可西里无人区的时候，野生动物悠闲而自在地生存着，对人——这陌生的闯入者也表现出了天然的亲和与友好，“我们立即被营地旁边雪地上的景观惊呆了，布满了各种各样的食草动物。——它们一边慢悠悠地寻觅着吃食，还不时抬起头朝我们觑望。黄羊群中的‘喀秋莎’看见了我们，就奔跑过来，跑到我们跟前竟高兴地站起了身子。它站起身子的姿态优美极了，把全身的重量放在后腿上，前腿弯曲着搭在腹部，腹部的颜色比背部

① 杜光辉：《哦，我的可可西里》，《小说界》2001年第1期。

的颜色淡了许多，但细绒了很多，脑袋越发显得俊美灵秀”。然而，这些野生动物将遭遇血腥与捕杀，在美丽的“喀秋莎”被射杀后，荒野上出现了这样的情景，“我们的营地前的雪地上空寂了，成群的野生动物销声匿迹了”。接着是野生动物的愤怒与报复，“我”的战友接二连三地死去，但死得毫无意义。野生动物已不再相信人类，其后果是人将孤零零地面对荒野，“这几天，我们在可可西里区，真正尝到了当地球上只剩下人类一种动物时那种难熬难挨的空寂和孤独”。雷指导员的遗书，既是对这次行动的反思，也是对自我灵魂的叩问，“我们花费了如此惨重的代价，终于进入了自古以来从未有人类的可可西里地区。但是，我不知道，我们此举是给人类给子孙后代带来了福祉，还是带来灾难”。事实上，侵入者只会给可可西里无人区带来灾难，这里的自然资源即将遭到破坏与掠夺，人与自然万物的和谐将不复存在，这个美妙的世界也将不再美妙。作品的冲击力尤其表现在，它向读者以血淋淋的事实阐释了这样一个生态意识形态观念：人类要拥有一个幸福快乐的地球家园，就必须善待动物；没有动物的世界，人类将无限孤独而凄凉；倘若动物不能在人的家园里生存，很难想象人类是否还能在这个家园里继续生存。

郭雪波成长于大漠的边缘地带，曾醉心于蒙古族的原始宗教和萨满教的文化崇尚，即自然崇拜的精神。这些文化熏陶，使他从心灵深处注入了对自然的崇拜与信仰，给予他独特的感应和召唤，其叙事是自然崇拜意识的合理延伸，因之他笔下的大漠、飓风、沙坨，甚至一滴清水、一片绿叶，也无不渗透着人性和生命力。他的叙事大都围绕其故乡科尔沁沙地上的人与自然的冲突而展开，对大自然的哀婉而忧伤的书写，对现代人的人性迷失的深入反思，对更为深远的生命境界的探寻，使他的叙事在生态文学中显得卓尔不群。孙正连的叙事大致不出其故乡大布苏草原，这里曾经水草丰茂，气象峥嵘，有过庞大的食草动物群。但时过境迁，孙正连所面对的更多的却是人类身陷自然怪圈之中挣扎与无助的悲剧况味。他的叙事多为短篇，常以那片渐趋荒芜的甚为偏远的大草原为背景，在人与自然的依恋与吊诡、对立与冲突中传达着某种生态伦理，并揭示着那块大地上的人的生与死、爱与恨，以及无法摆脱的宿命。孙正连的生态焦虑与远景期待，几乎全部反馈在小说集《洪荒》和《大布苏草原》中了。同样来自内蒙古的西部作家郭雪波，早在20世纪70年代中期，就以《高高的乌兰哈达》而表现出了生态忧思，1985年生态小说《沙狐》的问世更是使他振奋，其以沙漠生态为题旨的叙事屡屡问世，《沙狼》《沙漠故事》《沙漠魂》等都是具有代表意义的生态小说。

西部文学的兴盛与新时期寻根思潮的深入有莫大的关联，而在追寻民族之根的路途中，西部作家对人与自然复杂联系的深度思考和书写，却昭示出超越寻根思潮的趋势，西部作家二十多年来的文学实践早已证实了这一点。他们面向大地的写作，不仅是地域性的，更是超越地域的，因为这所涉及的终极性叩问，比如人怎样才能重返精神家园的问题，人怎样才能把握自己的角色问题，已具有世界性的意义。因此，我们也可以说西部作家还在“寻根”，尽管这个过程或许将无限漫长。在此，我们宁愿引用美国生态神学家托马斯·贝里的一段话，作为解读西部作家生态书写的参照，它虽然不是针对西部作家提出的，但具有极大的遇合性。“20世纪末我们对人类的尴尬处境感到茫然失措，我们渴望有人指点迷津。此时，我们往往走向文化传统，走向被我们看成是文化译码的思想宝库中探寻启迪，然而，此时我们所需要的启迪似乎是我们的文化传统所不能提供的，因为我们的文化传统本身似乎就是造成我们困境的主要原因，所以，我们有必要超越我们的文化传统”，“我们得走向大地”“探寻指导，因为它藏有生活在其上的所有生物的生理形态及其心理结构。我们的困惑不仅仅在于我们自身，也涉及我们在星球共同体中所扮演的角色”，“我们得走向宇宙，研究有关现实和价值的基本问题，因为宇宙自身深藏人类生存之奥秘，在此方面它远胜生养我们的大地。”①

第三节 西部小说叙事的母题衍化：传统与现代的冲突

本节分析了传统与现代的冲突模式。20世纪的中国始终处于传统与现

① Thomas Berry, *The Dream of the Earth*. San Francisco. Sierra Club Books, 1988, pp. 194—195.

代的激烈冲突之中，由此形成了百年中国文学书写传统与现代冲突的母题形态，这一母题形态同样在西部小说叙事中有真切的反映，但经历了一个曲折的演变过程，从全力向现代性倾斜，到试图调和传统与现代的矛盾，再到重返民族文化传统，也标明西部作家对现代性问题的认识也有一个逐渐深化的过程。

一　现代性问题与20世纪中国文学的一个冲突模式

整个20世纪的中国，始终是在现代化的焦虑中度过的。但中国式的漫长而曲折的现代化运动却不同于西欧、北美等国，它不是由内部因素促成的自然发生的过程，而是起于对西方资本主义的“坚船利炮”刺激和挑战的回应。新中国成立后，特别是新时期以来，中国的现代化运动才进入自觉、自主和创造性的回应的时空层次。故此，有人称中国式的现代化为“外发型现代化”[①]，这种现代化是仿效西方的，是由外到内的传导性的社会变迁，传统与现代的紧张因此直接表现为不同文明之间的冲突，且往往是以突发的方式展开的，这不能不引起传统的断裂。而“传统”是围绕人类的不同活动领域形成的世代相传的行为方式，是一种对社会行为具有规范作用和召唤性能的社会力量，它也是当下社会结构的一个向度。任何国度的现代化，无不是在科技革命的激荡下由农业社会向工业社会转型的变迁过程，以农耕文明为基础的传统在本质上却是排斥以工业文明为基础的现代化的。中国式的现代化不可能脱离传统而进行，但又不能在保存固有传统的基础上进行。同时，当代中国的社会发展不仅要把发达国家较长的现代化历程压缩在较短的时间内进行，追赶发达国家已经达到的目标，而且要适应发达国家当前发展的态势，这就使得社会发展的“历时态”在当代中国被“共时态”化了。传统与现代的矛盾因之变得更为尖锐、复杂，其冲突也更为剧烈。

正是由于这些尖锐而复杂的冲突的存在，构成了20世纪中国文学思潮的重要特征，并形成了新文学中“传统与现代”的二元对立模式及其主题[②]。

① 杨耕：《传统与现代性：当代中国社会发展的深层矛盾》，《哲学动态》1995年第10期。

② 逄增玉：《中国新文学中传统与现代对立的二元模式及主题》，《文艺争鸣》1998年第5期。

从五四新文化运动直到八九十年代，在现代化诉求日渐成为“主流话语”，甚而至于被强化为“国家意识形态”和价值性目标的前提下，大多数的中国作家及其作品表达了“否定传统/肯定现代”的价值取向与价值判断，表达了对“现代”“现代性”“现代文明”的充满豪情的乐观的渴望与讴歌。但在主潮之外，也出现了相异乃至相反的情形，如 30 年代的沈从文，在传统与现代、乡土文明与城市文明的二元选择之间，却表现出鲜明的高扬传统而贬抑现代、肯定乡土而否定城市的倾向。新时期的“寻根文学”，更是明确提出了复归民族文化传统的口号，一些作家由对传统文化的批评否定而转变为肯定和回归。不难看出，由于对“传统与现代”驳杂的价值取向，使 20 世纪中国文学中“传统与现代冲突”的主题昭示了复杂性与丰富性，也因此从一个层面反映了新文学充满困惑与魅力的精神流程。

二　现代性思潮中的西部小说叙事

相对于东南沿海地区，西部在现代性转型中衍生的问题则更为复杂，传统与现代的冲突也格外剧烈而持久。西部地理人文环境的闭锁性所造成的历史文化传统的广延性与惰性，对以工业文明为基础的现代化形成了一种强大的反弹力与阻力，但现代文明仍以不可阻挡之势在西部落地生根，多时代性、多种文明形态的并存构成了西部的主要景观。广袤的西部有其亘古未变的大漠、戈壁和荒原，这些地带处于前现代状态，甚至可以说还处于原始状态；但西部同样有着现代化程度颇高的城市，这些城市已形成了独立的经济文化实体，拥有与乡村和牧区完全不同的价值形态与生活方式，其后现代的气息亦很浓厚；而西部的大部分地域，处于由农耕文明或游牧文明向现代文明的转型之中，也许这一过程和其他地域相比会更加漫长而曲折。问题的复杂性还在于，前现代、现代和后现代的价值形态与生活方式在西部几乎是共时性地摆在人们眼前的，尽管各种异质文明尚处于摩擦、对立与冲突之中，但城市物质文化对西部人所形成的诱惑力，又不断强化其逐渐膨胀的物质欲望与自身现状之间的冲突，以及随之而来的心灵分裂与精神悬浮。与几种异质文明形态的共存相伴随的是，甚至世界上科技含量最高的宇宙飞船、发射场，也修建在西部处于原始状态的部落旁边，在最不开化的山区上空也有人造卫星掠过。这都给西部小说中传统/现代的二元对立模式与主题赋予了别样的时空范围：它们不仅揭示着西部的过去，而且预示着西部的当下与未来。

西部小说在20世纪80年代前期的崛起，是以张扬“人的觉醒”为起点的，这使它除了在“五四”文学传统中找到了共同的精神契合点外，还应和着80年代的“新启蒙主义”思潮，表现出强烈的对以现代化为终极目标的现代性的追求与弘扬。有人曾将80年代的文学主潮概括为“文明与愚昧的冲突”[①]，较为准确地把握住了时代的精神动向。在这里，文化学意义上的“愚昧”在文学作品中实际上是以各种形态的“传统”的面目出现的，它们代表着价值和审美上的双重负数，而“文明”在具体作品中则表现为源于西方现代性的各种价值观念和行为规范。所谓“文明与愚昧的冲突”，实际上是以新的形态对传统与现代的冲突做出的一种阐释。80年代的西部作家渴望与全国的文学潮流保持同步，这使他们本能地追赶与向往文学潮流，并努力将其渗透、融会于自己的审美意识之中。如其所言：“西部作家越来越看到获取当代意识对他们来说是何等的重要了。越来越意识到用当代意识来观照西部生活和西部的历史传统是何等的重要了。如同只有汇进滔滔的人流之中，我们才能从各个侧面映照自己，辨识自己”[②]。在“现代化”日渐成为主流话语的情境中，他们同样满怀着激情化的想象，满怀着现代性的思考与焦虑，并有意识地将其创作和现实存在紧密地联系起来，以批判的眼光审读国民的灵魂与精神状态，尤其是对愚弱的国民心态的批判和愚昧落后的思想文化意识的挞伐，构成了80年代西部小说中“传统与现代冲突”的重要的主题形态。

柏原的《苦水沟》讲述了这样一个故事，千百年来一如既往贫穷而闭塞的苦水沟，在一个石油勘探队介入之后，发生了翻天覆地的变化，修通了公路，农产品有了市场，村里的青年男女也有了自由恋爱的可能，守山的刘老贵也得到了不少实利。然而，当勘探队将打井的位置锁定于刘老贵家的祖坟区域时，他便干起了破坏的勾当，偷偷把井位标杆移往他处，结

① 季红真：《文明与愚昧的冲突》，浙江文艺出版社1986年版。

② 文乐然等：《西部作家视野中的西部文学》，《当代文艺思潮》1986年第2期。

果使石油勘探失败，勘探队只好在别处寻找石油，从而使苦水沟这个前现代的村社失去了向现代转换的机遇，又恢复到了当初的封闭状态。《苦水沟》中传统与现代的冲突是触目惊心的，勘探队的到来代表的是现代文明，而刘老贵对祖坟的守护实际是对文化传统的沿承，他从传统的重围中无法脱身，也从未意识到要脱身，而苦水沟之外的现代文明却难以打破这种重围，于是，传统与现代便在黄土塬上僵持着，激战着，最终使现代性转换也变得滞缓起来。《古窑洞》中的莫文汉是一个本分的庄稼人，在乡邻致富的躁动及妻子的催逼下，打定主意要养鸡致富。他没有读过书，更无专业知识，只是从农业经验出发，以传统的观念、传统的心态和传统的养殖方式，经营起一个具有现代色彩的养鸡场来了。他舍不得花钱给鸡打防疫针，而是坚信他的鸡也一定像他一样能够抵御各种疾病，但他的鸡最后全部死于鸡瘟。债台高筑，债主讨债，他无奈中按照传统方式选择了逃避和死亡。这里的“传统”就像那个鬼气森森的古窑洞，使每一个想从中逃离的人无不经历心灵的煎熬，但实在难以卸掉传统的沉重负荷而走向现代。如果说柏原致力于表述的是农耕文明与现代文明冲突的话，则雷建政的以甘南藏区为创作基地的“草原文化”系列小说，表述的是游牧文明向现代文明转型的更为艰难。《花纹》中的兽医华尔贡，他精通医术，严格按科学规律办事，但不时与牧民的佛教信念发生冲突，触犯了众怒，不仅工作难续，甚或危及仕途。而精通权术却无专业知识的德合拉，一味迎合牧民的文化传统，对牧民愚昧的习俗和愚顽的传统妥协退让，却大大赢得了牧民的人心。现代文明在文化传统的冲撞面前竟显得如此脆弱，如此不堪一击。

扎西达娃在1985年前后推出的一批作品，如《西藏，系在皮绳扣上的魂》《西藏，隐秘岁月》《野猫走过漫漫岁月》等，都传达了较为明显的传统与现代冲突的题旨。在这些作品中，扎西达娃流露出了对启蒙现代性的乐观情绪，尽管传统与现代的冲突频仍，但这些传统观念却在现代科学理性的照耀之下，逐渐显露出窘相与不合时宜，经历了一次彻底的祛魅过程。扎西达娃作品的主人公，常常是佛教徒或者是深受佛教影响的藏民，这些主人公长期在宗教氛围中浸染，形成了可以称为神秘主义的思维方式。所谓“祛魅”，即扎西达娃的作品讲述的正是这种神秘主义的思维方式，在现代科学观念的冲击下怎样一步步地被土崩瓦解。《西藏，隐秘岁月》是比较有代表性的文本，主人公次仁吉姆曾是一个神灵附身的灵童，最后变成了一个在现代人看来，是肮脏怪诞的小丑似的老太婆，她终身信仰和供奉的“隐居山洞”的密宗大师，原来也不过是一副骷髅骨架而已。在扎西达娃的叙事序列中，还通过将“现代意象”与“宗教意象”的并置而显示其“冲突”的主题形态，一方面是现代的意象，如广播、电视、拖拉机、电子计算机，另一方面是宗教的意象，如佛像、佛龛、念珠，虽然有种后现代的拼贴味道，但目的在于消除宗教传统的文化魔力，以阐释其“现代文明战胜传统文明”的信念。

有人这样认为：“从《陈奂生上城》到《人生》《浮躁》《哦，香雪》及至《老井》《黑骏马》等，新时期的中国乡土小说或隐或显地贯穿着一条城乡对立主题的线索，并且在这种对立中，城市及其所表征的文明体系自明地成为乡土文明现代转化的理想形态和确定方向，尽管其间也会经历种种文明转化的失落痛苦。”[①] 一定程度上说，这个论断对西部叙事的某种价值诉求而言也是比较中肯的判断。尽管20世纪80年代初期的西部作家敏锐地发现，从传统文明向现代文明转化过程中，必然会伴随着诸多传统文明的失落，但其时普遍还都相对乐观地认为，这是前进路上的曲折，是现代性进程必然要经历的阵痛。而他们的价值判断的参照系，也像国内大多数作家一样取法西方，“‘现代性’不但表示对当前的关注，同时也表示向未来的‘新’事物和西方的‘新奇’事物的追求。因此，在中国，这一关于现代性的概念似乎在不同程度上，继承了人所共知的几种西方‘资产阶级’现代性观念：进化与进步的概念，历史向前运动的实证主义信念，对科学与技术的有益的潜力的信心，以及广阔的人文主义框架中的自由与民主的理想”[②]。

① 韦丽华：《20世纪末的乡土现代性反思——近乡土小说的一种解读》，《福建论坛》2000年第1期。

② [美] 费正清：《剑桥中华民国史》，杨品泉等译，中国社会科学出版社1998年版，第561—562页。

三　传统与现代的互动及融汇

对很多西部作家而言，由于其生活阅历的局限、外界信息量的制约、视野的相对狭窄，以及传统文化对其过于深沉的濡染，他们实际很难背离地域文化的创作资源而完全跟着时代潮流跑，即使在 20 世纪 80 年代，西部作家仍在执着地寻找着传统文化的亮点与精神原动力，正如作家张驰所言："我作品的缺陷远远不止缺少女人和爱情一桩，有不止一个的评论家就曾指出过我更致命的一个弱点：张驰太偏重于传统文化而缺乏现代意识。对此，我诚心接受；但也有茫然感，茫然的就是这个'现代意识'，我实在弄不清它的内涵，我以后慢慢学习。至于传统文化，我则老实承认，我的确是'重'的，这是那块土地赋予我的血统，我无法脱胎换骨；倘若我这个血统中断，我们的长城也早像玛雅神庙那样灰飞烟灭了。"①

但张驰的"茫然"实际已关涉中国现代文化的建构问题。中国的现代文化形态，既不可能像西方现代文化那样以"推陈出新"的方式自发地形成，更不可能脱离本土传统文化以"无中生有"的方式另行建构，而是亟待从本国传统文化中汲取民族精神作为建构现代文化的基石与根本。也就是说，既要引进先进的西方现代文化，给本国传统文化注入鲜活的血液，又要凭借本国传统文化的精神动力以完成重大的社会变迁，这对当代中国社会来说的确是令人颇感困扰的难题。现代化的大势使传统文化已渐渐丧失了其赖以生存的土壤，它不再具有自我创新的能力，而西方文化尽管具有全人类意义的因素，但更多的则是西方民族性乃至资本主义性质的东西，不可能直接转化为中国现代文化。唯一的可能出路在于，通过创造性的转换，将西方现代文化因素转化为本民族文化更新的内在力量，并通过本土文化的涵化程序，把西方现代文化与本国传统文化整合成一种新的文化形态，即中国现代文化。如果从这个意义上来理解，那么，张驰的"茫然"也可以看作其对中国现代文化的另一维度的探寻，或者说是对中国式现代性的另一种方式的建构，而它着重体现在西部作家对"西部精神"的

① 张弛：《心属山河》，《飞天》1991 年第 5 期。

挖掘与表述中。

在西部作家的眼中，所谓西部精神，从某种意义上说，是西部历史文化与原生态人性相结合所体现出来的价值总和。“西部精神的价值不仅是作家意识里承袭的烙印，而且更要发掘历史的、当代的、让人们感受到和目睹到的荒芜与恐怖环境中那些属于人的踪迹，那些能震撼人们的灵魂的原始的古朴、原始纯厚的人性。”[①] 因此，一些更年轻的西部作家纷纷跑到大草原、戈壁滩、穷乡僻壤、黄土高坡上的窑洞、黄河故道的不毛之地，寻找那些能够体现西部精神的独特的生活、风光和习俗。对西部精神的高度张扬，使西部作家对这里的文化结构有着更深的价值体验，他们以大漠、戈壁、草原或雪山为原点，而将视域遍及西部广阔的农耕文明区，由新疆、河西走廊到陇东高原，再到宁夏的河套平原、山区沟壑。在他们看来，西部是由多色调、多色块的地域所构成的，农耕文明区作为中原文化与游牧民族文化的过渡带，以及生活在这个过渡带的文化区域中的人群，理应成为一种文学存在。不仅如此，西部在空间维度上还带有世界性的现象，诸如荒野与都市的对比性交叉，腹地经济文化与外来经济文化的冲突性交流，不同民族间在生活形态上的矛盾与链接，以及在类似的人文与自然环境中所形成的相类似的民俗风情、人生道路、性格气质等民族性特征，都在西部叙事中被凸显出来。研究者指出，“民族性是现代性的深层动力，民族性是现代性生成的内在机制”，现代性与民族性（传统）“构成了一个问题的不同侧面，从不同的方面表达了同一种理性诉求”[②]。在这里，“传统与现代”以极为微妙的方式形成了对话机制，形成了一种双向交融、交织乃至再生成的趋势，现代是在传统基础上的现代，现代在传统之中寻找和获得了合法性，而传统将其根须一直延伸到了现代某种的内核之中，在现代的光环中焕发出了新的文化生命力。

正是基于这样的认知，西部叙事中“西部汉子”的形象更多地吸引了我们的目光。这些集苦难与善良于一身、崇尚韧性与血性、具有健全人格

① 赵学勇：《文化与人的同构》，兰州大学出版社 2000 年版，第 264 页。

② 谭好哲等：《现代性与民族性：中国文学理论建设的双重追求》，社会科学文献出版社 2005 年版，第 615—616 页。

的西部硬汉人物，如张锐《盗马贼的故事》中的盗马贼、《爱神？死神？》中的筏子客，李镜《暮色》中的屯垦知青，张曼菱《戈壁滋味》中的乌孜别克人，《唱着来唱着去》中的回民，在这些滚爬于社会的底层却永不言败的人物身上，不仅体现出了西部精神的光芒，而且也将传统与现代更和谐地统一了起来。张曼菱曾深有感触地说，“阿勒泰人民对生活的朴素而深刻的理解，尤其是以哈萨克民族为代表的那种豁达宽容，开放洒脱，充满爱和情的性格，将艰难的人生，提高到一个美好崇高的境界。这种古老的意识，和现代的渴求存在着某些奇妙的吻合，而这正是我对人类的理想”[①]。张曼菱的人格理想，是一种开放性的既汲取了西部精神的精髓又与现代人的品格相融合的产物，也是对西部叙事中传统与现代相融会的极好阐释。

四 现代文明的贫困与重返民族传统的姿态

早在20世纪30年代，沈从文就以一个作家的忧患与敏锐，指出了现代工业文明对传统的宗法社会造成的破坏及精神污染，“去乡已经十八年，一入辰河流域，什么都不同了。表面上看来，事事物物自然都有了极大进步，试仔细注意，便见出在变化中堕落趋势。最明显的事，即农村社会所保有那点正直素朴人情美，几乎要消失无余，代替而来的却是近二十年实际社会培养成功的一种唯实唯利庸俗人生观。敬鬼神畏天命的迷信固然已经被常识所摧毁，然而做人时的义利取舍是非辨别也随同沉没了。‘现代’二字已到了湘西，可是具体的东西，不过是点缀都市文明的奢侈品大量输入，上等纸烟和各样罐头，在各阶层间作广泛的消费”[②]。在这个表述中，沈从文以一个“客居城市而精神返乡”的现代人眼光，第一次传达了中国的现代性给人造成的震惊体验，他弥散于字里行间的悲悯感和失落感是如此的沉重，竟成了20世纪中国文学史上一个难忘的瞬间。研究者认为，沈从文“不是从党派政治的角度来写农村的凋敝和都市的罪恶，也不是从现代商业文化的角度来表现物质的进步和道德的颓下，他处于左翼文学和海

① 张曼菱：《荣幸的历险——我写西部的创作手记》，《中国西部文学》1988年第1期。

② 沈从文：《长河·题词》，见《沈从文文集》第7卷，花城出版社1982年版，第2页。

派文学之外，取的是地域的、民族的文化历史态度，由城乡对峙的整体结构来批判现代文明在其进入中国的初始阶段所显露的全部丑陋处”[①]。沈从文及其追随者所持有的“地域的、民族的”历史文化态度，以及对现代文明毫不掩饰的批判，构成了20世纪中国文学之于现代性问题的重要一极，深度影响了后辈作家的价值取向，从80年代中期的“寻根文学”到21世纪的“底层文学”，沈从文的镜像都依稀可辨。

现在看来，沈从文们所揭露和批判的，是现代文明在给人带来物质文化进步的同时，并没有给人带来与之相应的精神文化；相反，它在不断掏空人的精神存在，把人变成唯实唯利的实利主义者。无论如何，这显示了现代文明极其狰狞的一面，但仔细追究起来，现代文明其实没有能力建构一种能让国民普遍认可的精神维度，现代文明的贫困正表现在它精神资源的匮乏。美国学者艾恺曾深入剖析过欧洲的现代性进程，指出“启蒙运动”在改变欧洲人的世界观的同时，却给后世留下了精神灾难的祸根。“启蒙运动不但改变了欧洲的世界观，由于其本身即包含了‘道德真空’的基因，遂为日后的‘价值失落’‘没有目的’与‘无意义的世界’播下了种子”[②]，以启蒙运动为前奏的现代化运动所导致的精神灾难，绝不仅仅是欧洲现象，它“对社会的传统礼俗、民族文化的继承等造成的破坏，也是大同小异的”[③]，中国社会在奔赴现代化的路途中要承受现代化的代价当然也不例外，19世纪30年代是如此，新时期以来更是如此，所以中国的反现代化的批评声音将会持续，这种声音实际也是现代性的必要构成，正如艾恺所言，“现代化及与其同时存在的反现代化批评，将以这个二重性的模式永远地持续到将来”[④]。

具体到西部作家，也经历了一个起伏动荡的过程，这与他们的人生阅历和现代性的反思相关。大多数西部作家都来自社会的底层，来自乡土社会或游牧民社会，他们对乡场与牧场的格外熟悉，使他们在最初拿起笔来

① 钱理群等：《中国现代文学三十年》，北京大学出版社1998年版，第276页。

② ［美］艾恺：《世界范围内的反现代化思潮——论文化守成主义》，贵州人民出版社1999年版，第10页。

③ 同上书，第2页。

④ 同上书，第235页。

的那个时刻，注定要在艺术的观照中揭示传统文化对西部人性格的渗透，揭示在贫困和艰辛中西部人性格的变异和西部人生存的沉重。但他们同样有过较长时间的城市体验，接受过现代文明的洗礼，这样，当他们将艺术视点再次投放到这块生于斯、长于斯的大地的时候，必然要努力开掘出超越乡土或牧土的内容，必然要揭示那些已经太卑琐、太麻木的灵魂，也必然要对现代文明寄予过多的理想化的情感预设。可以说，这在 20 世纪 80 年代初期表现得非常明显，其主题形态也呈现为“现代文明战胜（取代）传统文明”，现代性话语是主流。然而，随着现代文明的大量涌入，随着物质文化的日益增多，平静而温情的农牧业社会的那些人格之善与伦理之美却在消失，吃饱了肚子的人们挖空心思所想的，只是利益，是无尽的利益，这让他们感到，失去的远比得到的要多，于是，他们对现代文明产生了抵触乃至深刻的怀疑，80 年代后期和 90 年代初期显示了西部叙事的这一趋势。作为作家，他们更关注人的精神存在，但一个严酷的事实是，随着现代化程度的加深，西部人的精神世界正被改写，西部人在形成“一种唯实唯利庸俗人生观”，一切温情的面纱再也罩不住人们贪婪无度的欲求和唯利是图的冲动。不仅如此，西部作家也从深层次上发现了另一个更为严酷的事实——西部人在现代化的进程中变得越发贫穷了，这种“贫穷”并不是说他们没有解决温饱，而是当代文明社会并没有给他们提供应有的话语权，他们参与社会事务的能力大幅减弱，西部人变成了永远沉默的群体，就像祁连山上沉默的积雪。这样，西部作家对现代文明的情感已不仅仅是怀疑，更多的是不满与愤怒，是无奈与悲悯，是否定与抗争。因为这样，西部叙事才呈现出了重返民族文化传统的态势，与其说这是复古或念旧，不如说这是通过对传统的回归而表现其否定和反抗现代文明的决绝更为恰当。

贾平凹的文学人生正好构成了一条较为明晰的对现代化由憧憬到怀疑，再到批判的曲线图。20 世纪 80 年代的贾平凹虽然没有像沈从文那样对现代文明有更深刻的反思，能够怀抱一种彻底的批判态度，也没有构筑起“乡村与都市”的二元对立的文学世界，但我们仍然可以透过他的作品窥测到他对现代都市文明的反拨意向。如在《商州》中，作者塑造了这样一个人物，他出身农家，富于才情，成年后在城市中大显其能，被人视为才子，但长年的城市生活却使他感到疲乏与厌倦，自觉生命力已经衰竭。一旦远离了城市文明而置身于大自然的怀抱，顿感“鸟儿冲出樊笼”的爽快，他跋山涉水，游遍商州的村村寨寨，听闻了无数奇人异事，而当他重返城市文明时，不由得脸色红润，精神饱满，仿佛找到了失落已久的灵性与魂魄。在这个叙事中，贾平凹已有了追随沈从文的迹象，他开始以怀疑的眼光再度审视现代文明与自然人性的背离与吊诡。如他所言：“历史的进步是否会带来人的道德水准的下降，而浮虚之风的繁衍呢？诚挚的人情是否还适应于闭塞的自然经济环境呢？社会朝现代的推行，是否会导致古老而美好的伦理观念的体解或趋向实利世风的萌芽呢？”[①]《山城》《腊月·正月》《鸡窝洼人家》等作品，在古朴的文化传统与浮泛的现代时尚的两相比照中彰显了一种张力结构，体现了民族传统及道德伦理在现代物质文明的攻势中，逐渐崩溃瓦解、迁移变位的令人惊心动魄的景象。关于传统与现代冲突的主题形态，在贾平凹90年代以来的创作中，有着更深入的表述，《土门》《秦腔》和《高兴》等都是选材严、开掘深的作品，其对现代文明的批评程度也在加深，虽然作者不时流露出某种无奈又无措的神情。这里的“深”已不是简单意义上的传统与现代冲突的问题，更是对“现代化”动机本身的质疑，这样的意思，他自己表达得够清楚了：“我为这些离开了土地在城市里的贫困、卑微、寂寞和受到的种种歧视而痛心着哀叹着……想为什么中国会出现打工的这么一个阶层呢，这是国家在改革过程中的无奈之举，权宜之计还是长远的战略政策，这个阶层谁来组织谁来管理，他们能被城市接纳融合吗？进城打工真的就能使农民富裕吗？没有了劳动力的农村又如何建设呢？城市与乡村是逐渐一体化呢，还是更加拉大了人群的贫富差距？”[②]

张承志又是一例。在西部作家中，张承志也许是最具争议性的了，他经常被人看作“理想主义者”“宗教圣徒”“浪漫骑士”之类，更有人说他满蓄着英雄主义的冲动，对生活与未来有着不尽的激情，还携带着骑士般

---

① 贾平凹：《答〈文学家〉问》，《文学家》1986年第1期。

② 贾平凹：《高兴》后记，作家出版社2007年版。

的忧伤等。对一个孜孜于精神探索的作家来说，在其叙事中必然会开拓出较大的意义空间，从而呈示出多面性与多义性。上述说法可能都是成立的，但如果我们换一个角度，从“传统/现代”冲突的主题形态上来解读，那么，张承志的精神探索是否还蕴含着某种现代性的深沉思考？以他早期的作品《黑骏马》而论，张承志在传统与现代的冲突中还左右摇摆，无论是对文化传统，还是对现代文明，他都难以否定，难以割舍，这使他似乎永远被置于“在路上”的尴尬之中。主人公白音宝力格所承受的传统与现代剧烈冲突的煎熬，也正是张承志所承受的煎熬。白音宝力格的一切美好的记忆都在传统之中，但又是传统毁坏了他美好的记忆，他开始向往现代文明，决心到现代都市去接受洗礼。然而，不久他就发现，现代都市社会中的虚假、虚伪和虚妄根本就不适合他，他选择了逃离，又回到了草原，他骤然间领悟到，传统文化的宽容、大度和隐忍是多么的宝贵，但他能实实在在地融入传统当中去吗？《黑骏马》并没有给我们确切的答案。张承志后来的作品，如《北方的河》《大坂》《金牧场》，都在阐释“传统与现代冲突”的主题，那些“蓬头发”的主人公对现代文明的厌倦与背弃，也反映出张承志复归传统的趋势，而到《心灵史》，张承志更以空前的姿态表现出对传统的坚决复归。张承志对现代文明不遗余力的批判，很久以来一直在被人误读，但张承志的批判是有根据的，他所渴望的“精神存在”，现代文明原本就无法提供，张承志也是在发现了现代文明的“道德真空”之后，才表现出对现代文明的厌倦与背弃的，这是我们理解张承志的前提。而在当前的消费语境中，张承志的所有精神诉求，诸如“英雄主义情结”也被人当成了消费的资料，这种现象其实说明，在传统与现代的这场旷日持久的冲突中，传统早已失去了均衡性，现代（包括后现代）已成为当然的主流。

第五章　史评接受论

本章从文学史评价和读者接受的视角探讨当代西部小说的命运遭际。文学史评价镜像着史家对它的认可程度，而读者接受程度则反映着它所产生的社会价值意义。意味深长的是，史评与接受并不是总能达成一致，在西部作家身上这种矛盾甚至有时表现得非常明显，因此，对西部小说从上述两种视角进行研究，其价值不仅是重新反思和透视西部作家的创作问题，而且在更宽泛的意义上说，也是对整个当代文学史叙事的史学观念、价值立场、评价尺度，以及读者接受机制的反思。在西部小说的研究史上，这个研究领域尚属盲区，故此领域的努力更具有探索性质。本章选取的文本在西部小说谱系中影响较大并较有代表性，它们问世的时间长，经过了充分的争鸣与研究，是文学史中可以或已经定性的文本。

第一节　《创业史》:当代文学史反复言说与沉浮不定的经典

“柳青《创业史》现象”是中国当代文学史上一个异常复杂的现象。这种现象的复杂性在于，柳青将“左翼”文学和延安文学的传统顺理成章地带入到当代文学中来，在一个万象更新的时代尝试现实主义史诗性巨著的创作，他自始至终都践行《讲话》的精神要求，创作态度的极端真诚，使他的创作终至代表了一个时代的文学高度。他又是从社会的最底层观察当代中国的现代性进程的，他的创作传达着底层大众的愿望诉求和人生期待，底层大众文学到了柳青、赵树理这些作家才真正地成熟起来。在当代文学民族化、大众化的转型中，他于赵树理之后进行了更为艰苦的探索。是柳青、赵树理、周立波这些来自解放区的作家赋予了当代文学以某种特质。由于柳青身处一个政治话语一统的时代，所以，在政治话语的交替中免不了要经历沉浮，文学史在言说他和《创业史》的时候，也潜在地从政治话语进行基本的判断，“文学柳青”总是走不出“政治柳青”的阴影。20世纪90年代以来的文学史叙事缺乏必要的“文学柳青”的言说已然成了一种趋向，而事实上，在这种叙事的接力中，读者离真实的柳青已越来越远，这不仅是“文学柳青”的悲哀，也更是文学史自身的悲哀。路遥这些西部作家却能祛除意识形态的迷障而走近真实的柳青，这是因为他们对文学的共同追求和宗教般的虔诚使其能够跨越时代的沟壑进行精神交流。柳青不死，不是因为政治，而是因为文学。

一 文学史叙事与经典秩序的变更

中国现当代文学学科的建制与演变，在很大程度上是围绕着经典作家和经典作品的选择、认定、诠释和评判进行的。从一个综合的视域来看，文学经典序列的形成，其实是各种权力关系（主要是政治权力和知识权力）运作的产物，而各种权力关系的运作，则集中体现在文学史的叙事与判断之中。在韦勒克看来，文学史是指在“一个与时代同时出现的秩序”[①]的研究，韦氏所谓“时代”自然包括当下，所谓文学史，其实是置身于当下语境中的史家对文学事实的重新排序。“中国当代文学史”的书写活动实际上是在新中国成立10年后渐次展开的。在“当代文学”这门新兴学科的草创阶段，“当代文学史”的言说天然地被赋予了不同于“现代文学史”书写的话语期待。当代文学作为现代文学的合理延续，必然携带复杂的政治文化信息，它又是新体制下建立的文学，因此它必然要更集中地体现国家意志。20世纪60年代初出版过几部较早的当代文学史著作，影响较大的如《中国当代文学史》（山东大学中文系中国当代文学史编写组，山东人民出版社1960年版）、《中国当代文学史稿》（华中师范学院中文系，科

① ［美］韦勒克、沃伦：《文学理论》，刘象愚译，江苏教育出版社2005年版，第32页。

学出版社 1962 年版）等。这些早期的史著弥散着强烈的文学历史的政治化的气息，体现着鲜明的国家意志，我们可以发现，编撰者是在自觉接受政治诗学的前提下完成文学史叙事的，叙述者将中国当代文学的事实过程直接与其时的政治运动相对应，显示出这门新兴学科挥之难去的政治性“魅影”与附属色彩。新时期初，涌现出了一批试图回归文学本位的史著，如张钟等《当代文学概观》（北京大学出版社 1980 年版）、郭志刚等《中国当代文学史初稿》（人民文学出版社 1980 年版）。这些史著既是从政治诗学走向审美诗学过渡时期的叙事，也是真正意义上的规范的政治诗学的体现。进入 80 年代中期，学术界展开的关于文学史叙事的大讨论是一个意味深长的文学史事件，它的出现既标志着政治诗学一尊格局的终结，也标志着文学史言说中多重话语空间的交叉趋势。“20 世纪中国文学”概念和稍后“重写文学史”主张的提出，都是在力图颠覆政治诗学的同时，对启蒙姿态的张扬和对文学史多元格局的呼唤。1999 年前后，当代文学史的书写成为学界的一大热点，仅 1999 年就出版了近 10 种的各类史著，如洪子诚《中国当代文学史》（北京大学出版社）、陈思和《中国当代文学史教程》（复旦大学出版社）、於可训《中国当代文学史概论》（武汉大学出版社）、王庆生等《中国当代文学》（华中师范大学出版社）、杨匡汉等《共和国文学 50 年》（中国社会科学出版社）、陈美兰《文学思潮与当代小说》（武汉大学出版社）、丁帆等《十七年文学：“人”与“自我”的失落》（河南大学出版社）。

20 世纪 90 年代以来，当代文学史书写在叙事话语上开启了两种范式，一种是学术化的审美诗学的言说，一种是持与左翼文学史观相左的知识分子民间立场的言说。其后出现的史著大多不出这两种范式，如吴秀明《当代中国文学五十年》（浙江文艺出版社 2004 年版）和孟繁华等《中国当代文学发展史》（人民文学出版社 2004 年版）就明显走的是范式一的路子，甚至在“绪论”中对“红色经典”发出质疑的董健等《中国当代文学史新稿》（人民文学出版社 2005 年版）也在“回到历史现场”的自我约束中保持了较为客观的史实描述。民间立场范式在其后的延伸中，几乎走向另一极端，即由对“文革”文学的否定上溯到了对“十七年”文学的否定。国内这种否定的声音很容易从遥远的西方资本主义国家那里产生共振，如德国汉学家顾彬的《二十世纪中国文学史》(华东师范大学出版社 2008 年版)中认为 50—70 年代的中国文学乏善可陈，“我们在这一时期的文本中观察到的不是黄金岁月，而是日益严重的思想驯化”[①]，有人对顾彬这种隔靴搔痒的文学史叙事进行了批评，指出一个“红色中国”是资本主义现代性无法概括的异质性的“他者”，同理，“红色中国”背景下的文学遭遇否定就是必然的了。“如果说现代文学的‘对中国的执迷’只是在探求和想象一个现代中国的话，那么 50—70 年代的中国文学则在致力于建构‘红色中国’——‘新中国’的合法性。前者尚遭到怀疑，后者的文学价值则更要遭到否弃。”[②] 一针见血地揭示了此类否定声音中所蕴含的意识形态指向。顾彬现象的凸显，表明我们的“文学史”绝非一种话语存在的空间。

“一切历史都是当代史”，当代人当然可以对既定的历史事实进行选择性的阐释。但问题是，谁拥有这种权力？具体到当代文学史，即谁拥有言说历史的话语权？如果搞不清这一点，也就不能洞察被既有的“话语”所遮盖的也许是更真实的历史。新时期以来，在话语的重新分配中，有人获得了充分的权力，而有人却失去了权力。那么，谁失去了权力？无疑，是弱势群体——那些工农大众，他们又进入了持久的沉默状态，他们的愿望诉求在文学史叙事中也同样得不到有效的反馈。于是，当代文学史的书写在“审美”“启蒙”“现代性”等范畴的规范中，将工农大众再一次变成了“愚昧的”被启蒙的对象。这种现象，有人称为“转型”，也有人称为“回归”，命名虽然不同，但意思大致趋近，都说明文学史叙述者的“身份”已发生了微妙的改变。这是特别值得研究者关切的问题。

我们不能不看到的是，20 世纪 90 年代以来文学史叙述者“身份”的频繁变动所导致的直接后果，是文学史呈现出了大相径庭的面貌，而经典秩序也随之改变。这种状况，在关于 50—70 年代文学的叙事中尤为明显。仅以“柳青《创业史》现象”为例，或其文学史地位受到质疑，或进入不了文学史，或被封存于某一个历史时段。凡此种种，都一再表明柳青的文

① ［德］顾彬：《二十世纪中国文学史》，华东师范大学出版社 2008 年版，第 279 页。

② 陈晓明：《“对中国的执迷”：放逐与皈依——评顾彬的〈二十世纪中国文学史〉》，《文艺研究》2009 年第 5 期。

学人生和文学成就尚未得到当代文学史的清晰认可。那么，到底是哪里出了问题？是文学史的评价尺度出了问题，抑或是“柳青《创业史》现象”本身的确存在问题？还是因为别的什么原因？因此，考察“柳青《创业史》现象”史学评价的演变轨迹，就不单是追究一个作家创作成败的问题，实际也是对整个当代文学史的评价尺度和价值立场的系统考察。

二　当代文学史叙事中的“柳青《创业史》现象”

在中国当代文学史上，还没有一个作家的文学史地位像柳青一样如此大起大落，也没有一部作品像《创业史》一样备受推崇或横遭贬黜。当代文学所经历的辉煌与曲折，所承受的荣耀与阵痛，所肩担的责任与悲情，似乎最终都要浓缩为一个作家和一部作品——“柳青《创业史》现象”。关于柳青《创业史》现象的史学评价，不仅折射出50年来当代文学的文学观念、话语方式和叙事范型的演进，而且也在更广泛的意义上，显现着“左翼”文学和延安文学传统的流变衰落、现实主义文学的处境日难，以及底层大众文学从文坛的悲剧性退场。

柳青《创业史》的命运遭际实在太意味深长。20世纪60年代初，伴随着《创业史》（第1部）的问世，形成了一个极壮观的评价热浪，在参与评价的学人当中，有资深评论家，如冯牧、邵荃麟，也有后起之秀，如严家炎、朱寨，一些重要的文艺类报刊，如《文学评论》《文艺报》《上海文学》皆长篇累牍地刊登评论性文章，其参与人数之众、发表评论之多、研讨规格之高、热情持续之久，就一部作品而言，是整个当代文学史上都罕见的，尽管关于主要人物梁生宝塑造的深度问题有不同意见，但都没有否定其取得的成就，这场旷日持久的争论，实际上奠定了《创业史》在当代文学史上的重要地位。对60年代这场论争做出定性和概括的，是《中国当代文学史稿》：“《创业史》深刻地描写了农村合作化过程中激烈的阶级斗争和农村各个阶层人物的不同风貌，揭示了社会主义必然胜利的客观规律，塑造了一个高大丰满的梁生宝的形象。”[1]“文化大革命”期间，柳青受到重创，被迫辍笔，同

① 华中师范学院中国语言文学系编：《中国当代文学史稿》，科学出版社1962年版，第653页。

时，《创业史》也沉入深潭，关于柳青《创业史》的研究随之搁置。

新时期初，沉寂了10年的柳青，拖着病残之躯，以惊人的爆发力修改完成了《创业史》第二部的上卷和下卷，18年之后的这种出场，使柳青《创业史》的研究再次成为新时期文学神话中的一大焦点，更多的新人加入到了这个研究阵容中来。此阶段的研究，除了对60年代成果的借鉴之外，还对柳青的诸如“深入生活”的方式、“创作道路”的形成、“文学思想”的结构，以及他早期创作的一些被忽略的短篇都进行了较为系统的钩沉，《文学评论》《现代文学研究丛刊》等期刊发表了众多柳青研究论文，甚至陕西的《人文杂志》《西北大学学报》还开辟了柳青研究专栏。肯定性声音大大压过质疑性声音，从而使《创业史》在“十七年”文学谱系中被凸显出来，是这个阶段的一个显著特征，其时的史著对《创业史》的评价也与60年代相比有明显提升，如《中国当代文学史初稿》是这样做出认定的，“《创业史》是一部反映农业合作化运动的史诗性的巨著，其思想和艺术成就都远远超过其他同类题材的作品，在我国当代文学史上占有非常突出的地位”[①]。“史诗性的巨著”“远远超过”“非常突出”，这些断语的使用都意在强化《创业史》在当代文学史上的经典地位。引人注目的是，该著只将柳青和赵树理、周立波单列作家专章。至此，柳青《创业史》完成了经典化的历程。

进入20世纪80年代中后期，随着主流意识形态文化集权的松动，思想文化领域显得异常活跃，不同类型的话语纷纷出场，也是在这种“反思”的时代潮流中，学术界提出了“二十世纪中国文学”的概念和“重写文学史”的主张，其原初的意旨都是为了重倡“五四”文学传统和再续启蒙话语，而同时，两者也都对50—70年代文学发出了质疑的声音。在当代文学研究整体转向的背景下，《创业史》作为“红色经典”的模本受到冲击是必然的。首先向《创业史》发难的，是1988年发表于《上海文论》的一篇题为《“柳青现象”的启示——重评长篇小说〈创业史〉》的文章，该文对柳青的创作动机发出了根本的质疑，指出柳青《创业史》“囿于”“那

① 郭志刚主编：《中国当代文学史初稿》，人民文学出版社1980年版，第308—309页。

些运动的发起者和领导者们对运动的理论概括”，来表现“党的指引和历史发展必然要求的一致性”，这“就是柳青‘永远听党的话，忠于政治’的表现”，而这样做的结果，却是使作家“不能真正接纳生活的全部丰富多样性”，使“文学创作的自主性受到限制”，使“创作主体的丰富度和自由度”“也受到限制”[①]。现在回过头来看，该文的许多论点是欠成熟的，特别是将柳青《创业史》从具体的历史情境中剥离出来的做法，引发了持不同立场的研究者的坚决反驳，而且，该文赖以立论的基础仍然是当年的一些政治话语，切合文本实际的东西并不多。无论如何，这是一种征兆，预示着柳青《创业史》将跌入新的轮回之中。

在20世纪90年代的文学史叙事中，关于柳青《创业史》的言说某种程度上形成了反差，如《中国当代文学史》（北京大学出版社1999年版）仍将“柳青的《创业史》”在第七章单列一节，而以“重要的作家作品”单独形成章节的无非只有6个作家作品，这说明在该著的结构中，柳青《创业史》的经典地位并没有产生动摇。同时期出现的《中国当代文学史教程》（复旦大学出版社1999年版）是以作品解读来辐射和勾连文学史事件的著作，但该著却对柳青《创业史》只在不经意间一笔带过（见第35页），显然，以“民间立场”“潜在写作”和“隐形结构”为其择史标准，柳青《创业史》不在《教程》的视野之列也是意料之中的事。问题是，在《教程》的第二章“来自民间的土地之歌”中，将《山乡巨变》作为“表现农业合作化题材”的典范文本是否最恰当，另外，著者宁愿细读《李双双小传》而不愿提及《创业史》就让人大惑不解了。我们发现，在《教程》的整体安排中，对红色经典——“三红一创”做了有意的疏离，“三红”中唯一被细读的是《红日》，而《红岩》《红旗谱》也遭遇了和《创业史》相同的命运。《中国当代文学史》和《中国当代文学史教程》作为90年代影响甚大的史著，其对柳青《创业史》评价的悖反现象，一直在21世纪问世的文学史叙事中还隐隐约约继续着。

21世纪以来，重估“红色经典”的文学价值成为当代文学研究的一个

① 宋柄辉：《“柳青现象”的启示——重评长篇小说〈创业史〉》，《上海文论》1988年第4期。

重要趋向，不同于此前研究的一个标识，就是在避开已“过度阐释”的政治话语与文化话语的前提下，显示出复归文本现场的趋势，并借此以揭示“红色经典”的文学性特质，这种趋向势必有利于使“红色经典”从种种政治话语和文化话语织造的浓雾中重见天日。一篇题为《写得怎样：关于作品的文学评价——重读〈创业史〉并以其为例》的文章，对《创业史》的文学价值进行了探寻，该文从“文学性”视界给柳青《创业史》做了这样的评价：“今天的作者在‘写什么’和‘怎么写’方面超越《创业史》是太容易的事，但是能在艺术描写，艺术表现能力上与柳青一比高低的并不多”[①]。这个评价提醒我们，从一个熟悉的“政治柳青”走向一个陌生的“文学柳青”不仅是可能的而且是必要的，它揭开了柳青研究的新序幕。事实上，21世纪的文学史叙事大多都能给“红色经典”以一定的文学性评价，而不至于过多地在思想内容方面纠缠，相应剔除了将其等同于政治寓言的荒谬。

在2004年出版的两部史著（人民文学出版社出版的《中国当代文学发展史》和浙江文艺出版社出版的《当代中国文学五十年》），2005年人民文学出版社出版的《中国当代文学史新稿》中，都是将柳青《创业史》看作重要文学史现象而进行阐述的。尽管上述三部史著不约而同地都涉及《创业史》的文学性评价，却在深层次上依然存在着某种悖反。《新稿》在第四章第七节将《创业史》与《三里湾》和《山乡巨变》放在一起进行述评，有关柳青《创业史》的述评文字大约1500字，特别指出了《创业史》所具有的史诗性的品格，“作品有意识地将蛤蟆滩发生的故事与外界社会，与整个国家的政治政策联系起来，将故事置于时代风云的宏大背景之中，从而形成了作品一个非常显著的思想和艺术特点：视野宏阔，高屋建瓴，具有强烈的理性思辨色彩”。但该著在下文中随即做了自我颠覆，似乎又有脱离文本实际而重蹈政治话语阐述的覆辙的嫌疑，“应该承认柳青创作态度的高度真诚，但是，由于他的创作基本点是建立在对现实政策进行图解的基础之上，作品的缺陷也就由此而来”[②]。《新稿》对柳青《创业史》

---

① 刘纳：《写得怎样：关于作品的文学评价——重读〈创业史〉并以其为例》，《文学评论》2005年第4期。

② 董健等主编：《中国当代文学史新稿》，人民文学出版社2005年版，第145—146页。

述评中的内在矛盾性，其实也是新时期以来关于“红色经典”研究不完善的反映，也就是说，这些研究对文本还是缺乏必要的阅读耐心，仅满足于外部研究而不能深入其内核。

《发展史》在第八章“红色文学的繁荣”中，给柳青《创业史》设置了专节，并对其做了这样的转述性的评价，“柳青的《创业史》被普遍认为是代表五六十年代文学创作最高水平的作品之一”①。该著在做了这个判断后的行文中，并没有对《创业史》的文学性因素做出诠释，但通过追溯由《创业史》的争论而汇聚为影响深远的“中间人物论”，以及塑造“工农兵英雄人物”成为当时唯一合法性的美学标准，其实从侧面印证了柳青《创业史》在当代文学史上的重要地位。《五十年》在第三章第二节“以工农兵为主的小说”中，有柳青《创业史》的专门讨论，尽管这部分的文字也不足千字，而关于其评价却呈现了某种新的气象。该著从20世纪90年代以来文学史评述中的薄弱环节入手，全新地描述了柳青《创业史》的精神内涵，“小说通过我国农业社会主义改造运动中农村各阶层人与人之间的新变化、新排列、新组合，展示出我国农业合作化的历史风貌和农民群众精神世界的巨变。可以说，农业合作社的发展史，实际上是一部创业者的心灵史。这也是这部小说具有永恒生命力的一大原因”。这个论断的确在某种程度上刷新了过去人们对柳青《创业史》形成的偏见。《创业史》所呈现的精神内涵，自60年代以来一直受各种因素的干扰，而得不到有效的阐述，该著却在“回到历史现场”的姿态中，举重若轻地归纳出了《创业史》的固有品格，那就是对特定历史时期底层民众心理的深刻把握，是文本具有“永恒生命力的一大原因”。此外，该著还对《创业史》从题材处理、人物描写、结构布局等方面做了简要的述评，结论是“《创业史》被认为是一部反映我国农村合作化运动的‘史诗性’的长篇巨著”②。在经历了一个大的轮回之后，有关柳青《创业史》的史学评价好像又回到了80年代初期，但仔细考量，却无论从所占篇幅，史家对其地位的认定，还是研究者对其文学价值的挖掘，都无法与80年代初期相比，不难看出，其经典地位已受剥蚀。

---

① 孟繁华、程光炜主编：《中国当代文学发展史》，人民文学出版社2004年版，第110页。

② 吴秀明主编：《当代中国文学五十年》，浙江文艺出版社2004年版，第48页。

三　重估柳青《创业史》的文学史意义

“柳青《创业史》现象”作为当代文学史上一个极为独特的存在，其所网络的方方面面关乎当代文学体制变迁和审美转向过程中必然产生的深层矛盾，所以，要对其做出准确的文学史定位显然不是一件简单的事情。笔者以为，在这些绕不开的复杂矛盾中，主要涉及如何评价来自解放区的作家的问题，如何评价“左翼”文学和延安文学传统的问题，如何更加理性地评价作品思想内容的问题，文学创作最根本的目的何在和为谁创作的问题，只有厘清了这些问题，关于柳青《创业史》的史学评价才有可能做到客观与公正，文学史的症结也许正缘于此。

柳青是20世纪40年代“整风”运动后在西北解放区成长起来的作家，因此，他终生的文学命运都与《讲话》纠结在一起，其荣与辱、浮与沉都源于对《讲话》精神的操守和践行，这至少可以从下述几个层面来解读。柳青将文学事业看作“革命事业”，是为一定时期的革命任务服务的，是改变劳苦大众境遇的方式，而不可能是休闲娱乐和无病呻吟的载体，所以，一个作家的写作和成长，在他看来，“只要他时刻考虑自己对劳动人民的责任心，不要把文学事业当作个人事业，不要断了和劳动人民的联系，他就有可能不发生停滞和倒退的现象，而逐渐走向成熟”①。这也就不难理解，柳青为什么会提出“做文学的愚夫”和“六十年一个单元”的主张了，而其表征则是勤勤恳恳、无怨无悔地笔耕不辍，不为“享受，虚荣，发表欲，爱情要求，地位观念”所动摇。与毛泽东《讲话》提出的知识分子改造相一致，柳青在新中国成立前后多次深入基层，在艰苦的岗位自愿地、自觉地磨炼自己，苦行僧似的进行知识分子改造，这也是柳青区别于很多来自国统区作家的一个重要特征，其早期的长篇叙事如《种谷记》和《铜墙铁壁》，就是根据基层工作的观察和体验而完成的。柳青经受了来自极端的物质贫乏，以及持久的心灵寂寞的考验，最终和那些处于社会底层的农民融合成了一体，不仅是形象上的，也是情感上的，用他的

① 柳青：《转弯路上》，见山东大学中文系编《中国当代文学研究资料·柳青专集》，［出版地不详］1979年版，第20页。

话来说是，“黑夜开完会和众人睡在一盘炕上，不嫌他们的汗臭，反好像一股香味”[①]，正因为有了这种情感的皈依，他的笔触也就能够沉潜到底层民众的灵魂深处，在时代的大变动中自如地镜像其心灵运行的轨迹。

柳青总结和坚持实践的“三个学校”（即生活的学校、政治的学校和艺术的学校）的文学主张亦脱胎于《讲话》的精神范畴。《讲话》非常强调“生活”的重要性，称它是文学创作的“唯一源泉”，《讲话》虽然要求文学成为政治斗争的“武器”，但这种“武器”要有力量，还必须具有强烈的艺术感染力，“缺乏艺术性的艺术品，无论政治上怎样进步，也是没有力量的”[②]。“三个学校”的文学主张即使在今天看来，依然富于真知灼见。柳青关于创作与生活辩证关系的阐述，是从自身的实践经验总结出来的，他曾反复告诫初学者，“要想写作，就先生活。要想塑造英雄人物，就先塑造自己”，而反对“在房子里头塑造自己”[③]。和柳青这种主张相悖的是，新时期以来的创作大多不重视深入生活，向壁虚构的情况普遍存在，这样的作品不要说再过上几十年，就是在发表的当年也经不住细读，更经不起仔细地推敲，这是当代文学的进化，还是倒退？柳青多次论及他学习毛泽东著作的感受，并尝试以毛泽东思想为其判断是非的基准，竭力在纷繁复杂的生活流程中把握历史发展的规律，从而赋予他的作品以一种特有的历史性厚度。在《种谷记》和《铜墙铁壁》出版后，他就谈道，“我今天能够写出两本稍微有一点点内容的长篇小说来，没有毛泽东思想的教导是不可想象的”[④]。《创业史》发表后受到社会的广泛关注，柳青曾著文表达了自己创作的初衷，“这部小说要向读者回答的是：中国农村为什么会发生社会主义革命和这次革命是怎样进行的”[⑤]。这个真诚的告白一度成为史家抨击他“图解政治”的口实，但如果放回到历史语境中去的

---

① 柳青：《转弯路上》，见山东大学中文系编《中国当代文学研究资料·柳青专集》，[出版地不详] 1979 年版，第 10 页。

② 毛泽东：《在延安文艺座谈会上的讲话》，见《毛泽东选集》，人民出版社 1966 年版，第 854—855 页。

③ 柳青：《转弯路上》，见山东大学中文系编《中国当代文学研究资料·柳青专集》，[出版地不详] 1979 年版，第 37 页。

④ 同上。

⑤ 同上书，第 19 页。

话，则不难想象，离开了毛泽东思想指导的柳青还可能是真实的柳青吗？他也绝不会有那么充沛的热情去创作《创业史》了。柳青以其创作实绩名列新中国成立初文学格局中的“中心作家”，这当然不排除主流意识形态的导向作用，但主要的原因恐怕还在于他对《讲话》精神的刻苦钻研和灵活把握，并在具体的创作过程中身体力行地实践它和验证它，因而他自然就成了《讲话》精神的典型范例。

20世纪80年代中后期，伴随着《讲话》精神在一定程度上的被质疑，柳青及其《创业史》受到冲击在所难免。但任何人都是历史地存在着的，柳青不可能无端地超越其所经历的人生和知识结构的边界，去创作某种抽象的文学。辩证地看，《讲话》及其精神的实践者柳青都有值得商榷的地方，但是否所谓“纠偏”就非要来个彻底的颠覆，柳青们怎么说的、怎么做的则反其道而行之就算“现代”、就算“人性”、就算“启蒙”了？此类简单的逆向思维方式也该到进行清算的时候了，我们只要提出一个常识性的问题就可以判断这种思维方式的不可行性，即新时期以来的“现代派”文学，在实绩上有没有达到柳青们所达到的高度？这也许是文学史家更应该深究的发问。柳青及赵树理、周立波等这些解放区成长起来的作家的创作，在20世纪中国文学的发展史上自有其不可替代的开创性意义。

柳青们将当代文学的重心从长江流域引向黄河流域，使这块广袤而贫瘠的大地第一次以几乎粗砺的样态大规模地进入了文学的审美视野，这种“引入”弥补了现代文学所忽略的领域，从而为创造新的审美维度提供了充分的可能性。读者从那些崇山峻岭、大河古月、荒漠浓云、积雪冰柱中，感受到的是一种异样的美，一种有异于南方弱柳扶风般的弥散着力量的美。不仅如此，读者还看到了别样的一群——憨厚中有智慧、粗放中有温情、坚韧中有细腻的北方汉子，这些人物的介入，为当代文学的人物谱系平添了更具质感的魅力。“五四”一代及后来者大多熟悉并抒写的是江浙、福建、四川和湖南一带的风土人情，而柳青这些20世纪40年代在山西、陕西、河北、山东一带的解放区扎根的作家，以满蘸着情感的笔触将那些乡土味、人情味十足的文化景观五光十色地嵌入到了当代文学的构架当中，从而大大扩充了当代文学的文化底蕴。柳青的作品始终充溢着陕北和关中平原那淳朴、壮美和厚实的乡土情调，他笔下那巍峨的终南山，苍莽的渭河平原，白雪皑皑的秦岭奇峰，碧波荡漾的汤河流水，以及关中黏胶样的黑土，蛤蟆滩的茂林渠岸、鸡鸣鸟啼、泥墙茅舍，处处呈现出八百里秦川特有的雄浑和质朴，粗犷里显细腻，俏丽中见豪放，却都能给人以丰富多彩的语言快感和审美愉悦。

现代文学的聚焦点较多体现在农民和知识分子身上，而柳青们却把现代文学中通常被看作需要“启蒙”的农民作为主要的表述对象，尤其是再现了苦难的农民翻身做主人的那个历史瞬间顾盼四周、半信半疑、踟蹰不前而又心存感激的情态。主人公“身份”的转移，意味着当代文学在前“十七年”必将通过农民的生活、心理和欲望的展现来折射中国现代性的曲折进程。柳青们对农民及其生存的文化空间——乡土的诗意叙写，是以不同于“五四”时代的知识方式来体现农民的“本质”的。有人曾指出，现代文学对农民的“误读”和“知识”认定（如在鲁迅的笔下，农民形象往往是原始、愚昧、麻木和冷漠的），导致了现代文学一种巨大的遮蔽现象，“‘乡土’在新文学中是一个被‘现代’话语所压抑的表现领域，乡土生活的合法性，其可能尚还‘健康’的生命力被排斥在新文学的话语之外，成了表现领域里的一个空白”①。因此，柳青们的创作其实是以自己独特的方式参与了“中国农民本质”的建构与生产，凸显了现代文学中被压抑的有关“农民”的现代性“知识”。当代中国的社会问题，归根结底，还是农民问题，柳青们怀着高度的社会责任感，密切关注着底层农民的精神走向，因为他们深知，中国社会的稳定和发展与这个群体息息相关。柳青这些从底层中来、到底层中去的作家，注定要在“历史现场”叙写农民群体改变自身命运的艰难历程。他们是真正的“底层作家”——长期扎根于社会的底层，在真切的生活流程中体察底层民众的哀乐人生，而他们的笔端流淌着的却是乐观和豪情，是对新生制度不可遏止的赞美之情，因而在他们的作品中绝难读到与现代文学相类似的沉重的忧患和失望的叹息。但他们对农民的命运并不盲目乐观，其实在《创业史》当中也传达了柳青

① 孟悦：《〈白毛女〉演变的启示》，见唐小兵编《再解读——大众文艺与意识形态》，香港牛津大学出版社 1993 年版，第 87 页。

深沉的忧虑，蛤蟆滩的“三大能人”以及梁三老汉，都构成了农民改造自身命运以及奔赴现代化的路途中的解构性力量，柳青的深刻之处是将这种解构性力量归结为传统文化惯性的运作，即私有观念才是梁生宝必须面对的最顽固的阻力。无论如何，他们的作品有一种天然的力量，尤其是对那些徘徊在社会底层的群体而言，能够从他们的作品中阅读到奋斗的乐趣，并体验到平凡人生中的美好事物。多少年后，当我们习惯于浏览种种人性的恶和人生的苦，蓦然回首，才体会到底层文学中的这种乐观豪情是多么的珍贵、多么的短暂而又激动人心。

在柳青这些作家身上所焕发出来的延安精神，作为一种表征，就是他们虽然有着强烈的政治热情，但从不谋求个人利益和计较个人得失，正因为如此，他们才能忘我地投入到创作中来，才能奠定其风格得以形成的基础——细心体察底层真实的生存和真诚倾听他们内心的呼声，这种延安精神在当今消费主义盛行的语境中更显弥足珍贵。柳青的创作不仅传承了“左翼”文学和延安文学的传统，而且还自觉实践社会主义现实主义的创作方法，设法从古典文学和民间文学中汲取多种营养，从这个意义上说，他们的努力是新文学实现民族化、大众化梦想的重要一环。柳青及其《创业史》既是那个时代的产物，又超越了那个时代所能容纳的限度；既是政治话语中的存在，又超越了政治话语所能触及的边界；既是地域性的文学传达，又超越了地域文化的范畴；既是理想主义的言说，同时又具有理性的历史厚度。柳青的文学人生特别在西部作家中持续发生着巨大的影响。

路遥、陈忠实、邹志安等西部作家，是循着柳青的轨迹而展开其文学诉求的。路遥曾多次亲聆柳青的教诲，从而使其精神人格得以提升，他从柳青那里承继更多的是乡土情结、进取精神，以及殉道者的决绝和苦吟者的坚韧。他追踪着柳青的现实主义创作道路，亦然全景式地描述一个时代的巨变在底层群体内心所激起的层层波澜，亦然满怀深情地叙写一个底层青年曲折拼搏的创业之路，亦然雄心勃勃地织造着沧海桑田的巨幅画卷。《平凡的世界》不妨看作《创业史》的合理延伸，孙少平也是梁生宝的生命延续。《创业史》和《平凡的世界》这两部不同时空中问世的底层文学力作，感动了数代沉浮于社会边缘的人群，这种“感动”的力量，无非来自这两部作品都能够使弱势群体在一个浮华世界的喧嚣之外，看到别一个更真实、更持久，也更具有人情味的世界，因为只有这个世界才属于他们，才是他们疲惫的灵魂可以诗意栖息的地方。可以说，路遥是柳青的坚定的追随者和维护者，路遥在20世纪80年代和90年代能够引起中国文坛的分外关注，正在于他复活了柳青的文学精神，接续了柳青未尽的文学话语。尽管由于路遥思想高度的限制和知识结构的约束，没有像柳青一样成为一个时代的文学标杆，但柳青应该感到欣慰，毕竟他的薪火已经相传。陈忠实也奉行柳青“三个学校”的文学主张，从1962年到1982年这漫长的20年时间里，他一直处于社会的底层和基层，积累了大量的素材，为其创作一部“民族的秘史”夯实了基础。着手创作《白鹿原》之前，陈忠实花了两三年的时间去做社会调查和历史研究，为了搜集到原始性的素材，他走访了关中平原的上百个村子、几百户村民，查阅了几十个县的县志，做了近百万字的笔记。成稿之后，又花了多年的时间潜心修改。陈忠实创作《白鹿原》的前前后后，始终将自己定位在“做文学的愚夫”的基点上，长时间地忍受着心灵的折磨和创作的煎熬，殚精竭虑、呕心沥血，柳青的文学精神在陈忠实这里以另一种方式呈现了出来。作为一种精神资源，柳青的文学人生已渗透到了西部作家的血脉当中，其影响并不会因为时代的更替而褪色。

第二节 “路遥现象”:再议当代文学的一桩公案

与其他西部著名作家相比，路遥的文学史境遇可以说是更加“不幸”，在21世纪以前他一直不能进入文学史。“路遥现象”已构成了当代文学无法回避的一桩“难断”的公案。路遥从20世纪80年代初崛起于文坛，10年的时间创作了数量惊人的叙事文本，但史家似乎无法将其痛快地归入任何一种文学流派，路遥写作的边缘性、传统性和底层性，使史家默认和遵循的评价标准及价值立场受到空前的挑战。《平凡的世界》却又是当代文学中最受读者欢迎的文本之一，是大学生自觉选择的“成长”中必读的文本，其影响之广，在百年中国文学史上也实属罕见。路遥曾经被史家“集体遗忘”而读者对他的“生命叙事”却有着持续的热情，两者之间形成了一种匪夷所思的张力，张力的巨大存在，正反映出文学史叙事者必须回答的根本问题：文学史到底要说什么。史家是否坚守了某种可信的尺度，是否其价值立场值得追问，是否其真实反映了当代文学的“丰富性与多样性”，这些问题的存在，当然不是只通过“重写文学史”就可以解决的，如果不能清晰回答那个根本问题，文学史叙事将永远可能重复相同的尴尬。

一　路遥：被文学史一度“忘却”的作家

李建军在路遥去世 10 周年的时候，写过一篇题为《文学写作的诸问题》的文章，文中对国内学术界及文学史叙事冷眼路遥的情状流露出难以掩饰的不满，他这样写道：“我们在中国的评论性的文学杂志里，已很少看到路遥的名字了。我们的批评家宁愿对一个只能写出死的文字的活着的作家枉费心力，却不愿对一个虽然去世但其文字却仍然活着的作家垂青关注。”① 李建军的不满不是没有根据，在路遥去世之后的 10 年时间里，他不仅被学术界逐渐淡忘，而且更被文学史家“有意”忘却。查阅 21 世纪前有关路遥研究的文章细目，则不难发现，大部分文章集中在从 1982 年《人生》的发表到 1992 年路遥去世这个时间段落里，其后学术界关于路遥的研究热情递减，在研究者眼中，路遥研究无疑已经越来越“边缘化”。和学术界的冷眼相呼应的是，文学史家对路遥的定位更是暧昧不清，回顾这个时段中以“当代文学（史）”命名的著作，可以发现路遥的文学史处境非常尴尬，从 1999 年出版的几部影响较大的史著来看，像洪子诚著的《中国当代文学史》（北京大学出版社）、王庆生主编的《中国当代文学》（华中师范大学出版社）都不曾提到路遥的创作，因此也就不会给路遥的文学人生以定位了。而在各类以“当代文学思潮”或“新时期文学”命名的著作中，叙述者也都没有更多地提及路遥。路遥成了一个被文学史“忘却”的作家。关于这个现象，近年来的研究中多有论述，但阅读这类文章，我们发现不平不满多而冷静分析少。现在看来，追问路遥的文学人生受冷遇的

① 李建军：《文学写作的诸问题——为纪念路遥逝世十周年而作》，《南方文坛》2002 年第 6 期。

原因，或许比呼吁研究者和文学史家关注路遥更重要，因为在这个“忘却”现象的背后，正潜藏着路遥文学人生的特别之处，更具研究价值。

路遥始终坚守自己的审美理想，从来都不盲目趋时，也不愿置身于瞬息万变的文学潮流之中，但他不是独行侠，他更像一个辛劳而沉默的农民，即使在烈日下挥汗如雨也不会随意找个阴凉地与人搭腔。结果是，他给文学史家出了一个极大的难题，史家不能不看到他的成就（很多研究者以为史家无视路遥的创作成就，这显然是个误区，因为路遥在 20 世纪 80 年代的轰动效应他们怎能视而不见），但又将他无处安身，因为在 80 年代风行一时的各种文学思潮中，如伤痕文学、改革文学、寻根文学，将路遥置于何处都显不妥，那些思潮尽管对路遥也有影响，却都未成为他叙事的重心，倘若文学史家按其归纳出来的线索描述路遥，不免显得力不从心。抛开思潮不论，以小说类型而言，路遥叙事也是一个描述的难点，你说他写的是乡土小说，他又经常关涉城市，而你说他写的是城市小说，却又是地道的乡土小说。也许史家在这样的时刻都会得出相似的结论：路遥就是路遥，一个立于思潮之外的作家，一个有话可说但“无从说起”的作家。于是，就出现文学史叙事中的两种情况，或者是干脆不提及路遥，或者是简单地一笔带过。

从 1980 年在《当代》第 3 期发表《惊心动魄的一幕》开始，路遥便显示了置身于潮流之外的姿态。这个中篇与其时流行的伤痕文学的叙述基调不同，它没有呈现那种批判、声讨或倾诉的叙述风格，而是全力塑造了一个虽犯过错误，但在派系斗争中却能够舍生取义的老干部马延雄形象。作品问世之后，没有引起太大关注，应者寥寥，在为数不多的评论中，秦兆阳的一篇文章可说是掷地有声。“这不是一篇针砭时弊的作品，也不是一篇反映落实政策的作品，也不是写悲欢离合、沉吟个人命运的作品，也不是以愤怒之情直接控诉‘四人帮’罪恶的作品。它所着力描写的，是一个对‘文化大革命’的是非分辨不清、思想水平并不很高、却又不愿意群众因自己而掀起大规模武斗，以至造成巨大牺牲的革命干部。”[①] 秦兆阳是路

① 秦兆阳：《要有一颗热情的心——致路遥同志》，《中国青年报》1982 年 3 月 25 日。

遥文学人生的第一个知音，他虽没有直接指出路遥的不趋潮流，但却道明了路遥从登上文坛的时刻就是一个善于思考的作家。1982 年，路遥发表成名作《人生》的时候，值改革文学的风头正劲，但他没有走改革文学的路子，也就是说，他没有像蒋子龙、张洁、李国文一样，讴歌那些披荆斩棘、迎难而上的改革者，而是刻画了在一个改革年代中不甘平庸、奋力拼搏而命运多舛的农村青年高加林的形象。《人生》问世后，吸引了研究者的关注，一时好评如潮，普遍认为高加林的形象已经达到了典型人物的高度。但在《人生》的研究中，似乎没有人做更深的追问，到底是什么造成了高加林的悲剧命运？我们看到，无论是高加林的时来运转，还是好运的急转直下，都是“权力”运作的结果，与他的个人奋斗无关，也与他的性格结构无关，而这映象出来的，却是路遥对底层人前途命运的深挚忧患：改革带来了无数的机会，但机会的大门不是对底层人也一样公平地敞开。

1986 年，路遥在《花城》发表《平凡的世界》（第 1 部），不久出了单行本，后来又陆续出版了第 2 部、第 3 部，至 1991 年，三卷本的《平凡的世界》终获第三届茅盾文学奖。《平凡的世界》的准备和写作时间长达六七年之久，这个时段学术界掀起了新观念、新方法的大讨论，“左翼”和延安文学传统受到质疑，现实主义、典型、反映论等传统文学观念也横遭贬抑，创作领域则呈现出多种观念、流派、现象并存的令人眼花缭乱的状态，先锋小说、新写实小说等新锐思潮层出不穷。对路遥来说，身处这样的文化语境，他的“史诗性”追求和现实主义的创作精神能否坚持，能否始终如一地完成一个多部头的达百万字之巨的大作品，的确是个严峻的考验。路遥后来不无伤感地谈到，面对思潮冲击时其内心激起的阵阵狂澜和孤军奋战的悲凉，“在当代各种社会思潮艺术思潮风起云涌的背景下，要完全按自己的审美理想从事一部多卷体长篇小说的写作，对作家是一种极其严峻的考验。你的决心，信心，意志，激情，耐力，都可能被狂风暴雨一卷而去，精神随时都可能垮掉。我当时的困难还在于某些甚至完全对立的艺术观点同时对你提出责难，我不得不在一种夹缝中艰苦地行走。在千百种要战胜的困难中，首先得战胜自己”[①]。这是路遥传达的痛切感受，一个作家要坚守其文学理想会是何其之难，非外人可知，但他坚守住了，终于没有放弃。他的审美理想是什么呢？

路遥之能启动创作之旅，与《延河》编辑时期柳青对他手把手的指导有莫大的关联，而柳青传授给路遥的，除了写小说的技术，更有其文学观念、美学理想、人格魅力等精神层面的东西，对路遥的影响至为深远。在柳青看来，文学是一种事业，是能推动底层改变人生命运的事业，路遥的文学观也与之趋近，他曾动情地说：“作为一个农民的儿子，我对中国农村的状况和农民命运的关注尤为深切。不用说，这是一种带着强烈感情色彩的关注。”[②] 这也就不难理解，农村知识者在当代中国的命运遭际，及他们在苦难人生中的奋争历程，便成为路遥建构文本世界的动力之源，因为他们是路遥择取的关注底层命运变动的最好观察点。柳青的文学主张，如“三个学校”“做文学的愚夫”和“六十年一个单元”，在路遥的文学人生也体现得极为明显。路遥的每一篇小说都有过硬的生活基础，绝非基于作家天马行空的想象，他始终践行“生活是文学的唯一源泉”的训导，将自己看作底层劳动者，并积极投身于底层的生活流程之中，因为他认为，只有这样，才能真正体验和把握住生活的精髓，“无论是政治家还是艺术家，只有不丧失普通劳动者的感觉，才有可能把握住社会生活历史过程的主流，才能使我们所从事的工作具有真正的价值。……我们只能在无数胼手胝足创造伟大生活伟大历史的劳动人民身上而不是在某几个新的和古老的哲学家那里领悟人生的大境界，艺术的大境界”[③]。而自始至终的现实主义创作精神，以及鸿篇巨制的史诗性追求，也都源自柳青的言传身教。《人生》问世后，面对如潮的赞誉，路遥远没有飘飘然；相反，他表现得异常平静，他并不以为自己是个文学天才，反而把自己当作“文学的愚夫”，舍得花“笨功夫”进行创作，如其所言，“搞文学，具备这方面的天资当

① 路遥：《生活的大树万古长青》，见雷达主编《路遥研究资料》，山东文艺出版社 2006 年版，第 4 页。

② 同上。

③ 同上。

然是重要的，但就我来说，并不重视这个东西。我觉得，作品在某种意义上，不完全是智慧的产物，更主要的是毅力和艰苦劳动的结果”[①]。路遥的这种做法实属于上乘功法，他在走向文学的大境界，其行文恰似书法中的颜体——寓美于拙乃成大气，故其后也就有了《平凡的世界》这样史诗性的大气之作诞生。他有勇气否定自我，在不断否定自我中成长、前行，而在艺术的表达上又力求精到，他认为，“任何一个严肃认真的作家，为寻找一行富有创造性的文字，往往就像在沙子里面淘金一般不容易”[②]。他又是一个善于思考的作家，他的忧患意识、苦难意识和底层意识总是使他看见别人看不见的东西，感受到别人不易感受到的东西，传达出别人难以传达的东西。他的感情是炽热的，对生活、对人生、对底层的感情都是如此，所以，尽管时隔多年，重读他的文字依然能使人体会到某种燃烧的激情，这样的文字，使一切所谓技巧的东西、先锋的东西、华丽的东西都黯然无光失去重量，这也是他审美理想的别一体现。“对生活应该永远抱有激情。对生活无动于衷的人是搞不成艺术创作的。艺术作品都是激情的产物。如果你自己对生活没有激情，怎么能指望你的作品去感染别人?”[③] 他真挚的表白促人深思。

路遥的精神导师是柳青，这已是不争的事实，就路遥的文学人生来看，也是柳青文学生命的接续，这无疑是路遥遭遇史家冷眼的另一个重要原因。柳青从20世纪80年代中后期开始被某些研究者所质疑，至90年代其遭贬抑也到了最低点，有些史著几乎不提柳青，或是作为被挞伐的对象而提出来。作为柳青弟子的路遥受到“株连”也在所难免，但路遥似乎早有思想准备，被研究者质疑或被文学史家冷眼都不曾动摇他的初衷，他是这样认为的，“写作过程中与当代广大的读者群众保持心灵的息息相通，是我一贯所珍视的。这样写或那样写，顾及的不是专家们会怎么说，而是全心全意地揣摩普通读者的感应。古今中外，所有作品的败笔最后都是由读者指出来的；接受什么摒弃什么也是由他们抉择的。我承认专门艺术批

① 路遥：《作家的劳动》，见雷达主编《路遥研究资料》，山东文艺出版社2006年版，第6页。

② 同上书，第7页。

③ 同上。

评的伟大力量，但我更尊重读者的审判”[1]。他的所思所为几乎和柳青如出一辙，当年柳青创作《创业史》的时候，也是每完成一章都要请那些相濡以沫的农民加以品评，认真听取他们的意见，及时修正和补充，直到他们满意为止，作品发表后，来自专家的批评意见尽管很多，但柳青在大多数情况下都保持沉默，这是因为，在柳青看来，普通读者——那些创造了真实故事的人们的意见，比专家学者的批评更实在、有力。事实证明，柳青和路遥不仅有过人的法眼，更有足够的耐心。评论家的称赞不能使他们忘乎所以，同样，评论家的否定也不曾撼动他们的审美理想，他们知道等待，等待时间的长河将一切虚的、假的、充水的文字荡涤淘尽。文坛上的风云变幻莫测，学术界的好恶亦随风而动，反反复复，此一时也彼一时也，都是常有之事，而普通读者的裁决才是最终的审判。

从更宽泛的文学史视域上看，路遥受史家冷眼也是有原因的。自20世纪80年代中后期到90年代后期，是文学观念的转型时期，这个时期有一个对文学体制化时代的运作机制的怀疑和解构的趋向，这倒是可以理解的，如果要“立”就不能不先“破”。问题是，在这个“破”的过程中，1942年以来几乎所有重要的文学经验都受到了全面的解构和一定程度的重创，这就不能让人理解和容忍了。反映论、典型论、史诗性、宏大叙事等与现实主义脉流相关的经验都被置于十字架上拷问，代之出场的、被“立”起来的则是西方现代主义和后现代主义的经验，而这些所谓“经验”，究其实质不过是通过不甚精确的翻译文字来传达的，加上国内“现代派”作家文化修养的制约和浮躁心理的鼓动，实际写出来的东西与真正的西方现代派或后现代派的精神本质已经面目全非，但是，就这样的作品反而是被文学史乐于和反复叙述的。我们看到，在这种潮流的冲刷下，新文学降生以来就苦心经营的现实主义经验被束之高阁，“反映”被不可知的混乱的历史非理性所替代，“典型”被平面的、模糊的、晃晃悠悠的人物所替代，“史诗”被非逻辑的民间体验的历史碎片所替代，“宏大叙事”则被无所事事的顾影自怜的哼哼唧唧的“个人化”（或曰“私人化”）叙事

① 路遥：《生活的大树万古长青》，见雷达主编《路遥研究资料》，山东文艺出版社2006年版，第4—5页。

所替代。这就是当代文学史所叙述的“多元”景观。也是在这种“多元”景观中，那些时刻关注国家、民族命运的现实主义作家在文学史格局中都面临着“被迫退场”的悲哀，不仅是柳青、路遥，以及其他所有现实主义作家，而且新文学现实主义的代表作家——茅盾的文学史地位都明显呈滑落趋势。所以，在90年代的文学史叙事中，路遥的遭遇显然不是个别现象，而是具有一定的普遍性，这也从反面证实路遥是一个重要的现实主义作家。

我们还非常有必要在“西部作家”的范畴里来讨论路遥的文学史遭遇，这样做的目的在于，对西部作家的现实境遇我们或许将会有更清醒的体悟。在西部作家谱系中，像路遥这样被文学史所“遮蔽”的其实不止一个、两个，杨志军、赵光鸣、董立勃、陆天明、邵振国、雪漠、红柯、王家达、张锐、郭文斌、石舒清等西部作家常常在当代文学史叙事中等于是零存在，不要说是在20世纪90年代的文学史著作中了，就是在21世纪问世的文学史著作中，都没有一个文学史家会耐心地言说他们的作品，也没有一个文学史家对他们的文学人生进行哪怕是最简单的叙述，而他们却实实在在将文学当成了终生的事业，在偏远省份无声无息地坚持写作，他们是在用生命、用全部的智慧进行写作，矢志不渝、无怨无悔。面对他们，文学史家是否还会感觉无言？但他们并不是很在乎文学史家的叙事和研究者的赞誉，他们像路遥一样，扎根于底层人生的厚土之中，生活在创造了丰富多彩的真实故事的那些人们中间，他们的文学活动和生命活动已浇筑在了一起，他们并不感到失落，因为对那些更年轻的西部作家来说，路遥就是他们的样板。

二 《平凡的世界》：一个影响了当代人的叙事文本

路遥在准备《平凡的世界》的写作素材的时候，隐隐预感到这或许将是他生命中的大作，它将会把他生命中的一切，包括思想、情感、梦想、智慧、哲学、经验等，全部吸纳进去，最后熔铸成一群滚烫的文字。创造这样的作品，到西部纵深处进行“精神的朝拜”或接受“精神的沐浴”都是必要的，但正是在进入了毛乌素沙漠之时，路遥突然觉察到，“在这里，我才清楚地认识到我将要进行的其实是一次命运的‘赌博’（也许这个词不恰当)，而赌注则是自己的青春抑或生命”[①]。对路遥来说，《平凡的世界》的写作注定将是生命的极限体验，而延续时间之长更是令他心力交瘁，路遥后来不止一次谈到写作过程的举步维艰。它已不是创作一部作品的问题了，而衍变成了路遥与命运之间展开的一场生死博弈。下面这些感受算得上是他写作之艰的极好注脚：“有时候，一旦进入创作过程（尤其是篇幅较大的作品)，如同进入茫茫的沼泽地，前不着村，后不靠店，等于一个人孤零零地在纸上进行一场不为人知的长征。时不时会垮下来，时不时怀疑自己能否走到头，有时，终于被迫停下来了。这时候，可能并不是其他方面出了毛病，关键是毅力经受不住考验了，当然，退路是熟悉的，退下来也是容易的，如果在这种情况下被困难击败了，悲剧不仅仅在这个作品的失败，而且在于自己的精神将可能长期陷入迷惘状态中，也许从此以后，每当走到这样的‘回心石’面前，腿就软了，心也灰了，一次又一次从这样的高度上退下来，永远也别指望登上华山之巅。遇到这样的情况，除了对自己所写的东西保持清醒的头脑以外，最重要的就是要咬着牙，一步一步地向前跋涉，要想有所收获，达到目标，就应当对自己残酷一点!”[②] 在中西方文学史上，像路遥这样为了心爱的文学事业而甘愿支付生命的作家委实不多，路遥创作《平凡的世界》的过程，也正如曹雪芹之创作《红楼梦》的过程——“字字看来都是血，十年辛苦不寻常”。有研究者对路遥为了创作以命相搏的“自残式”的做法表示怀疑，认为不值得，真是浅薄之见。虽然我们不能说路遥的倾力之作《平凡的世界》就一定是部伟大的作品，但至少可以肯定的一点是，所有的传世之作都定然少不了生命的浇灌与熔铸。这也就不难理解，《平凡的世界》为什么终至成为一部影响数代人的作品了。

“影响”有时体现在一定的统计数字上。《平凡的世界》每出一稿都在中央人民广播电台播出，即使还在播出过程中，电台和路遥就收到数以千

---

① 路遥：《早晨从中午开始——〈平凡的世界〉创作随笔》，见《路遥文集》第 5 卷，人民文学出版社 2005 年版，第 252 页。

② 路遥：《作家的劳动》，见雷达主编《路遥研究资料》，山东文艺出版社 2006 年版，第 6—7 页。

计的听众来信，“沉默的大多数”对作者路遥不想再保持沉默，他们要敞开心扉向路遥诉说心中淤积的苦闷和“阅读”这部作品时的惊喜。作品人物孙少平、孙少安所经历的屈辱史、奋争史和创业史，给听众带来的情感冲击和精神鼓舞是空前的，也是深层次的。而令他们倍感震惊和欣慰的是，孙少平们可能就在他们的身边，或者听众自己就是孙少平、孙少安，这种“阅读”体验对他们来说是从未有过的，缘此也就形成了马斯洛所谓的“巅峰体验”，而这种体验一旦形成便成为永远的文化记忆，深刻影响其行为方式与价值判断。从听众对《平凡的世界》的强烈反响来看，路遥无疑完成了“生活是文学的唯一源泉”论断的形象化诠释。试想一部向壁虚构式的作品，哪怕作者的叙事再怎么先锋前卫，言辞再怎么华章流彩，技巧再怎么纯熟老到，都不会让读者永生难忘，这是为什么呢？是因为“假”，因为读者会迟早发现在真实生活中根本就不是那么回事。有人做过统计，《平凡的世界》仅从1986—2000年这15年间，至少已重印过四次[①]。而且，在2005年前后进行的几次调查都显示，《平凡的世界》受读者欢迎的程度，在中国当代文学类图书乃至古今中外的所有文学类图书中都是居于前列的。[②] 所以，有人这样认为也绝不是没有道理，“随着时间的推移，它不但在读者的记忆中显示出越来越重要的意义，而且在当下读者的阅读生活中占据越来越中心的位置”[③]。李建军根据自己作报告时参与研究生的讨论，记录和整理了一些现实的材料，也从一个侧面说明了《平凡的世界》影响的广泛性与持久性。一个研究生说，“像《平凡的世界》这样的作品，不管是文科班的，还是理科班的都在看”，另一个研究生说，“我觉得它（指《平凡的世界》）不仅是我的精神资源，我的同龄人或我们的上一代人中一大部分人都从中获得了慰藉”，还有一个研究生指出，孙少平虽身处逆境而追求不息的精神对他冲击颇大，“这种追求精神，我觉得对我们这个时代太重要了，太重要了！当我出现这种迷茫心态的时候，我拿过《平凡的

① 熊修雨等：《穿过云层的阳光——论路遥及其创作对中国当代文学的反思》，《学术探索》2003年第3期。

② 贺仲明：《〈平凡的世界〉现象透视》，《文艺争鸣》2005年第4期。

③ 邵燕君：《〈平凡的世界〉不平凡——“现实主义常销书”的生产模式分析》，见李建军编《路遥评论集》，人民文学出版社2007年版，第309页。

世界》来看看的时候，我会热泪盈眶的"[1]。《平凡的世界》影响“80后”大学生的程度，我们也不妨举现实之例。前几年笔者到某大学访学，由于未敢携带太多的书籍，研究中要用到《平凡的世界》的文本，就去校图书馆借阅，不成想连去十余次皆无果而返，原因都是一样——已全部“借出”，无奈之下只好去书店再购得一套，此事当时甚感蹊跷，后笔者回到所在高校，发现情况也相类似，隔了很久又去查阅，终于看到空出的一套，但书页显然由于阅读次数太过频繁已字迹模糊，装订亦呈散乱之状，从中不难看出，“80后”大学生无疑也是将其当作成长经历中必读的人生教科书了。

我们该如何看待读者接受中的“《平凡的世界》现象”呢?《平凡的世界》的问世至今已有二十余年，在这个时间段落中，研究者从来都是毁、誉皆有之，各执一词，互不相让。毁之者尽情数落《平凡的世界》的不是，指出它有这样或那样的缺点和“不成熟”，而且甚至对其拥有如此庞大的读者队伍也表现出不屑的神情，言外之意是，读者对《平凡的世界》的热情纯属多余。而誉之者明知此等言论甚是荒谬，但因为缺乏强有力的学理论据，或辩词中夹杂了较多的情感成分，故而不能使其反驳有效击中对方的要害，竟使此论四处讹传。路遥早就警告过，有些作家太过低估读者的“总体智力”了，以为读者不看好他们的作品是读者不识好歹，却从没有坐下来好好反省自己的写作是否真的出了问题，这自然会助长他们不必要的“愤世嫉俗”之慨，他们真应该仔细听一听路遥的警告，“大多数作品只有经得住当代人的检验，也才有可能经得住历史的检验。那种藐视当代读者总体智力而宣称作品只等未来才大发光的清高，是很难令人信服的"[2]。从上面持反面意见的情况来看，太过低估普通读者的“总体智力”的，除了某些作家，还确实存在一些研究者。我们认为，无论从何种意义上讲，一部文学作品只有进入阅读历史才能产生其相应的价值，而阅读量越大，读者的反响越强烈，说明该作品的价值意义就越大。姚斯是以研究

① 李建军:《文学写作的诸问题——为纪念路遥逝世十周年而作》,《南方文坛》2002年第6期。

② 路遥:《生活的大树万古长青》,见雷达主编《路遥研究资料》,山东文艺出版社2006年版,第4页。

读者接受理论而闻名的学者，在他看来，“真正意义上的读者”是实质性地参与了作品存在，甚至决定了作品存在的读者。不言而喻，离开了读者的阅读，即使一部作品有再大的价值也不会产生什么意义，比如，摆在桌子上而不被阅读的莎士比亚的《哈姆雷特》和摆在桌子上的台灯又有什么区别呢？因此，姚斯认为，“文学作品从根本上讲注定是为这种接受者而创造的”①，而文学作品只有在持续的阅读中才能转化为一种实质性的当代存在，他以这样的比喻来说明阅读的重要性，一部文学作品“更多地像一部管弦乐谱，在其演奏中不断获得读者新的反响，使文本从词的物质形态中解放出来，成为一种当代的存在”②。二十多年来，《平凡的世界》在几代读者中不断获得反响，早已使其成了“一种当代的存在”，并不会因为路遥的谢世而终止。

何谓文学经典？研究者的看法可能差异很大，但根据姚斯理论来看，所谓文学经典就是无论在何种语境下都被读者阅读的作品，是能不断读出“新意”来的作品，是无论社会如何发展而其生命力都永不枯竭的作品，《平凡的世界》就算得上是这样的一部作品。21世纪以来，随着大陆的地域差距、贫富差距和城乡差距呈无限蔓延趋势，社会底层被大量生产出来，那些来自乡间而挣扎于城市的底层，在城市经历的屈辱史、奋争史和创业史，促使有良知的作家奋笔疾书，底层文学就这样诞生了。底层文学作为21世纪文学的重大潮流，其研究价值自不待言，而也是在这种语境中，《平凡的世界》进入了其新的阐释历史。如果从底层文学的美学尺度来衡量，《平凡的世界》完全称得上是一部底层文学作品，孙少平们的经历绝不亚于当下底层文学中底层的人生，但与当下底层文学不同的是，《平凡的世界》弥散着的悲壮的英雄主义情结，却能给陷入苦难与困境的人们提供某种“走出来”的精神力量。路遥的文学人生，不能不让人想起别尔嘉耶夫曾说过的一段话，“俄罗斯作家没有停留在文学领域，他们超越了文学界限，他们进行着革新生活的探索。他们怀疑艺术的正当性，怀

① ［德］姚斯：《文学史作为向文学理论的挑战》，见姚斯等《接受美学与接受理论》，周宁等译，辽宁人民出版社1987年版，第23页。

② 同上书，第26页。

疑艺术所特有的作品的正当性。19世纪的俄罗斯文学带有教育的性质，作家希望成为生活的导师，致力于生活的改善"[①]。深受俄罗斯文学影响的路遥，也像19世纪的俄罗斯作家一样，在“进行着革新生活的探索”和“致力于生活的改善”，他以“超越了文学界限”的眼光和看起来略显朴拙的文字从事这项艰难的工作，但他却因此拥有了铁杆读者——那些滚爬于生活底层的人们，那些不愿屈从于命运的人们，那些虽屡遭坎坷却永不放弃的人们，这或许是“路遥《平凡的世界》现象”成为一个永恒话题的原因。

三　文学史到底要说什么：路遥现象的存在意义

既然“路遥现象”是一种不可能视而不见的当代存在，不管文学史家出于何种想法而“遮蔽”它的存在，必然会激起普通读者和研究者的强力反弹。我们重提这个话题，并不是要再次为路遥鸣不平，而是试图探寻史家的这种“遮蔽”趋向是否已误入了某种方法论迷途，并进而反思20世纪80年代提出“20世纪中国文学史”和90年代提出“重写文学史”之后，当代文学史写作模式到底有没有真正意义上的突破。毋庸置疑的是，在我们的“探寻”与“反思”的过程中，“路遥《平凡的世界》现象”始终是一个重要的参照系，是否言说了这一现象，如何言说了这一现象，都如同试金石一样，将史家的方法论和文学史写作模式进行检测，而我们的理论资源仍主要是倚重姚斯的接受美学思想。

姚斯在1969年发表的《文学学范式的改变》一文中指出，20世纪60年代以来德国文学史研究之所以衰落，归根结底是研究方法上的失误。[②]姚斯将迄今为止存在的文学史研究方法归纳为三种重要的范式：古典主义—人文主义范式（以古代经典为范本来衡量后世文学作品的优劣，并以此为依据描述文学发展的历史，此范式在19世纪衰落）；历史主义—实证主义范式（将文学史看作整个社会历史的一部分，文学的变革是社会政治变革和思想发展的必然结果，此范式在第一次世界大战后衰落）；审美形

① 崔道怡：《“冰山”理论》，见崔道怡等编《对话与潜对话》，中国工人出版社1987年版，第325页。

② 朱立元主编：《当代西方文艺理论》，华东师范大学出版社2005年版，第286—287页。

式主义范式（对文学作品本身进行内部研究，将文学史看作与一般社会历史分离的自足封闭的历史，此范式在第二次世界大战后衰落）。姚斯认为，这三种文学史研究范式都割裂了文学与历史、历史方法与美学方法的内在关联，所以都无法揭示文学史实本身。必须找到一种新的能将文学与历史、历史方法和美学方法统一起来的文学史研究方法，在《文学史作为向文学理论的挑战》一文，姚斯深入阐述了他的文学史研究方法，即接受美学。姚斯显然发展了英伽登和伽达默尔的学说，认为文学作品的存在方式显示为紧密相关的双重历史，一是作品与作品之间的相关性历史；二是作品存在与一般社会历史的相关性历史。作品与作品之间的相关性历史，被古典主义—人文主义描述为以古典为范本确定作品文学性的历史，在审美形式主义那里，则被描述为新形式取代旧形式以获得文学性的历史。而关于作品存在与一般社会历史的相关性历史，是历史主义—实证主义最先注意到这种相关性的，但它不仅忽略了作品与作品之间的相关史，而且也对文学与社会历史的关系做了决定论的理解。姚斯紧接着指出，文学作品的存在史不仅是上述的双重历史，也是作品与接受相互作用的历史。过去，人们将文学作品看作先于读者接受的客体，它只与作者的创作有关，读者只是被动的接受者，与作品的存在无关。这样，一部文学史不过是作家的创作史和作品的罗列史，读者被抛却在文学史的视野之外。因是之故，姚斯坚决主张，文学史研究必须引入读者之维，这种“引入”是接受美学作为文学史方法论基础的关键所在。

关于当代文学史写作的讨论是20世纪末的一个热点话题，该话题酝酿于钱理群等人提出的“20世纪中国文学史”之说，后经过陈思和等人“重写文学史”的倡议，终于涌现出了众多“重写”的文学史著作。当时关于这个话题的讨论，集中在“写什么”和“如何写”这两个问题上，前者要回答的是当代文学史应该叙述什么，后者要回答的是以什么价值立场进行阐述，显然，“方法论”问题还没有进入该话题的讨论中。现在看来，关于这个话题的讨论远未结束，21世纪以来仍在激烈进行，例如在2007年由中国当代文学研究会、《文艺争鸣》杂志社、首都师范大学文学院联合主办了“中国当代文学史：历史观念与方法”的学术研讨会，主题转向历史观和方法论，说明“重写”之作还有其商榷空间。我们拟选择三种“重写”的当代文学史著作，以检测史家所持方法论和文学史写作模式，它们是洪子诚著的《中国当代文学史》、陈思和主编的《中国当代文学史教程》和吴秀明主编的《中国当代文学史写真》，三部史著各有特色，为“重写”的探底之作。

洪著在“前言”部分开宗明义地指出，“对于中国当代文学，本书在具体评述时，将划分为上、下两编。上编主要叙述特定的文学规范如何取得支配地位，以及这一文学形态的基本特征。下编则揭示这种支配地位的逐渐失去，以及在不同的社会历史语境中，中国作家建立‘多元’的文学格局所做的艰苦努力”①。洪著的这种言史方式，属于典型的历史主义—实证主义范式，所以，尽管其有很多突破，如对传统范式的自我调整和修复产生的创新，能将“问题”带到“历史情境”中去，对社会环境的审视采取了多维视角，而从姚斯理论来看，仍然表现出了两个明显的不足。其一，缺少“作品与作品之间的相关性历史”的言说，也就是文学性分析和美学意识未能充分展开；其二，没有引入读者之维，忽略了“真正意义上的读者”。现实主义无疑是当代文学一个重要的美学流派，但通观洪著似乎没有形成完整的概念，所以，赵树理之后的柳青，柳青之后的路遥便失去了线索上的描述，路遥的缺席便是断线的标志，况且对《平凡的世界》的只字未提也表现出该著的无读者之维。陈著在“前言”中说，“以文学史知识为主型的教科书一般是以文学运动和创作思潮为主要线索来串讲文学作品，但对于本教材来说，突出的是对具体作品的把握和理解，文学史知识被压缩到最低限度，时代背景和文学背景都只有在与具体创作发生直接关系的时候才作简单介绍”②。陈著的这个著史方法，有着明显的突破历史主义—实证主义范式的意图，他还引入了“民间”“潜在写作”和“共名与无名”等文学史观念以强化这一意图。相对于洪著而言，陈著更靠近审美形式主义范式，而也是在这个意义上，它同样表现了不足，以单个作家的单个作品而论，分析得较细也较透，但我们却看不到作品存在史的阐释，比如它虽然选择了路遥的《人生》，但是却没有说明该文本与《平凡

① 洪子诚：《中国当代文学史》前言，北京大学出版社1999年版，第4页。

② 陈思和：《中国当代文学史教程》前言，复旦大学出版社2008年版，第6—7页。

的世界》之间的关联，因此我们就无法看到“作品与作品之间的相关性历史”。陈著以作品为中心来阐释文学史，按姚斯理论看是著史的正路，问题在于，它所选作品有没有经过读者的充分阅读，这个作品是不是一种“当代存在”，《平凡的世界》比《人生》的阅读更充分，更能表明某种当代存在性，故其选择的可疑性就表现了出来。

吴著在“前言”中提到，“我们致力于以实求新，实中见新，力求为学生提供一个立体开放的文本，让他们在阅读大量‘原典创作’的同时接触较多的‘原典评论’；通过对多种多样甚至矛盾对峙的原典评论的解读和阐释，以平等姿态与编者甚或与评论家展开积极对话”[①]，基于上述目标，吴著由五大板块组成：作家作品简介、评论文章选萃、作家自述、编者评点和参考文献。吴著与姚斯提到的三种主要的文学史研究范式确有不同，它试图引入研究者关于作品的解读，可视为读者意识的体现，在文学史的写作模式上呈现了全新的体例。但读罢各种“平面”排列的材料，让人感到似乎置身于材料的散珠之中，而对文学史的走向难以形成完整的概念。这是为什么呢？我们发现，吴著仍未凸显“作品与作品之间的相关性历史”的阐释，一部作品的存在不可能是孤立的，必然有着相关性因素的促成，故如果在没有“作品存在与一般社会历史的相关性历史”非常清晰地描述的情况下，势必会使人产生凌乱之感。此外，姚斯所谓作品存在史的阐释并不是将研究者的接受状况进行“客观”的并置，而是文学史叙事者对研究者和读者接受状况的宏观把握与整体描述。吴著中路遥及其《平凡的世界》是缺席的，这至少表明两种情况：沿袭了“以思潮带作品”的传统思维模式，前文说过，路遥是立于思潮之外的作家，或者说“思潮迹象”很模糊的作家，可能因为这样而不提及路遥；吴著虽然有着“读者之维”的追求，但没有完全实现这一目标，如果充分重视读者的话，就不可能不涉及《平凡的世界》，这同样不能不令人产生某种疑惑。

从上述三部当代文学史的重写之作不难看出，突破是毋庸置疑的，无论在方法论、文学史观念、体例安排等方面都有突破，但它们身上又都体

① 吴秀明：《中国当代文学史写真》前言，浙江大学出版社2003年版，第13页。

现了相似的不足，这明显表现在“作品与作品之间的相关性历史”的阐释空缺方面。文学史写作的真正突破不是一件容易的事情，或许史家太过执着于传统写作模式的比照而看不到突破的限度，在这种情况下，借他山之石以攻玉应该是可取之法，至少在我们看来，姚斯的文学史观就是这样的“他山之石”。姚斯认为，文学研究应落实为文学作品的研究，文学作品的研究应落实为文学作品的存在方式的研究，文学作品的存在方式研究应落实为文学作品的存在史的研究，而文学作品的存在史也就是文学史研究的真正内容[①]。在这个意义上，“路遥《平凡的世界》现象”作为一种当代存在，犹如永远的刻度，在时刻检测着当代文学史叙事的真实性。

第三节 《白鹿原》:新历史小说,家族小说,抑或西部小说

《白鹿原》曾被史家广泛叙事且评价甚高，而研究者对它也投注了持续的热情，但文学史家关于它的定性却总是很不一致，有人认为是“家族小说”，有人认为是“新历史小说”，还有人说是“世纪史诗”，如此等等，可谓不一而足。并不是说这些定性有什么谬误，而是说它们实际都是从叙述者各自的视角对它进行的定性与阐释。无疑，《白鹿原》是当代小说，但也是超越国界的小说，同时还是中国西部小说。我们的主张是，能不能换个视角，将其从“西部小说”的意义上来进行“新”的定位？这才是一个该提出来的问题。西部小说数十年来成就巨大，以参与作家之众、作品数量之丰、叙事样式之多、持续时间之久而论，西部小说都更具有言说的必要，早已具备了“思潮”与“流派”的意义，但通观中国当代文学史叙事，却未能发现西部小说的存留之地，这也许更值得我们反思。

一　回归“西部小说”的漫漫之旅：《白鹿原》的研究史

《白鹿原》从1993年发表至今已近20年的时间，在这个时段中，研究者的热情持续高涨，至今出版的研究论著近10部，发表的各类文章已逾千

① 朱立元主编：《当代西方文艺理论》，华东师范大学出版社2005年版，第287页。

篇，曾吸引了众多中国现当代文学学科领域一线研究者的热切关注，围绕《白鹿原》所展开的多角度、全方位、深层次的讨论已形成了一种文学现象——“《白鹿原》现象”。这个现象的形成，当然主要与文本自身的多义性相关，其丰厚的意蕴，包括文化的、政治的、思想的、伦理的、历史的、人性的意蕴的交叉、组构与复合，以及文本在结构、叙事和话语等层面的成功探索，都为研究者提供了多样评说的可能性。《白鹿原》不仅是当代文学的重要收获，而且也是西部小说谱系中极具代表性的文本之一。但回视已有的研究成果，却不难发现，这些成果大多是从20世纪中国小说格局，或从民族文化传统，或从意识形态表征等进行的分析，而很少有人从“西部小说”这个范畴来考量，这不能不说是研究中的薄弱环节。陈忠实在谈及《白鹿原》的创作经验时说，“当我第一次审视近一个世纪以来这块土地上发生的一系列重大事件时，又促进了起初的那种思索进一步深化而且渐入理性境界……所有的悲剧的发生都不是偶然的，都是这个民族从衰败走向复兴复壮过程中的必然”[①]。“这个民族”当然是陈忠实叙事的大前提和大语境，但文本叙述的故事母体是“这块土地”，也就是西部关中——用陈忠实的话来说，“关中是我们这个民族和国家封建文明发展最早的地区，也是经济形态落后、心理背负的历史沉积最沉重的地方，人很守旧，新思想很难传播”[②]，说明作者对其叙事的“西部性”是有清醒的认识的。以《白鹿原》为中介，陈忠实是在“思索这块土地上的昨天和今天”，这都表明，《白鹿原》首先是西部小说，而后才是当代小说。我们做这样的区分，可能会引起某种质疑，也许有人会说，连西部小说都隶属于当代小说，还有必要做这样的区分吗？在我们看来，做这样的区分，不仅是为了更清晰地透视文本，而且也是为了观察西部小说在某一个历史时期的发展流向；如果沿袭惯常的思路，又如何能对西部小说的脉动与走势做出基本的判断？在《白鹿原》的研究史上，正是因为多数的研究者没有这样的“区分意识”，所以只注意到了文本的大语境和大前提，致使《白鹿原》成了一个当代小说叙事的公共性话题，而忽视了它在西部小说中的重

---

① 陈忠实：《〈白鹿原〉创作漫谈》，《当代作家评论》1993年第4期。

② 陈忠实：《〈白鹿原〉创作散谈》，《扬子江评论》2007年第3期。

要意义。鉴于此，我们在综述《白鹿原》的研究成果时，有必要对那些以“西部本土资源”作为研究视角的成果应特别关注，因为它们都为《白鹿原》的回归“西部小说”做出了某种努力。

《白鹿原》问世不久，在北京召开的专题讨论会便拉开了研究的序幕，这个有朱寨、白烨、张锲、张韧和何西来等评论家参加的讨论会，奠定了其后十多年间《白鹿原》研究的基调。张韧认为：“《白鹿原》是一部激动人心的作品，怎么评价都不过分，必将载入中国、世界文学史册，白嘉轩的出现，改变了影响中国文坛几十年的长篇历史小说创作模式”，张韧着眼于文学史意义对文本进行了定位。同样从文学史意义上进行评价的还有白烨，他认为“《白鹿原》是所有的思考都能指向人自身、指向人的精神和心灵的史诗。……这都是人类性、世界性主题，作品也将因此走向世界”，“史诗”和“人类性、世界性主题”是白烨对文本的基本定位。朱寨的发言突出了这样几个核心词，如“历史”“家族”和“文化”。“在历史题材创作中，《白鹿原》是别开生面的一部，有重大意义，提供了宝贵经验。在大的历史背景上，作品演绎了一根两支的白、鹿两家族史，写的是人生、人的心灵，而不是历史事件。作者不是从党派政治观点、狭隘的阶级观点出发，对是非好坏进行简单评判，而是从单一视角中超脱出来，进入对历史与人、生活与人、文化与人的思考，对历史进行高层次的宏观鸟瞰。”从以后的研究流向看，朱寨的发言影响更深远。何西来则触及了西部本土性资源，发人深省，认为“《白鹿原》是90年代初在社会主义长篇小说创作领域所出现的难得的艺术精品……这是陈忠实创作的新高度，也是陕西小说创作的新高度”，“《白》可以用史诗二字来评价。作者用了一种大文化眼光，写出一种历史文化、地域文化的深厚复杂”，“凝重、苍茫、悲壮的历史感，深沉的命运悲壮感。这同关中地方、白鹿原深厚的地域文化传统结合在一起”，“《白》的语言是所看到的最好的语言，陈忠实可谓得关中方言之神髓者，方言字词的选择是无可替代的，准确而富有诗意”[①]。其后的研究大多是本次讨论会所涉及话题的延伸或深化。

---

① 朱寨等：《一部可以称之为史诗的大作》，《小说评论》1993年第5期。

以家族叙事为视角的研究论文数量不菲，也很引人注目，这类论文探讨的往往是《白鹿原》如何将一个家族兴衰的描写与整个民族历史的书写结合起来，如何构建其史诗品格，如何对一些重大的历史事件从个体的经验出发进行艺术的反映，如何在家族叙事的话语层面上表现民族历史的多样性、复杂性与神秘性。这类论文如郑万鹏的《〈白鹿原〉家族文化》（《东疆学刊》1997 年第 1 期），孙巡的《世纪末对“老家”的悲情回眸——以〈白鹿原〉为个案的当代家族小说主体心态分析》（《南京社会科学》1999 年第 4 期），李兆虹、高天成的《〈白鹿原〉与现代家族文学比较》（《唐都学刊》2008 年第 1 期），袁红涛的《宗族村落与民族国家：重读〈白鹿原〉》（《文学评论》2009 年第 6 期）。与家族叙事研究并生的则是“新历史小说”叙事研究，此类研究将《白鹿原》作为新历史主义潮流的重点文本进行分析，凸显文本对意识形态历史话语的解构和退归于文化边缘的批判话语，如王爱松的《新历史小说与现代史的另一面》（《首都师范大学学报》2001 年第 6 期），王侃的《新历史主义：小说及其范本》（《浙江师范大学学报》2009 年第 5 期）。在《白鹿原》叙事类型的认定上，有研究者从“乡村小说”的范畴进行确认，如李震就认为《白鹿原》是对 20 世纪乡村小说的三种传统——以鲁迅为代表的启蒙传统、沈从文为代表的诗化传统和柳青为代表的史诗传统的全面整合与超越，“《白鹿原》由此获得了将中国乡村小说推向成熟的文学史意义”[①]。从文化视角切入以评价《白鹿原》创作得失的论文数量最大，属于泛文化批评，它们或开掘文本的文化意蕴，或品鉴文本的文化价值，或询问作者的文化立场，可谓众说纷纭，代表性的论文如雷达的《废墟上的精魂——〈白鹿原〉论》（《文学评论》1993 年第 6 期），李星的《世纪末的回眸》（《小说评论》1993 年第 4 期），王仲生的《民族秘史的扣询和构筑》（《小说评论》1993 年第 4 期）。意识形态批评，这类批评注重挖掘文本的思想涵指，而将其关注点投向历史，指向人物和民族的命运，如陈涌的《关于陈忠实的创作》（《文学评论》1998 年第 3 期），白烨的《“一鸣惊人”前后的故事》（《洪流》1994 年

① 李震：《论 20 世纪中国乡村小说的基本传统》，《陕西师范大学学报》2005 年第 3 期。

第5期)。属于原型批评的论文也不少，这类论文多从文化原型入手，或探察原型在文本中的渗透，或追溯原型声音的对话机制，或质疑文本的原创性等，如刘骥鹏的《论文化原型与〈白鹿原〉的对话性——以田小娥为中心》(《齐鲁学刊》2006年第2期)，王为生的《论〈白鹿原〉性描写的文化根源与故事模式》(《徐州教育学院学报》2005年第4期)，宋剑华的《〈白鹿原〉：一部值得重新论证的文学“经典”》(《中国文学研究》2010年第1期)。女性主义批评，以作品中女性人物形象为突破口，揭示造成她们悲剧命运的根源——中国传统文化对女性的压抑、禁锢乃至扼杀，是造成女性悲剧命运不断上演的罪魁祸首，并借此或探讨女性解放的出路，或质疑叙述者的声音，如史林盈的《〈白鹿原〉女性意识的演变》(《文学教育》2007年第10期)，王渭清、赵德利的《灵与肉双重欲求冲突中的苦魂——〈白鹿原〉与〈古船〉中女性形象的个案比较阐释》(《当代文坛》2007年第4期)，梁德惠的《从〈白鹿原〉中的女性形象看当代男作家的男权思想》(《山西大同大学学报》2007年第2期)。人物谱系研究，如白嘉轩、朱先生、田小娥、黑娃、白孝文、白灵、鹿兆鹏等人物都被关注，此类研究以一个作品人物的命运遭际为中心，或析解文化传统，或探讨民族精神，或反思近现代史，如彭松的《白鹿原上的迷路者——〈白鹿原〉黑娃形象分析》(《安徽文学》2009年第8期)，李松的《论〈白鹿原〉中田小娥的形象内涵及其价值》(《广西教育学院学报》2002年第3期)。比较文学批评也是《白鹿原》研究中常见的一种方法，无论是叙事范式、主题演变、文化背景等层面都有比较，或与中国现当代文学文本相比较，或与西方文学名著相比较，在比较中观察《白鹿原》的独特品质，如李建军的《景物描写：〈白鹿原〉与〈静静的顿河〉之比较》(《小说评论》1996年第4期)，王仲生的《两株大树的召唤：〈白鹿原〉与〈大地〉比较研究》(《当代文坛》2008年第1期)，梁福兴的《神秘魔幻白鹿原——〈白鹿原〉与〈百年孤独〉的魔幻现实主义创作手法比较》(《广西民族学院学报》2002年第3期)，李勇的《〈四世同堂〉、〈白鹿原〉之比较研究》(《唐都学刊》2008年第1期)，康铁成的《“政治话语”与“文化言说”——〈红旗谱〉与〈白鹿原〉比较》(《南阳师范学院学报》2007年第10期)。如何看待《白鹿原》中的性爱描写、婚姻习俗及生殖文化，是历来争论的焦点之一，有人认为文本采取性叙事策略，是将性“社会文化化”，以散点透视的手法将性描写与故事的整体叙述融合起来，如李清霞的《〈白鹿原〉的“性”叙事策略》（《兰州交通大学学报》2008年第5期）；有人认为性文化构成了家族文化的重要内涵，性与宗法伦理紧密相关，是窥视民族文化心理的一面镜子，文本中的性文化，给人以很多启发，如纪阳秋的《〈白鹿原〉性文化论》（《科教文汇》2007年第17期）；还有人认为，《白鹿原》的魅力在于作者将“理”与“性”并存于文本中，阐释了其合理性与存在理由，如李宏的《析〈白鹿原〉中的“理”与“性”》[《语文学刊》（高教版）2006年第11期]。上述所介绍的研究成果，我们从小说类型、批评方法等方面进行了分类与简述，但在分类上也不是绝对的，事实上，有些研究成果是交叉性质的，我们也着重是从主要方面做的分类。从这些成果不难看出，《白鹿原》研究已成为当代文学研究中的“显学”，成了一个当代小说叙事的公共性话题。但《白鹿原》何时才能复归“西部小说”谱系？这也许是一个漫长之旅，而我们对倾向于这方面的研究却更需关注。

应该说何西来是最早注意到西部本土资源对《白鹿原》叙事产生深刻影响的研究者，“大文化眼光”“命运的悲壮感”和“得关中方言之神髓”是他的核心观点，其后，研究者也注重从地域文化的视角解读文本。李继凯多着眼于三秦文化这个较大的地域文化背景，对20世纪秦地小说进行了深入的考察，认为其受三秦文化的制约和影响，由此呈现出了四大文化主题——生存·创业主题、造反·革命主题、性恋·爱情主题和解脱·信仰主题，“从一定意义上讲，这些文化主题在滋生于本土文化土壤的同时，也复合、转化为地域文化的精神传统，对后续创作产生着重要的影响作用”[①]，《白鹿原》文化主题的生成也概莫能外。李继凯还指出，秦地小说对民间原型及民间诗意的体认、吸收及再造，既使其彰显了地域文化特色，又呈示了带有流派意味的风格特征，《白鹿原》也正是“从民意的批判取向中获得基本的立场和观点，从而摆脱或超越政治中心（权力）话语

① 李继凯：《20世纪秦地小说的文化主题》，《陕西师范大学学报》1997年第3期。

以及书本观念的局限，拥有了某种综合性的批判力度和深度；而批判的指向既可顺向升华民间的批判，又可逆向省察民间的污垢”[①]。田中阳的《黄土地上的文学精魂——从区域自然地理环境对文学的影响观陕西作家群》[《湖南师范大学学报》（哲学社会科学版）1996年第1期] 这样认为，关中平原优越的自然地理环境，使它成为历史上农耕文明和传统文化一度最为发达、积淀最为深厚的地方，给陕西作家群注入了具有强健生命力的文化基因，使陕西作家追求雄浑的史诗效果，追求大气磅礴的现实主义，陈忠实的《白鹿原》正体现了这种风格诉求。类似的论文，还有武宝瑞的《无奈的流浪　痛苦的回归——从“陕军”近作看当代作家的自主意识》（《中国人民大学学报》1995年第5期），王卓慈的《陕西当代文学与地域文化的研究》（《理论观察》2002年第4期）和李兆虹的《陕西作家群地域性特色的得与失》（《唐都学刊》2003年第3期）等。还有一些论文，虽在题目中没有出现《白鹿原》的字样，但其论述则关涉它，因此有必要做简介。如肖云儒的《史诗的追求和史诗的消解——陕西小说历史观追溯》（《小说评论》1994年第5期）认为，陈忠实的《白鹿原》立足于历史文化意识，主要描绘的是经过了文化心理积淀的历史生活，构成了一种审美形态的文化史。在《当代陕西长篇小说概观》（《安康学院学报》2010年第1期）中，肖云儒和姚维荣对上述观点进行了深化，认为《白鹿原》突破了描绘人物主要着眼于政治斗争生活和与此相关的内心生活这样的局限，而以文化感含蕴政治的、道德的和人性的内容，展现了宏大而细致的全景史。

有的研究者立足于关中文化，从具体的文化层面透视和分析《白鹿原》的基因生成，这类成果也具有较大的参考价值。张国俊曾发表过成系列的“《白鹿原》与关中文化”的论文，对《白鹿原》的创作过程与关中文化的深刻联系进行了阐释，如在揭示文本呈现复杂性地域文化情感的根源时指出，“在关中文化氛围中生长和在都市文化氛围中生存的陈忠实，对关中文化的仁义观念，具有一种认同肯定、批判反思的双重情感和态度，他对关中文化既有感性的直觉，又有理性的认识，从而形象深刻地展

① 李继凯：《论新时期秦地小说中的民间原型》，《湘潭大学学报》1997年第5期。

示出关中文化观念的积极意义和局限性，通过解说关中仁义观的两难困境，表达了对中国以伦理为本体的传统观念的深层认识，使《白鹿原》成为认识中国传统观念的一部优秀的文化文本”[①]。张莹的《陈忠实小说与秦地民俗文化》（《唐都学刊》2008 年第 1 期）认为，《白鹿原》等一系列作品体现了民俗文化向纯文学的渗透与交融，为人们展示了关中民间仪礼等民俗文化。杨姝琼的《〈白鹿原〉物质民俗文化词汇的研究》（《广播电视大学学报》2010 年第 1 期），梳理了《白鹿原》中呈现的物质民俗文化词汇，并结合文本的语言实际，运用文化语言学进行了分析，一定程度上描述出了 20 世纪关中农村物质民俗生活的样态。党红琴、田争运的《〈白鹿原〉中的陕西方言解析》（《文学教育》2009 年第 8 期），对文本中如“骚情”“拾掇”“零干”“省手饭”“谝闲传”等地方性尤为突出的关中方言进行了阐释，这对读者理解文本有所帮助。

将陈忠实置于陕西作家的谱系之中，或与陕西有重要影响的作家做纵向比照，或进行作品的横向比较，进而观察陈忠实创作《白鹿原》的心路历程，也不失为一种有效的研究方法。如韩鲁华的《地域文化与文学创作——路遥、陈忠实、贾平凹文化心态比较分析》（《北京广播电视大学学报》2009 年第 3 期）认为，新时期成长起来的陕西作家路、陈、贾三人，在创作上存在较大差异，其中一个重要的原因，是他们在文化心态上的差异，而文化心态上的差异又是基于不同的地域文化的滋养。陈忠实的家乡白鹿原地处灞河之滨，中国历史上极为辉煌的周秦汉唐等王朝，使这片土地有了沉厚的历史文化积淀，而历史文化积淀对陈忠实文化心态的影响，便是沉稳凝重和故步自封，陈忠实也坚持现实主义的创作道路，但进行了相当程度的艺术剥离，是一种历史文化的现实主义，是创作对文化心态的直接折射。王鹏程的《秦腔对陕西当代小说的影响——以〈创业史〉、〈白鹿原〉、〈秦腔〉为例》（《沈阳师范大学学报》2007 年第 6 期），追溯了秦腔文化对当代陕西作家的影响，认为在柳青一代的创作中，秦腔文化只是作为一种可有可无的、点染作品气氛的元素，到了陈忠实一代，秦腔文化在塑造人

① 张国俊：《中国文化之二难——〈白鹿原〉与关中文化》，《小说评论》1998 年第 4 期。

物、营造气氛和推动情节等方面起到了重要作用，而秦腔文化悲凉慷慨、酸心热耳的美学风格也内化为当代陕西作家的美学追求，给人颇多启发。李遇春的《陈忠实与柳青的文化心理比较分析——以〈白鹿原〉和〈创业史〉为中心》（《小说评论》2003年第5期），以文本现实为基础，深度剖析了陈忠实与柳青不同的文化心理，认为陈忠实的“超我”和“自我”人格几乎拥有同样强大的心理能量，也就是说，因为其传统道德意识与现代启蒙意识同样强烈，所以其“本我”人格借助于道德人格和启蒙人格的心理对抗而获得某种既“合理”又“合情”的表现，这在《白鹿原》叙事中表现得非常显著。王世杰的《乡土小说人文性向现实性的转变——〈白鹿原〉与〈秦腔〉之比较》（《西北师范大学学报》2008年第6期），认为新乡土中国距离传统的农业文明和生产方式已越来越遥远，乡土小说无论在创作内容上，还是在艺术表现上，都将发生新的变异，《白鹿原》和《秦腔》由文化反思走向了文化凭吊，在这样的意义上，它们的问世打开了乡土小说的新视域。侯业智的《恋土情结的固守与释放——路遥、陈忠实恋土情结比较研究》（《鸡西大学学报》2010年第1期），从农村的诗意化书写、城乡关系的凸显及乡土社会中的做人等方面，对路遥和陈忠实的恋土情结进行了比较，分析了他们乡土书写的异同。冯肖华的《秦地小说民生权的深度叙事——〈白鹿原〉、〈高兴〉之史线透视》（《文艺理论与批评》2009年第5期）认为，作为揭示民族“秘史”的《白鹿原》，作者以其揭秘的手段，打开了隐含在悲怆国史、畸形史背后久抑与尘封的民生权的失落史和纷争史，这是陕西作家以其生命在场话语，对农民民生权问题的一次深切关怀。

上述研究成果，虽然不是研究者将《白鹿原》作为当代小说的公共性话题而是作为地域性小说论题所取得的，虽然使《白鹿原》更加靠近“西部小说”，但研究者毕竟在视野上更多地局限于“陕西文学”的范畴，而缺少“西部小说”概念的在场，因此也就无法说明《白鹿原》在西部小说格局中的意义。事实已证明，在《白鹿原》的研究史上，研究者预设的视野过大或过小，都不利于文本回到西部小说的谱系中来。但《白鹿原》研究出现的问题绝不是偶然现象，其他如张贤亮的《绿化树》、张承志的《心灵史》、贾平凹的《秦腔》等的研究，情况也大致相同，这也许是西部小说研究中存在的一个根深蒂固的悖论：在不详论具体作家作品的时候，研究者对西部小说的概念清晰可辨，而面对一个具体的影响较大的作家或作品之时，西部小说的概念常在不知不觉之间被遗忘或清场。种种迹象表明，西部小说作为概念要真正为研究者所落实，远非一朝一夕之功可成。

二　当代文学史叙事中的"《白鹿原》现象"

《白鹿原》在研究领域的持续高温，不仅使其成为一种当代文学研究中的"显学"，而且随着研究的逐步深入，事实上其已走向了"文学经典"的高度。尽管《白鹿原》在问世之初，就遭遇一定程度的质疑，如朱伟的《〈白鹿原〉：史诗的空洞》（《文艺争鸣》1993年第6期），李慧云的《试论〈白鹿原〉创作主体的小农意识》（《中山大学学报》1994年第3期），甚至时隔多年仍被研究者所争论，如孙绍振的《什么是艺术的文化价值——关于〈白鹿原〉的个案考察》（《福建论坛》1999年第3期），宋剑华的《〈白鹿原〉：一部值得重新论证的文学"经典"》（《中国文学研究》2010年第1期），但总体来看，质疑的声音不但没有对《白鹿原》的经典化历程构成阻力，反而使《白鹿原》不断成为话题热点，每一次质疑声音的出现，都意味着文本研究向纵深进一步地拓进，这也从侧面证明，《白鹿原》是具备文学经典的品质的，经得起研究者的反复拷问与敲打。《白鹿原》研究现象反映出来的，其实就是研究者的接受状况，而普通读者的接受状况更是令人吃惊，从1993年人民文学出版社发行首版之后，其他出版社竞相再版，销量早已突破50万册，而盗版的销量也预计过了百万册。在某种意义上，文学史只不过是文本接受史的合理表述，而《白鹿原》的接受史已充分证实它是一个必然被文学史叙事的文本。对我们来说，研究的目的不是要考证《白鹿原》有没有作为文学经典被文学史叙述，而是观察它是如何被文学史叙述的，是否作为"西部小说"被文学史叙述，并进而追踪"西部小说"概念在文学史叙述者的意识中有无在场。

20世纪90年代中期，《白鹿原》处于激烈的争论期，文学史家大多怀着谨慎的态度，对文本没有轻易做出肯定或否定，因此在90年代中期的各类史著中，很难寻觅到《白鹿原》的踪迹。例如，朱寨、张炯主编的《当代文学新潮》(人民文学出版社1997年版)，其时间范畴为1976年10月至1993年12月的文学，就没有提到《白鹿原》。《白鹿原》首次进入文学史，应该是在洪子诚著的《中国当代文学史》(北京大学出版社1999年版）和陈思和主编的《中国当代文学史教程》(复旦大学出版社1999年版)。洪著是由三个板块构成，新时期前文学占256页，80年代文学占127页，而90年代文学只占10页。在只占10页篇幅的第二十五章“九十年代的文学状况”中，不可能对这个时段问世的任何文本做详细的论述，《白鹿原》出现在第一节“文学环境的变化”，虽然只是一闪而过，但毕竟已经出现。洪著是这样介绍的，“市场化不仅改变了作家的生存方式，而且也出现了作品自身与出版运作、广告宣传相配合而构成‘畅销’热点的现象。例如《王朔文集》的出版，《北京人在纽约》《曼哈顿的中国女人》等‘移民文学热’，《废都》《白鹿原》等小说的出版所形成的‘陕军东征’等”[①]。陈著中《白鹿原》出现在第二十二章“理想主义与民间立场”，在概论性质的第一节“坚持民间理想的文学创作”中，总共只有这样几句概括性的叙述，“基于民间立场的理想主义创作中，陈忠实的长篇小说《白鹿原》和韩少功的长篇小说《马桥词典》在展示民间文化形态时，也相当生动地描绘了这种文化的复杂性”[②]。显然，洪著是从文学的市场化着眼来举例叙述《白鹿原》的，而陈著是将《白鹿原》作为体现了“民间立场的理想主义”的文本而进行叙述的。在90年代后期，《白鹿原》虽进入了文学史，而叙事还相当简单。

进入21世纪，有关《白鹿原》的论争基本上尘埃落定，是定性的时候了。我们看到，其在文学史叙事中的分量开始明显加重，而在归类与定位上却出现了分歧，分歧的存在也是必然的，因为史家所持文学史观、价值标准和体例预设不可能都一致。那么，在众多的不同中有没有体现出相同的东西呢？这需要仔细追问。王铁仙等著的《新时期文学二十年》(上海

① 洪子诚：《中国当代文学史》，北京大学出版社1999年版，第384页。

② 陈思和：《中国当代文学史教程》，复旦大学出版社2008年版，第368页。

教育出版社2001年版）除"绪论"外共分六章，在第六章"宏大的场景"的第三节"家族史、民族秘史与世俗画像"涉及《白鹿原》，并做了这样的定性，"陈忠实的长篇小说《白鹿原》是20世纪90年代'家庭史'中的翘楚"，"着重塑造了白嘉轩和鹿子霖两大家庭的两代子孙，写出了白、鹿两家几十年的恩恩怨怨。作品为我们描绘了以白鹿原为代表的大西北人民的苦难，揭示出他们从大革命到日寇入侵、三年内战直至新中国成立前夕的家仇国恨。这是一部笔墨酣畅淋漓的史诗作品。在白、鹿两家历史的叙述与交代中，我们看到的是大西北农村史、中国农民史，乃至中国命运史"[①]。王著是较早在文学史中将《白鹿原》作为"家族小说"叙述的，对后来史著的定位有所影响，另外，这段叙述中还两次出现"大西北"，或许是叙述者意识到了"西部小说"的概念在场，但这种朦胧的意识却在其后的叙述中很快就消失了。许志英、丁帆主编的《中国新时期小说主潮》（人民文学出版社2002年版）分为九编，在第八编"历史叙事的构架"之第五章"现代史的另一面"，专门设立了"《白鹿原》与'民族的秘史'"一节，认为《白鹿原》"取的也是由家族史切入现代史的创作路径"，但"《白鹿原》比《古船》更能贯彻一种文化立场"，"将历史的苦难和现实的命题提升到民族的文化命运的高度进行关照"[②]。许著对文本的较多层面都做了分析，有文本之间的相互比照，有人物形象的阐释，也有历史观的注解，应该说这是《白鹿原》走向"经典化"的一个信号。但许著与王著相似，也将《白鹿原》看作"家族小说"，并没有"西部小说"之论。於可训著的《中国当代文学概论》（武汉大学出版社2003年版）分为上中下三编共十章，在第九章"各体文学创作"的第一节有《白鹿原》的介绍，於著用了较大的篇幅对文本做了分析与定位，认为它是一部"具有史诗规模和气魄、记录了我们这个'民族的秘史'的长篇力作"[③]，虽然於著没有用"家族小说"的说法，却无疑是认可"家族小说"定性的。

王庆生主编的《中国当代文学史》（高等教育出版社2003年版），也分

① 王铁仙等：《新时期文学二十年》，上海教育出版社2001年版，第431页。

② 许志英、丁帆：《中国新时期小说主潮》，人民文学出版社2002年版，第1092页。

③ 於可训：《中国当代文学概论》，武汉大学出版社2003年版，第312页。

为三编，在第二编“20世纪70年代中期以来的文学”的第七章“乡土小说”，设有“陈忠实、张炜的小说”一节。该著将《白鹿原》看作“乡土小说”，和前面的几种定性有所不同，认为“长篇小说《白鹿原》代表了陈忠实文学创作的最高成就，也是中国乡土小说发展史上里程碑式作品”，“在艺术上，《白鹿原》发展了中国20世纪的乡土小说，以一种有容乃大的气度吸收了传统乡土文学的精华和当代文学的创作经验，并融进外来的新质以求有所超越”[①]。该著对《白鹿原》的评价，在文学史地位的定位上又有所提升，但也是就当代文学中的乡土小说而论的。吴秀明主编的《当代中国文学五十年》（浙江文艺出版社2004年版），分为上、下两编计十二章，在下编“后二十年文学（1979—1999）：走向开放的文学”的第九章“后二十年小说”，在第五节“理想：人类理性的升华”中有“陈忠实的《白鹿原》”的介绍，认为“作为一部民族的‘秘史’，小说较少正面触及阶级斗争和社会矛盾，而是从文化哲学的高度，将政治意识形态、革命历史与儒家文化、宗法礼仪、民情风俗以及性与暴力结合在一起，以文化史诗的框架，完成对20世纪上半叶中国社会政治风云演变史的叙述”[②]。吴著的定位可以用“文化史诗小说”来概括，即关注文本的文化内涵、文化品质和文化哲学，但这里所谓“文化”虽然是广泛意义上的文化，却没有涉及西部地域文化。董健、丁帆和王彬彬主编的《中国当代文学史新稿》（人民文学出版社2005年版），分为五编计二十七章，第五编“1989—2000年间的文学”的第二十五章“小说（下）”，专设了“陈忠实的《白鹿原》”一节。从史著的结构看，在具体章节安排中出现文本名称的共有20个，可见在董著中《白鹿原》已被视为当然的文学经典。它是这样评价的，“《白鹿原》以民族心史为构架，以宗法文化的悲剧和农民式的抗争为主线，组成了全书的整体结构”，“作者试图通过对中华文化精神，以及这种文化培育的人格的深刻观照，来探究中华民族的文化与历史命运”[③]。这个叙述也着眼于文本所蕴含的历史文化意味，与吴著的定性有相似处，可用“文化

① 王庆生主编：《中国当代文学史》，高等教育出版社2003年版，第337—339页。

② 吴秀明主编：《当代中国文学五十年》，浙江文艺出版社2004年版，第192页。

③ 董健、丁帆、王彬彬主编：《中国当代文学史新稿》，人民文学出版社2005年版，第609页。

小说”来归纳。有意思的是，董著中与“陈忠实的《白鹿原》”同时出现的西部作家作品有张承志的《心灵史》、贾平凹的《废都》和阿来的《尘埃落定》，但显然不是要体现西部小说的概念在场，因为“西部性”、地域文化与文明形态都没有得到说明，更没有出现“西部小说”的说法，而上述四个文本的确是西部小说有代表性的文本。这其实也表明，西部小说作为概念常常被遮蔽在当代小说的叙事之中，很难独立出来。

在2006年后问世的史著中，《白鹿原》的文学史地位虽已基本稳定，但在小说类型的归类与价值判断方面却与此前出现了差异，而“西部小说”之说仍然得不到认可。王万森、吴义勤和房福贤主编的《中国当代文学50年》（中国海洋大学出版社2006年版），共有二十章，在第十三章“新潮小说”的第三节“新历史主义小说”，对苏童、格非、叶兆言等作家的创作介绍之后，这样叙述：“另一种形态的新历史小说是20世纪90年代以来出现的一批作品，它们将中国近现代乃至当代的革命历史融入家族史之中，以一种崭新的文化思路走进历史，展现历史图景中的不同侧面，用非情感化的历史眼光观照逝去的岁月，流露出更多的文化隐喻色彩和历史象征意味。代表作品如莫言的《丰乳肥臀》、陈忠实的《白鹿原》、张炜的《家族》、周大新的《第二十幕》（三卷）、李佩甫的《羊的门》等长篇小说”[①]。这是较早以“新历史主义小说”定性《白鹿原》的文学史叙述了。朱栋霖、朱晓进及龙泉明主编的《中国现代文学史1917—2000》（北京大学出版社2007年版），分为上、下两册，在下册的第十三章“90年代小说”下设七节，在第三节的“新历史小说　陈忠实等”有《白鹿原》较为详细的分析，而在小说定性的表述方面与王万森史著又比较接近，认为“作家们将历史当作意念中的历史，按自己的理解篡改历史，充分发挥想象之能事以虚构故事，历史变成一个标志一个符号，一个作家们虚构故事的借口，它的真实性不复存在。这类历史故事就是理论家们所说的‘新历史小说’。陈忠实的《白鹿原》、尤凤伟的《中国一九五七》、莫言的‘红高粱’系列、《丰乳肥臀》、《檀香刑》，王旭烽的‘茶人三部曲’等大抵属

① 王万森、吴义勤、房福贤主编：《中国当代文学50年》，中国海洋大学出版社2006年版，第190页。

于此类”[①]。显然，朱著是将《白鹿原》看成了“新历史小说”的典范之作。郑万鹏著的《中国当代文学史（1949—1999）》（华夏出版社 2007 年版），计十二章，其中以西部作家作品成章的就有三章，它们是第五章“张贤亮的直觉艺术”、第九章“《平凡的世界》：中国农民二次‘翻身’的史诗”和第十章“《白鹿原》：中国 20 世纪文学的总结”，在郑著中西部小说所占比重可说是超乎寻常的大，虽然它也令人遗憾地没有提及西部小说，但在某种意义上却表明了该著对西部小说的认可程度。该著对《白鹿原》的评价也非常高，“《白鹿原》是 20 世纪中国的‘世纪史诗’——它包容诸多文学思潮的要素：伤痕、反思、寻根……”[②]，这是对《白鹿原》的别一种定性，在“世纪史诗”的判断中，表现更多的是对“文学经典”的某种致礼。

2008 年问世的当代文学史著作较少，而 2009 年是当代文学 70 年的时间，相应问世的史著较多，如孟繁华、程光炜著的《中国当代文学发展史》第 2 版（中国人民大学出版社），陈晓明著的《中国当代文学主潮》（北京大学出版社）。孟著在 2003 年版的基础上做了较大改动，除“绪论”外由二十章组成，在第十七章“九十年代文化与文学”，由“《顽主》和《白鹿原》”构成第四节，孟著预感到这种安排很有可能引发非议，所以，做了这样的陈述与判断，“就主题、题材而言，王朔的《顽主》和陈忠实的《白鹿原》不属于同一种类型，放在一起介绍难免会遭人非议。但二者之间却又有某些相似之处，一是与文化市场都有较密切的关系，属于‘畅销书’之类；二是它们对现实、历史的处理，都采取了‘非历史主义’的叙事方式，一个是‘玩’，另一个是‘虚拟’。而且更重要的是，两部小说都与‘后现代主义’文化有某种精神的渊源，是一种典型的后现代‘文本’”[③]。我们姑且不论这种安排的合理性是否如其所言，单从定性而言，《白鹿原》又成了“一种典型的后现代‘文本’”了，说得再清楚一点，就

① 朱栋霖、朱晓进、龙泉明主编：《中国现代文学史 1917—2000》（中），北京大学出版社 2007 年版，第 291 页。

② 郑万鹏：《中国当代文学史（1949—1999）》，华夏出版社 2007 年版，第 196 页。

③ 孟繁华、程光炜：《中国当代文学发展史》，中国人民大学出版社 2009 年版，第 297 页。

是孟著将《白鹿原》看作“后现代小说”了，这与此前的所有定性的确有很大不同。陈著也除“绪论”外有二十章，最后一章“乡土叙事的转型与汉语文学的可能性”分为四节，其中在第一节“传统精神与审美的重建：《白鹿原》与《废都》”，对《白鹿原》有较详细的分析，认为“九十年代的乡土文学还保持着新时期农村题材的基本品格，现实主义无疑是其主调。但大量讲述历史的作品开始占据主导地位，它们构成了对乡土中国历史的重新书写。在这些作品中，陈忠实的《白鹿原》无疑是重要的作品”①。陈著实际将《白鹿原》仍看作“乡土小说”。在陈著的判断中，说乡土小说中“讲述历史的作品开始占据主导地位”或许有些欠妥，但将其说法糅合起来，也就成了“乡土—历史小说”，则未尝不可。不能说孟著和陈著没有取得突破，比如，与以往史著不同的是，21世纪文学昂首进入了文学史，它们都力图描述出当代文学的完整画卷。但就《白鹿原》的定性而言，它们不仅没有从“西部小说”的视角进行说明，甚至可以说与“西部小说”的定位是越来越远了。

上面所分析的当代文学史著作都较有代表性，在我们看来，是能够体现20世纪90年代中期以来当代文学史书写水平的。以这些史著为线索，我们就《白鹿原》的文学史叙事进行了追溯，从洪子诚、陈思和史著的开始提及，到逐渐经典化及经典地位的确立，最后到再认定，显示了史家的文学史观、审美意识和价值立场的衍化、推进或重构。《白鹿原》的定性也经历了一个不断演进的过程，家族小说、乡土小说、民族秘史、文化小说、文化史诗、新历史小说、世纪史诗、后现代小说、乡土—历史小说等众说纷纭，而以家族小说和新历史小说为较通行的说法。然而，在这些文学史叙事中，《白鹿原》始终都没有回到“西部小说”的谱系中来，史家在叙述这个文本时或许根本就没有“西部小说”概念的存在。这至少证实了一点：“西部小说”是一个建设中的概念，还没有成为文学史概念。

三　西部小说能否被文学史叙述：从“《白鹿原》现象”谈起

前文通过对《白鹿原》从研究成果和文学史叙事两个层面做了较为详

① 陈晓明：《中国当代文学主潮》，北京大学出版社2009年版，第556页。

细的回视与追溯，可以发现，《白鹿原》终究没有回到“西部小说”的谱系中来，时至今日“西部小说”仍是一个被悬置的建设中的概念，在研究者的研究中没有这个概念的在场，而在文学史叙事中也没有叙述者触及它的存在，这是“《白鹿原》现象”给我们的直接启示。我们的研究当然不是要局限在“《白鹿原》现象”，而是以这个文学现象为观测点，来检视和反思“西部小说”的文学史命运。问题的发现是一个方面，而提出解决问题的方案又是一个方面，那么，我们可能提出的解决方案到底是什么呢？因为“西部小说”尚未成为一个文学史概念，故我们所谓“方案”目前看来只是一系列假设，但假设的提出倘若缺乏可靠的依据就是空谈，因此，我们试图将这些假设建立在可靠的依据之上，这些依据将包括文学事实的、文学史的，以及文学理论的。我们的一系列假设就是：西部小说是否应该被文学史叙述？如果说应该，又如何叙述？如果西部小说被文学史叙述，其意义何在？这些假设的论证，按理是一个比较大的课题，或可有一部专著的容量，而限于篇幅，我们要通过有限的文字来探讨它，所以只能做相对简明的陈述。

所有作家都是具体存在着的，西部作家当然也不例外。但一个作家的“写什么”和“怎么写”，其实并不完全取决于他自身，正如丹纳所言，“艺术家不是孤立的人”，“艺术家本身，连同他所产生的全部作品，也不是孤立的。有一个包括艺术家在内的总体，比艺术家更广大，就是他所隶属的同时同地的艺术宗派或艺术家家族”①。丹纳在这里提出的“同时同地的艺术宗派或艺术家家族”值得深思，因为它特别强调艺术的地域性规范。钱钟书的观点与丹纳异曲同工，指出这种规范也可以从其负面来观察，“一个艺术家总在某些社会条件下创作，也总在某种文艺风气里创作。这个风气影响到他对题材、体裁、风格的去取，给予他以机会，同时也限制了他的范围。就是抗拒或背弃这个风气的人也受到它负面的支配，因为他不得不另出手眼来逃避或矫正他所厌恶的风气”②。丹纳所谓的“宗派”或“家族”，钱钟书所谓的“风气”，都可理解为地域性文学思潮与文学流

① ［法］丹纳：《艺术哲学》，傅雷译，人民文学出版社1963年版，第5页。

② 钱钟书：《中国诗和中国画》，见《七缀集》，上海古籍出版社1985年版，第1页。

派现象，它们使“同时同地”的作家在“题材、体裁、风格的去取”上，表现出某些相似或相同的特点，从而促发地域文学在诗学形态上的趋同现象。西部小说作为一种地域文学，它的诗学形态又是什么？无疑，我们可以用“现实主义”来归纳，这个“现实主义”主要是指一种审美理想和一种文学精神，其根本特点是对社会现实生活（具体指西部社会人生）的强烈关注与参与，从柳青到路遥，从路遥到雪漠，从雪漠到石舒清莫不如此，即使在某些浪漫主义（如张承志）或现代主义（如扎西达娃）的西部作家身上，我们同样可以看到这种关注现实的文学气质。一个突出的例子就是，20世纪90年代以来随着中国式消费文化语境的生成，国内很多作家转向欲望化书写或个人化书写，而西部作家采取置身大潮流之外的姿态，持续探索着西部社会人生的出路，表现出了深刻的现实主义的文学精神，像贾平凹的《秦腔》、雪漠的《大漠祭》、董立勃的《白豆》都是消费文化语境中现实主义的叫响之作。同理，检视西部作家的创作，我们也极难找到那类游戏或亵渎文学的不严肃的作品。西部小说表现形态的催生与衍化，自然离不开思潮与流派的共同推动，而对“西部文学”思潮的回顾及对“西部小说”流派的追踪，实际上也是对“西部小说是否应该被文学史叙述”的回答与阐释。

文学思潮不可能是偶然出现的文学现象，而其发生也并非仅仅出于单纯的文学要求，因社会的发展而引起的政治、经济与文化上的变化，往往成为导致文学思潮发生的直接的社会原因。“西部文学”的提出，首先是以一定的文学实践为前提的（如历代边塞诗人大量的西部歌咏，新中国成立前域外探险家的西部叙事，尤其是柳青、玛拉沁夫那一代作家的西部书写，以及张贤亮、王蒙等作家的西部书写）；其次，还与20世纪80年代初期“现代化”的时代要求密切相关，正是“现代化”在西部大地上的迟缓推进，促使西部作家、理论家与东南沿海地区进行横向比照，也是在这种现代化进程的比照中，“西部”才显示了它“被遮蔽”的生产生活方式的落后、沉滞与凝重，也才使其固有的自然地理与历史文化资源得到了重新的审视与体认，而这也使他们敏感地意识到文学资源的存在。由此看来，“西部文学”的提出便成水到渠成的事情了。我们只要重温当年西部文学倡导者的话语，就豁然明白，现代化进程是“西部文学”思潮发生的重要原因，他们大多认为，“西北乃至西部，作为现代化建设的战略后方和战略要地，其辽阔的土地和丰富的资源，必将成为经济发展的雄厚基础；其悠久的历史和灿烂的文化，以及在这种历史和文化养育下所形成的民族性格和民族精神，必将在时代的呼唤下进一步复苏和觉醒。这种情势，客观上就为壮阔雄美的中国西部文学的出现、繁荣和发展提供了条件和可能，所以说，‘西部文学’的提倡和呼号，尽管是由理论家个人率先提出的，实际上也如泰纳所言，是时代精神和周围风俗的推动”①。

“西部文学”既已作为思潮而出现，必以张扬某种文学观念为标志，这种文学观念及与之相适应的审美理想、创作追求、理论构架乃至批评范式，共同构成了引导西部文学潮流走向的思想基础，不仅深刻影响了八九十年代的西部作家，在 21 世纪更显示了其坚挺的理论后劲。现在看来，1985 年前后，以《当代文艺思潮》为中心，荟萃了众多的理论家，共同探讨西部文学思潮应该张扬什么样的文学观念诸问题。如昌耀认为，“‘西部’不只是一种文学主题，更是一种文学气质、文学风格。而且，不能不强调‘西部’的‘当代’概念”，“我所希望的‘西部文学’自然首先是指根植于大西北山川风物及其独特历史、为一代胜利的开拓者乃至失败的开拓者图形塑像的开拓型当代文学”，“它敏于对一切变革作出反映。它必然具有新的艺术眼光、新的审美形式、并相信能给予人以新的审美享受”②。肖云儒的看法则更为细化、具体，认为“西部文学在题材内容上，主要是西部边塞的、军旅的、民族的、乡土的、开发的。精神气质上，主要是各类开拓性业绩中迸出来的积极向上的人生态度和奋斗精神，以及在这种业绩中形成的民族团结精神和爱国爱乡感情。生活环境上，大多是长河大漠、城堞烽烟、窑洞帐房、驰马放牧、雪山并架、戍边屯垦等典型的西部风情和西部民俗，西部特有的味。人物性格和心理素质上，艰苦搏斗、曲折多样的命运铸就了豪爽朴拙、率直刚强、矢志不移的特色，构成西部人特有的神。情节闻所未闻而成传奇，色彩斑驳艳丽而显浓烈。……这一

① 谢昌余：《要有争雄斗奇、开风气之先的当代气魄》，《当代文艺思潮》1985 年第 3 期。

② 昌耀等：《就西部文学诸问题答〈当代文艺思潮〉编辑部问》，《当代文艺思潮》1985 年第 3 期。

切，使得雄风壮美成为西部文学主要的美学特征——旷达、恢宏、雄奇、古朴，自然有机巧灵秀，决不是小家碧玉。读这一类作品，我们常常在现实感的深处，感到一种沉雄的历史感和崇高的审美感”[①]。谢昌余对当年的讨论做了总结，描述了西部文学思潮的大致轮廓，“西部文学将是一个由西部各民族的历史文化和现实生活所养育，由西部的自然山川、人文地理和经济生活、时代环境所培植的，具有地域性、民族性、时代性的独具特色的多民族的文学”，“是一个熔化了历史精华、为当代精神所浸透的有独特的西部精神、西部气质、西部风骨、西部气魄和西部性格的文学”，“是一个有历史绵延感、又有开拓和开发精神的文学……它将以一种动态组合的形式铸成它的精神气质和文化性格”，“是一个有共同的美学纲领、相近的诗学主张、多样的艺术风格、崭新的艺术手法、容含社会性、时代性、人道主义、博爱胸怀、纯真崇高的道德伦理、悲壮沉宏的审美价值的文学”[②]。西部文学思潮有一个渐进的过程，20 世纪 80 年代初期理论家所倡导的文学思想及其创作主张，随着现代化的进程和创作实践的深化才逐渐清晰起来，这在新生代西部作家身上体现得尤为明显，他们在鉴别与吸收 80 年代研讨成果的同时，将那种充满豪情的乐观主义内化成了深沉冷峻的反思，而坚持走“为人生”的创作道路，并最终与文学大潮分道扬镳。这既是西部文学思潮持续存在的表征，也是西部文学走向成熟的某种标识。

流派的形成与文学思潮有着互动的联系，它们有时是同时出现的，几乎如影随形，二者的联系或表现为一种文学思潮促成了某个流派甚至多个流派的形成与发展，或表现为某个文学流派以其广泛而深刻的影响促成了某种文学思潮的产生。两者的区别在于，“文学思潮的特点体现在对某种文学观念的倡导上，以文学思想的更迭体现文学活动对社会变革的回应；而文学流派则是创作活动的产物，致力于创作实践和通过创作成果显示群体特色是这种文学活动的特点”[③]。从文学事实来看，是西部文学思潮催生

① 昌耀等：《就西部文学诸问题答〈当代文艺思潮〉编辑部问》，《当代文艺思潮》1985 年第 3 期。

② 谢昌余：《在“中国西部文艺研讨会”上的发言》，《当代文艺思潮》1985 年第 6 期。

③ 王先霈、孙文宪主编：《文学理论导引》，高等教育出版社 2005 年版，第 103 页。

了几个文学流派，如西部小说流派、西部散文流派和西部诗歌流派，它们都是对这种思潮的感应与具现。我们说西部小说是一种文学流派，可能会引起人们的怀疑，但对“流派”却没有必要做机械的理解，相近的文学见解、共同的艺术追求和特有的群体风格特色，才是流派形成的基础与前提，至于是否组织了社团或者发表了宣言纲领，对于流派的存在而言也并非必备的条件，像20世纪30年代的“京派”，也没有发表任何宣言或结社，但人们仍将其看作一种实实在在的文学流派，西部小说流派的产生应与此相类似。余斌在80年代就这样来概括西部小说的流派特色，“西部小说的最大特点是它对西部人的命运倾注了最大的关注和温情”，“它几乎一起步就表现出一种西部文化意识的萌动，对西部人的命运作历史、文化的总体把握”，“因此，西部小说不仅不涉笔传统意义上的重大题材，而且常常以政治的淡化来凸显人的问题本身。从这个角度来看，西部小说并不循序重复内地小说的轨迹，它可能跳过某些阶段而取一种迎头赶上的态势”，“就这样，西部作家一个个走出来了。他们当中有张贤亮、邵振国、邵兰兰、王家达、牛正寰、景风、浩岭、张锐、赵光鸣、文乐然、刁铁英、艾克拜尔·米吉提、扎西达娃、马原、色波、意西泽仁、金志国等。由李斌奎、李本深、唐栋等西部军旅作家组成的另是色彩迥异的一群，他们常常在西部和内地的二重背景下展示西部军人独特的命运，为中国西部文学敲着震撼人心的定音鼓，这是需要另作研究的。自然，人们不会忽视王蒙、张承志、鲍昌、刘克等客籍作家，他们的作品不但为西部小说增添异彩，并且影响着西部文学的面貌”[①]。即使在今天看来，余斌的概括仍然是相当有分量和有代表性的，“对西部人的命运作历史、文化的总体把握”的概括何其准确而精彩，不妨看作对西部小说流派的总体概括，这不仅在《白鹿原》《心灵史》和《尘埃落定》这类大部头作品中表现得极为鲜明，就是在《人生》《麦客》《吉祥如意》和《清水里的刀子》这类中短篇也体现得相当真切。虽然关于“西部”的小说叙事可能层出不穷，而真正意义上的西部小说必然会体现出流派特色，因为在“写什么”和“怎么写”的问题

① 余斌：《论中国西部文学》，《当代文艺思潮》1986年第5期。

上，后起的西部作家也一定会被“他所隶属的同时同地的艺术宗派或艺术家家族”所制约和规范，这也正是文学流派力量的生动体现。

在影响流派生成的诸多因素中，与文学活动相关的那些因素则构成流派生成的内部原因。从文学本身来讲，体现了成规延续的师承关系被许多研究者所重视，宋代刘克庄在分析“江西诗派”的生成时，就强调了师承关系的重要性，“至六一、坡公，巍然为大家数，学者宗焉。然二公亦各极其天才笔力之所至而已，非必锻炼勤苦而成也。豫章稍后出，荟萃百家句律之长，究极历代体制之变，搜猎奇书，穿穴异闻，作为古律，自成一家，虽只字半句不轻出，遂为本朝诗家宗祖，在禅宗中比得达摩，不易之论也”[①]。而清人张泰来则认为，“诗派，人之性情也。性情不殊，系乎风土”[②]。在探讨流派生成的原因时，很多研究者都像张泰来一样，也特别强调地域文化因素的能动。我们探讨西部小说流派的生成，有必要综合刘、张两家之说，也就是既留意师承关系也注重地域文化因素。以石舒清而言，他追步路遥的文学人生，路遥则师承了柳青的美学理想，而柳青在延安解放区文学中则发掘了西部叙事的源头，这是西部作家师承关系之一例。西部的地理人文环境和历史文化传承，又共同造就了无论是路遥、石舒清还是柳青都具有的深挚的忧患意识、苦难意识和现代意识，这些意识由于与师承关系的合力而形成了西部小说“为人生”的现实主义传统。西部作家因为思想的大致趋近，有着共同关心的文学与社会问题，在文学观念和审美趣味上有共同语言，都认同和遵循现实主义的创作原则，这才是促成西部小说流派的重要基础和根本原因。

20 世纪 80 年代中后期，经过数年的讨论，西部小说流派终于成形，其标志是众多的作家如张贤亮、贾平凹、张承志、扎西达娃、杨志军、赵光鸣、陆天明等在其创作中自觉地展现了西部的“山川风物及其独特历史”，以现实主义的创作精神“对西部人的命运作历史、文化的总体把握”。而从 90 年代中后期以来，可看作西部小说流派的分化期与成熟期，

① 刘克庄：《江西诗派小序》，见丁福保《历代诗话续编》，中华书局 1983 年版，第 478 页。

② 张泰来：《江西诗社宗派图录》，见王夫之等撰《清诗话》，上海古籍出版社 1963 年版，第 62 页。

“分化”是指某些作家从西部小说流派的阵营中的脱离与转向，而成熟则是指那些以更为自觉、更为独立的姿态从事现实主义创作的作家的成熟，他们对西部山川风物及其历史文化的认知是深刻的，而其表述也是更诗意化的、更具历史意味的，如阿来、雪漠、红柯、董立勃、郭文斌、石舒清、马步升，他们在消费文化语境中的文学活动，不能简单地、常规化地与国内盛行的文学思潮进行链接，或者说，从国内的文学大潮看，他们的创作也许是分散的，是不统一的，但如果从西部小说的流脉上来看，他们又都具有较为显著的一致性或趋同性，这也从侧面证明了西部小说流派的切实存在。文学史的书写当然不能以史家个体的好恶为出发点，而是应该以描述文学史的全景图，也就是尽量真实地还原文学历史的丰富性与多样性为目标，在这样的意义上，西部小说理应得到文学史家的关注与描述。况且，就西部小说的创作实绩而论，数十年来取得的成就硕大，以参与作家之众、作品数量之丰、叙事体式之多、持续时间之久来看，早已具备“思潮”与“流派”的意义，也更具有文学史叙事的必要。

如果说有文学史家真正认识到了西部小说流派的价值意义，也有了言说的预设，那么他将如何叙述？我们只要看看中国文学史，就不难发现以“地域”命名的文学流派，如古代文学史上有“江西诗派”“公安派”“竟陵派”，现代文学史上有“京派”“海派”“东北作家群”。应该说，西部小说流派“作为”当代文学史叙事的一个环节，并不是无先例可循。但我们也同时发现，在地域文学流派的叙述中，史家总是企图以文学主潮的共性来涵盖地域文学的特殊性，故此也就极容易造成地域文学的模糊形象，问题出在哪儿？在我们看来，文学史叙事要真正描述出文学历史的丰富性与多样性，要清晰呈现地域文学的风貌，必须在把握“时间维度”的同时，还要适当考虑“空间维度”的存在。这不仅是因为有些文学主潮本身就是依赖于空间维度产生的，如宋代影响甚大的“江西诗派”，则是由地域性思潮而成为全国性思潮的；而且还因为，文学主潮在空间运作中必然会发生种种衍化与变异，如“寻根文学”思潮一经产生就明显表现出了空间性的嬗变，韩少功着力呈现极具巫风气味的“楚文化”，而李杭育的“葛江川系列”则再现了绵长清扬的“吴越文化”。鉴于上述原因，史家在将时间维度设置为主线索叙述西部小说流派之时，应着重控制两个重要的时空切入点，其一，80年代西部小说之文学史叙事的可行性，可在“伤痕”“反思”“寻根”等大潮之外，安排“西部小说”之专章，这是因为，这个时段的西部小说与文学主潮形成了若即若离的关系，却呈现出了其较为鲜明的空间特性。举例来说，我们在前文着重分析了路遥的创作，将路遥安排在80年代的任何一个文学大潮中都显勉强，但倘若在“西部小说流派”这个章节来叙述，不仅极为恰当，而且其文学人生也将得到更深刻的阐释，其他如张贤亮、张承志、贾平凹也与路遥有相似之处。此外，像杨志军、陆天明、赵光鸣、柏原、邵振国这些“无名”的西部作家亦将有可能被文学史“重新发现”。其二，在“新世纪文学”的叙事板块中可以设置“西部小说流派”的章节，其原因也表现在两个方面，首先是西部小说21世纪以来的确成就突出，空间特性比八九十年代得到了进一步的固化与强化，流派的格局也更加趋于完整；其次是西部作家在这个文学时期表现出的追求和姿态与大潮相去甚远，对文学性的坚守和对文学理想的执着，使他们的文学活动某种程度上有效扭转了“伪后现代派小说”在叙事领域形成的颓风，他们确为实实在在的一个创作群体。

既然说到西部小说如何入史的问题，难免有人会问，是否有研究者尝试将西部小说做类似于文学史的叙事，其价值意义到底如何。如果检视国内出现的学术性著作，会发现也不是没有人力图将“西部小说”（或西部诗歌、西部散文）作为自成流派的文学板块从百年中国文学的总体走向上进行描述，如陈超著的《中国探索诗鉴赏辞典》（河北人民出版社1989年版，1999年再版时更名为《20世纪中国探索诗鉴赏》），在体例安排上就颇具借鉴性。谢冕对陈著曾做过这样的评价，“它把自中国新诗诞生以来出现的、具有现代主义倾向的诗歌现象作了一次总体性的整理”，“我们从中得到一次关于中国新诗另一面同样是恢宏景观的明确印象”[①]。“中国新诗另一面同样是恢宏景观的明确印象”，这不也是文学史叙事所极力追求的目标吗？陈著以时间维度为主线索并兼及空间维度，而将20世纪中国探

① 谢冕：《“异端”的贡献——评〈中国探索诗鉴赏辞典〉》，《中国图书评论》1991年第3期。

索诗（现代诗）的趋势以六大流派做了概括，显示了陈著别出心裁的叙事思路，这六大流派分别是象征派诗群、现代派诗群、九叶派诗群、朦胧诗诗群、西部诗诗群、新生代诗群。陈著有着“西部诗歌流派”的概念在场，因此，总是能抓住西部诗的核体意象和艺术气质进行鞭辟入里的阐释，昌耀、林染、杨牧、章德益、梅绍静、张子选等西部诗人的文学精神及诗美内涵，也在其阐释中开始显山露水。如陈著在分析昌耀的抒情诗《巨灵》时指出：“昌耀的诗总有一股旁人难以企及的笨重壮硕的艺术精神。他似乎不屑于浅斟低唱一己的情愫，而是要将土地的全部丰富性展示出来。读他的诗使我们领略到了吞吐大荒真力弥漫的气象。这种气象险而不怪、硬而不瘦、阔而不空，原因是诗人在写自然时，总有一种深沉的历史穿透力运动其间，犹如一口长气，使诗显得庄严扎实百感横集”①，可谓是昌耀风神的不易之论。分析章德益的抒情诗《大西北，金色的史话》时，又有这样直抵诗歌内核的概括，“这里的大西北，已经超越了它纯粹地域性的意义，而成为人类历史与现实的象征，成为人类生命意志的深层展示和生存圆与人的关系的思考。这首诗，没有以猎奇的心理去展览西部的奇诡风光，诗人以悲慨的、不屈的情愫，直面了生存的艰辛”②。对张子选诗歌的分析同样耐人寻味，如在解读张子选的抒情诗《无人地带》时指出，“《无人地带》就这样成为新生命诞生的地方，成为孤独的思想者必须涉足的圣殿。而这些感悟，是张子选用青春为代价，深入荒原、深入西部阿克塞，灵魂被石头划破后流出的思考的血滴”，“西部诗，你的魅力就是这样用整整一代开拓者的血液和骨头构成的”③，由此可见陈著对西部诗的理解和阐释之深。但陈著的意义却远不止于此，西部诗在得到空间性的确认之后，能够给人造成极为强烈的阅读印象，举凡从语词的选择到诗句的组合，从意象的生成到意境的营构，从诗情的释放到哲理的阐发，西部诗都显现了不同于其他现代诗歌流派的品格。阅读效果和流派印象的产生，无疑与陈著对西部诗的体例安排大有关联，这种运作与单纯的西部诗赏析

① 陈超：《20世纪中国探索诗鉴赏》，河北人民出版社1999年版，第676页。

② 同上书，第730页。

③ 同上书，第747页。

不同，因为那样的话相对而言总会缺少比照，而经过这种比照性的线性链接，西部诗的特殊性便跃然纸上。且经过这样的叙述，西部成长中的诗人或许会因之对自身的创作理想从朦胧走向清晰，并憧憬从个体走向整体，从而使流派力量不断得到壮大。此外，那些“无名”的西部诗人借此也走向了“有名”，被读者重新发现。这些都是文学史性质的叙事可能产生的差异效应。我们再来推断“西部小说”进入文学史，其价值意义到底如何，似乎已经不言自明，因为无论如何，陈著早在二十多年前就“回答”了这个问题。

余　论

马克思在《〈政治经济学批判〉导言》中提出了著名的不平衡理论，“关于艺术，大家知道，它的一定的繁盛时期决不是同社会的一般发展成比例的，因而也决不是同仿佛是社会组织的骨骼的物质基础的一般发展成比例的”①。在马克思看来，希腊神话存现于物质生产水平极低的前工业时期，而从其所取得的艺术成就来看，在某些方面却是“一种规范和高不可及的范本”，这是“不平衡”的具体表现。毋庸置疑的是，不平衡理论对于我们理解西部小说的现实存在性极具指导意义。“西部大开发”是多年前国家针对欠发达地区的经济发展提出来的，但这并不意味着经济落后的西部地区就不可能在文学艺术上居于领先位置，从某种意义上讲，中国当代西部小说恰恰真正代表了新时期30年中国当代文学所能达到的高度。因此我们说，本著将西部小说作为研究的窗口，其意义不仅表现在整合与深化西部小说研究的既有成果，而且表现在这其实也是对中国当代文学的整体动向与存在问题以独特的方式进行的观照。本著运作中所把握的关键词，如精神结构、文化基因、冲突模式，以及文学接受，都事关转型时期中国当代文学演进乃至中国当代文化建设中的深刻矛盾与复杂纠葛，事关如何缓释世界性潮流影响下本土性文学与文化诉求所形成的巨大张力。问题意识的存在与研究视野的择取，也表现出本著研究者对中国文学之当代境遇的深层焦虑、思考及探寻。

百年中国文学的一个显著表征，就是对“中国形象”的持续塑造，而

① 《马克思恩格斯选集》第2卷，人民出版社1972年版，第112—113页。

中国形象的塑造则有赖于百年中国文学所呈现的文学精神、民族精神和创作精神。但20世纪90年代以来，时尚性文学在解构晚清以降中国文学所呈现的文学精神、民族精神及创作精神的时刻，也使中国形象趋于模糊，甚至是面目不清。这是值得我们深痛反思的文学现象。与文学中精神结构的崩溃相呼应的是，随着大众文化的崛起与泛滥，导致既有的文化生态失衡，主流文化与精英文化似乎无力对大众文化进行有效的规范，而民族精神也在麦当劳快餐、好莱坞大片、意大利时装等外来文化的冲击下，出现了“同质化”的趋势，人们在纷至沓来的文化幻象面前，好像再难找到那种心灵的归属感，民族的凝聚力随之锐减。在这样的大转型时代，中国文化该做出何种回应与选择？无疑，当代文化建设的主旨是为民众创造出一种能够提供动力资源与精神家园的文化，而要实现这个目标，只有回归中国形象的再塑，舍此绝无他途。正是在这样的意义上，西部作家所极力张扬和践行的文学精神、民族精神和创作精神，显然超越了地域文学的界域，而与百年中国文学之中国形象的塑造达成了呼应与共振的态势，人们在西部小说中又看到了难得一见的中国形象，那种虽九死其犹未悔的开拓精神，那种虽面对艰难时世或苦难生存也不失赤子之心的大地精神，那种关注底层社会并与底层共命运的文学精神，那种深刻的现实主义创作精神，那种愈挫愈奋自强不息的民族精神，都在西部小说中得到了诗意化的诠释与再现。由此可知，西部小说之中国形象的再塑，是其对中国当代文学做出的极其重要的一份贡献，值得人们倍加珍视与研究。

西部小说又典型地体现了全球化时代多元文化的征候。全球化时代几乎所有带有世界性趋向的文化冲突都无一不体现在西部小说中，前现代、现代抑或后现代文化所形成的冲突形态极其张力，如传统与现代的冲突，农业文化与当代文化的冲突，文化的全球化与文学的本土性的冲突，在西部小说中都如此醒目地呈示了出来，从而使西部小说成为观察当代中国遭遇的文化冲突的活生生的标本。而其意义远不止于此，西部作家在新时期以来剧烈的社会变革与文化震荡中所保持的那种对文学性、人文精神及诗性情怀的坚守，那种面对异质性文化冲击与时尚写作的狂潮时的从容，那种以文学为事业而能甘于清贫的姿态，都为当代作家如何缓释与化解世界性潮流影响下本土性文学诉求所造成的紧张提供了经验，尤其是为当代作家如何调整深层心理结构提供了极宝贵的经验。而且，新时期以来文艺学所关涉的诸多重大命题，如现代性问题、历史叙事问题、马克思主义中国化问题，也都在西部小说叙事中做出了探索性的努力。百年中国文学现代性的曲折之路早已清楚地表明，现代性绝不等于西化，也不等于时尚或先锋，中国文学的现代性必须从本土文学自身产生，这样的现代性才是稳定的、有活力的，西部小说叙事从20世纪80年代以来所推进的现代性进程，如张承志、扎西达娃、杨志军的创作，其立足于西部本土资源的启蒙理性观照，显示了中国文学现代性的可能性与可靠性。当然，类似的例子我们不难从世界文学中发现，如20世纪后半叶的“拉美文学爆炸”，其作品皆能以宏大叙事、民族风格和魔幻的表述形态而形成本土文学的现代性。马克思主义文学思想的传播与实践是百年中国文学的另一个重要现象，而其走过的历程也是曲折的、复杂的。我们认为，在马克思主义文学思想中国化的理解中，还应该注重“中国化之地方化”的问题，这样的中国化才是稳健的、可靠的，马克思主义文学思想永远不会过时，过时的只有理解的方式。以西部作家而论，与国内文学大潮不同的是，马克思主义文学思想被西部作家自觉接受，其表征体现在多个层面，如将文学事业与推进民生结合起来，始终与底层社会人生命运的遭际结合起来，对现实主义诗学的借鉴与实践，对宏大叙事的自觉与掘进等，柳青、路遥、雪漠、石舒清等的创作就是显例。百年中国文学对历史叙事表现出了持续的热情，从鲁迅的《故事新编》到50年代“革命历史叙事”的繁荣，再到新时期的“新历史主义叙事”及“后新历史主义叙事”，历史叙事几经变革、几经沧桑，但都为民族的历史认同积累了丰富的经验。以五六十年代的革命历史叙事而论，文学是如此紧密地依靠现实需要来展开创作，通过历史想象来建构现实的合法性，虚构的历史与现实的历史可以如此完形地结合在一起，因而在那样的年代，文学才显得如此重要。从20世纪70年代末开始，文学似乎告别了长达半个多世纪的革命浪潮，但这并不意味着革命的彻底终结，革命仍以小说叙事等方式积极地参与到了当代生活之中，仍然在播撒。在新的语境中，革命理念既强大有力，又似是而非，显示出适应时代变化的模棱两可的含混性。正是这种含混性，把20世纪80年代以来的革命历史叙事塑造成了“后革命”行为和文化，这主要反映在受后现代主义思潮影响下新历史小说创作以及受消费主义影响的革命叙事，前者以反本质主义的叙事解构了革命，后者则以游戏、大话等方式对革命进行消费性书写。历史叙事的混乱，从其意义的深层彰显出来的，其实是民族文化传统的决堤，是人文精神支柱的崩塌，是个体对自我命运的不可知与不想知。唯其如此，当代文化建设的主旨便凸显了出来，即我们建设中的当代文化要不要被历史来认同？换言之，如果要历史认同，那应该被什么样的历史来认同？西部小说中的历史叙事，如陈忠实的《白鹿原》、张承志的《心灵史》、阿来的《尘埃落定》等叙事经验无疑给当代文化建设提供了极为深刻的启示。

从西部小说的文学史境遇可清晰反观当代文学史叙事中出现的诸多迷误，柳青、路遥，以及其他“无名”的西部作家的遭遇，都说明我们的文学史叙述者所持有的文学史观念和择史标准存在严重问题。其中最值得反思的问题是，文学史到底要说什么？20世纪80年代中后期以来，史家大多热衷追踪新潮小说、时尚小说、西化小说，而忽略甚或遮蔽了百年中国文学中最重要的现实主义脉流，因而使当代文学史叙事失去了应有的厚重感。反映论、典型论、史诗性、宏大叙事等与现实主义脉流相关的美学经验被置于十字架上拷问，而代之出场的、被“立”起来的则是西方现代主义和后现代主义的叙事经验，但这些所谓“经验”，究其实质不过是通过不甚精确的翻译文字来传达的，加上国内“现代派”作家文化修养的制约和浮躁心理的鼓动，实际写出来的东西与真正的西方现代派或后现代派的精神本质已变得面目全非，但是，就是这样的作品反而是被文学史津津乐道和反复叙述的。我们看到，在这种潮流的荡涤下，百年中国文学苦心经营的现实主义经验与传统被束之高阁，备受冷落，“反映”被不可知的混乱的历史非理性所替代，“典型”被平面的、模糊的、晃晃悠悠的人物所替代，“史诗”被非逻辑的民间体验的历史碎片所替代，“宏大叙事”则被无所事事的顾影自怜的哼哼唧唧的“个人化”（或曰“私人化”）叙事所替代。这就是当代文学史所叙述的“多元”景观。也是在这种“多元”的文学史景观中，那些时刻关注国家与民族命运的现实主义作家在文学史格局中却面临着“被迫退场”的悲凉，不仅是柳青、路遥，以及其他所有现实主义作家，而且新文学现实主义的代表作家——茅盾的文学史地位都明显呈滑落趋势。而文学史叙事的这种潮流深刻影响了西部作家的文学史面貌，他们的文学史地位或者是沉浮不定，或者是被史家有意弱化，或者是史家闭口不提视为虚存在。种种迹象表明，文学史如若不能复归现实主义诗学的言说中来，百年中国文学所聚集的最后一点元气都将消耗殆尽，进而将其真正推向形式主义的死胡同。在这个文学普遍衰落的时代，身处偏远省份的西部作家的创作，虽不能说“文起八代之衰”，但他们毕竟以其劲健有力、雄浑苍凉、蕴意深远之作，标识着现实主义文学的切实存在，并时刻检测着文学史叙事的真实性与可靠性。

如果说 19 世纪的美国西部文学为民族精神的养成发挥了重要的作用，诚如研究者所言，“纵观美国西部文学的发展过程，它们始终以西部拓荒史（包括向太空的拓荒）为文学的题材，以西部迁移和太空的拓展为文学的轴心，以拓荒者共同坚持的信念为文学的灵魂。这种信念是理想，是自由，是永不放弃，是勇往直前……美国西部的‘拓荒精神’，是在长达一百多年的西部开发过程中形成的民族精神，是在长达二百多年的美国历史进程中形成的‘创业精神’。西部开发培育了美国人民的‘拓荒精神’，西部小说使得‘拓荒精神’得以完善发展，后来成为美国整个国家的民族精神”[①]，那么，我们同样可以说，中国当代西部文学为转型时期整个国家的民族精神的重构都发挥了不可替代的历史性作用；而当代西部小说的历史意义不仅体现在当代文学层面，而且同样也体现在当代文化层面。

① 陈许：《美国西部文学与民族精神》，《世界文化》2009 年第 8 期。

后　记

有必要对这部著作的相关情况在《后记》中做简要说明。这部著作的主体部分是我的博士学位论文，实际上我也只是对学位论文的极少部分内容进行了修改。这样做的目的，是为了尽量保持我学位论文的基本模样。在陕西师范大学文学院攻读博士学位的三年是令人难忘的，因为那时我已进入不惑之年，却不得不直面各种各样的“惑”——来自学术的、生活的、事业的“惑”。“惑”的纷至沓来，也使我不得不以尽可能沉静的心来面对这一切，思考这一切，化解这一切，而这个思想的过程和学位论文的写作过程是同时完成的，在这个意义上，与其说这部著作是我对西部小说的观察、分析和研究，毋宁说在对西部小说的探察中逐渐展现了我的心路历程。因此，这部著作之于我具有极重要的意义。

这部著作的出版，同样是为了表达我对导师赵学勇教授的敬意。赵学勇教授和我一起度过了十多年的岁月，在这段人生转折的岁月中，我从一个文学爱好者成长为一个文学研究者，从一个人云亦云的研究者成长为一个有独立思考的研究者，先生的付出可想而知。借此机会，对陕师大的其他几位导师——李继凯教授、王荣教授和张积玉教授等表示感谢，对陕师大见证我求知历程的同学们表示感谢。感谢中国社会科学出版社的郭晓鸿女士，以及门小薇女士。感谢天水师范学院文传学院中国现当代文学教研室和文艺学教研室的同仁们。